Arena-Taschenbuch
Band 51236

Weitere Bücher von Antje Babendererde
im Arena Verlag:

Schneetänzer
Rain Song
Wie die Sonne in der Nacht
Lakota Moon
Julischatten
Libellensommer
Der Kuss des Raben
Die verborgene Seite des Mondes

Antje Babendererde,
geboren 1963, wuchs in Thüringen auf und arbeitete als Arbeitstherapeutin mit Kindern in einem Fachkrankenhaus für Psychiatrie und Neurologie. Seit 1996 ist sie freiberufliche Autorin mit einem besonderen Interesse an der Kultur, Geschichte und heutigen Situation der Indianer. Ihre einfühlsamen Romane zu diesem Thema für Erwachsene wie für Jugendliche fußen auf intensiven Recherchen und USA-Reisen und werden von der Kritik hoch gelobt. Mit dem Roman »Isegrim. Eine Liebe in Wolfsnächten« kehrte die Autorin erstmals zu ihren Thüringer Wurzeln zurück.
www.antje-babendererde.de

Antje Babendererde

ISEGRIM

Eine Liebe in Wolfsnächten

Ich danke der Thüringer Kulturstiftung für
die Unterstützung meiner Arbeit an diesem Roman.

Ein Verlag in der Westermann Gruppe

www.blauer-engel.de/uz195
• ressourcenschonend und umweltfreundlich hergestellt
• emissionsarm gedruckt
• überwiegend aus Altpapier
MI6
Dieses Druckprodukt ist mit dem Blauen Engel ausgezeichnet

MIX
Papier aus verantwortungsvollen Quellen
FSC® C110508
www.fsc.org

1. Auflage im Arena-Taschenbuch 2022

Rottendorfer Straße 16, 97074 Würzburg

Umschlaggestaltung: Johannes Wiebel unter Verwendung
von Motiven von AdobeStock.com
(© Ana Gram, SHOTPRIME STUDIO, SlothAstronaut,
mrvayn, Alexander Potapov)
Gesamtherstellung: Westermann Druck Zwickau GmbH
ISSN: 0518-4002
ISBN: 978-3-401-51236-5

Besuche den Arena-Verlag im Netz:
www.arena-verlag.de

Homo homini lupus.

Wir lügen am besten, wenn wir uns selbst belügen.
Stephen King

Die Vergangenheit ist nicht tot. Sie ist nicht einmal vergangen.
William Faulkner, »Requiem für eine Nonne«

Schuld

Sie gab einen überraschten Laut von sich, als das Eisen ihr Herz durchbohrte. Seines hörte für Sekunden auf zu schlagen.

Sein Blick glitt über ihre dünnen Beine, das hochgerutschte hellblaue Kleid. Er fiel neben ihr auf die Knie. Der rote Fleck auf ihrer Brust entfaltete sich wie eine dunkelrote Rose, die in den Himmel blutet. Er hatte nicht gewusst, dass Blut so lebendig sein kann und dass es diesen metallischen Geruch hat.

Herzblut, schoss es ihm durch den Kopf. Jetzt bin ich ein Verdammter.

Schmerzende Übelkeit stieg in ihm hoch. Seine zitternde Hand näherte sich dem Stiel der Rose, diesem feucht glänzenden, dornenlosen Stab. Plötzlich flatterten ihre zarten Lider und er erstarrte vor Schreck. Wie Sonnenstrahlen war ihr blondes Haar um ihr Gesicht gebreitet, der zarte Ringelblumenduft überlagert vom Eisengeruch des Blutes. Ihre Augen waren blau, wie die ihrer Mutter, und so hell wie das Kleid mit der dunkelroten Rose. Ihre Lippen formten ein Wort. Kein Laut, nur Atem. Ihr letzter Atemzug, sein Name.

1. Kapitel

Ich verschlucke einen ungläubigen Laut, als ich die winzigen Mäusekadaver im Gezweig erblicke, vier an der Zahl, blutig gepfählt auf den langen Dornen des Schlehenstrauches.

Er ist nicht in der Nähe, der Würger mit seiner schwarzen Augenbinde, sonst hätte er mich längst entdeckt. Behutsam schiebe ich einen Zweig zur Seite und da ist es, das ein wenig unförmig geratene Nest. Sieben grünliche Eier mit purpurnen Flecken liegen in ihrer flauschigen Mulde aus Wollgras, Daunenfedern und Tierhaar.

Tierhaar? Ich schaue genauer hin. Nein, dafür ist es zu fein, zu lang. Eine gelockte Strähne hat sich vom dornenbewehrten Panzer des Nestes gelöst, die hellen Haare bewegen sich sacht im warmen Maiwind. *Menschenhaar,* durchzuckt es mich. Schaudernd lasse ich den Ast los, der mit einem Rascheln zurückschnippt.

Plötzlich ein raues Kreischen dicht über mir. Das weiße Nackengefieder des amselgroßen Vogels ist gesträubt, der Kopf nach vorn gestreckt, sein langer Schwanz aufgefächert wie bei einem Pfau. Vor Schreck mache ich eine unbedachte Bewegung, meine Füße verlieren den Halt auf dem umgestürzten Birkenstamm und ich rausche durch die Zweige der Schlehe. Dornenspitzen ritzen meine Haut wie scharfe Nadeln, verhaken sich in meinem T-Shirt und zerren an meinem Haar. Mit einem heiseren Schrei lande ich auf dem Hosenboden im Gras.

Der weiß-schwarze Vogel mit dem dunklen Hakenschnabel scheppert und kreischt. *So wütend kann Angst klingen.* Für den Würger bin ich ein Feind, der Vogel verteidigt seine Brut und seine makabere Vorratskammer.

Ich will ihn nicht stören. Schnell rappele ich mich auf und schultere meinen kleinen schwarzen Rucksack. Mit hastigen Schritten laufe ich quer über die Wiese zum Waldrand, tauche in den blauen Schatten der Kiefern. Mein Herz rast, doch der Aufruhr kommt nicht allein vom Schreck, den der Vogel mir mit seinem Gezeter eingejagt hat.

Ich kenne jede Ecke, jeden Winkel dieses Waldes, jeden Baum, jeden Stein und jede Kuhle und ich bin ganz bestimmt kein Angsthase – doch gegen die grauenvolle Erinnerung, die das gelockte Haar am Nest des Vogels in mir heraufbeschwört, bin ich machtlos. Sie fährt mir unter die Haut wie ein scharfer Splitter.

Unvermittelt ist alles wieder da, frisch, schmerzhaft und beklemmend. Vor fünf Jahren verschwand aus unserem Dorf ein elfjähriges Mädchen. Alina, ein blond gelockter Engel – meine beste Freundin. Ein Mann aus unserem Dorf hatte sie getötet, aber ihre sterblichen Überreste hat man nie gefunden.

Ich stolpere über eine Wurzel und unterdrücke einen Fluch. Als ich den Kopf einziehe, um mich unter einem Kiefernast hinwegzuducken, spüre ich plötzlich die dunkle Schwere eines Blickes in meinem Rücken. Die feinen Härchen auf meinen Armen richten sich auf.

Wer sollte mich hier beobachten?

Ich fahre herum, mein Blick hetzt über das Dickicht von Beersträuchern, Birkengestrüpp und Kiefernschösslingen. Meine

Sinne sind angespannt, meine Atmung beschleunigt sich, Kälte steigt mir das Rückgrat hinauf, während gleichzeitig Schweiß zwischen meinen Brüsten herabrinnt. Da ... ein leises Rascheln hinter dem Gesträuch. *Bin ich nicht allein?* Schwachsinn, sagt mein Verstand, doch mein Blick versucht fieberhaft, das wuchernde Grün zu durchdringen. Ein Reh vermutlich. *Was sonst?* Ich spüre das Pochen meines Herzens im ganzen Körper.

Man kann auch vor Angst sterben.

»Hallo«, rufe ich. »Ist da wer?«

Meine Stimme klingt fremd und wacklig. Ich stehe und lausche, bis mir die Ohren dröhnen. Das Knacken brechender Zweige beendet die Stille und mein Mut schrumpft. Ich drehe mich um, gehe ein paar Schritte rückwärts, dann laufe ich los. Ich achte nicht auf die Äste, die mir ins Gesicht peitschen, und nicht auf meinen Rucksack, der mir gegen den Rücken schlägt. Wie gehetztes Wild springe ich über Wurzeln und am Boden liegende Äste, schliddere einen Grashang hinunter und springe wieder auf die Füße. Ich kann ziemlich schnell und lange rennen, ohne aus der Puste zu kommen, aber diesmal keuche ich wie eine alte Frau.

Das macht mich wütend. Ich bin die Herrin des Waldes, er ist mein Refugium – und ich habe mich von einem lächerlichen Knacken in die Flucht schlagen lassen, bloß wegen einer dämlichen Haarsträhne an einem Vogelnest.

Lass es nicht zu, Jola, warnt die Stimme in meinem Kopf. *Du hast keine Angst. Du kennst keine Angst. Lass nicht zu, dass sie Besitz von dir ergreift, sonst endest du wie deine Mutter. Angst ist eine Falle, Angst macht dich zum Opfer. Sie kann dich auffressen wie ein wildes Tier und nichts als bleiche Knochen übriglassen.*

Doch meine Beine werden immer schneller.

Ohne mich umzudrehen oder auszuruhen, lasse ich zwanzig Minuten später die Schatten des Waldes hinter mir und erreiche den Holzstoß am Forstweg. Mein Fahrrad, das mich zurück ins Dorf bringen wird, lehnt an den sauber aufgestapelten und mit grünen Punkten markierten Stämmen. Das Adrenalin tobt noch durch meinen Körper, ich habe Seitenstechen – aber alles ist wieder unter Kontrolle. Als ich nach dem Lenker greife, nehme ich im linken Augenwinkel eine schattenhafte Bewegung wahr.

Ein dumpfer Schrei kommt aus meiner Kehle, ich reiße die Arme in die Höhe, stolpere ein paar Schritte rückwärts und setze mich zum zweiten Mal an diesem Tag auf den Hosenboden. Ein zerzauster schwarzer Lockenkopf erscheint hinter dem Holzstoß, ich blicke in Kais Grinsegesicht.

»Hey, was ist denn mit dir los?«, fragt er mit gespielter Besorgnis. »Du siehst aus, als hättest du ein Eichhörnchen verschluckt.«

Meine Hände tasten über den Waldboden und werden fündig. Ich bewerfe Kai mit Kiefernzapfen und Rinde, schimpfe wie ein Rohrspatz, habe endlich jemanden, an dem ich die Wut über meine Angst auslassen kann.

»Idiot«, stoße ich hervor, »du sollst dich nicht so anschleichen.«

Kai lacht. Sein warmes, vertrautes Kai-Lachen. Mit eingezogenem Kopf und filmreifer Abwehr-Pantomime kommt er auf mich zu und reicht mir seine Hand. Ich greife danach und mühelos zieht er mich hoch.

Kai trägt ausgewaschene graue Cargoshorts und sein geliebtes schwarzes *Party Hard*-T-Shirt, das er sich in Berlin auf unserer Klassenfahrt gekauft hat und das er nur noch auszieht, wenn es vor Dreck starrt oder nach Schweiß riecht. Kai Hartung und ich kennen uns, seit wir krabbeln können. Er war mein bester Freund, bis in den Winterferien aus dieser Freundschaft mehr geworden ist.

»Hey, du blutest.« Kai lässt mich los und schiebt mit Daumen und Zeigefinger meinen Kopf zur Seite.

Ich fasse an meine rechte Wange. »Dornen«, sage ich. »Was machst du überhaupt hier?« Es kommt nur äußerst selten vor, dass Kai im Wald anzutreffen ist.

»Deine Mutter hat gesagt, dass ich dich hier vielleicht finde.«

»Ja – und?«

»Ich habe Sehnsucht nach dir.« In gespielter Verzweiflung hebt er die Hände. »Aber du gibst dich ja lieber mit Schrecken und Schleichen ab als mit mir.«

Er meint Blindschleichen und Ödlandschrecken und ich muss mir ein Lächeln verkneifen.

»Ich habe ein Raubwürgergelege entdeckt, sieben grünliche Eier. Sie sehen aus wie gemalt, wunderschön. Dabei hab ich mir in der Schlehenhecke das Gesicht zerkratzt.« Als ich mit der flachen Hand über meine Wange reibe, brennt es wie Feuer.

Kai betrachtet mich mit einer Mischung aus milder Nachsicht und Spott, aber sein Blick täuscht. Seit wir richtig zusammen sind, geht ihm mein Faible für den Wald und seine Bewohner zunehmend auf die Nerven. Er findet Tiere nur mäßig aufregend – wie die meisten Jugendlichen, die auf dem Dorf aufgewachsen sind. Außerdem will er mich nicht teilen, nicht mal mit einer Blindschleiche oder einem seltenen Vogel.

In letzter Zeit läuft es für uns beide nicht mehr so gut. Genau genommen seit drei Wochen, seit wir das erste Mal richtig miteinander geschlafen haben. Auf einmal habe ich das Gefühl, in einem Kokon gefangen zu sein, eingewickelt in Erwartungen, die mir die Luft abschnüren. Doch in meinem Inneren summt es. Es brodelt. Es bebt. Es wartet.

Worauf? Ich weiß es nicht. Ich warte auf alles Mögliche. Dass etwas passiert mit mir. Dass das Warten ein Ende hat. *Dass etwas mich von hier forttragen wird.*

Ich schiebe mein Rad auf den Forstweg, der vom Dorf bis ins Sperrgebiet führt. »Hat meine Ma dir denn nicht gesagt, dass Sassy und ich uns heute um fünf mit Marie Scherer treffen? Du weißt doch, unser Zeitzeugengespräch.« Ich lächle ihm entschuldigend zu, dann schwinge ich mich in den Sattel und radele los.

Ich trete kräftig in die Pedale, aber Kai hat ein nagelneues BMX, während meines ein einfaches, solides Damenrad mit drei Gängen ist und schon fünf Jahre auf dem Buckel hat. Er überholt mich, kurz bevor aus dem Forstweg Pflasterstraße wird und wir unser Haus am Waldrand erreichen.

Kai steigt ab und öffnet das Hoftor. Wilma, unsere braun-weiße Deutsch-Drahthaar-Hündin kommt angelaufen und begrüßt uns schwanzwedelnd. Kai stellt sein Fahrrad ab und krault sie hinter den Ohren. Fremden zeigt Wilma die Zähne und knurrt sie an, aber Kai gehört für sie zur Familie. Ich schiebe mein Rad über den gepflasterten Hof um das Haus herum in den Schuppen.

Die Luft ist warm und duftet nach Frühling. Die Apfelbäume in unserem Garten stehen in voller Blüte. Als ich um die Ecke biege, erwartet mich eine Sensation: Meine Mutter sitzt mit ihrem Netbook auf der Terrasse. Ma ist Schriftstellerin und schreibt wilde Abenteuerromane für Kinder. Offensichtlich ist es einer ihrer guten Tage und mit etwas Glück werde ich mir trotz der Schrammen im Gesicht keine Moralpredigt anhören müssen.

»Du hast Jola also gefunden«, sagt Ma zu Kai, als wir vor ihr stehen. Ich halte den Kopf abgewandt, damit sie die Kratzer auf meiner Wange nicht sehen kann – jedenfalls nicht sofort.

»Ja, sie war im Wald. Danke für den Tipp.«

Ich verdrehe spöttisch die Augen. Wo, zum Teufel, hätte ich sonst sein sollen? Im Kino vielleicht? Im Schwimmbad? Im Eiscafé?

Ma seufzt. Für sie ist der Wald ein Ungeheuer mit spitzen Zähnen und scharfen Klauen. Ein dunkler Quell unzähliger Gefahren. Sie denkt unaufhörlich, mir oder auch Pa könne etwas Schreckliches zustoßen, und das ist für uns alle drei ein immerwährendes Problem.

»Saskia hat angerufen.« Die Sorgenfalte auf Mas Stirn ist noch nicht verschwunden. »Ich soll dir ausrichten, dass es Marie Scherer nicht gut geht, deshalb hat Agnes euer Treffen für heute abgesagt.«

»Okay.« Ich bin enttäuscht, denn nun wird wohl nichts mehr werden aus Saskias Zeitzeugenbericht. Es tut mir leid für sie, weil sie sich so darauf versteift hat.

Ich registriere die Erleichterung in Kais Gesicht. Er ist froh, dass er mich nun doch noch für sich hat.

»Ich habe Streuselkuchen gebacken«, sagt meine Mutter, »er steht in der Küche. Milch ist im Kühlschrank.«

»Danke, Ma.« Ich greife nach Kais Hand und ziehe ihn durch die offen stehende Terrassentür nach drinnen.

Unser Haus ist ein einstöckiges, über hundert Jahre altes Fachwerkhaus in Form eines rechten Winkels, mit weißem Putz, schwarzen Balken und einem roten Ziegeldach. Es hat Frieda und August Schwarz gehört, den Eltern meines Vaters, und als ich klein war, haben wir alle zusammen darin gewohnt.

Opa August starb vor ein paar Jahren an einem Herzinfarkt

und Oma Frieda zog zu ihrer Schwester in die Nähe von Hamburg. Inzwischen hat sie Alzheimer und lebt in einem Pflegeheim. Ich sehe sie nur noch ein- oder zweimal im Jahr und sie erkennt mich nicht mehr. Sie erkennt nicht einmal ihren eigenen Sohn.

Mein Vater hat das Haus nach und nach umgebaut und modernisiert und meine Mutter hat es mit warmen Farben und einer Mischung aus alten Bauernmöbeln, hellen Regalen und schönen Stoffen zu einem gemütlichen Zuhause gemacht. Sie hat wirklich ein Händchen für so was.

Wir durchqueren das Wohnzimmer mit dem Kamin und dem auffällig gemaserten Holzfußboden. Schon in der großen Diele duftet es nach frisch gebackenem Kuchen und mir läuft das Wasser im Mund zusammen.

In der Küche stürzen wir uns auf den Streuselkuchen und essen jeder ein Stück – gleich vom Blech. Ich hole Gläser und wir trinken kalte Milch aus dem Kühlschrank. Lachen über unsere Milchbärte, wie wir es seit Jahren tun. Paul, mein grau getigerter Kater, der schlafend auf seinem Kissen in der Fensterbank gelegen hat, macht einen Buckel, springt auf den Boden und streicht maunzend um meine Beine. Ich berühre sein glänzendes Fell, das unter meinen Fingern leise knistert. Paul bekommt auch ein Schälchen verdünnter Milch, genüsslich beginnt er zu schlecken.

Verstohlen beobachte ich Kai. Er schaut mich an wie ein liebeskranker Kater und ich tue so, als würde ich es nicht merken, denn es macht mich verlegen.

Was siehst du, Kai?

Pa nennt mich manchmal »meine Schöne«, doch es gibt weitaus hübschere Mädchen als mich. Mein Gesicht ist zu breit und meine hellgrauen Augen stehen weit auseinander. Ich mag den dunklen Kupferton meiner Haare, aber sie locken sich störrisch und sind nur schwer zu bändigen, weshalb ich sie meist zu einem Zopf binde. Wenn ich sie offen trage, was zu Kais Bedauern viel zu selten vorkommt (im Wald ist ein Zopf einfach praktischer), fallen sie mir bis auf die Schultern.

Ich habe nie versucht, nach außen etwas anderes zu sein, als ich wirklich bin, und Kai hat sich nie beschwert. Aber was sieht er? Und was wünscht er sich?

»Lass uns nach oben gehen, okay?« Ich muss mal und will mich umziehen, denn mein T-Shirt ist völlig verschwitzt. Zwei Stufen auf einmal nehmend, setze ich die Holztreppe in die obere Etage hinauf und Kai folgt mir.

Die Treppe mündet in einen Flur und alle Räume, die von ihm abgehen, haben Dachschrägen. Linker Hand hat meine Mutter ihr Arbeitszimmer mit Blick auf die Dorfstraße. Die nächsten beiden Türen führen in ein kleines Gästezimmer und in ein Bad mit Dusche und Toilette, das ich so gut wie allein benutze. Außerdem gibt es zwei kleine Abstellkammern. Am Ende des rechtwinkligen Ganges liegt mein Zimmer mit zwei Dachfenstern und einer breiten Glasfront, deren Tür auf meinen überdachten Balkon führt.

Vor der Glasfront ein großer Schreibtisch, ein Bett unter dem Dachfenster, niedrige Bücherregale entlang der Wände unter der Dachschräge, ein Kleiderschrank neben der Tür – bei zwei schrägen Wänden bleibt nicht viel Platz für Möbel.

Ich schnappe mir ein frisches T-Shirt aus dem Schrank und verschwinde im Bad, um mich umzuziehen. Arme, Beine und Halsausschnitt sind schon sonnenbraun, der Rest ist noch winterbleich. Ich trage keinen BH, meine Brüste sind zu klein, als dass einer notwendig wäre.

Im Spiegel begutachte ich, was die Schlehendornen in meinem Gesicht angerichtet haben. Zwei feine rote Risse in meiner rechten Wange, ein paar stecknadelgroße getrocknete Blutstropfen, die ich mit warmem Wasser abwasche. Es brennt wieder, ist jedoch nicht der Rede wert. Ich verletze mich oft, aber jammernd zu Ma zu rennen, hat von jeher alles nur schlimmer gemacht. Also habe ich gelernt, die Klappe zu halten. Der Schmerz geht vorbei, wie alles früher oder später vorbeigeht.

Als ich in mein Zimmer zurückkomme, lümmelt Kai rücklings auf meinem Bett. Er grinst und klopft mit der flachen Hand auf die bunt gemusterte Tagesdecke.

Ich ignoriere seine einladende Geste, stattdessen trete ich durch die offene Glastür auf den Balkon hinaus, der in den verwilderten Nachbargarten zeigt. Der Balkon mit Uroma Hermines altem Schaukelstuhl ist mein Lieblingsplatz, hier sitze ich oft und träume, lausche auf das Rascheln der Blätter im Kirschbaum oder den Gesang der Vögel.

Mein Vater senst im Nachbargarten Brennnesseln, denn er will nicht, dass das Grundstück völlig zuwuchert. Der alte Kirschbaum, dessen stärkster Ast bis an das Balkongeländer heranreicht, verliert seine weißen Blütenblätter. Als feine Schicht liegen sie auf dem schwarzen Teerdach unseres Schuppens, der das Haus mit dem Nebengebäude verbindet, in dem Pa sein Büro hat.

Kai kommt mir nach. Er stützt seine Hände auf die Brüstung und schaut in den Nachbargarten. Mein Vater entdeckt uns und winkt. Kai winkt zurück. »Jola?«

»Ja?«

Kai hat schöne dunkelblaue Augen mit dichten Wimpern. Er ist so vertraut. Ich mag seine Lippen, ich mag ihn, nur ...

Er macht eine Kopfbewegung in Richtung Balkontür. »Können wir wieder reingehen?« Seine Stimme klingt heiser, die Frage wie ein unterdrückter Seufzer.

»Warum denn?«

»Ach, komm schon, stell dich nicht so an.«

»Wenn du mich küssen willst, kannst du das auch hier draußen tun«, necke ich ihn und weiß, dass ich grausam bin.

»Oh Mann, Jola. Ich will nicht, dass dein Vater uns dabei zuschaut.«

Als Kai mich flüchtig auf den Mund küsst, nehme ich den leichten Geruch von Schafwolle wahr, der immer an ihm und in seinen Kleidern haftet. Seine Lippen, seine Hände wollen mehr, aber ich bin mit meinen Gedanken ganz woanders. Im Wald. Bei der Haarlocke am Nest des Würgers und dem merkwürdigen Gefühl von Anwesenheit, das ich heute Nachmittag nicht zum ersten Mal da draußen gespürt habe.

Jemand hat mich beobachtet.

Keine Ahnung, warum ich Kai nicht gleich von der Haarlocke und meinem irrationalen Gefühl erzählt habe. Warum tue ich es jetzt nicht?

Ich schmiege mein Gesicht in seine Halsbeuge und er legt einen Arm um mich. Doch ich schweige.

2. Kapitel

Gegen halb sieben gehen Kai und ich nach unten in die Küche, damit ich das Abendessen vorbereiten kann. Pa sitzt am Esstisch und liest Zeitung. Mein Vater mag Kai, was auf Gegenseitigkeit beruht. Vor ein paar Wochen hat Pa angefangen, Kai hin und wieder ein Bier anzubieten, wenn er abends bei uns ist. Okay, Kai ist fast siebzehn und alt genug für ein Bier, trotzdem gefällt mir das vertraute Getue ganz und gar nicht. Schließlich ist Kai *mein* Freund und nicht der meines Vaters.

Vermutlich hört Pa schon die Hochzeitsglocken läuten. Ein schmuckes Häuschen auf dem verwilderten Grundstück nebenan, zwei wohlgeratene Kinder, Kai der neue Schafkönig von Altenwinkel und ich seine Schafhirtin.

Pustekuchen. Kai und ich haben andere Pläne. Nach dem Abi wollen wir zusammen fortgehen – weit fort. Nach Kanada. Das heißt: Ich möchte unbedingt nach Kanada und Kai hat ursprünglich von Neuseeland geträumt. Als ich ihm klarmachte, wie absurd das ist (er will weg von den Schafen seines Vaters und dann soll es ausgerechnet Neuseeland sein), hat er gelacht.

»Na gut, dann eben Kanada. Ich folge dir, wohin du willst, Jola.« Unsere Kanada-Pläne sind unser Geheimnis. Nicht mal unsere Freunde wissen davon. Niemand soll uns aufhalten, wenn es erst so weit ist.

Pa und Kai sitzen nebeneinander auf der Küchenbank, trinken Bier aus der Flasche und führen Männergespräche, während ich den Tisch decke und ihnen mit halbem Ohr lausche.

Mein Vater ist Revierförster. Seit ich laufen kann, nimmt er mich mit in den Wald, er hat mir alles beigebracht, was er über die Natur weiß. Ich kenne die Namen der wilden Tiere, weiß, wie sie leben, was sie fressen. Ich kenne die Namen der Bäume, Sträucher und der seltenen Gewächse und ich habe Pas guten Orientierungssinn geerbt. Es ist sein Verdienst, dass ich mich allein da draußen zurechtfinde und mich vor keinem Tier fürchte, auch vor Schlangen und Wildschweinen nicht.

Meine Mutter kommt von der Terrasse herein und zwei Minuten später verabschiedet sich Kai. Ma ist ihm unheimlich. Er gibt das nicht zu, aber ich weiß es. Dass meine Mutter, wenn die Angst sie fest im Griff hat, manchmal tagelang das Haus nicht verlässt, stuft Kai unter *verrückt* ein, wie die anderen Dorfbewohner auch. Obwohl die Leute meistens so tun, als wäre alles in bester Ordnung mit Ulla Schwarz, denn schließlich ist sie die Frau des Försters und der ist ein angesehener Mann in Altenwinkel.

Ma ist nicht verrückt, ihr fehlt nur manchmal die Kraft, sich den alltäglichen Gefahren des wirklichen Lebens zu stellen. Stattdessen sitzt sie lieber in ihrer Schreibstube und lässt ihre kleinen Romanhelden Abenteuer bestehen, die höchstens mal mit einer blutigen Nase enden. Eine verfallene Burgruine bei Nacht, ein dunkler Höhlengang, ein zähnefletschender Hund ohne Kette – was Zehnjährige eben aufregend finden. Ma ist eine Meisterin darin, heile Welten zu erschaffen.

»Hat einer von euch meine karierte Fleecedecke gesehen?« Streng schaut Ma uns an. »Ich habe sie gestern Abend auf der Terrasse liegen lassen, jetzt ist sie weg.«

Pa und ich schütteln mit geübten Unschuldsminen den Kopf. Ma hasst es, wenn jemand ihre Sachen nimmt oder verlegt, und wir beide versuchen, alles zu vermeiden, was ihren Unmut erregen könnte.

»Tja«, meint sie achselzuckend, »dann haben sie wohl die Böhlersmännchen geholt.«

Gemeinsames erleichtertes Ausatmen. Obwohl die saloppe Antwort keineswegs bedeutet, dass sie von unserer Unschuld überzeugt ist. Einer alten Sage nach sind die Böhlersmännchen kleine hilfreiche Wichtel, die im Böhlersloch am Sonnenberg wohnen. Ma hat die Decke garantiert selbst verschusselt und wird sie hoffentlich schnell wiederfinden, sonst hängt tagelang der Haussegen schief, das kenne ich schon.

Schließlich entdeckt Ma die Kratzer auf meiner Wange. Wortlos holt sie ein Fläschchen Cutasept aus dem Medizinschrank, hält meine rechte Wange ins Licht und besprüht sie mit Desinfektionsspray. Es brennt wie verrückt, aber über meine Lippen kommt kein Laut, diese Blöße gebe ich mir nicht.

Natürlich will Ma wissen, wo und wie das passiert ist.

Während des Abendessens erzähle ich meinen Eltern vom Nest des seltenen Raubwürgers, das ich auf meinem heutigen Streifzug entdeckt habe. Die hellbraune Haarsträhne lasse ich unerwähnt, schon aus Rücksicht auf meine Mutter. Ihre Angststörung bekam nach Alinas Verschwinden einen neuen Schub, sie musste damals sogar für ein paar Wochen in die Psychiatrie.

Eine Weile hört Pa mir mit halbem Ohr zu, während er isst und sein zweites Bier trinkt, aber mehr als »Hmm« und »Erstaunlich« sagt er nicht. Kleine graue Vögel interessieren ihn nicht sonderlich, auch wenn sie noch so selten und faszinierend sind und ihr Auftauchen in seinem Forstrevier eine mittlere Sensation ist.

Pa plagt sich mit ganz anderen Problemen herum. Mit Windbruch, Baumschädlingen und Wildschäden, die überhandnehmen. Der im Westen an den Wald hinter unserem Dorf grenzende Truppenübungsplatz ist sein Revier und gehört zum Bundesforst. Die Bundeswehr unterliegt strengen Naturschutzauflagen. Dafür, dass die Soldaten auf dem Gelände Krieg spielen dürfen, wird viel Geld in Neuanpflanzungen gesteckt, die dem Schallschutz dienen sollen. Aber es gibt zu viele Rehe, die die Spitzen der angepflanzten Tannen fressen, deshalb hat Pa ab und zu Ärger mit dem Platzkommandanten.

Auch die Wildschweine vermehren sich zu schnell und Pa und seine Jagdgenossen kommen mit den Abschüssen nicht hinterher. Die Tiere fressen sich auf den angrenzenden Feldern satt und die Bauern beschweren sich, dass er seine Arbeit nicht ordentlich macht.

Und noch etwas raubt ihm die Zeit: Seit einigen Monaten steht zur Diskussion, ob der Truppenübungsplatz von der Bundeswehr aufgegeben wird. Die Frage, wie das Areal danach genutzt werden soll, erhitzt seitdem die Gemüter in den umliegenden Dörfern. Pa muss ständig auf irgendwelchen Versammlungen anwesend sein und ist deshalb kaum noch auf Pirsch in seinem Revier.

Und Ma ... sie hört mir zwar zu, aber sie findet, dass Raubwürger unheimliche Vögel sind, weil sie ihre Beute mit einem gezielten Biss ins Rückenmark töten und die kleinen Kadaver für schlechte Zeiten als Vorrat auf Dornen spießen.

Meine Mutter steht tausend Ängste aus, wenn sie weiß, dass ich alleine im Wald unterwegs bin, in dem unzählige Gefahren lauern. Spitze Dornen oder unsichtbare Felsspalten; Blindgänger aus der Nachkriegszeit, Bäume, von denen ich stürzen und mir die Knochen brechen kann, wilde Tiere mit scharfen Zähnen.

Und natürlich der böse Mann, der mich eines Tages holen wird, so, wie er Alina geholt hat.

Du wirst dir wehtun, Jola, du wirst schon sehen.

Seit der Sache mit Alina sieht Ma den Schrecken auch dort, wo keiner existiert – dagegen helfen nicht mal ihre Pillen. Sie kann den Gedanken, dass es mich ebenso hätte treffen können, einfach nicht verwinden und ihre Ängste bestimmen unseren Familienalltag. Eltern sollten einem beibringen, wie man das Leben meistert und sich nicht davor fürchtet. Doch auch wenn sie vielleicht nicht den Titel »Eltern des Jahres« verdienen: Ich liebe Ma und Pa.

Meine Mutter sieht heute besonders hübsch aus. Ihr sonst blasses Gesicht ist auf Stirn und Wangen leicht gerötet von der Maisonne. In ihrem dunkelroten T-Shirt und mit dem blauen Tuch im Haar sieht sie verdammt jung aus. Leider scheint meinem Vater das alles nicht aufzufallen.

Pa hat an, was er fast immer anhat: dunkle Cordhosen, dunkles T-Shirt und darüber ein offenes Holzfällerhemd. Er ist groß, über eins achtzig, deshalb fällt sein Bauchansatz noch nicht so auf. Außerdem sieht er gut aus. Wie George Clooney, sagt meine Freundin Saskia. Ich finde den Vergleich ziemlich weit hergeholt, aber vermutlich sieht man die eigenen Eltern mit anderen Augen als die übrige Welt.

Nachdem ich die Spülmaschine eingeräumt und angestellt habe, verziehe ich mich in mein Zimmer. Ma wird ihren Sonntagabend entweder mit Kater Paul vor dem Fernseher verbringen oder stundenlang mit einer ihrer Schriftsteller-Freundinnen telefonieren. Und mein Vater macht sich auf den Weg zum »Jägerhof«, wo er mit seinen Kumpels ein paar Runden kegelt oder Doppelkopf spielt und noch ein paar Bierchen trinkt.

Manchmal schaue ich mir zusammen mit meiner Mutter einen Film an, aber sie hat sich heute (wie so oft) für eine Komödie entschieden und ich finde Komödien doof. Viel lieber hätte ich den Tatort gesehen, aber Ma schaut prinzipiell keine Krimis oder Thriller, weil sie danach nicht schlafen kann. Zu viel Aufregung.

Allein in meinem Zimmer rekapituliere ich den Tag und erneut packt mich der Groll über meine Angst, die mich im Wald zur Flucht bewegt hat. Ich darf sie nicht zulassen; darf der Angst keinen Raum geben im meinem Leben. *Ich darf nicht, ich darf nicht, ich darf nicht.*

Ich packe meinen Schulkram für den nächsten Tag zusammen, dusche und lese noch ein paar Seiten in »Der Ruf der Wildnis« von Jack London. Das ist heimliche Lektüre. Nur Kai weiß, dass ich solche alten Kamellen lese. In einem kleinen Dorf wie Altenwinkel braucht es nicht viel, um als Freak abgestempelt zu werden. Es genügt, dass ich Vegetarierin bin, damit die Leute mich für extravagant halten.

Müdigkeit befällt mich, trotzdem kann ich nicht schlafen. Draußen ist es schon lange dunkel, als ich auf den Balkon hinaustappe. Die Luft ist süß und schwer vom Duft der Kirschblüten. Der Blütenschnee kommt immer, ein paar Tage früher oder später im Mai. Unwillkürlich löst der süße Duft in mir die Erinnerung an ein merkwürdiges Erlebnis aus, das ich vor zwei Jahren genau an dieser Stelle hatte.

Es war ein Abend wie dieser, warm für die Jahreszeit und erfüllt vom Duft der Obstblüten. Ich fühlte mich krank, hatte leichtes Fieber und beschloss, am nächsten Tag zu Hause zu bleiben. Es war schon fast Mitternacht, als ich Kai eine SMS schickte, damit er Bescheid wusste. Er war noch wach und rief mich zurück.

»Es schneit«, sagte er, »geh auf deinen Balkon und schau es dir an.« Kais Stimme wirkte wie Medizin. Ich wurstelte mich aus meinem verschwitzen Bett, zog mir was über und schlurfte mit dem Handy am Ohr auf den Balkon. Ans Geländer gelehnt, sah ich im Licht des Mondes den Kirschblüten zu, wie der Wind sie von den Zweigen holte und wie kalten Schnee im wilden Garten verteilte. Damals war ich felsenfest davon überzeugt, dass ich Kai irgendwann heiraten werde, weil er das seltene Exemplar eines Jungen war, der Augen für Kirschblütenschnee hatte.

Um mich ein wenig aufzumuntern, erzählte Kai mir einen Witz und prompt musste ich lachen. Plötzlich sah ich sie, die geisterhaft bleiche Gestalt im Nachthemd, mit dem Engelshaar und den Feenflügeln. Sie stand unter dem Kirschbaum im Dunkeln, eingehüllt in bläuliche Nebelschleier, und sah zu mir herauf. Ich ließ das Handy sinken, während Kai fröhlich weiterplapperte. Mit fiebrigem Blick starrte ich die bleiche Fee an – und sie mich.

Das ist unmöglich, das kann nicht sein, war alles, was ich zu denken vermochte.

»Alina«, flüsterte ich ungläubig. Aber die Gestalt war schon wieder in der diffusen Dunkelheit verschwunden. Aus dem Handy wetterte Kais Stimme: »Verdammt ... Jola, hörst du mir überhaupt zu? Was ist denn mit dir los?«

»Ich glaube, ich hab gerade ein Gespenst gesehen.«

»Du hast Fieber«, sagte Kai. »Leg dich lieber wieder in dein Bett.«

Außer Kai habe ich niemandem von der unirdischen Erscheinung erzählt. Ich glaube nicht an Geister, damals wie heute nicht, und mir ist durchaus klar, dass mein fiebriges Hirn mir ein Bild vorgegaukelt hat. Ich war einer Sinnestäuschung erlegen. Oder einfachem Wunschdenken. Alinas Geist ist mir seither nie wieder erschienen, aber ich wäre nicht überrascht, wenn sie heute Abend mit ihren Feenflügeln unter dem Kirschbaum stehen würde. Einfach weil ich es mir so sehr wünsche.

Alina war mit ihren Eltern erst ein Jahr und ein paar Monate vor ihrem Verschwinden von Berlin in das Haus in der Dorfstraße gezogen. Beide Eltern arbeiteten in der Stadt und kamen meist spät nach Hause, trotzdem versuchten sie, aktiv am Dorfleben teilzuhaben. Doch Zugezogene haben einen schweren Stand in Altenwinkel, sie bleiben auf ewig Fremde und werden von den Alteingesessenen auch nach Jahren noch argwöhnisch beäugt.

Alina scherte sich nicht darum, dass die Dorfkinder sie schnitten und belächelten. Sie trug gerne Kleider in grellen Farben und fiel dadurch auf wie ein Papagei im Hühnerstall. Wir waren Beinahe-Nachbarn, und obwohl Alina und ich grundverschieden waren, mochten wir uns auf Anhieb. Aus der Stadtpflanze und dem Landei wurde schnell ein Team.

Drachen, Einhörner, Feen und Elfen waren Alinas Welt und ich ließ mich mitreißen von ihrer wilden Fantasie. Wenn wir verborgen hinter der großen Hecke im verwilderten Garten spielten, der zwischen den Grundstücken unserer Familien liegt, war sie die Waldfee und ich der Schrat, weil ich immer in zerbeulten Hosen herumlief und stets Kiefernnadeln im Haar hatte. Der Garten war unser magisches Reich, dort konnten wir ungestört unseren kindlichen Spielen frönen, während wir in der Schule Interesse an Klamotten, Boygroups und Jungen heucheln mussten.

Mein Vater duldete es nicht, dass andere Kinder aus dem Dorf das Grundstück als Spielplatz nutzten, aber bei Alina und mir drückte er ein Auge zu, wahrscheinlich, weil er uns so besser unter Kontrolle hatte.

Alina versuchte, mich davon zu überzeugen, dass es im Wald hinter dem Dorf Feen, Elfen und Einhörner gibt. »Sie leben im Verbotenen Land«, behauptete sie und grinste dabei auf eine Weise, die mich verunsicherte: Glaubte sie das wirklich oder machte es ihr Spaß, mich auf den Arm zu nehmen? Wir kicherten und es war mir egal.

Das *Verbotene Land* ist der Truppenübungsplatz. Ich versicherte Alina, dass ich auf den Streifzügen mit meinem Vater noch nie eine Fee oder gar einen Elf gesehen hatte. Nur gewöhnliche Soldaten in Tarnuniformen, die auf Ziele ballerten oder am Boden herumrobbten. Aber davon wollte sie nichts hören. *»Nur weil du sie nicht siehst, heißt das nicht, dass es sie nicht gibt.«* Das sagte sie und dabei blitzte der Schalk aus ihren blauen Augen.

Es war Mitte September, als sie verschwand. Erst zwei Wochen zuvor hatte die Schule wieder begonnen. Alina und ich waren am späten Nachmittag im verwilderten Garten zu unserem geheimen Spiel verabredet gewesen, doch Ma hatte beim Kontrollieren meiner Hausaufgaben festgestellt, dass ich sie in Eile und schludrig erledigt hatte. Ich musste alles noch einmal schreiben. Als ich endlich fertig war und zu meiner Freundin laufen konnte, war sie nicht mehr da.

Zuerst glaubten alle, Alina wäre in den Wald hinter den Gärten gelaufen und hätte sich verirrt. Ihre Eltern, die Polizei und das halbe Dorf suchten fieberhaft im Wald und auf den Feldern nach ihr. Der Truppenübungsplatz wurde von Polizisten mit Suchhunden und Soldaten in allen Himmelsrichtungen durchkämmt. Doch die unzähligen natürlichen Höhlen und versteckten Spalten im Muschelkalk sowie die Überreste der alten Bunkeranlagen und der Wehrmachtsstollen im Berg erschwerten die Suche nach Alina.

Die alte Kiesgrube zwischen Altenwinkel und unserem Nachbardorf Eulenbach, die die Leute im Sommer zum Baden nutzen, wurde von Tauchern abgesucht – doch alles blieb ohne Erfolg. Es war, als wäre Alina vom Erdboden verschluckt.

Als die beiden Polizisten zu uns nach Hause kamen, um mich über meine Freundin auszufragen, hatte ich den Ernst der Lage noch nicht einmal zur Hälfte erfasst. Die Befragung war ein Albtraum für mich. Erst nach einigem Zureden offenbarte ich unser Geheimnis und erzählte den Beamten, dass Alina sich am liebsten als Tinkerbell verkleidete und in der Schule oft träumte. Dass sie Pferdenärrin war und ihre Lieblingsfarbe Himmelblau, weil das so gut zu ihren blauen Augen passte. Dass sie für ihr Leben gern mit Buntstiften malte (Drachen, Einhörner, Feen und Bäume) und so neugierig war, dass die Antworten auf ihre vielen Fragen sie manchmal zum Heulen brachten, weil sie anders ausfielen, als sie sich erträumt hatte.

Ich erzählte den Polizisten auch von Tinkerbells großem Talent, sich selbst in Schwierigkeiten zu bringen – aber all das brachte Alina nicht zurück.

Ich war gerade erst zwölf, aber nicht blöd. Ich verstand eine Menge von dem, was nach der erfolglosen Suche von allen befürchtet wurde und was niemand in meiner Gegenwart aussprach: Der *Böse Mann* hatte Alina entführt, hatte ihr wehgetan und sie ermordet.

Vage erinnere ich mich an die Panik, die damals im Dorf ausbrach. In der Altenwinkler Gerüchteküche brodelte es gewaltig, Türen wurden verriegelt und Nachbarn beäugten einander misstrauisch. Eltern fuhren ihre Kinder mit dem Auto in die Schule und ließen sie am Nachmittag nicht mehr aus dem Haus. Wenn die Dorfbewohner von meiner verschwundenen Freundin sprachen, dann war sie nur noch das »arme Ding« und ich war wütend, weil sie ihr den Namen gestohlen hatten.

Am Abend des dritten Tages nach ihrem Verschwinden fand die Polizei Alinas hellblaues Tinkerbell-Kleid in dem aufgebockten alten Wohnwagen bei den Ponys von Martin Sievers, der zurückgezogen auf seinem Waldgrundstück lebte, nachdem seine Frau ein paar Jahre zuvor gestorben war. Der Mann wurde verhaftet, und als Beamte sein Haus durchsuchten, entdeckten sie in einer Kammer auf dem Dachboden seines Hauses einen Stapel Pornomagazine. Sievers leugnete, Alina etwas angetan zu haben, doch am nächsten Morgen fand man ihn erhängt in seiner Zelle, was als eindeutiges Schuldeingeständnis galt.

Zumal Rudi Grimmer, der ehemalige Dorfpolizist, noch etwas Ungeheuerliches von seinen Kollegen erfahren hatte: dass Sievers seinen Lehrerberuf vor vielen Jahren aufgeben musste, weil er eine minderjährige Schülerin verführt hatte. Aus diesem Grund waren er und seine Frau Hanne in unser kleines Dorf gezogen: um sich zu verstecken.

Im Nachhinein behaupteten einige Altenwinkler, Sievers sei ihnen von Anfang an merkwürdig und falsch vorgekommen. Ich hatte ihn und seine Frau gemocht. Martin Sievers hatte sein Grundstück immer in Ordnung gehalten, es aber nicht totgepflegt wie die meisten Leute im Dorf. Er ließ Brennesselinseln stehen für die Raupen der Schmetterlinge und in seinen Bäumen nisteten seltene Vögel. Sievers wusste, dass ich Tiere mochte, und wenn ich wollte, durfte ich in seinen Garten kommen und sie beobachten. Zuletzt hatte er mir einen Siebenschläfer gezeigt, der zutraulich geworden war.

Deshalb war das Ganze für mich besonders unverständlich und schlimm. Wenn sich das Böse hinter Normalität und Freundlichkeit versteckt, wie soll man es dann erkennen und sich davor schützen?

Der freundliche Herr Sievers hatte Alina getötet und ihren Körper irgendwo verscharrt. In seinem Haus und auf seinem Grundstück wurde das Unterste zuoberst gekehrt, der Wald von einer Hundertschaft und Leichensuchhunden noch einmal gründlich durchkämmt – nichts. Alinas Leiche wurde nicht gefunden und die Suche nach ihr ein paar Wochen später eingestellt.

Ich war vollkommen durch den Wind damals. Um mit dem Grauen und dem Verlust klarzukommen, reimte ich mir meine eigene Geschichte zusammen. Man hatte zwar Alinas Kleid gefunden, doch die schillernden Feenflügel waren nicht im Wohnwagen gewesen. Mit diesen Flügeln war Alina Sievers entkommen, daran glaubte ich damals fest.

Nachdem sich Schock und Trauer gelegt hatten, ging das Leben in Altenwinkel wieder seinen gewohnten Gang. Der Schuldige hatte sich selbst gerichtet und war zu ewiger Verdammnis verurteilt. Er war (natürlich) ein Zugezogener, niemand aus dem Dorf wäre zu so einer Tat fähig gewesen. Das Böse haust in den Betonklötzen der großen Städte, nicht hier, wo jeder jeden kennt.

Ma musste in die Psychiatrie und ihre Schwester, Tante Lotta, kehrte nach Altenwinkel zurück. Ich war froh, dass ich wieder in meinen Wald konnte. In Räumen fühle ich mich gefangen wie ein wildes Tier im Käfig. Ich kann nicht atmen, ich muss raus, dorthin, wo es keine Wände gibt, wo es nach Laub, Kiefernnadeln und harziger Rinde riecht, wo mir der Wind um die Nase weht.

»Was machst du eigentlich stundenlang da draußen im Wald?«, wollte Tante Lotta von mir wissen.

»Nichts«, antwortete ich. Doch dieses *Nichts* war ein ganzes

Universum, das mir gehörte, und daran hat sich bis heute nichts geändert.

Als Ma zurück nach Hause kam, wollte sie mir meine Streifzüge in den Wald verbieten, aber Pa war der Ansicht, die Natur könne mir bei der Bewältigung meines Verlustes behilflich sein. Sie stritten sich – und ich fand Mittel und Wege, mich davonzustehlen. Natürlich blieb meiner Mutter nicht verborgen, dass meine Hosen und T-Shirts voller Grasflecke, Harz und Kiefernadeln waren und meine Haut zerkratzt von Dornen. Aber ich tischte ihr immer ausgefeiltere Lügen auf und sie schluckte sie.

Was wollte sie machen? Mas Kontrolle endete an der Haustür, sie konnte die Schwelle nicht überschreiten, geschweige denn, über ihren eigenen Schatten springen.

Schon Mitternacht. Die Erinnerungen an Alina haben mich aufgewühlt und halten den Schlaf fern. Mit fast siebzehn sieht man die Dinge anders als mit zwölf und ich frage mich, was wohl hinter den Türen meines Gedächtnisses noch alles lauert.

Der volle Mond scheint durch das Rechteck in der Dachschräge in mein Bett und erhellt das Zimmer mit seinem kalten Licht. Es wird eins ... halb zwei. Ich wälze mich herum, bin zu müde und zu kaputt für das rettende Ritual, den nächtlichen Waldgang, der mich jedes Mal erdet und zu mir selbst zurückbringt.

Tu es, sonst wirst du nie schlafen.

Schließlich quäle ich mich aus dem Bett, ziehe mich an, schiebe die Taschenlampe in meinen Hosenbund und schlüpfe in mein Herrin-des-Waldes-Ich. Wie in Trance steige ich vom Balkon auf den Kirschbaum und klettere nach unten in den verwilderten Nachbargarten. Direkt unter meinem Balkon befindet sich der Carport, das Schlafzimmer meiner Eltern ist auf der gegenüberliegenden Seite des Hauses. Ich habe also nicht zu befürchten, dass sie mich bemerken. Mit flinken Schritten laufe ich durchs taunasse Gras bis zum morschen Jägerzaun am hinteren Ende des Grundstückes. Die Angeln der Gartenpforte sind verrostet und sie steht offen.

Ich trete auf den Gartenweg. Die Nachtluft ist kühl und rein, der volle Mond leuchtet über den schwarzen Wipfeln der Kiefern. Ich laufe nach links an unserem Grundstück vorbei auf den Forstweg, der aus dem Dorf hinaus in den Wald führt. Nach ein paar Minuten knipse ich die Taschenlampe an und nehme einen Wildpfad mitten hinein in den Wald. Der bleiche Lichtkegel zeigt mir Äste und Wurzeln, denen ich ausweichen muss, um die richtigen Trittstellen für meine Füße zu finden. Ich bin jetzt hellwach.

Irgendwann stehe ich vor dem dicken Stamm einer uralten Kiefer. Meiner Kiefer. Die Baumgreisin hat eine halbkugelige Krone und ist mindestens zweihundert Jahre alt (sagt Pa). Mit dem Rücken lehne ich mich gegen den krumm gewachsenen Stamm meiner alten Freundin und knipse die Taschenlampe wieder aus, um Teil der Nacht und des Waldes zu werden. Stille hüllt mich ein, die plötzliche Dunkelheit verschluckt die Umrisse der Bäume, verschluckt alles. Sämtliche lebendige Wesen in meinem Umkreis halten den Atem an.

Ich schließe die Augen, warte, bis sich Puls und Atmung beruhigt haben und meine Sinne ganz wach sind. Ich warte, bis die Tiere vergessen haben, dass ich da bin.

Nach und nach wird der Wald lebendig. Ein Käuzchen ruft und verstummt wieder. Wenig später raschelt es am Boden – direkt neben mir. Ich höre ein hartes Bellen, vermutlich mehr als hundert Meter entfernt, doch es klingt irritierend nah. Ein Rehbock.

Die Stimme der Angst meldet sich mit einem leisen Prickeln

im Nacken, aber ich höre nicht hin. Ich öffne die Augen, zwinge mich, die Taschenlampe ausgeschaltet zu lassen. Der Trick ist, die Angst zu bannen.

Im Wald gibt es für jedes Geräusch eine harmlose Erklärung. Der Wind in den Zweigen, das trockene Rascheln von Laub. Der dunkle Ruf eines Uhus; eine fette Kröte, die schwerfällig über den Boden hopst; Mäuse, die auf winzigen Pfoten umherhuschen und fiepend ihr Revier verteidigen. Ein Dachs, der nach Würmern gräbt, Wildschweine, die sich suhlen, und Fledermäuse, die auf der Suche nach Käfern und Nachtfaltern durch den Wald streifen.

Die Nacht ist der Ort, an dem sich die Grenze zwischen mir und den Geschöpfen des Waldes auflöst. Mein Herz schlägt in der alten Kiefer, mein Atem streift durch ihre weichen Nadeln, mein Blut pulsiert durch den Körper eines wilden Tieres. Ich werde eins mit ihnen. Werde unsterblich.

Langsam treten verschwommene Umrisse meiner Umgebung hervor und nach einer Weile werden die Konturen schärfer. Meine Augen haben sich an die Dunkelheit gewöhnt. Ich kann sehen, dass der schwarze Arm des mächtigen Riesen nur ein Ast ist und das geduckte Ungeheuer am Boden ein Baumstumpf. Die Hexenkrallen – nichts weiter als abgebrochene, scharfe Äste. Geräusche und Schatten, kein Grund zur Panik.

Über mir funkeln einzelne Sterne durch die Äste der Kiefer und ein knochenweißer Mond verbreitet sein kaltes Licht. Endlich hebt sich der Druck von meiner Brust und ich kann frei atmen. Es hat wieder einmal funktioniert. Mein Verstand hat die Angst besiegt. Erleichtert trete ich den Heimweg an, ohne die Taschenlampe wieder einzuschalten. Ich bin die Herrin des Waldes und das Mondlicht weist mir den Weg.

Als ich in den wilden Garten biege, verschwindet ein geduckter Schatten hinter dem Johannisbeerstrauch. Ein Fuchs, ich habe ihn schon einige Mal beobachtet. Drei Minuten später liege ich in meinem Bett. Es ist kurz vor vier, die Erinnerungen an Alina schleichen sich unaufhaltsam aus ihren Kammern. Doch der Schlaf ist schneller.

* * *

Laurentia, liebe Laurentia mein,
wann wollen wir wieder beisammen sein?

Seit ein paar Tagen ist dieses Lied in seinem Kopf. Nur ein altes Kinderlied, aber es zerrt an ihm, rührt an etwas, tief in seinem Inneren. Die Melodie löst eine bittersüße Sehnsucht in seiner Seele aus. Nach dem tröstlichen Duft weicher Mädchenhaut, nach seidenweichem Haar, nach glockenhellem Lachen. Er sucht, sucht im Dunkel seiner Erinnerung, aber eine Laurentia kann er dort nicht finden.

Laurentia, liebe Laurentia mein,
wann wollen wir wieder beisammen sein?
Am Montag!
Ach, wenn es doch endlich schon Montag wär
und ich bei meiner Laurentia wär, Laurentia!

3. Kapitel

Altenwinkel ist ein winziges verschlafenes Dorf, nicht mehr als eine Ansammlung von rund sechzig Häusern. Der Ort liegt auf einem Hochplateau, das an den Thüringer Wald grenzt. Südlich des Dorfes hat sich ein Flüsschen gut hundert Meter tief in den Muschelkalk gegraben und dadurch steile Abbrüche geschaffen. Ein dichtes Waldgebiet schließt sich im Westen an die letzten Häuser. In nördlicher und östlicher Richtung ist Altenwinkel von hügeligen Trockenwiesen umgeben, die in kleine, von Bauminseln durchsetzte Felder übergehen, auf denen Mais, Raps und Weizen wachsen.

Im Mittelalter hatte hier oben am Waldrand zuerst nur ein kleines Kloster gestanden, dessen Mönche an den warmen Kalkhängen des Tals Wein anbauten und auf den Trockenwiesen Ziegen und Schafe hielten. Aus dieser Zeit stammt auch die kleine Wehrkirche in der Mitte des Dorfes, die in späteren Jahren immer wieder umgebaut wurde. Vom alten Kloster ist heute nichts mehr zu sehen, aber einige der buckeligen Fachwerkhäuser um Kirche und Dorfplatz herum sind weit über zweihundert Jahre alt.

Eine *Scheißidylle,* wie Saskia zu sagen pflegt.

Mit anderen Worten: Altenwinkel ist das Ende der Welt, ein Kuhkaff. Nein, das stimmt nicht, denn die Kühe im Ort kann man an zwei Händen abzählen. Es ist ein Schafkaff, das kommt der Wahrheit schon näher. Schafe stehen an die fünfhundert auf den Trockenwiesen am Waldrand und alle (abgesehen von ein paar schwarzgesichtigen Heidschnucken im Garten von Hagen Neumann) gehören Kais Vater, dem Schafkönig von Altenwinkel.

Die Straße in Richtung Eulenbach säumen drei schicke neue Einfamilienhäuser von Stadtflüchtern, ein paar Verrückten, die den Umzug aufs Land riskiert haben und zu denen auch Saskias Eltern gehören. Der Bürgermeister hat das Bauland vor ein paar Jahren zu einem Spottpreis angeboten, weil er hoffte, auf diese Weise das Aussterben des Dorfes zu verhindern. Wer baut, der bleibt, argumentierte er, aber da hieß es noch, dass der Truppenübungsplatz schon bald aufgegeben und es mit der Ballerei ein für alle Mal vorbei sein wird.

Altenwinkel macht seinem Namen alle Ehre, denn es gibt nur wenige Kinder und die meisten jungen Leute kehren dem Dorf den Rücken, sobald sie die Schule abgeschlossen haben.

Wir Dorfkinder müssen eine knappe halbe Stunde mit dem Schulbus fahren, um in die Kreisstadt zu gelangen. Auch am heutigen Montagmorgen haben sich wieder zwei Handvoll verschlafene Schüler in Grüppchen an der Bushaltestelle vor dem »Jägerhof« versammelt.

Kai, Saskia und ich besuchen die zehnte Klasse des Arnstädter Gymnasiums. Saskias Bruder Max ist dieses Jahr in Altenwinkel der einzige Zwölfer. Er ist achtzehn, sieht jedoch aus wie vierzehn mit seiner schmächtigen Statur, den dünnen Beinen und dem pickligen Bücherwurmgesicht. Böse Zungen im Dorf behaupten, dass die beiden nicht vom selben Vater stammen können. Aber die Geschwister mögen sich (meistens jedenfalls) und Max ist voll in Ordnung.

Bei Clemens Neumann, dem athletischen Riesen mit dem Pferdeschwanz, tippt man auf Anfang zwanzig, er ist jedoch nur ein Jahr älter als wir und geht in die Elf. Clemens steht schweigend mit seiner jüngeren Schwester Tizia zusammen. Die beiden kommen ursprünglich aus Kassel und wohnen erst seit ein paar Monaten in Altenwinkel. Ihre Eltern sind Architekten und haben direkt am Waldrand ein todschickes Haus mit viel Holz, Metall und Glas gebaut.

Clemens ist der *Man in Black* – er trägt nichts anderes als Schwarz. Die dreizehnjährige Tizia dagegen sieht immer aus wie aus der Klamottenwerbung, was allerdings nicht über ihr langweiliges Pferdegesicht hinwegtäuschen kann.

Wirtssohn Kevin Schlotter und sein rotgesichtiger Freund Benni Maul, die Färber-Zwillinge Paulina und Elina und Tanja, die (heimlich in Kai verliebte) Tochter von Pfarrer Kümmerling gehen auf die Arnstädter Regelschule. Das kleinere Gemüse besucht die Grundschule in Eulenbach.

»Was hast du denn mit deinem Gesicht gemacht?«, fragt Max.

»Sie hat das Nest eines Raubwürgers observiert«, antwortet Kai, bevor ich den Mund aufmachen kann.

Saskia grinst in sich hinein, enthält sich aber jeglichen Kommentars.

Endlich kommt der Schulbus, die Tür öffnet sich mit einem Zischen und wir steigen ein. Ich setze mich ganz hinten ans Fenster, lege meine Stirn an die kühle Scheibe und versuche, das Geschrei der Grundschüler auszublenden. Es sind bloß sechs, aber sie machen Krach für zwanzig. Nach dem Wochenende sind sie immer besonders aufgedreht, aber spätestens in Eulenbach werden alle unter elf Jahren aussteigen und es wird schlagartig ruhiger.

Saskia besetzt den Platz neben mir, also schiebt Kai sich notgedrungen neben Max, der sofort auf ihn einplappert, um sein neuestes, übers Wochenende angelesenes Wissen loszuwerden. Der Bus fährt los, er dreht seine Runde um Dorfbrunnen und Spielplatz, die beide von der mächtigen Blutbuche mit ihren ausladenden Ästen und leuchtend roten Blättern überdacht sind.

Unwillkürlich muss ich an eine Begegnung vor zwei Wochen denken, die ich mit der alten Tonia Neumeister, der größten Tratschtante des Dorfes, hatte.

Ich kam von Saskia, wir hatten uns ein Video angesehen und Pizza gegessen. Es wurde langsam dunkel und ich erschrak zu Tode, als die Neumeister plötzlich hinter einer Hecke auftauchte wie ein Geist und mir ihre arthritischen Hexenfinger in den Oberarm krallte. »An der Blutbuche, da ist er gestorben, der Ami«, zischte sie mir ins Ohr. »War schwarz wie die Nacht. Irgendwann wird sich's rächen.«

Kaum, dass ich mich von dem Schreck erholt hatte und fragen wollte, *was* sich rächen würde, ließ die Alte mich ruckartig los, zog den Kopf ein und trippelte in Richtung Kirchplatz davon. Ich wollte ihr nachlaufen, als ich bemerkte, dass vor der Tischlerei Grimmer auf der anderen Straßenseite jemand stand und zu mir herüberstarrte.

Vermutlich war es Magnus, der Sohn von Tischler Grimmer. Magnus hat einen Sprung in der Schüssel und den Kindern im Dorf ist er nicht geheuer, aber der Mann ist vollkommen harmlos. Die alte Neumeister verschwand in ihrem Hexenhaus neben dem Dorfladen, also ging ich nach Hause.

Tonia Neumeister weiß immer zuerst, wenn jemand gestorben ist und woran. Sie weiß, wo im Dorf das Geld steckt, wer etwas mit wem hat und wer sich nicht grün ist. Den lieben langen Tag steht sie vor dem Dorfladen oder glotzt aus ihrem Fenster, von wo sie das halbe Dorf gut im Blick hat. Anderer Leute Angelegenheiten sind ihr Hobby und ihr Ruf als Unruhestifterin ist legendär.

Mit Sicherheit ist der Alten nicht entgangen, dass Saskia tagelang versucht hat, mit ein paar betagten Leuten aus Altenwinkel über das Dorfleben während des Kriegsendes und der unmittelbaren Zeit danach zu sprechen.

»Was glaubst du«, fragt Saskia in meine Gedanken hinein. »Ob die alte Scherer wirklich krank ist oder ob sie kalte Füße bekommen hat?«

Ich zucke ratlos mit den Schultern. »Keine Ahnung. Ich kenne die Frau ja überhaupt nicht.«

»Hey und ich dachte immer, in so einem kleinen Dorf kennt jeder jeden.«

»Natürlich kenne ich sie«, brumme ich. »Aber ich weiß nicht viel über sie, nur das, was alle wissen.«

»Mal ehrlich«, sagt Saskia, »findest du es nicht seltsam, dass ich überall abgeblitzt bin? Ich meine, die Greise sollten doch froh sein, dass sich mal jemand für sie interessiert.«

»Vielleicht wollen sie sich nicht erinnern«, sage ich. »Verdrängung als Strategie, um weiterleben zu können. Überleg doch mal, was wir bei unseren Recherchen für grausige Sachen herausgefunden haben. Ich hätte die Erinnerungen auch weggesperrt und den Schlüssel weggeworfen.«

Letzten Herbst haben sich unser Deutschlehrer und unsere Geschichtslehrerin zusammengetan mit der Idee, uns in Arbeitsgruppen ein Projekt erarbeiten zu lassen, mit dem wir die Noten in unserem Jahresendzeugnis aufbessern können. Kai, Saskia, Tilman und ich haben uns für die Vergangenheit und die Geheimnisse des geschichtsträchtigen Tals unweit unseres Dorfes entschieden. Der Titel unseres Projektes »Das Tal – eine Spurensuche« stammt von Kai; die Idee, ein Kapitel einem Zeitzeugenbericht zu widmen, von Saskia.

Es war jedoch schwieriger als erwartet. *»Zu lange her. – Mit Erinnerungen an die Vergangenheit hab ich es nicht so. – Wen interessiert das noch? – Lasst den Toten ihren Frieden. – Könnt ihr euch nicht mit etwas anderem beschäftigen als mit diesen alten Geschichten?«*, waren die gängigen Reaktionen.

Anfangs vermuteten wir, es könne daran liegen, dass Saskia eine Zugezogene ist und die Leute deshalb den Mund nicht aufmachen. Also begleitete ich sie ein paar Mal, aber es änderte nichts.

Und dann sprach mich letzte Woche völlig überraschend Agnes Scherer an, als ich an ihrem Haus vorbeikam. Ihre Mutter Marie sei bereit, über ihre Erinnerungen zu sprechen. Saskia war völlig aus dem Häuschen wegen der guten Nachricht, sie hatte schon befürchtet, auf den Zeitzeugenbericht verzichten zu müssen, denn bis zur Projektprüfung bleiben uns noch zwei Wochen.

In den vergangenen Wochen haben wir vier intensiv recherchiert für unsere Spurensuche und dabei viel Beklemmendes und Menschenunwürdiges über die Geschichte des Tales herausgefunden.

Ein paar Monate vor dem Ende des Zweiten Weltkrieges mussten im Tal tausende Zwangsarbeiter ein komplexes Netz aus unterirdischen Stollen und Gewölben im Muschelkalk anlegen, dafür hatten Hitlers Getreue einen Teil des Truppenübungsplatzes in ein Häftlingslager umfunktioniert. Aber auch in der Nähe von Altenwinkel und in einem Dorf auf der anderen Seite der Talstraße gab es große Zeltlager, in denen Häftlinge untergebracht waren, die als Zwangsarbeiter schuften mussten.

Die Männer, ausgezehrt von Hunger, Kälte und chronischem Schlafmangel, wurden als Schachtarbeiter und im Gleisbau eingesetzt, sie mussten unterirdische Kabel verlegen und andere schwere körperliche Arbeiten verrichten.

Angeblich sollten die Gänge, Gewölbe und Bunker Hitler als letztes Führerhauptquartier und Nachrichtenzentrale dienen. Doch als die Alliierten sich im Frühjahr 1945 dem Tal näherten, wurden Stollen gesprengt und Bunker geflutet, damit den Befreiern nichts Brauchbares mehr in die Hände fallen konnte.

Seit damals gibt es wilde Mutmaßungen und Verschwörungstheorien über die verschütteten Gänge und unterirdischen Gewölbe, in denen einige Hartnäckige noch heute Hitlers Atombombe, eine intakte Panzerflotte oder sogar das legendäre Bernsteinzimmer vermuten.

Saskias Schwerpunkt im Projekt ist der Todesmarsch der Häftlinge nach Buchenwald, den ein Großteil der kranken, halb erfrorenen und verhungerten Männer nicht überlebte. Je mehr sie sich damit beschäftigte, desto drängender wurde für sie die Frage, inwieweit die Bewohner der umliegenden Dörfer von den Gräueltaten wussten und ob sie den Häftlingen geholfen oder einfach weggesehen hatten.

Saskia verschränkt die Arme vor der Brust. »Ich wette, die alte Neumeister weiß irgendetwas.«

Kai schiebt von hinten seine Nase in den Spalt zwischen den Sitzlehnen. »In zwei Wochen ist unsere Präsentation und dann ist das Ding eh gelaufen, Sassy. Der Zeitzeugenzug ist abgefahren, kapier das doch endlich.«

»Ach, halt die Klappe«, brummt Saskia genervt. »Diese Zeitzeugengeschichte war mir persönlich eben sehr wichtig und hätte bei unserer Präsentation mit Sicherheit Punkte gebracht. Lehrer stehen auf so was.«

»Und wennschon. Offensichtlich hat eure einzige seriöse Quelle einen Rückzieher gemacht. Jetzt der alten Neumeister nachzulaufen, ist einfach nur blödsinnig«, hält Kai dagegen.

»Vielleicht interessiert mich ja, was die Altenwinkler unter ihrer Scheißidylle zu verbergen haben«, neckt Saskia Kai. »Die Greise mauern doch nicht ohne Grund.«

»Altenwinkel hat eine Leiche im Keller«, mischt Max sich ein. »Graben wir sie aus!«

Daraufhin gibt Saskia ein kicherndes Schnauben von sich.

»He«, sage ich, »diese Diskussion bringt uns nicht weiter. Agnes hat abgesagt und die Neumeister ist eine alte Tratsche. Außerdem haben wir die nächsten Tage genug damit zu tun, für die Prüfung zu büffeln.«

Saskia schaut mich mit ihrem unschlagbaren Das-glaubst-du-doch-selber-nicht-Blick an. Sie kennt mich und weiß, dass ich vom Büffeln nicht viel halte. Die Prüfungen zur besonderen Leistungsfeststellung beginnen in zwei Wochen. In Deutsch, Mathe und Bio bin ich schriftlich dran. In Englisch mündlich.

Bis zu den Sommerferien sind es noch fast zwei Monate, eine halbe Ewigkeit. Ich bin jetzt schon ferienreif und fühle mich hinter den alten Mauern unserer Schule eingesperrt wie in einem dunklen Keller.

Der Schultag vergeht quälend langsam. Zuletzt haben wir eine Doppelstunde Mathe, in der wir uns mit der Wahrscheinlichkeitstheorie herumplagen. Als Grundlage dieser mathematischen Betrachtung wird von einem Zufallsvorgang ausgegangen. Alle möglichen Ergebnisse dieses Zufallsvorganges fasst man in der Ergebnismenge zusammen. Meistens interessiert sich jedoch niemand für das genaue Ergebnis, sondern nur dafür, ob ein Ereignis eintritt oder nicht. Ein Ereignis wird als eine Teilmenge von der Ergebnismenge definiert. Umfasst das Ereignis genau ein Element der Ergebnismenge, handelt es sich um ein Elementarereignis.

Was ein *Elementarereignis* ist, kann ich gut nachvollziehen. Alinas Verschwinden, zum Beispiel, war ein elementares Ereignis. Für ihre Eltern, ihre Großeltern, für mich, für das ganze Dorf und in erster Linie natürlich für sie selbst. Ihr Verschwinden war ein Zufallsvorgang, denn genauso gut hätte es auch mich treffen können oder ein anderes Mädchen aus Altenwinkel. Aber Martin Sievers hat sich Alina geschnappt und sie getötet.

Allerdings kapiere ich nicht, wie man das Wesen und die Existenz des Zufalls auf eine Formel an der Tafel reduzieren kann. Wenn ich in die Gesichter meiner Mitschüler schaue, dann weiß ich, dass es ihnen nicht anders ergeht. Und auch Herr Ungelenk, unser Mathelehrer, sieht nicht sonderlich glücklich aus bei seinen Ausführungen. Als es endlich klingelt, habe ich das Gefühl, nicht viel schlauer zu sein als vorher.

In meinen Augen ist Unterricht schlichtweg vergeudete Zeit. *Nothing that's worth learning can be taught,* hat schon Oscar Wilde herausgefunden. In den Klassenräumen werden einem zwar unter großem Zeitdruck eine Menge Informationen eingetrichtert und einige Lehrer bemühen sich redlich, uns die Dinge auch verständlich zu machen, aber ich halte es mit Oscar Wilde: Die Offenbarungen des Lebens begegnen einem nicht im Klassenzimmer.

Endlich kommt der Schulbus. Montags und donnerstags haben Tilman und Kai nach Schulschluss Fußballtraining, deshalb fährt Kai mit dem späteren Bus zurück. Saskia, die wieder neben mir sitzt, erzählt mit leuchtenden Augen, dass sie ein neues Klamottenpaket von ihrer Cousine aus London bekommen hat.

Saskia Wagner hat glattes, schulterlanges braunes Haar und ein hübsches rundes Gesicht mit Grübchen in den Wangen. Sie lacht gern und viel, dann werden die Grübchen zu tiefen Löchern. Dank der abgelegten Klamotten ihrer Cousine sieht sie immer schick aus, auch wenn sie für manchen Rock und manche Bluse aus der Londoner Kleidersammlung ein bisschen zu mollig geraten ist. Immerhin, nach ihr drehen sich die Jungs mindestens zweimal um, was bei mir so gut wie nie vorkommt.

Schon seit ein paar Wochen ist Saskia unsterblich in Clemens, den Architektensohn, verschossen, der unser nächstes Gesprächsthema ist. Arme Sassy, denke ich, warum ausgerechnet der *Man in Black?* Clemens Neumann ist ein Schönling, mit dem hübschen Kopf zu weit in den Wolken, um ein Mädchen wie Saskia überhaupt zu bemerken. Auf dem Schulhof ist er immer von den angesagtesten Grazien umgeben. Eine feste Freundin scheint er allerdings nicht zu haben.

»Ich hoffe so sehr, dass er mich Himmelfahrt zu seiner Geburtstagsparty einlädt«, vertraut Saskia mir gerade flüsternd an.

Ich mag sie. Mit ihr kann man über ganz normale Sachen reden wie Klamotten, Musik und Jungs. Das heißt, meistens redet Saskia über Klamotten, Musik und Jungs und ich höre zu. Aber sie kann auch ganz schön hartnäckig sein, wenn sie sich einmal in eine Sache verbissen hat. Das bewundere ich an ihr.

Hin und wieder beschwert sich Saskia, dass wir nicht mehr Zeit miteinander verbringen, aber der Wald und seine Bewohner interessieren sie nicht die Bohne und außerdem versteht sie, dass ich viel mit Kai zusammen bin.

Saskia kann es kaum erwarten, wieder wegzukommen aus Altenwinkel. Nach dem Abi will sie nach London gehen, zu ihrer Cousine. Sie fühlt sich gefangen in der *Scheißidylle,* findet das Landleben langweilig. Typisch Stadtkind, denn auf dem Dorf lernt man schon früh, wie man sich nicht langweilt.

Zugegeben: Außerhalb der Schulzeiten ist es umständlich, von Altenwinkel in die Zivilisation zu gelangen. Der Linienbus fährt nur von montags bis freitags ins rund zehn Kilometer entfernte Arnstadt. Nach Erfurt, in die nächste Großstadt, sind es dreißig Kilometer. Und am Wochenende ins Kino oder auf ein Konzert zu gehen, ist ein Akt. Vor allem, wenn man ein sechzehnjähriges Mädchen ist und eine Mutter hat, die vor lauter Angst, dass etwas passieren könnte, kaum noch das Haus verlässt.

Wir Dorfkinder müssen unsere Eltern anbetteln, dass sie uns kilometerweit herumkutschieren und nach Mitternacht noch von sonst woher abholen. Toll finden die das natürlich nicht und oftmals heißt es: »Nö, heute nicht.«

Trotzdem funktioniert es irgendwie. Letztendlich findet sich immer ein Elterntaxi, das uns in die Stadt oder zurück ins Dorf bringt. Im Sommer kann man Fahrrad oder Moped fahren und ein paar der älteren Dorfjungs sind im Besitz von Führerschein und Auto.

Die Türen des Schulbusses öffnen sich vor dem »Jägerhof« und alle steigen aus. Altenwinkel ist Endstation.

Das Wirtshaus, ein einstöckiger Fachwerkbau aus roten Ziegeln und grün gestrichenen Balken und Fensterläden, ist mit seinen bunt bepflanzten Blumenkästen vor den Fenstern ein richtiges Schmuckstück und seit Generationen in den Händen von Familie Schlotter. Allerdings verirren sich nur selten ein paar Vogelbeobachter oder Fahrradfahrer nach Altenwinkel, sodass im Schankraum immer dieselben Gestalten sitzen.

Einer Eingebung folgend beschließe ich, auf dem Heimweg

kurz bei Tante Lotta vorbeizuschauen, genauso, wie ich früher nach der Schule oft bei Uroma Hermine eingekehrt bin.

Seit ihrer Rückkehr nach Altenwinkel betreibt meine Tante in ihrem Elternhaus eine eigene Töpferwerkstatt. Lotta ist achtunddreißig, drei Jahre älter als Mama. Und das genaue Gegenteil von ihr. Beide Schwestern sind klein und schlank, aber da hören die Gemeinsamkeiten auch schon auf. Es ist kaum zu glauben, dass zwei Menschen mit den gleichen Genen so verschieden sein können.

Ich verabschiede mich von Saskia, Max und den anderen und trotte hinter den Färber-Zwillingen her, deren Eltern am Ortsausgang Richtung Badesee eine kleine Gärtnerei betreiben. Kurz vor der Abzweigung auf die Dorfstraße kommt uns Frau Grimmer in ihrem elektrischen Rollstuhl entgegen, in dem sie seit ihrem Sturz von der Kellertreppe sitzt. Elvira und Rudi Grimmer wohnen im letzten Haus gegenüber der Gärtnerei. Rudi ist Frührentner und kümmert sich seit ihrem Unfall aufopferungsvoll um seine Frau, die wie immer picobello angezogen und ordentlich frisiert ist.

Paulina und Elina kichern mit weggedrehten Gesichtern, als sie an der Frau im Rollstuhl vorbeilaufen.

»Guten Tag, Frau Grimmer«, grüße ich höflich, als ich mit ihr auf einer Höhe bin.

»Hü... Hü...«, Elvira Grimmer verzieht das Gesicht und schüttelt schließlich unzufrieden den Kopf. Man könnte meinen, sie ist nicht ganz richtig im Oberstübchen und verwechselt ihren Rollstuhl mit einem Pferd. Aber Kai hat mir erzählt, dass Elvira Grimmers Sprachzentrum bei dem Schlaganfall, den sie vor ein paar Wochen erlitten hat, einen Hieb abbekam und dass das einzige Wort, das sie noch hervorbringen kann, das Wort »Hühnerkacke« ist.

Die Dorfkinder machen sich seitdem einen Spaß daraus, ihr mit diebischem Vergnügen hinterhältige Fragen zu stellen. Zum Beispiel, was es denn heute zum Mittagessen gab. »Hü... Hü... Hühnerkacke.« Arme Elvira.

Ich biege nach links in eine Straße aus buckeligem Kopfsteinpflaster ein. Zur Linken und zur Rechten der Dorfstraße reihen sich alte Bauerngehöfte mit Scheunen und weitläufigen Obstgärten aneinander. Hinter den Zäunen auf der rechten Seite, parallel zur Dorfstraße, verläuft der Gartenweg, dahinter liegt ein breiter Waldstreifen mit Verbindung zum Truppenübungsplatz.

Gleich das erste Haus in der Kurve ist das Elternhaus von Ma und Lotta, ein kleines Fachwerkhaus mit frischem orangerotem Putz, taubenblauen Balken und Fensterläden. Das Untergeschoss ist aus grauen Muschelkalksteinen gemauert und den Platz vor dem Haus hat Lotta pflastern lassen, sodass neben ihrem VW-Bus noch drei weitere Kundenautos parken können, was aber so gut wie nie vorkommt.

Den ehemaligen Schweinestall aus dunkelrot gebrannten Ziegeln hat Lotta zur Töpferwerkstatt mit einem Schaufenster umfunktioniert. Vor der blauen Haustür und dem Eingang zur Werkstatt stehen zahllose Topf- und Kübelpflanzen, unter anderem mehrere große Oleanderbüsche. Die Keramiktöpfe sind von Lotta und sehen, wie ihr Inhalt, ziemlich exotisch aus. *Mediterran*, wie meine Tante mit einem Augenzwinkern zu sagen pflegt.

Nach dem tragischen Tod meiner Großeltern in der Türkei (sie starben, als ich zwei Jahre alt war) hat meine Uroma Hermine bis zu ihrem Tod ganz alleine in diesem Haus gewohnt. Vor vier Jahren ist Tante Lotta nach Altenwinkel zurückgekehrt, hat das Häuschen nach und nach renoviert und die Töpferwerkstatt eingerichtet.

»Unverbesserliche Optimistin«, hat Ma sie damals genannt. »Wer soll denn hierher in dieses gottverlassene Nest kommen, um verrückte Keramik zu kaufen?«

Meine schöne Tante war eine Weltreisende, bis sie in ihrem Heimatdorf sesshaft wurde. Im Jahr der Wende war sie sechzehn – so alt wie ich jetzt. Sie beendete ihre Lehre bei einem Bürgeler Töpfermeister, und als sie volljährig wurde, ging sie nach Kreta, um bei einem griechischen Töpfer neue Brenn- und Glasurtechniken zu lernen. Ich habe Ma einmal etwas abfällig und neidisch zugleich zu meinem Vater sagen hören, dass Tante Lotta bei diesem Nikos wohl nicht nur Glasurtechniken gelernt hat.

Von Kreta ging es weiter nach Nordafrika, später nach Frankreich, von dort nach Spanien und zuletzt hat meine Tante auf der Kanareninsel La Gomera gelebt. Dementsprechend ausgeflippt sind ihre Keramiken, die sie in ihrem winzigen Laden und auf Märkten zum Verkauf anbietet. Urige Formen, dickwandige Übertöpfe und Schüsseln, die in wilden Mustern die Farben des Südens und des Meeres tragen. Ziemlich exotisch für ein Dorf wie Altenwinkel, da muss ich Ma allerdings recht geben.

Wer in Lotta Auerbachs Einfahrt tritt, der kommt sich vor wie in Südfrankreich und nicht wie am Rand des Thüringer Waldes. Was für die Dorfbewohner ausreicht, um das Tun meiner Tante stets mit einem verständnislosen Kopfschütteln zu kommentieren. Wäre sie eine Zugezogene, hätte sie in Altenwinkel von vorneherein keine Chance gehabt. Aber Lotta ist hier aufgewachsen und eine verrückte Einheimische ist den Dorfbewohnern dreimal lieber als jeder Fremde.

Auf dem Hof vor der Werkstatt parkt nur der sonnengelbe Van meiner Tante, mit schwarzen und roten Handabdrücken auf dem Lack und dem Schriftzug *Sonnenkeramik von Lotta Auerbach.*

Lotta lächelt erfreut, als ich den Kopf in ihre gemütliche Küche mit den (mediterranen) Terrakottafliesen stecke, wo sie mit nachlässig hochgestecktem Haar und in tonverschmierten Klamotten am Holztisch sitzt. Vor sich ein angebissenes Knäckebrot, ein Schüsselchen selbst gemachter Joghurt und einen Keramikbecher mit Kaffee. Meine Tante lebt allein, deswegen kocht sie nur selten eines ihrer köstlichen vegetarischen Gerichte, für die ich sie ganz besonders liebe.

»Jola«, sagt sie, »wie schön, dass du reinschaust. Und wie hübsch du aussiehst.«

Ich blicke an mir herunter. Verwaschene Jeans mit ausgefransten Löchern, ein flaschengrünes T-Shirt, weinrote Allstars, die ziemlich fleckig sind. Nichts Besonderes. Ich mache keinen Sums um Kleidung, schere mich wenig um Mode oder irgendwelche Trends, besitze aber durchaus ein paar Lieblingsklamotten. Und die trage ich gerade. Ich muss lächeln, weil ich mich nach Lottas Begrüßung gleich viel hübscher fühle.

So ist meine Tante. Sie sagt immer das Richtige.

»Auch ein Knäckebrot und einen Kaffee?«

Ich weiß, dass Ma irgendetwas Fleischloses gekocht hat und auf mich wartet – so wie sie es immer tut. Ich musste ihr versprechen, rechtzeitig anzurufen, wenn ich den späteren Bus nehme, was durch unsere Arbeit am Spurensuche-Projekt in den letzten Wochen häufig vorkam. Nur, wenn ich Ma jetzt anrufe und ihr sage, dass ich bei Tante Lotta Knäckebrot esse und Kaffee trinke, wird sie das mit Sicherheit kränken.

»Okay.« Ich setze mich und rufe meine Mutter an, erzähle ihr, dass ich mit dem späteren Bus komme. Das schlechte Gewissen nagt an mir, während ich sie vor meinem geistigen Auge allein am Tisch sitzen sehe mit dem fertigen Mittagessen, extra fleischlos für mich. Mein Vater wollte heute Vormittag nach Erfurt fahren, um sich mit einer Gruppe Artenschützer wegen des Truppenübungsplatzes zu treffen, und bestimmt ist er noch nicht zurück.

»Der Erfinder der Notlüge liebte den Frieden mehr als die Wahrheit.« Lotta stellt augenzwinkernd einen Becher mit Kaffee vor mir auf den Tisch.

»Sagt wer?«

»James Joyce.«

Lotta ist ungeheuer belesen, sie liebt die Sprüche kluger Leute.

»Eine schmerzliche Wahrheit ist besser als eine Lüge«, gibt sie gleich noch einen zum Besten. »Thomas Mann«, fügt sie hinzu, bevor ich fragen kann.

»Aber die Wahrheit macht Ma entweder unglücklich oder traurig oder versetzt sie in Panik«, verteidige ich mich. Ich lüge ziemlich oft, weil ich nicht will, dass meine Mutter sich unnötig aufregt. Ich lüge, um frei zu sein.

Ich beschmiere eine Scheibe Knäckebrot mit Bärlauch-Frischkäse und beiße hinein.

Lotta seufzt. »Ja, ich weiß.«

Meine Tante und ich haben das Problem bestimmt hundert Mal durchgekaut und von allen Seiten beleuchtet. Lotta behauptet, Ma sei bereits als Angsthase auf die Welt gekommen, aber niemandem wäre das aufgefallen, denn auch ihre Oma Hermine und ihre Mutter Lene waren sehr vorsichtige Menschen. Als meine Großeltern in der Türkei verunglückten, begann das Samenkorn Angst in meiner Mutter aufzugehen und zu wachsen. Sie wurde mit dem Verlust ihrer Eltern einfach nicht fertig. Und nachdem Sievers Alina entführt und ermordet hatte, wurde es richtig schlimm.

Als Ma aus der Psychiatrie zurückkam, ging sie zu einem Seelenklempner in Arnstadt, doch schon nach der dritten oder vierten Sitzung brach sie die Therapie einfach ab und seitdem hält Lotta sich zurück mit ihrer schwesterlichen Fürsorge. »Deiner Mutter kann nicht geholfen werden, wenn sie sich nicht helfen lassen will. Der erste Schritt muss von ihr ausgehen, doch offensichtlich ist der Leidensdruck noch nicht groß genug.«

Tante Lotta besucht uns leider nur selten, obwohl wir bloß ein paar Häuser entfernt am anderen Ende der Straße wohnen und Ma sich jedes Mal sehr freut, wenn ihre Schwester da ist.

»Ma geht wieder in den Garten«, sage ich. »Gestern hat sie auf der Terrasse gesessen und an ihrem neuen Buch geschrieben.«

»Das ist gut.« Lotta nickt lächelnd. »Vielleicht schafft sie es ja doch noch, ihre Angst zu überwinden.«

Geräuschvoll kauend, vertilge ich mein Knäckebrot und esse noch ein zweites. Der Kaffee ist gut. Tante Lotta mahlt ihn jeden Tag frisch mit der alten Kaffeemühle von Oma Hermine.

»Bist du nur so vorbeigekommen«, fragt sie unvermittelt, »oder gibt es einen Grund?«

Überrascht sehe ich sie an, merke, wie mir die Röte ins Gesicht steigt. »Es gibt keinen Grund. Ich hatte Sehnsucht nach dir.« Was eine glatte Lüge ist.

Lotta lacht. Wie jung und schön sie aussieht, wenn sie lacht, meine exotische Töpfertante, die immer ein offenes Ohr für mich hat. Wenn ich so alt bin wie sie, möchte ich auch so aussehen und so drauf sein.

»Ist was mit Kai?«, hakt sie unbeeindruckt von meiner Antwort nach. »Habt ihr es endlich getan?«

Lotta weiß, dass ich mir die Pille besorgt habe und Kai immer mit einem Kondom in der Hosentasche herumläuft. Für alle Fälle.

Meine Ohren prickeln.

»Es ist also passiert.« Lotta sieht mir lange in die Augen und stellt schließlich mit einem amüsierten Zug um die Mundwinkel fest: »Die Glocken haben nicht geläutet, die Erde hat nicht gebebt, der Mond hat seine Umlaufbahn nicht verlassen.«

Die Lippen zusammengepresst, schüttele ich den Kopf. Kai und ich haben das Thema Sex wochenlang umkreist und dann ist es an einem Nachmittag in seinem Zimmer einfach passiert. Es hat nicht einmal sonderlich wehgetan, war aber nach weniger als einer Minute vorbei. Eine herbe Enttäuschung, jedenfalls für mich. Etwas fehlte. Doch das werde ich Lotta nicht erzählen. Sie ist schließlich meine Tante und nicht meine beste Freundin.

Dieser Gedanke versetzt mir einen Stich. Ich habe keine beste Freundin, mit der ich über mein erstes Mal reden kann. Saskia ... Saskia ist ein prima Kerl, aber bis jetzt habe ich es noch nicht fertiggebracht, ihr derart heikle Dinge zu erzählen. Plötzlich vermisse ich Alina wie verrückt.

Lotta legt ihre Töpferhand auf meinen Arm. »Was auch immer nicht perfekt war, Jola, nimm es nicht so tragisch«, tröstet sie mich. »Beim nächsten Mal wird es besser. Übung macht den Meister.«

Ich gebe einen Seufzer von mir. Kais und mein erstes Mal liegt jetzt drei Wochen zurück und seitdem hat er kaum noch etwas anderes im Kopf, als das Ganze zu wiederholen. Ich bin mir jedoch nicht sicher, ob ich das überhaupt will. Vielleicht sollte man einfach nicht mit einem Jungen schlafen, der jahrelang wie ein Bruder für einen war und diese Rolle perfekt ausgefüllt hat.

Tante Lotta, die nur selten ein Blatt vor den Mund nimmt, offenbart mir im Anschluss noch ein paar Dinge über Sex, die ich lieber nicht gewusst hätte und die mich beinahe das Kauen vergessen lassen. Na wunderbar, Tante Lotta, das macht es für mich nicht leichter.

Viertel vor vier, kurz bevor der zweite Schulbus die letzten Schüler nach Altenwinkel bringt, verabschiede ich mich von ihr und mache mich auf den Heimweg, denn ich will Kai nicht begegnen, der mit seinen Eltern und seiner Oma Ruth ebenfalls am Anfang der Dorfstraße wohnt, nur einen Steinwurf von Lotta entfernt.

Mit forschen Schritten trabe ich am offenen Hoftor der Hartungs vorbei. Ein großes Schild weist auf die Öffnungszeiten ihres Hofladens hin, die hohe Ligusterhecke ist akkurat geschnitten.

Ich bin fast da. Auf dem Betonpflaster in der Einfahrt vor dem Haus der Merbachs zieht Lasse mit seinem quietschenden Dreirad seine Kreise. Der Kleine hat ungeheure Ähnlichkeit mit Alina, aber seine Locken sind dunkelbraun und nicht blond.

Alinas Eltern trennten sich ein paar Monate nach ihrem Verschwinden und ihre Mutter zog nach Erfurt. Sie ertrug es nicht, dort wohnen zu bleiben, wo man ihrem Kind Schreckliches angetan hat. Karsten Merbach blieb. Er will da sein, wenn man die sterblichen Überreste seiner Tochter eines Tages findet, etwas, woran er felsenfest glaubt. Inzwischen lebt er mit seiner neuen Frau Caroline zusammen und die beiden haben einen dreijährigen Sohn – Lasse.

Am Ende der Straße biege ich in unsere Einfahrt. Das Tor ist offen, erleichtert stelle ich fest, dass der silberne Jeep meines Vaters nicht im Carport steht. Ich schließe die Haustür auf, entledige mich meiner Schuhe und werfe einen Blick in die Küche, wo mein unbenutzter Teller noch auf dem Esstisch steht – wie ein stummer Vorwurf.

Ich gehe zum Herd und hebe den Deckel vom Kochtopf. Fleischlose Bohnensuppe, sie ist noch warm. Rasch nehme ich ein paar Löffel und werfe einen Blick ins Wohnzimmer, aber da ist Ma auch nicht. Vermutlich hat sie sich wieder in ihrem Arbeitszimmer eingeschlossen. Das macht sie in letzter Zeit häufig, meistens dann, wenn sie enttäuscht ist oder zu lange allein im Haus.

Wie so oft wünsche ich mir, ich hätte eine Schwester oder einen Bruder, dann würde sich nicht alles auf mich konzentrieren.

Oben in ihrem Schreibzimmer fühlt Ma sich am sichersten. Vom Fenster über ihrem Schreibtisch hat sie einen Blick auf die gepflasterte Hofeinfahrt, auf die Straße und auf den Lindenbaum vor dem Haus von Erna Euchler, einer alten Bäuerin, bei der ich immer frische Eier hole.

Ich lege die Stirn an Mas Zimmertür und klopfe leise. »Mami?«

Bis ich zwölf war, habe ich »Mami« zu meiner Mutter gesagt. Dann habe ich das -mi am Ende einfach weggelassen. Ma klingt viel erwachsener und schafft Abstand. Doch wenn ich ein schlechtes Gewissen habe, oder mir Sorgen um meine Mutter mache, dann kommt das »Mami« noch hin und wieder über meine Lippen.

Vorsichtig drücke ich die Klinke herunter, doch wie vermutet ist von innen abgeschlossen und Ma antwortet nicht. Wahrscheinlich schläft sie, zugedröhnt von Pillen. Wenn sie Tavor genommen hat, dann ist sie immer vollkommen weg. Ich habe das Medikament mal gegoogelt und herausgefunden, dass es abhängig macht. Willkommen in der großartigen Welt der Psychopharmaka.

Achselzuckend gebe ich auf und tappe den Flur entlang, um auf die Toilette zu gehen. In meinem Zimmer pfeffere ich die

Schultasche in die Ecke, ziehe mich um und schnappe mir meinen schwarzen Rucksack mit dem Fernglas, der Wasserflasche und den Müsliriegeln.

Bin unterwegs und zum Abendessen zurück, Jola, schreibe ich auf einen Zettel, den ich gut sichtbar unten auf den Küchentisch lege.

4. Kapitel

Ich umrunde das Haus, hole mein Fahrrad aus dem Schuppen und schiebe es über den schmalen, mit alten Backsteinen gepflasterten Weg durch unseren Obstgarten bis zur Tür am hinteren Ende unseres Grundstückes. Auf dem von Gartenzäunen und Obstbäumen auf der einen und wilden Himbeersträuchern auf der anderen Seite gesäumten Weg schwinge ich mich in den Sattel und trete in die Pedale.

Nach zwanzig Metern mündet der Gartenweg auf den Forstweg am Ende des Dorfes, der durch den Wald führt und nach zwei Kilometern die asphaltierte Ringstraße kreuzt, die um den Truppenübungsplatz herumführt und die Grenze des militärischen Sicherheitsbereiches markiert. Von dort geht der Weg weiter durchs Sperrgebiet bis zum Großen Tambuch, einem lang gezogenen, zumeist mit uralten Buchen bewachsenen Höhenrücken.

Nach dem Zweiten Weltkrieg hatten die Sowjets das Areal jahrzehntelang als Übungsplatz genutzt und nie geräumt. Deshalb liegt dort noch allerhand explosive Restmunition herum und es ist unter Strafe verboten, insbesondere dieses Waldgebiet zu betreten.

Meinem Vater musste ich hoch und heilig versprechen, meine Streifzüge nicht auf das Sperrgebiet auszudehnen, denn sollte ich von patrouillierenden Feldjägern oder den zivilen Bewachern der

Bundeswehr erwischt werden, droht Anzeige wegen unbefugten Betretens und Pa bekommt höllischen Ärger mit dem Platzkommandanten.

Seit jedoch sicher ist, dass ein Wildkatzenpärchen auf dem Tambuch eingezogen ist, hat das Sperrgebiet neue Anziehungskraft für mich bekommen und abgesehen davon ist es ein Leichtes, den Bewachern aus dem Weg zu gehen, wenn man ihre Zeiten kennt.

Im Augenblick herrscht kein Übungsbetrieb, der rot-weiße Ball, der sonst weithin zu sehen ist, hängt nicht am Mast. Die Soldaten üben nur bis halb vier und danach ist schlagartig Ruhe auf dem Gelände.

Noch etwa hundert Meter von der Ringstraße entfernt, steht rechter Hand, halb hinter Sträuchern versteckt, der grün gepunktete Holzstoß. Ich stelle mein Rad so ab, dass man es vom Weg aus nicht sehen kann. Dann laufe ich schräg in den Wald hinein. Es ist ein sonniger Frühlingsnachmittag, doch im Schatten der Bäume ist es kühl. Sonnenstrahlen, die durch die Zweige der Kiefern fallen, bilden helle Flecken auf dem Waldboden, bewegliche Inseln des Lichtes.

Bei Tag ist der Wald ein anderes Wesen als in der Nacht. Die Geräusche klingen weniger verstörend und man kann die Tiere sehen, die sie verursachen. Ich liebe den Wald zu jeder Tageszeit, ob im Frühling, Sommer, Herbst oder Winter. Hier bin ich ein Teil dessen, was mich umgibt: ein Baum, ein Grashalm, ein Vogel, ein Schmetterling. Ich atme den würzigen Duft der Kiefernnadeln und fühle mich herrlich leicht. Das ist der Moment, nach dem ich mich den ganzen Tag gesehnt habe.

Ein paar Minuten später erreiche ich die Ringstraße, verharre lauschend einen Augenblick im Gebüsch, ob nicht vielleicht noch ein Jeep der Range Control unterwegs ist. Die Feldjäger kontrollieren in Abständen die beschrankten Zufahrtswege, aber allzu oft sind sie nicht auf Patrouille. Kein Motorengeräusch. Ich husche über den vier Meter breiten Asphalt und tauche wieder in den Schatten des Waldes ein, bin im Verbotenen Land.

Das Gelände des Truppenübungsplatzes ist eine unendliche Geschichte. Im Schutz der über hundert Jahre dauernden militärischen Nutzung konnten sich darauf Tier- und Pflanzenarten erhalten und entwickeln, die einzigartig sind. Die Wildnis besteht aus zahllosen verschiedenen Baumarten wie Eschen, Eichen, wilden Obstbäumen, Birken, Schwarzkiefern, Espen und uralten Buchen, deren silberne Stämme von schrecklichen Wunden durch Metallsplitter der Übungsgeschosse gezeichnet sind.

Im Dickicht hausen Birkhuhn, Wildkatze, Hirsch, Reh, Fuchs und Wildschwein. Es gibt Feuchtbiotope, Buschflächen, Trockenwiesen und Urwald. Unter dem dicken Teppich aus rottendem Laub und Kiefernnadeln schlummern Überreste von Bunkeranlagen, die Gebeine von fünftausend Häftlingen, alte Munition aus mehreren Jahrzehnten und irgendwo vielleicht auch Alinas Knochen. Ich habe mich oft gefragt, wie es wäre, durch einen dummen Zufall auf sie zu stoßen. Aber es gibt Dinge, die entziehen sich unserem Vorstellungsvermögen.

Überraschend stehe ich vier Rehen gegenüber. Es sind zwei Ricken mit ihren Kitzen und ich starre auf ihre schwarz glänzenden Nasen. In dieser Jahreszeit sind sie allein unterwegs – ohne ihre männlichen Beschützer. Sie heben gleichzeitig die Köpfe und blicken mich mit ihren dunklen Augen ohne Scheu an. Tiere wissen, wann Schonzeit ist. Und die Tiere vom Militärgelände wissen, wann der Übungsbetrieb vorbei ist. Schon oft habe ich in den frühen Morgenstunden auf einer Lichtung beobachtet, wie die Rehe in aller Ruhe äsen. Ein paar Minuten bevor der Übungsbetrieb beginnt, verschwinden sie im Dickicht. Wenn die Schießübungen enden, sind sie kurz darauf wieder da. Das Geballer scheint sie überhaupt nicht zu stören, ganz im Gegensatz zu den Bewohnern der umliegenden Gemeinden.

Mit ein paar Sätzen verschwinden sie im Gesträuch. Ein schmaler Wildpfad führt mich durch das Unterholz bis zu einem meiner geheimen Plätze, einer alten Eiche mit tief ansetzenden Ästen. Ein paar Wochen war ich nicht mehr hier und ich hoffe, dass das Wildkatzenpärchen, von dem Pa mir erzählt hat, vielleicht hier irgendwo Quartier bezogen hat.

Die alte Eiche dient mir als Ansitz. Ich ziehe mich von einem Ast zum nächsten, höher und höher. Oben im Baum gibt es ein gemütliches Plätzchen in einer breiten Astgabel, auf dem ich stundenlang ausharren kann, ohne dass mir langweilig wird.

Mit dem Fernglas vor Augen lasse ich meinen Blick über einen mit Sträuchern und Kiefernschösslingen bewachsenen Hang hinunter in eine Senke gleiten, wo junge Birken wachsen und Wasser in der Sonne funkelt. Wenn es regnet, bildet sich dort unten ein kleiner Teich. Bei Trockenheit ist es nicht mehr als eine Mulde, die jedoch nie völlig austrocknet – eine perfekte Wildsuhle.

Große Hoffnungen, eine Wildkatze zu entdecken, mache ich mir nicht, denn diese Tiere sind extrem scheu. Aber inzwischen ist später Nachmittag und irgendwer wird zum Wasser kommen, da bin ich mir sicher. Mein Blick streift ins Geäst der Kiefern auf der anderen Seite der Senke und an ihren orangefarbenen Stämmen wieder nach unten.

Da – es bewegt sich etwas. Ein Fuchs! Nein, zu groß. Das Tier senkt den Kopf und trinkt, richtet sich aber sofort wieder auf und sichert seine Umgebung. Mir entschlüpft ein überraschter Laut:

Es ist ein großer Schäferhund mit rötlich grauem Fell. Der Hund lauscht für Sekunden mit aufgerichteten Ohren und verschwindet im nahen Unterholz. Mit dem Fernglas suche ich die Umgebung ab. Wo steckt der Besitzer von dem Vieh?

In Thüringer Wäldern besteht das ganze Jahr über Leinenpflicht für Hunde, ob groß oder klein. Denn auch ein Schoßhündchen kann dem Gelege eines Bodenbrüters den Garaus machen. Aber wenn mein Vater einen Hundebesitzer dabei erwischt, dass er seinen Wuffi im Wald frei laufen lässt, drückt er meist ein Auge zu, und das ärgert mich. Der Hund gehört bestimmt einem Offizier, deshalb rühre ich mich nicht und warte noch ein paar Minuten.

Als niemand auftaucht, stecke ich das Fernglas zurück in den Rucksack, hangele mich vom Baum und laufe den Hang hinunter. Am schlammigen Rand des Wasserloches entdecke ich neben alten Spuren von Wildschweinen, Rehen und einem Dachs auch die frischen, ungewöhnlich großen Trittsiegel des Hundes und folge seinen Spuren in das Birkenwäldchen, das von jungen Kiefern und Beerensträuchern durchsetzt ist.

Plötzlich steigt mir wilder Blutgeruch in die Nase. Erschrocken taumele ich einen Schritt zurück, meine Nackenhaare richten sich auf. Vor mir im Gras liegt ein blutiges, verschlungenes Etwas und ich brauche einen Moment, bis ich erkenne, was es ist. Der Bauchraum des toten Frischlings ist aufgerissen, der Darm auf eine Länge von einem Meter herausgezerrt. Es riecht streng nach Eingeweiden. Ich kämpfe gegen den Würgereiz und beuge mich über den Kadaver. Der Schäferhund hat Muskelfleisch, aber kaum von den Innereien gefressen. Offensichtlich habe ich ihn bei seinem Mahl gestört.

Nun werde ich doch wütend. Von Anfang April bis Mitte Juli werfen Wildtiere ihre Jungen und in dieser Zeit soll man mit seinem Hund auf den Wegen bleiben, und zwar mit seinem angeleinten Hund. Ich beschließe, meinem Vater von diesem Schäferhund und dem gerissenen Frischling zu erzählen, denn ich bin mir sicher, bei einem wildernden Hund versteht auch Pa keinen Spaß.

Ein Blick auf meine Armbanduhr. Es ist Viertel vor sechs, ich habe zu lange in meinem Baumnest gesessen. Wenn ich rechtzeitig zum Abendessen zu Hause sein will, muss ich mich schleunigst auf den Rückweg machen. Mit dem Handy schieße ich ein paar Fotos von dem gerissenen Frischling und den Hundespuren im Schlamm. Meine Blase meldet sich, und bevor ich mich auf den Heimweg mache, erleichtere ich mich hinter einem Strauch.

Nachdem ich ein paar Schritte Richtung Hang gelaufen bin, lässt mich ein Rascheln im Gesträuch innehalten. Zweige knacken und genau wie gestern spüre ich, dass ich beobachtet werde.

Nicht schon wieder!

Ich fahre herum. »Hallo, ist da wer?«

Das Knacken hört auf, hinter der Wand aus Blättern bleibt es still.

»Den Hund im Wald frei laufen zu lassen, kann Sie eine fette Strafe kosten«, rufe ich mit verhaltener Stimme. »Mein Vater ist hier der Revierförster. Er hat das Recht, den Hund zu erschießen, wenn er nicht angeleint ist.«

Eine Antwort bekomme ich nicht. Vermutlich habe ich mit einem Eichhörnchen geredet. Oder einem Reh. Ich wende mich um und steige mit großen Schritten den Abhang hinauf. Nach zwanzig Minuten überquere ich die Asphaltstraße und bin wieder auf der sicheren Seite.

Obwohl ich mich beeilt habe, sitzen meine Eltern schon beim Abendessen, als ich in die Küche komme. Ich murmele eine Entschuldigung und verschwinde erst einmal im Bad, um meine Hände zu waschen. Als ich schließlich am Tisch sitze und mir eine Schüssel mit Bohnensuppe fülle, straft Ma mich mit Schweigen.

Strafpredigt oder Schweigefolter sind ihre beiden Methoden, mich dafür büßen zu lassen, dass ich ein anderes Leben habe als sie, eines ohne Angst. Mein Vater hingegen weiß, wie schnell die Zeit vergeht, wenn man ein wildes Tier beobachtet. Zehn Minuten zu spät kommen, ist für ihn kein Grund, mir Vorhaltungen zu machen.

»Ich war heute beim Waffen-Weck und habe dir etwas mitgebracht.« Pa langt in seine Hosentasche und reicht mir ein nagelneues Opinel mit Eichenholzgriff. Diese einfachen Klappmesser werden in Frankreich hergestellt, sie haben dünne, superscharfe Klingen. Ich hatte immer eines in meinem Rucksack, aber vor ein paar Wochen hat Kai mein altes Messer benutzt, um damit an seinem Fahrrad herumzuschrauben, und dabei die Spitze abgebrochen.

»Cool.« Lächelnd gebe ich meinem Vater einen Kuss auf die stoppelige Wange. »Danke.« Ich klappe das Messer auf und arretiere die rostfreie Klinge, die im Licht der Küchenlampe funkelt wie ein kostbarer Schatz. Typisch Pa, dass er mir nicht etwa Schokolade von der Krämerbrücke mitbringt oder vielleicht Parfüm, irgendetwas, das mehr zu einem Mädchen passt als ein superscharfes Messer.

»Deine Tochter kommt zu spät zum Abendessen und du belohnst sie auch noch dafür«, protestiert Ma. Ihre Stimme klingt ein wenig schleppend. Das macht das Tavor. Ein Fremder würde nichts merken, aber ich weiß, dass sie Tabletten genommen hat.

Es herrscht mal wieder dicke Luft zwischen meinen Eltern. Vielleicht ist der Grund mein Zuspätkommen, vielleicht aber auch etwas ganz anderes. Ich habe keine Lust, es herauszufinden, es würde sowieso nichts an der angespannten Stimmung ändern.

»Mach kein Drama draus, Ulla«, sagt mein Vater. »Jola wird in drei Monaten siebzehn und du musst langsam lernen loszulassen. *Unsere* Tochter wird erwachsen.«

Die beiden beginnen zu streiten und ich fluche innerlich, nicht pünktlich gewesen zu sein. Es sind die Uhrzeiten, an denen meine Mutter ihr Leben verankert. Es hätte Tomaten regnen können, grüne Männchen hätten durch die Dorfstraßen spazieren oder ein Meteorit auf dem Dorfplatz einschlagen können, Punkt sieben Uhr steht bei uns das Abendessen auf dem Tisch. Ist einer von uns nicht rechtzeitig da, fühlt Ma sich persönlich angegriffen.

Schließlich springt mein Vater verärgert auf und verlässt vor sich hin schimpfend die Küche. Ma dreht den Salzstreuer zwischen ihren Fingern und weint lautlos. Wie oft unsere gemeinsamen Mahlzeiten auf diese Weise enden und wie sehr ich das hasse. Ich frage mich, ob nur Ma kaputt ist oder inzwischen auch die Ehe meiner Eltern.

Das Lachen hat dieses Haus schon vor langer Zeit verlassen. Früher sind meine Eltern an den Wochenenden oft nach Arnstadt zum Tanzen gefahren, sind ins Konzert gegangen oder ins Kino. Heute bleiben nur noch die Glotze oder die Kneipe. Das Gespenst Angst hat Einzug gehalten und hockt zwischen Ma und Pa und mir.

Ich räume den Tisch ab und das Geschirr in die Spülmaschine. Nachdem ich die Küche in Ordnung gebracht und die Grünabfälle zum Kompost getragen habe, sitzt Ma immer noch reglos da und starrt auf die Tischplatte. Mir drückt es das Herz zusammen, wenn ich sie so sehe, doch mir fehlen die Worte. Ich trete hinter sie und umarme sie. Spüre, wie ihr Körper bebt.

»Ich hab dich lieb, Mami«, flüstere ich in ihr Haar. Dann löse ich mich von ihr und gehe hinüber ins Wohnzimmer, um Pa unter vier Augen von dem wildernden Hund zu erzählen.

Im Wohnzimmer brennt die Stehlampe neben der Ledercouch, aber Pa ist nicht da. Durch die breite Glasfront zum Garten sehe ich, dass drüben im Büro Licht brennt. Dort hat Pa auch seine Kühl- und Zerwirkkammer, wo er die erlegten Tiere ausbluten lässt und zerlegt. Daneben die Räucherkammer, ein kleiner, aus Backsteinen gemauerter Anbau.

In Pas Büro, an dessen Wänden Jagdtrophäen hängen, steht auch der Waffenschrank. Ma will weder die Geweihe und Gehörne (die meisten stammen von Opa August) noch die Jagdwaffen im Haus haben, was ich ausnahmsweise mal nachvollziehen kann.

Als ich hereinkomme, sitzt Pa an seinem Schreibtisch, Wilma zu seinen Füßen. Wilma darf nicht ins Haus, sie macht zu viel Dreck, behauptet Ma. Aber hier darf sie sein. Pa dreht und wendet ein neues Jagdgewehr in seinen Händen.

»Eine Marlin«, sagt er, als ich die Tür hinter mir geschlossen habe. »Ist sie nicht schön?« Seine Augen leuchten vor Begeisterung. Die Repetierbüchse hat ein Zielfernrohr und einen Synthetikschaft mit Herbstlaubmuster – zur besseren Tarnung.

»Hm, schön«, lüge ich, denn ich kann etwas, das töten wird, nicht *schön* finden. Aber ich will den Draht zu meinem Vater nicht verlieren. Ich liebe ihn und ich weiß, dass er mit Leib und Seele Revierförster ist. Seine Begeisterung für Waffen allerdings, die ist mir ebenso fremd wie seine Jagdleidenschaft.

Ein Jahr nach der Wende hat Pa begonnen, in der Landeshauptstadt Forstwirtschaft zu studieren, wo ihm im letzten Jahr seines Studiums meine Mutter in die Arme lief. Sie sind beide in Altenwinkel aufgewachsen, jedoch neun Jahre auseinander, und als mein Vater anfing, sich für Mädchen zu interessieren, ging meine Mutter noch in den Kindergarten.

Doch als sie sich an einem warmen Sommerabend auf der Krämerbrücke über den Weg liefen, funkte es sofort. Zwei Jahre danach heirateten meine Eltern und ich frage mich oft, ob sie heiraten mussten, denn fünf Monate später wurde ich geboren.

Pa bewarb sich beim Bundesforst um das Altenwinkler Revier und bekam es. Ma sagt, dass sie einen Förster und keinen Jäger geheiratet hat. Und ich denke dann jedes Mal, dass mein Vater eine lebenslustige Germanistikstudentin geheiratet hat und keine angstzerfressene Frau, die sich die Hälfte des Jahres nicht aus ihren vier Wänden heraustraut.

Mein Blick fällt auf die ausgestopfte Waldohreule, die auf dem stählernen Waffenschrank steht und mich mit ihren Glasaugen anstarrt. Gleich daneben ein Zehnender an der Wand, darunter der von meiner Oma Frieda im Kreuzstich gestickte und gerahmte Spruch: *JAGD IST EIN GLÜCKSZUSTAND.*

Mein Opa August war auch Förster und Jäger, genauso wie sein Großvater und sein Urgroßvater. Ich bin die Erste in der Familie, die mit dieser Tradition brechen wird. Vermutlich hofft Pa aus diesem Grund auf Kai.

Als ich gerade ansetze, meinem Vater vom wildernden Schäferhund zu erzählen, klopft es an der Tür.

Pa runzelt die Stirn. Er hat Büroöffnungszeiten, aber manchmal gibt es Notfälle. »Herein«, ruft er, leicht ungehalten.

Die Tür schwingt auf und Hubert Trefflich poltert in das Büro.

Er hat sein unvermeidliches dunkelrotes Basecap auf dem Kopf und steckt in Tarnhosen und braunen Schnürstiefeln. Der Geruch von ungewaschenen Klamotten und Alkohol sticht mir in die Nase. »'n Abend, kleine Waldlady!« Trefflich lächelt mich an, aber ich murmle nur eine kurze Begrüßung zurück.

Ich kann es auf den Tod nicht ausstehen, wenn er »kleine Waldlady« zu mir sagt. Außerdem frage ich mich aufs Neue, wie einer einen Jagdschein haben und mit einem Gewehr herumlaufen kann, der so offensichtlich ein Säufer ist wie Hubert Trefflich. Es gibt sieben Spechtarten in unserem Wald – und Trefflich, den Schluckspecht. *Kitzmörder,* hat Alina ihn getauft, nachdem wir uns sicher waren, dass er Kasimir, mein zahmes Rehkitz, erschossen hatte.

In Trefflichs Anwesenheit will ich meinem Vater nicht von dem wildernden Schäferhund erzählen, weil ich das Tier auf dem Truppenübungsplatz gesehen habe. Ich verabschiede mich, drücke mich an Trefflich vorbei zur Tür hinaus – und frage mich, was er um diese Zeit noch von meinem Vater will.

Ma ist nicht im Wohnzimmer, als ich zurückkomme. Wahrscheinlich hat sie sich wieder in ihr Arbeitszimmer verkrochen. Auch gut – denn für noch mehr schlechte Stimmung fehlt mir die Energie.

Von meinem Balkon aus habe ich einen guten Blick auf das von wildem Wein überwucherte Fachwerkhäuschen im Nachbargarten, das seit vielen Jahren leer steht und langsam in sich zusammensinkt. Drum herum Rosenbüsche, Brennnesselinseln, Beerensträucher und knorrige Obstbäume. Magische Abenteuer, hundertmal besser als das Nachmittagsprogramm im Fernsehen, haben dort drüben auf Alina und mich gewartet.

Wieso ist sie mit Sievers mitgegangen, obwohl ihr das überhaupt nicht ähnlich sah? Er muss sie mit irgendetwas gelockt haben, dem sie nicht wiederstehen konnte, anders kann ich es mir nicht erklären. In Richtung Dorf führt der schmale Gartenweg zwischen den Grundstücken von Sievers und Kais Eltern entlang, wobei das riesige Grundstück von Sievers ein wenig abseits und eingebettet in einen breiten Waldstreifen liegt. Der Gartenweg wird kaum benutzt, vermutlich konnte Sievers Alina deshalb unbemerkt auf sein Grundstück locken.

Tränen steigen mir in die Augen, auf einmal habe ich Mühe, normal zu atmen. Woher kommen plötzlich all die Erinnerungen an Alina und den Tag ihres Verschwindens? Warum vermisse ich sie so sehr – nach beinahe fünf Jahren?

Vielleicht, weil das Vermissen die ganze Zeit unter der Oberfläche gelauert hat, direkt unter der Haut. Alina zieht sich wie ein Riss durch mein Leben, sie hat keinen Frieden, das muss es sein. Deshalb ruft sie sich in Erinnerung. Aber warum ausgerechnet jetzt? Seit dem Moment, in dem ich die Haarsträhne am Nest des Raubwürgers gefunden habe, drängt Alina sich immer wieder in meine Gedanken. Sie will gefunden werden. Und ich bin inzwischen alt genug, um die Tür zu entriegeln, hinter die ich die Erinnerungen an sie gesperrt habe.

Eine sirrende Insektenwolke tanzt auf meinem Balkon und Fledermäuse huschen wie lautlose Schatten ums Haus. Die Dämmerung verändert die Konturen der Bäume und Sträucher. Als ich einen letzten Blick auf das leer stehende Häuschen werfe, spüre ich auf einmal ein Kribbeln im Nacken. Steht die Haustür einen Spalt offen? War das eben auch schon so? Und hat sich dieses dunkle, kompakte Etwas hinter der löchrigen Gardine gerade bewegt oder steht dort nur irgendwelches Gerümpel?

Du spinnst, Jola, sage ich mir und gehe zurück in mein Zimmer, wo Paul sich auf meinem Bett im Katerschlaf zusammengerollt hat und wo es keine undefinierbaren Schatten gibt.

* * *

Laurentia, liebe Laurentia mein, wann wollen wir wieder beisammen sein?

Er steht vor dem Kellerregal mit dem Eingemachten. Das Glas mit den bräunlichen Birnen liegt zerbrochen zu seinen Füßen. Der Duft von Zimt steigt ihm in die Nase, er durchdringt den muffigen Geruch von feuchtem Mauerwerk und eingelagerten Kartoffeln. Die Erinnerung ist ein Blitz, der in sein großes Dunkel fährt und es für Sekunden ausleuchtet.

Zimtprinzessin.

Wo bist du, mein kleiner Engel? Ich brauche dich. Ich will dich zurück. Ich muss dich doch beschützen. Deine zarte Haut, so weich und von diesem reinen Duft, der nur unschuldigen Kindern anhaftet. Du hast mir gehört, nur mir. Ich war dein Held am Tag und in der Nacht, wenn du vor Angst nicht schlafen konntest.

Er hat sie verloren, doch er wird sie wiederfinden. Sie sind alle süß, aber nur eine ist die Richtige. Sein Engel, seine Zimtprinzessin.

Laurentia, liebe Laurentia mein,
wann wollen wir wieder beisammen sein?
Am Dienstag!
Ach, wenn es doch endlich schon Montag, Dienstag wär
und ich bei meiner Laurentia wär, Laurentia!

5. Kapitel

Tödlich gelangweilt schleppe ich mich am nächsten Tag durch den Unterricht, doch die Zeit kriecht wie eine Schnecke und die letzten beiden Mathestunden ziehen sich endlos in die Länge. Es ist warm und sonnig draußen, viel zu warm und zu trocken für Mitte Mai. Die Luft im Klassenzimmer ist verbraucht und stickig, was außer mir niemand zu bemerken scheint. Noch sechsundvierzig Tage bis zu den Ferien.

Ich will hier raus. Ich will hier raus. Ich will hier raus.

Ich will nicht über Sokrates oder Platon diskutieren. Will keine Vokabeln und mathematische Lehrsätze büffeln, keine Klausuren mehr schreiben. Ich will etwas spüren.

Im Bus erzählt mir Kai, dass sein Vater ihn dazu verdonnert hat, am Nachmittag den Nachtpferch der kleineren Schafherde umzusetzen und die Ohrmarken der Tiere zu kontrollieren.

»Das wird mich den gesamten Nachmittag kosten«, bemerkt er missmutig. »Diese dämlichen EU-Bestimmungen sind total hirnrissig. Früher ging es doch auch ohne Ohrmarken und Chips. Genügt es nicht, dass wir Menschen bis ins Mark kontrolliert werden, muss auch noch jedes dämliche Schaf in Deutschland elektronisch erfasst sein?« Er schüttelt den Kopf und ich weiß, dass er Mitleid von mir erwartet. Kai ist wütend wegen des verlorenen Nachmittages, aber er kann seinem Vater die Hilfe nicht ausschlagen. Es wird noch viele solche Nachmittage oder Wochenenden für ihn geben, so lange, bis Kai sein Abi gemacht hat und wir zusammen auf Nimmerwiedersehen von hier verschwinden.

Auf den restlichen Kilometern Busfahrt höre ich mir an, was ich schon zig Mal gehört habe: Die blöden Ohrmarken sind nur eines der vielen Probleme, mit denen sich die wenigen verbliebenen Schafzüchter herumplagen müssen. Der Scheißchip ist ein ständiger Entzündungsherd im Ohr und oftmals reißen sich die Tiere diese Dinger heraus, wenn sie damit im Zaun oder in Sträuchern hängen bleiben. Kommt jedoch eine Kontrolle der Landwirtschaftskammer und entdeckt ein Schaf ohne Ohrmarke, muss der Besitzer Strafe zahlen.

Kais Vater ist mit Leib und Seele Schafzüchter, wie schon sein Vater, sein Großvater und der Urgroßvater. Und für ihn steht außer Frage, dass Kai diese Tradition eines Tages fortsetzen wird. Kais Eltern waren dagegen, dass er aufs Gymnasium geht, aber seine beiden großen Schwestern haben ihm den Rücken gestärkt. Bis heute behauptet Bernd Hartung, dass ich es war, die seinem Sohn diesen Floh ins Ohr gesetzt hat.

Als wir vor dem Hoftor der Hartungs angekommen sind, habe ich genug von Schafen und Ohrmarken. »Zeig deinen Paps doch wegen Kinderarbeit an«, sage ich und knuffe Kai grinsend gegen die Schulter.

Er betrachtet mich mit finsterem Blick. Vermutlich hat er gehofft, dass ich ihm helfe (was ich manchmal tue), aber ich habe anderes im Sinn für diesen Nachmittag. Ich kann es kaum erwarten, wieder in meinen Wald zu kommen.

»Das nächste Mal bin ich wieder dabei«, sage ich. »Aber jetzt muss ich los. Du weißt ja, wie furchtbar meine Mutter sein kann, wenn ich zu spät zum Essen komme. Wir sehen uns morgen.«

Ich drücke ihm einen Kuss auf die Wange und laufe nach Hause.

Der große Schäferhund lässt mir keine Ruhe. Und so mache ich mich nach dem Mittagessen erneut auf den Weg zu meinem Eichen-Ansitz über der Senke. Ich habe Pa immer noch nicht von dem Tier erzählt, es hat sich einfach nicht ergeben.

Nach einigen Klimmzügen habe ich die breite Astgabel erreicht und mache es mir bequem in der Umarmung des Baumes. Im grün gewaschenen Licht der Eichenblätter komme ich mir vor wie im Inneren eines Vogeleis. Geborgen.

Mein gezoomter Blick streift über den Waldrand, durchforstet Birkendickicht, Beerensträucher und Unterholz. Nichts. Diesmal habe ich keine Ruhe und klettere nach ein paar Minuten wieder nach unten, um die Wildsuhle nach frischen Spuren abzusuchen. Dabei entdecke ich Blut im Gras, aber keinen Riss. Hat er es wieder getan? Ist er noch hier? Ein wildernder Hund könnte auch den Wildkatzen zur Gefahr werden.

Verdammt! *Was ist das?* Da sind Fußspuren am Rand der Suhle. Ich stelle meinen Fuß neben eine deutliche, noch frische Spur. Die Abdrücke sind definitiv nicht von mir, sie sind um einiges größer und haben ein völlig anderes Profil als meine Turnschuhe. Aber Soldatenstiefel sind es auch nicht.

Also hat der Schäferhund doch einen Besitzer. Einen, der ihn offensichtlich wildern lässt. Oder hat einer von Pas Jagdkollegen auf das Tier geschossen? Stammt das Blut im Gras von dem Schäferhund? War der Kitzmörder deshalb gestern Abend in Pas Büro? Das wäre allerdings ein ziemlich großer Zufall.

Im Dickicht hinter dem Birkenhain knackt es. Ich schrecke zusammen wie nach einem Gewehrschuss. Durch mein Hirn jagen

Bildfetzen von der braunen Haarsträhne am Nest des Würgers, vom großen Schäferhund, von den Fußspuren in der Suhle und von Alina in ihrem hellblauen Feenkostüm, von einem Schatten hinter der Gardine – so schnell, dass ich sie gar nicht als Einzelbilder wahrnehme, nur die Wirkung, die sie auf mich haben.

Mein Herz klopft laut, ich höre mein eigenes Atemgeräusch und mein Verstand kämpft. Ein diffuses Gefühl meldet sich, dass ich nicht beim Namen nennen will: Angst.

Es ist helllichter Tag, Jola. Nur ein Reh, Jola. Das ist dein Wald, Jola. Doch ich spüre, wie sie mich packt, die Angst, wie ihre kalte Hand nach mir greift.

Da – ich bilde mir ein, jemanden zu sehen, der sich unter den Zweigen durchduckt. Ohne weiter nachzudenken, drehe ich mich um und nehme Reißaus. Keuchend haste ich am Rand des Waldes den Hang hinauf und wieder hinunter, ohne einen Blick zurückzuwerfen. Ich weiß, dass da nichts ist, dass niemand mir folgt außer meiner Angst, aber ich fliehe.

Bis ich mit dem rechten Fuß in einer Wurzel hängen bleibe, die Hände ein paar Sekunden zu spät nach vorne reiße und meine Stirn in einem weißen Licht explodiert, bevor alles um mich herum schwarz wird.

Den pochenden Schmerz spüre ich zuerst. Er geht in Wellen von der Stirnmitte aus. Der Baumstamm, denke ich, noch ganz benommen. Ich bin volle Kanne mit dem Kopf gegen den Baumstamm geprallt. Ich öffne die Augen, befühle mit den Fingerkuppen der rechten Hand vorsichtig meine Stirn. Die Stelle fühlt sich matschig an, erschrocken betrachte ich meine Finger in Erwartung von Blut und Hautfetzen. Stattdessen habe ich schleimiges grünes Zeug an den Fingerkuppen. Weiß der Teufel, in was ich da reingefallen bin, es sieht aus wie Hasenkotze. Und riecht nach Kamille.

Ich streife den grünen Schleim am Moos ab, als mir klar wird, dass ich mit dem Rücken gegen den Baumstamm gelehnt dasitze. War ich ohnmächtig? Wie lange? Habe ich mich selbst so hingesetzt, ohne mir dessen bewusst zu sein? Ich hole meine Wasserflasche aus dem Rucksack (er steht neben mir) und trinke ein paar Schlucke.

Immer noch benommen, stütze ich mich am Baumstamm ab und stehe langsam auf. In meinem Kopf ein Karussell. Vielleicht habe ich ja eine leichte Gehirnerschütterung, das hat mir gerade noch gefehlt. Ma wird die Wände hochgehen und so lange keine Ruhe geben, bis mein Vater mich ins Krankenhaus gebracht hat.

Ich schultere meinen Rucksack und langsam, einen Schritt vor den anderen setzend, arbeite ich mich die Anhöhe hinauf. Mein Schädel pocht, mir ist noch ein wenig schwindelig, aber sonst fehlt mir nichts. Die Angst ist verflogen. Mein Verstand arbeitet wieder und lacht mich dafür aus, dass ich überhaupt welche empfunden habe.

Während ich im Schritttempo und ein wenig wacklig über den Forstweg nach Hause radele, überlege ich, wie ich meiner Mutter die Beule erklären soll, die sich gerade auf meiner Stirn bildet. Und komme zu dem Schluss, dass die Wahrheit ausnahmsweise mal am Unverfänglichsten ist: Ich habe mit offenen Augen geträumt und bin gegen einen Baum gelaufen.

Es funktioniert. Pa lacht mich kopfschüttelnd aus, Ma holt einen Cool-Pack aus dem Tiefkühlfach, wickelte es in ein Geschirrhandtuch und ich muss es gegen die Beule pressen. Immer wieder fragt sie mich, ob mir übel ist, ob ich Dinge doppelt sehe, ob ich Kopfweh habe.

Nein. Nein. Nein.

Irgendwann habe ich dann Kopfweh, aber nicht von meinem Zusammenstoß mit dem Baum, sondern von Mas übermäßiger, ängstlicher Fürsorge.

Wir sind gerade fertig mit dem Abendessen und ich bin dabei, die Spülmaschine einzuräumen, als es an der Haustür klingelt.

»Ich habe versucht, dich anzurufen, aber dein Handy ist mal wieder ausgeschaltet«, begrüßt Kai mich ungehalten, als ich die Tür öffne. Er wirkt erschöpft. Dann sieht er die Beule auf meiner Stirn und schnappt nach Luft. »Mit wem bist du denn zusammengestoßen?«

»Mit einem Baum. Komm rein.« Ich bin froh, dass er mich von meiner Mutter erlöst.

Er steckt den Kopf in die Küche und sagt meinen Eltern Hallo, dann gehen wir nach oben auf mein Zimmer. Der Geruch von Wollwachs und Schafbock breitet sich darin aus, wahrscheinlich kommt Kai direkt von der Weide.

»Zeig mal her.« Er fasst unter mein Kinn und dreht meine Stirn ins Licht. Ein bläuliches Horn auf der Stirn, zwei dunkelrote Kratzer auf der Wange – die Wildnis fordert eben ihren Tribut.

»He.« Ich schiebe seine Hand weg.

»Sieht übel aus.«

»Ist halb so wild«, erwidere ich. »Was ist denn los?«

In diesem Moment klingelt mein Handy und Kai verdreht seufzend die Augen. Ich gehe ran, es ist Saskia.

»Hey Jo, gut, dass ich dich endlich erwische. Ich habe heute Nachmittag Agnes Scherer im Dorfladen getroffen. Ihrer Mutter geht es besser und sie will mit uns sprechen.«

Uns? »Auf einmal?«

»Ja, sie hat wahrscheinlich eine Weile mit sich gerungen.«

»Das ist ganz schön knapp, oder?«

»Ich habe mit Agnes ein Treffen gleich morgen nach der Schule ausgemacht, aber ...« Saskia druckst plötzlich herum.

»Aber was?«

»Als ich nach Hause kam, hat meine Mum mir eröffnet, dass ich sie morgen nach Dresden begleiten soll. Sie hat zwei Karten für die Semperoper, schon seit Weihnachten. Eigentlich wollte sie mit ihrer Freundin hinfahren, aber die ist krank geworden und nun soll ich mit. Ich kann ihr das nicht ausschlagen, Jo, das verstehst du doch?«

»Klar. Dann war's das eben mit dem Zeitzeugengespräch. Du hast doch gehört, was die Hitzig gesagt hat: immer zu zweit hingehen, alles unterschreiben lassen ... Außerdem ist das Ganze dein Ding.«

»Kannst du nicht Kai bitten, mit dir morgen da hinzugehen? Ich habe wochenlang vergeblich versucht, jemanden zu finden, Jo. Und jetzt hab ich endlich jemanden, der reden will. Das ist so ... ach Mist, bitte, Jo.«

Ich schaue Kai an, dessen Stirn sich mehr und mehr verfinstert. »Ich frag ihn und wir reden morgen noch mal drüber, okay?«

»Okay.«

Kai mustert mich fragend.

»Marie Scherer geht es besser und sie will mit Sassy sprechen. Aber sie fährt morgen mit ihrer Mutter nach Dresden, deshalb hat sie mich gebeten, dich zu fragen, ob du ...«

»Vergiss es«, unterbricht er mich.

»Ach, Kai, komm schon. Sie hat sich da reingekniet und es ist ihr wichtig. Das Ganze ist doch auch Teamarbeit und ...«

»Es geht nicht, okay? Fußballtraining«, brummt er. »Weil Donnerstag Feiertag ist, sind wir morgen noch mal auf dem Platz.«

»Kannst du das nicht mal ausfallen lassen?«

»Nein, kann ich nicht, die brauchen mich.« Kai macht eine ärgerliche Geste. »Ach, verdammt, ich dachte, die Sache wäre geklärt. Dieser blöde Zeitzeugenbericht ist Sassys Idee und nun schiebt sie dich vor«, braust er auf. »Das ist doch scheiße. Ist eh viel zu knapp. Und außerdem fahre ich über Himmelfahrt zu Johanna nach Berlin. Tut mir leid, Jola, aber ich bin raus aus der Nummer.«

Holla, ist jetzt das große Reisefieber ausgebrochen? »Wie schön für dich«, stelle ich fest und höre selbst, dass ich zickig klinge. (Was ist nur los mit mir?) »Und seit wann weißt du das?«

»Meine Mutter hat es mir vorhin erst gesagt. Johanna hat angerufen. Sie braucht einen Babysitter für Elli.«

Natürlich – Elli! Johanna ist Kais älteste Schwester, die ihre Tochter allein großzieht. Kais achtjährige Nichte ist ein kleiner Satansbraten, aber ich fand es immer ausgesprochen unterhaltsam, wenn Elli in Altenwinkel zu Besuch war.

»Und wieso musst ausgerechnet du den Babysitter spielen?«

»Weil über Himmelfahrt Hochsaison im Hofladen ist, da kann meine Mutter nicht weg.«

Kais Eltern betreiben auf ihrem Hof einen kleinen Laden, in dem sie alles vom Schaf anbieten: Schafskäse, Schafssalami und -schinken, Schafseife, Schafwolle, Schaffelle, Schafwollsocken.

»Na gut«, lenke ich ein. »Dann gehe ich morgen eben allein zu Marie Scherer und schreibe den Bericht. Vergiss einfach, dass ich dich gefragt habe.«

Mir ist bei dem Gedanken, ohne Begleitung zu den beiden Scherer-Frauen zu gehen, zwar etwas unwohl, aber ich will Saskia nicht im Stich lassen.

»Du musst immer mit dem Kopf durch die Wand, oder?« Kai

wirft mir einen ärgerlichen Blick zu und lässt sich in den Drehstuhl vor meinem Schreibtisch fallen. »Manchmal kannst du richtig furchtbar sein, Jola Schwarz.«

Das stimmt. Aber ich habe Kopfschmerzen und nicht die Nerven, mich jetzt mit Kai auf eine Diskussion über meinen Charakter einzulassen.

»Okay«, sage ich, »du hast recht: Ich bin furchtbar. Ich habe Kopfweh und bin schlecht gelaunt, weil ich mich morgen allein mit Marie Scherer treffen muss.«

»Du musst nicht.«

»Ich weiß. Aber ich möchte es für Sassy tun. Außerdem bin ich inzwischen auch neugierig, was Marie Scherer zu erzählen hat.«

»Okay, dann lasse ich dich jetzt mal in Ruhe.«

Wir umarmen uns und dann ist er auch schon verschwunden. Ich versuche, den Kopf in die Bücher zu stecken, denn bis zu den Prüfungen in zwei Wochen gibt es noch einiges aufzufrischen, besonders in Mathe und Bio.

Für großartige Noten (nichts weiter als Druckerschwärze auf Papier) fehlt mir der nötige Ehrgeiz, ich will bloß das Abi schaffen, denn das habe ich meinen Eltern versprochen. Auf Studieren habe ich keinen Bock. Ich will nach Kanada und in der Wildnis leben wie die Indianer. Dafür braucht man Lebenserfahrung und keine Noten.

Nachdem ich eine Kopfschmerztablette genommen habe, lässt das Kopfweh nach, aber an Lernen ist trotzdem nicht zu denken. Ich liege im Bett, blicke durch das Dachfenster in den Sternenhimmel und frage mich, woran es liegt, dass Kai und ich uns nicht mehr so gut verstehen wie früher. Vier Jahre lang waren wir ein famoses Team und auf einmal gibt es ständig Zoff.

Liegt es an mir? Habe ich mich verändert? Haben wir uns beide verändert? Ich verstehe es einfach nicht.

Nach Alinas Tod wurde ich vorsichtig. Es schien mir vernünftig, mich in Zukunft an Kai zu halten, einen Jungen, der T-Shirts und Hosen trägt, so wie ich. Jungen verschwinden nicht so einfach, das habe ich damals schon begriffen.

Wir waren vorher schon befreundet gewesen (Kai hatte damals hin und wieder mit Alina und mir gespielt), aber nach Alinas Tod dauerte es nicht lange und Kai und ich gehörten zusammen wie Pech und Schwefel, wie Topf und Deckel, wie Max und Moritz. Kai war immer da, ich konnte mich auf ihn verlassen. Er hatte für alles eine Erklärung parat. Wenn ich nicht mehr weiterwusste, dann fand er einen Weg, und wenn ich traurig war, brachte er mich zum Lachen.

Doch nun, da wir miteinander geschlafen haben, ist auf einmal alles furchtbar kompliziert und ich sehne mich nach einer Freundin wie Alina, mit der ich daüber reden kann. Schließlich kann ich nicht mit Kai über Kai reden. Darüber, wie schwer es ist, romantische Gefühle für einen Jungen zu haben, den man sein ganzes Leben kennt und der wie ein Bruder für einen ist. Darüber, dass ich das Gefühl nicht loswerde, einen Fehler gemacht zu haben, und nun befürchte, beide zu verlieren – den Bruder und den Freund.

* * *

Laurentia, liebe Laurentia mein, wann wollen wir wieder beisammen sein?

Sie liebte dieses Lied, das weiß er jetzt wieder. Sein blonder Engel, seine Zimtprinzessin. Sie hatten es zusammen gesungen, hatten sich an den Händen gehalten und waren in die Knie gegangen, immer wieder. Danach hatte sie ihre Arme um seinen Hals geschlungen und er hatte ihre knospenden Brüste unter dem dünnen Stoff gespürt, hatte ihr Herz an seinem pochen hören und der feine Duft von Mädchenschweiß war ihm in die Nase gestiegen. Er war der wichtigste Mensch für sie.

Aber wo ist sie? Wo?

Er muss seinen Engel wiederfinden, denn ohne ihn ist sein Leben leer.

Laurentia, liebe Laurentia mein,
wann wollen wir wieder beisammen sein?
Am Mittwoch!
Ach, wenn es doch endlich schon Montag, Dienstag, Mittwoch wär
und ich bei meiner Laurentia wär, Laurentia!

6. Kapitel

Ich gehe allein zu Marie Scherer«, eröffne ich Saskia am nächsten Morgen an der Bushaltestelle.

»Und wieso kommt Kai nicht mit? Habt ihr euch geprügelt?« Sie deutet auf meine inzwischen blaugrün gefärbte Beule.

»Ich bin gegen einen Baum gelaufen.«

Saskia hält sich eine Hand vor den Mund und prustet los.

»Und ich habe heute Nachmittag Fußballtraining.« Kai mustert Saskia mit stoischem Gesichtsausdruck.

»Danke, Jo«, sagt sie und grinst immer noch. »Du bist eine echte Freundin. Ich wäre mir schäbig vorgekommen, wenn ich der alten Frau hätte absagen müssen.«

»Schon gut.«

Als Benni und Kevin an der Bushaltestelle eintreffen, muss ich mir ihre spöttischen Kommentare über meine Beule anhören. Die beiden Fünfzehnjährigen werden von allen nur Dick und Doof genannt. Benni Maul, ein rotgesichtiger Dickwanst mit Bürstenhaarschnitt und kindlichen Pausbacken, in zehn Jahren ist er reif als Kandidat für »Bauer sucht Frau«. Und sein Kumpel Kevin Schlotter, dürr wie ein Zweig, mit käsebleichem Gesicht (nach der Schule muss er in der Kneipe mithelfen) und nervösem Blick.

»Ach, haltet doch die Klappe, ihr Idioten«, sagt Kai, mein edler Ritter.

»Selber Klappe, du Schaffurz«, erwidert Benni.

Schaffurz? Saskia und ich sehen uns an und müssen kämpfen, um nicht in Lachen auszubrechen. Was uns nur schlecht gelingt.

Kai wirft uns einen ärgerlichen Blick zu.

»Willst du ein paar auf 's Maul, Maul?«

»Nö.« Benni grinst seinen Kumpel Kevin an, sie nicken sich zu und dann legen sie los. Zuerst ruft Benni: »Was frisst das Schaf, was frisst das Schaf?«

»Gras, Gras, Gras«, antwortet Kevin.

Benni ruft: »Was wollen wir?«

»Spaß, Spaß, Spaß«, plärren sie gemeinsam.

Der Schulbus kommt und wir steigen ein. Kai gibt Benni einen kleinen Stoß, sodass er die Stufen hinaufstolpert.

Das war's dann auch schon. Kai ist viel zu gutmütig.

Weil Herr Schmalfuß, unser Sportlehrer, in der Nacht eine Nierenkolik hatte, haben wir in der Dritten und Vierten überraschend zwei Freistunden. Wir vier nutzen die Zeit, um in der Schul-Cafeteria unsere Powerpoint-Präsentation noch einmal durchzusprechen.

»Stellt euch vor«, erzählt Kai, »letztes Jahr hat ein Reisebüro eine Exkursionsreise auf den Truppenübungsplatz angeboten und einen ganzen Bus voller neugieriger Touristen ins munitionsverseuchte Gelände gekarrt. Und in diesem Internet-Forum behauptet doch tatsächlich einer, dass Hitlers Telefonanlage im Stollensystem noch intakt ist. Er hat sogar die Nummer herausgefunden – aber es ist dauernd besetzt.«

Wir lachen und ich muss an den spektakulären Polizeieinsatz im Tal denken, der vor ein paar Jahren unter den amüsierten Blicken des halben Dorfes stattgefunden hatte.

»Erinnert ihr euch noch an das Hitler-Fenster?« Ich nehme einen Schluck von meinem Cappuccino.

Kai und Tilman nicken grinsend, nur Saskia schaut mich fragend an. Sie hat damals noch nicht in Altenwinkel gewohnt.

»Vor fünf Jahren (ich weiß es so genau, weil Alina noch da war) hat sich jemand – wahrscheinlich waren es zwei oder drei – bei Nacht mit Seilen ein Stück am Steilhang herabgelassen und mit Bauschaum ein kleines Fenster hoch oben an der Wand in eine Felsnische gesetzt. Am nächsten Morgen hat Adolf Hitler hinter weißen Spitzengardinen hinab auf die Talstraße geblickt.«

»Verrückt!« Saskia schüttelt den Kopf.

»Das Ganze ging einige Tage lang«, sagt Kai. »Der Clou war: Wenn es dunkel wurde, gingen bei Hitler die Lichter an. Wer immer sich das ausgedacht hat, er hatte zwei Solarlampen in der Felsnische installiert.«

»Ganz schön böse.« Saskia nippt an ihrem Latte. »Haben sie die Typen erwischt?«

»Nein.« Kai lehnt sich kippelnd zurück. »Der Staatsschutz hat damals gegen unbekannt ermittelt, wegen des Verdachtes auf einen rechtsextremen Hintergrund. Aber man hat nichts in der Richtung herausgefunden. Es war ein Witz. Da hat sich vermutlich jemand lustig gemacht über all die Verschwörungstheorien, die über das Tal im Internet kursieren.«

»Und dabei ziemlich viel riskiert«, bemerkt Saskia. »Wenn sie die erwischt hätten, wären sie bestimmt für eine Weile in den Knast gegangen.«

»Und du behauptest immer, hier wäre nichts los«, sage ich.

Saskia schnaubt spöttisch. »Wie lange sagst du, ist das her? Fünf Jahre? Vielleicht ist das Hitlerfenster ja auch bloß eine *Legende* (sie setzt das Wort in imaginäre Anführungszeichen), genauso wie die Geschichte von der Blutbuche und dem toten Ami.«

Kai verdreht die Augen. »Jetzt fängst du schon wieder damit an, Sassy.«

»Ja, tut mir leid, aber für mich ist das Thema noch nicht erledigt. Mein Bauchgefühl sagt mir, dass da etwas dran ist.« Sie schiebt mir einen Zettel über den Tisch. »Hier, ich habe ein paar Fragen vorbereitet, die du Marie Scherer stellen kannst. Aber überfall die alte Dame nicht gleich damit, ja? Lass sie erst einmal reden, vielleicht kommt sie ja von selbst mit der Geschichte.«

»Klar«, sage ich, überfliege die Fragen, falte den Zettel zusammen und stecke ihn ein.

Kai, der die ganze Zeit gekippelt hat, lässt sich nach vorne plumpsen. »Ihr verrennt euch da in was, Mädels. Jeder im Dorf weiß, dass die Neumeister gewaltig einen an der Waffel hat.«

Saskia zuckt nur mit den Achseln. »Das werden wir ja sehen.«

Nachdem wir noch zwei Stunden Deutsch bei Herrn Neudert hinter uns gebracht haben, verabschieden sich Kai und Tilman zum Fußballtraining und Saskia und ich laufen zur Bushaltestelle.

Als der Bus vor dem »Jägerhof« hält, wandert mein Blick unwillkürlich zu Tonia Neumeisters schmalem Haus, das gleich nebenan steht. Sie sitzt am offenen Fenster, die Unterarme auf einem geblümten Kissen, und beobachtet mit Argusaugen, wer alles aussteigt. Neugier und Kontrolle.

Natürlich habe auch ich so dies und das über die Bewohner meines Dorfes gehört, das bleibt einfach nicht aus. Dank seiner redseligen Oma Ruth ist Kai immer auf dem neuesten Stand der Dinge und erzählt mir alles weiter. Oma Ruth kann Tonia Neumeister zwar nicht leiden, steht aber fast jeden Tag vor ihrem Fenster, je nach Wetterlage und Neuigkeiten.

Durch Kai erfahre ich, was in Altenwinkel über Familie Schwarz geredet wird. Vor allem über meine Mutter, *die Verrückte*. Für die Leute im Dorf ist Ma eine überdrehte Schriftstellerin, zu hochnäsig, um sich mit ihnen abzugeben. Ihre Zurückgezogenheit wird ihr als Überheblichkeit ausgelegt. In Wahrheit ist Ma für die Leute ganz einfach ein Rätsel: Je weniger sie wissen, umso mehr dichten sie dazu.

Mein Vater hat dann alle Hände voll zu tun, um alles zu dementieren. Er ist »ein Jung aus dem Dorf«, genießt als Revierförster und Jäger Ansehen und sitzt regelmäßig mit den anderen bei Bier und Spiel im Wirtshaus – da verzeiht man ihm sogar seine seltsame Frau.

Und ich ... nach Alinas Tod war ich nicht mehr Jola Schwarz, sondern nur noch »die kleine Freundin von dem armen Ding«. Sie haben auch mich zu einer bedauernswerten Namenlosen gemacht. Aber das hörte ein paar Wochen später auf. Wenn allerdings mal wieder ein Fest ansteht, mokiert sich regelmäßig das halbe Dorf darüber, dass ich lieber im Wald herumstreife als mich in die Gemeinschaft einzubringen. »Die kleine Schwarz ist völlig verwildert« – Kai macht sich gerne einen Spaß daraus, mir den Dorfklatsch brühwarm zu erzählen.

Die meiste Zeit des Jahres bin ich den Leuten jedoch völlig egal und umgekehrt ist es genauso. Das habe ich damals Alina abgeguckt: Es interessiert mich nicht mehr, was die Altenwinkler über mich denken – und bis vor Kurzem dachte ich nichts über sie.

Kurz vor drei mache ich mich auf den Weg. Marie Scherer und ihre Tochter Agnes wohnen in einem Fachwerkhaus, an dem schon eine Weile nichts mehr gemacht worden ist. Doch auch wenn die Balken des Scherer-Häuschens einen neuen Anstrich brauchen und hier und da der graue Putz abblättert, das Grundstück ist tipptopp in Schuss. Der sauber gefegte Plattenweg zum Eingang ist gesäumt von blühenden Maiglöckchen und Vergissmeinnicht.

Ich bin aufgeregt, denn mehr als »Guten Tag« und »Schönes Wetter heute« habe ich bisher mit den beiden Frauen nicht gesprochen. Marie Scherer ist ein hochbetagtes Mütterchen, um das sich ihre Tochter Agnes fürsorglich kümmert. Im vergangenen Jahr habe ich Marie an schönen Tagen noch mit ihrem Rollwägelchen durchs Dorf tappen sehen, aber offensichtlich ist sie inzwischen zu klapprig dafür und das holprige Pflaster der Dorfstraße macht es auch nicht einfacher.

Soweit ich weiß, hat Agnes eine Tochter, aber die lebt mit ihrer Familie irgendwo in Polen.

Ich drücke auf den Klingelknopf und kurz darauf öffnet Agnes die Tür. Sie hat ihr dichtes graues Haar zu einem Knoten gebunden und trägt einen bunt gemusterten Kittel über einem blauen T-Shirt. Ihre Füße stecken in roten Gummiclogs. Sie muss Mitte sechzig sein und dafür sieht sie erstaunlich fit aus.

Agnes bittet mich herein. Durch einen niedrigen dunklen Flur führt sie mich in eine kleine Stube, wo ihre Mutter Marie auf einer plüschigen Couch sitzt.

Maries Haar hat die Farbe von Birkenrinde und ringelt sich in dünnen Löckchen, durch die matt die Kopfhaut schimmert. Sie trägt graue Hosen, die dunkelbraune Strickjacke mit dem Zopfmuster ist bis zum Hals zugeknöpft. Aber der Blick ihrer Augen wirkt klar und aufmerksam. Maries Hand fühlt sich kalt an, als ich sie begrüße, die Haut wie knittriges Backpapier.

Agnes bedeutet mir, neben ihrer Mutter Platz zu nehmen. Ich schiebe mich hinter den Couchtisch mit den gedrechselten Füßen, auf dem ein Glaskrug mit Saft und Gläser stehen. Die Luft riecht nach Möbelpolitur und Fensterputzmittel. Auf einer schweren Anrichte aus dunklem Holz fallen mir neben einem Margeritenstrauß in einer Kristallvase verschiedene Stellrahmen mit Fotos auf.

»Tja«, sage ich verlegen und fische das Diktiergerät und den Zettel mit Saskias Fragen aus meinem Rucksack. Die Idee mit dem Aufnahmegerät ist mir gekommen, kurz bevor ich losging. Mir ist eingefallen, dass Ma so ein Ding besitzt. »Ist es in Ordnung, wenn ich unser Gespräch aufzeichne?«

»Ja«, sagt Agnes, »mach das.« Sie gießt Saft in drei Gläser und holt ein in Leder gebundenes Fotoalbum von der Anrichte, das sie vor mir auf den Tisch legt. Das braune Leder ist rissig und abgegriffen. Ich stelle das Diktiergerät an und lege es auf den Tisch.

»Mutter hat gern fotografiert«, sagt Agnes und setzt sich in den zum Sofa passenden Plüschsessel auf der gegenüberliegenden Tischseite. »Bis im April 1945 die Amerikaner kamen und sämtliche Fotoapparate einkassierten. Immerhin, den letzten Film haben sie ihr gelassen. Schau dir die Fotos an«, ermuntert sie mich.

Vorsichtig klappe ich das Album auf und beginne zu blättern. Zwischen brüchigem Pergament sepiafarbene Zeugen aus dem Altenwinkler Dorfleben. Mai 1944 bis Anfang April 1945. Ich erkenne den alten Dorfladen (früher das Schulgebäude), die Kirche, das Wirtshaus und ein paar der alten Häuser. Pfingstfest 1944. Der mit Zweigen und Eiern geschmückte Dorfbrunnen neben der Blutbuche, die damals noch ein kleines Bäumchen war. Junge

Männer in Wehrmachtsuniform im Biergarten vom »Jägerhof«. Die Reichsflagge. Männer und Frauen bei der Feldarbeit.

Marie hat unterdessen umständlich ihre Hornbrille aufgesetzt und betrachtet die Bilder ebenfalls. Ich frage mich, wann sie sie das letzte Mal angesehen hat.

»Ich gehe davon aus«, sagt Agnes, »dass du Bescheid weißt über die Stollen unten im Tal, die Munitionsfabrik und die Häftlingslager?«

»Ja, klar«, antworte ich. »Wir haben viel recherchiert für unsere Projektarbeit, aber das alles ist lange her und irgendwie fehlte uns der Bezug zur Gegenwart.« Ich räuspere mich. »Da kam Saskia die Idee, im Dorf nach Zeitzeugen zu suchen und ein oder zwei Erinnerungsberichte in unser Projekt aufzunehmen.«

Agnes nickt. »Eine gute Idee.«

»Sie hat versucht, mit ein paar Leuten ins Gespräch zu kommen«, erkläre ich weiter, »aber keiner, der vom Alter her infrage kam, wollte ihr etwas erzählen.«

»Kein Wunder«, sagt Marie. »Einige, die sich noch erinnern können, haben die schrecklichen Bilder fast ein Menschenleben lang mit sich herumgetragen und wollen nun nicht mehr daran rühren, weil es zu schmerzlich für sie ist. Andere würden diesen Teil der Vergangenheit am liebsten ausradieren. So ist der Mensch nun mal.« Ihre hellen Augen betrachten mich aufmerksam. »Auch ich wollte vergessen. Und dabei ist es so wichtig, dass wir uns erinnern an das, was geschehen ist.«

Ich blättere weiter und habe ein Foto von zwei jungen Frauen in Kittelkleidern beim Rupfen einer Gans vor mir. Ihre ernsten Gesichter blicken in die Kamera.

»Das ist Tonia und das bin ich.« Marie zeigt zuletzt auf ein hübsches Mädchen mit dunklen Zöpfen. Aber auch Tonia, die alte Hexe, war einmal jung und schön, wie ich verblüfft feststellen muss.

Marie hebt den Blick von den Fotos und schaut mich an. Ich spüre, dass die Bilder aus ihrer Jugend jetzt mit aller Macht wieder hochkommen. Sie war siebzehn oder achtzehn damals, nicht viel älter als ich.

Wie war es, 1945 jung zu sein?

Ich frage Marie, ob die Leute im Dorf von der unmenschlichen Behandlung der Zwangsarbeiter durch die SS-Wacheinheiten wussten. Sie nickt und erzählt, dass die Altenwinkler oft unfreiwillig Zeuge waren, wie die Männer von den Aufsehern geschunden wurden.

»Es war eine böse Zeit damals, Kleine. Der Krieg tötet und beschmutzt alles, auch die Menschlichkeit. Er hat viel Hässliches in uns zum Vorschein gebracht. Mut und Hilfsbereitschaft konnten den Tod bedeuten und die Angst, getötet zu werden, beherrschte unser Leben.« Sie schluckt hart. »Einmal sah ich, wie ein Häftling mit der Peitsche geschlagen wurde, bis ihm das Leder das Fleisch mitsamt seinen gestreiften Lumpen vom Körper riss. Nur weil er sich einen Apfel genommen hatte. Ich habe nichts getan.« Sie schüttelt den Kopf. »Ich konnte nichts tun.«

Maries blutleere Lippen beben. Die Erinnerung wiegt jetzt schwerer als die Gegenwart, das ist deutlich zu spüren. Ihre Augen scheinen ins Leere zu blicken, doch ich ahne, dass sie zurück in die Vergangenheit starren und Ungeheuerliches sehen. Bilder, die nicht auf den schwarzen Seiten in diesem Fotoalbum haften, sondern in Maries Seele. Ihre von Altersflecken übersäte und verkrümmte Hand tastet über das Pergament, als wolle die alte Frau sie durch die Zeit strecken und wiedergutmachen, was sie so lange als Schuld mit sich herumgetragen hat.

Ist man feige, wenn man nicht getötet werden will?

Ein Sonnenstrahl fällt durch die blanke Fensterscheibe. Draußen ist Licht und Leben und Vergangenheit ist Vergangenheit, aber in Maries leisen Worten hat sie mich an die Hand genommen und ich bewege mich mit ihr auf dem Weg ins Dunkel. An einen Ort, den Marie Scherer jahrzehntelang in sich getragen hat; einen Ort, an dem ich nicht sein will.

Ich merke erst jetzt, wie trocken meine Kehle ist, doch ich wage nicht, von meinem Saft zu trinken, weil ich fürchte, durch die Banalität meines Bedürfnisses die Gegenwart in den Raum zu holen und Maries Erinnerungsfaden zu kappen.

Ich blättere weiter, stelle meine Fragen und Marie antwortet mir. Ja, trotz des Krieges wurde zu Pfingsten das Brunnenfest gefeiert. Ja, auch Kinder und Jugendliche trugen Uniformen, das war ganz normal.

In einem jungen Mann mit hellem Haar und Försteruniform erkenne ich meinen Opa August. Marie erwähnt ihn nicht und ich traue mich nicht, sie näher über ihn auszufragen.

»Während des Krieges und in der Nachkriegszeit ruhte die Jagd, aber trotz schwerster Strafen haben die Männer mit Schlingen, Fallgruben und alten Kriegswaffen gewildert. Der Hunger war so groß.«

Auf dem nächsten Foto ist wieder unsere Dorfkirche zu sehen, diesmal mit einem weißen Laken an der Turmspitze.

»Anfang April 1945 wurden einige der umliegenden Dörfer von amerikanischen Jagdbombern beschossen«, greift Marie den Faden wieder auf. »Nur Altenwinkel bekam nichts ab. Der Pfarrer hatte dieses weiße Laken am Kirchturm gehisst, vielleicht wurde unser Ort deshalb von den Amerikanern verschont. Niemand kam zu Schaden, alle Häuser blieben heil, es war wie ein Wunder.«

Die Fotos auf der nächsten Seite zeigen amerikanische Soldaten in ihren Wagen.

»Als dann ein paar Tage später die Amerikaner mit ihren Fahrzeugen über das Dorfpflaster rollten, fragten wir uns, was nun folgen würde. Zu Beginn des Krieges hatten nicht wenige aus Altenwinkel lautstark Hurra gebrüllt. Und nun überkam sie die Angst vor der Bestrafung durch die Sieger.«

Marie seufzt, ihre Hände streichen über das knisternde Pergament. »Doch es passierte nichts«, fährt sie schließlich fort. »Die Amerikaner besetzten Altenwinkel und die umliegenden Ortschaften, sie quartierten sich in unsere Häuser ein und beschlagnahmten sämtliche Waffen, Ferngläser, Fotoapparate und was ihnen sonst noch nützlich erschien. Aber sie behandelten uns freundlich.«

Ich blättere um. Die restlichen Seiten des Albums sind schwarz. Wie schade, dass die Bilderreise in die Vergangenheit meines Dorfes so abrupt endet. Als ich das Album zuklappe, rutscht ein Foto heraus, das ich noch nicht gesehen habe.

Es ist das vergilbte Schwarz-Weiß-Foto zweier Männer mit kahl rasierten Schädeln, deren magere Körper in abgerissenen Häftlingskleidern stecken. Sie ähneln einander und in ihre großen, von Hunger gezeichneten Augen ist unsägliches Leid gebrannt. Doch während der Ältere desillusioniert zu Boden schaut, sieht der Jüngere direkt in die Kamera, den Blick voller trotziger Zuversicht.

Dieser Blick fährt mir geradewegs ins Herz und auch aus Maries Kehle kommt ein leises Seufzen.

»Wer sind diese beiden?«

Marie richtet sich auf, sie schaut aus dem Fenster, als überlege sie, ob sie meine Frage beantworten, ob sie diese Erinnerung zulassen kann. Ihre alten Augen sind auf einmal glasig von Tränen. Sie holt tief Luft, wendet den Kopf und schaut mich an.

»Tomasz und Ignaz Kaminski.« Ihre Stimme klingt dünn und brüchig, wie das Pergamentpapier zwischen den schwarzen Seiten. »Sie waren Vater und Sohn, kamen aus der Stadt Zary in Polen. Tomasz war gerade erst achtzehn Jahre alt. Er und sein Vater mussten als Zwangsarbeiter in den Stollen im Berg schuften. Untergebracht waren sie drüben auf der anderen Talseite in einem großen Zeltlager.«

Meine Hand, die das vergilbte Foto der beiden Männer hält, beginnt zu zittern und ich spüre ein unangenehmes Prickeln im Rücken. Im Album sind sonst keine Fotos von Zwangsarbeitern, was hat es also mit den beiden Polen auf sich?

Marie will weitersprechen, doch unter der Last der Erinnerung versagt der alten Frau die Stimme.

»Bist du bereit, Mutter, Jola auch diese Geschichte zu erzählen?« Agnes betrachtet Marie mit sorgenvollem Blick.

Die alte Frau nickt. Sie räuspert sich, holt geräuschvoll Luft und spricht weiter. »Als die Wehrmacht aus Angst vor den heranrückenden Alliierten die Häftlingslager räumte und die Gefangenen auf den Todesmarsch nach Buchenwald schickte, konnten Tomasz und sein Vater aus dem Zeltlager fliehen.

Die beiden versteckten sich im Wald hinter unserem Dorf und beim Holzsammeln, da habe ich sie durch Zufall entdeckt. Die Augen des Jungen waren voller Angst und zehrendem Hunger. Der Vater war so krank und geschwächt, dass er nicht vor mir davonlaufen konnte. Alle drei waren wir furchtbar erschrocken.

Uns Leuten in den Dörfern war es unter Strafe verboten, den Gefangenen aus den Lagern zu helfen. Mitleid zu zeigen, konnte einen Kopf und Kragen kosten. Meine Eltern hatten mir wieder und wieder eingetrichtert, dass die Häftlinge ihre Strafe verdient hätten, dass sie keine vollwertigen Menschen seien.« Marie schüttelt den Kopf. »Aber ich konnte nicht anders, die beiden ausgemergelten Männer dauerten mich. Ich führte sie zu einer versteckten Höhle am Tambuch und brachte ihnen heimlich Decken und gekochte Kartoffelschalen.«

Die alte Frau schließt die Augen. Wie still es auf einmal ist. Einen Moment lang fürchte ich, dass ihre Seele die Erinnerung nicht verkraftet. Doch Marie spricht weiter.

»Und dann war der Krieg vorbei. Dem Todesmarsch entkommene Zwangsarbeiter wie Tomasz und Ignaz waren von einem Tag auf den anderen freie Menschen. Einige arbeiteten wieder für die Bauern auf den Feldern oder als Handwerker in den Dörfern, um sich einen Schlafplatz und ein wenig Brot zu verdienen. Wir alle wollten den Krieg vergessen, so schnell wie möglich. Erst nach ein paar Tagen wagten sich Tomasz und sein Vater ins Dorf, denn Ignaz war inzwischen so krank, dass er einen Arzt brauchte. Aber jede Hilfe von den Amerikanern kam zu spät ... Tomasz hingegen erholte sich schnell.«

Marie erzählt, dass er ein geschickter Tischler war und gebraucht wurde, denn an arbeitsfähigen Männern mangelte es in Altenwinkel. Sie waren entweder an der Front gefallen oder noch in Gefangenschaft, so wie der Tischlermeister. Seine Frau gab Tomasz einen Schlafplatz in der Scheune und er arbeitete für sie. Niemand kümmerte sich weiter um ihn, das Schicksal der eigenen Familie sorgte die Leute mehr als das des Fremden.

»Unterdessen wurde Frühling. Es war ein ungewöhnlich heißer Frühling, die Kirschen blühten schon Ende April. Wir bestellten die Felder, so gut es eben ging, mit dem wenigen, was wir hatten, und alles schien sich endlich zum Guten zu wenden. Bis der alte Wirt vom Jägerhof den amerikanischen Soldaten tot an der Blutbuche fand, mit aufgerissenen Augen und einem Messer im Rücken.« Marie seufzt. »Was ich dir jetzt erzähle, Jola, ist die Version des alten Schlotter. Beim Anblick des toten Soldaten war ihm schlagartig klar, dass die Amerikaner von nun an alle Dorfbewohner wie Kriegsverbrecher behandeln würden, und er wusste, was das bedeuten konnte. Er schickte seinen Sohn Willi, drei Männer zu wecken, denen er vertraute, und sie zur Dorfbuche zu holen. Einer von ihnen erkannte den Griff des Messers und der aufgebrachte Trupp zog los zur Scheune, in der Tomasz schlief. Kurz darauf brach im Dorf die Hölle los.«

Marie schweigt und ich wage kaum meine Frage zu stellen: »Die Männer ... haben sie Tomasz umgebracht?«

Marie sieht mich an und ist gleichzeitig weit weg. »Ich weiß es nicht, Jola. Als die Amerikaner sie verhörten, behaupteten die Männer, Tomasz wäre fortgewesen, als sie in der Scheune ankamen. Die Amerikaner nahmen uns alle in die Mangel, doch schließlich akzeptierten sie die Geschichte vom feigen Mörder, der geflohen war. Niemand im Dorf protestierte dagegen, alle waren froh, so glimpflich davongekommen zu sein. Auch ich schwieg, obwohl ich mir sicher war, dass Tomasz den Soldaten nicht getötet hatte. Was hätte der arme Junge auch für ein Motiv haben sollen.«

Ich schaue die alte Frau an und bin jetzt mit ihr dort, in der Scheune. Versuche zu sehen, was sie sieht. Versuche zu verstehen und habe das Gefühl, etwas steht zwischen uns, etwas fehlt in ihrer Geschichte. Als ob da ein Schmerz lauert, der zu groß ist für diesen Nachmittag im Mai.

Marie schüttelt den Kopf, als könne sie das, was passiert ist, bis heute nicht begreifen. »Die Wahrheit war das letzte Opfer des Krieges, Jola.«

»Wie ging es weiter?«, frage ich, nachdem ich das Aufnahmegerät ausgeschaltet habe. »Ist jemals herausgekommen, wer der Mörder des amerikanischen Soldaten war und warum er das getan hat?«

Marie reagiert nicht und zuerst denke ich, sie hat meine Frage gar nicht gehört. Doch dann hebt sie den Kopf und sagt: »Der junge Soldat, er hieß David und war schwarz wie die Nacht, hat mir schöne Augen gemacht und er hat mir Schokolade geschenkt. Du hast ja selbst gesehen, was für ein hübsches Mädel ich damals war, keck und voller Sehnsucht nach Leben. David hat mich manchmal mit kleinen Späßen zum Lachen gebracht, aber das war alles vollkommen unschuldig.«

Die alte Frau fasst sich ans Herz, eine unsichere Geste, und ich ahne, dass die Zeit nicht alle Wunden heilt. Vermutlich hat sie den jungen Soldaten sehr gemocht, mehr, als das Dorf wissen durfte.

»Wie dem auch sei, es gab einen jungen Mann in Altenwinkel, der ein Auge auf mich geworfen hatte. Er sah gut aus und schmeichelte mir, aber ich wusste, dass er böse war, und wollte nichts mit ihm zu tun haben. Er hatte eine schwarze Seele. Ich vermutete damals, dass er den … dass er David auf dem Gewissen hatte. Vielleicht hatte er es aus Eifersucht getan, vielleicht aber auch, weil er die Amerikaner hasste, die Hitler besiegt hatten. Beweisen konnte ich es allerdings nicht.«

»Wer war der Mann mit der schwarzen Seele?«, hake ich nach. »Lebt er etwa noch?«

Bevor Marie antworten kann, winkt Agnes vehement ab. »Tot und begraben, schon lange.«

»Und wer waren die Männer, die zur Scheune zogen? Wer hatte das Messer wiedererkannt?«

Marie schweigt und Agnes schüttelt unmerklich den Kopf.

Dieser Tomasz, denke ich, war ein Fremder, und keiner im Dorf hat ihn verteidigt, auch Marie nicht. Weil alle Angst hatten, war der Mörder davongekommen. Das war feige von den Dorfbewohnern und falsch.

Maries Blick wandert über mein Gesicht, und als ob sie meine Gedanken lesen kann, sagt sie: »Es waren Tage, in denen richtig und falsch nur schwer zu unterscheiden war.«

Meine Kehle ist staubtrocken. Endlich greife ich nach meinem Glas und trinke es in einem Zug leer.

»Ich denke, es ist nun genug«, wendet sich Agnes an mich. »Wie du siehst, hat meine Mutter das Reden sehr erschöpft.«

Die Fragestunde ist zu Ende. Ich packe meine Sachen wieder in meinen Rucksack und verabschiede mich von Marie. Sie nimmt meine Hand in ihre verkrümmten Hände und schaut mich mit einem seltsamen Lächeln an.

»Danke«, stammele ich verunsichert und stehe auf.

Agnes legt das Foto ins Album zurück und begleitet mich nach draußen. Als ich mich von ihr verabschieden will, sagt sie: »In letzter Zeit schläft Mutter sehr schlecht. Sie hat schlimme Träume vom Krieg und dann weint sie, ohne aufzuwachen. Ich vermute, die Ereignisse von damals suchen sie jetzt unaufhaltsam heim in den Nächten. Manchmal reden wir und dann schlafe auch ich schlecht, obwohl ich nicht gesehen habe, was sie erlebt hat.« Sie seufzt. »Dieses Gespräch hat sie sehr aufgewühlt, aber ich glaube dennoch, dass es gut war für sie.«

Ich nicke. »Ihre Mutter ist die Einzige aus dem Dorf, die bereit war, mit uns zu sprechen. Ich werde mich gleich hinsetzen und alles aufschreiben. Die Präsentation unserer Projektarbeit ist nämlich schon nächste Woche, deshalb konnten wir das Treffen auch nicht mehr verschieben. Ich werde noch einmal vorbeikommen und Ihnen den Text zu lesen geben, wenn ich fertig bin.«

Agnes nickt. »Das ist gut. Was damals passiert ist in unserem Dorf, kann niemand ungeschehen machen. Aber es sollte auch nicht einfach vergessen werden.«

Wir sehen uns an und endlich wage ich die Frage, die mir nicht aus dem Kopf geht: »Glauben Sie, dass Tomasz es geschafft hat?«

Agnes schaut mir in die Augen, als sie sagt: »Vielleicht hat er ja einen Schutzengel gehabt, Jola.«

Ich verabschiede mich noch einmal und laufe zum Gartentor. Als ich Agnes hinter mir schimpfen höre, drehe ich mich um. Kopfschüttelnd hält sie einen grünen Gummischuh in der Hand.

»Im Dorf ist ein Schuhdieb unterwegs«, sagt sie. »Das ist schon das zweite Mal, dass mir ein Gartenschuh fehlt. Die hier waren nagelneu, ich habe sie erst vor ein paar Tagen gekauft.«

»Muss ein einbeiniger Schuhdieb sein«, bemerke ich.

»Ja«, bestätigt Agnes nachdenklich. »Das ist tatsächlich merkwürdig.«

7. Kapitel

Noch tief in dieser längst vergangenen Zeit versunken, laufe ich über die Straße und an der Hofeinfahrt der Hartungs vorbei. Als ein paar Schritte weiter jemand seine Hand auf meine Schulter legt, fahre ich mit einem erschrockenen Aufschrei herum. Kai.

»Wenn du mich noch einmal so erschreckst, mache ich auf der Stelle Schluss«, fauche ich ihn an.

»Hey«, sagt er, »in letzter Zeit bist du ganz schön empfindlich.«

Ärgerlich laufe ich weiter und er trottet neben mir her. »Wie ist es denn gelaufen?«

»Bestens.«

»Jetzt spann mich nicht so auf die Folter!«

»Woher dein plötzliches Interesse? ›Ihr verrennt euch da in was, Mädels‹«, zitiere ich ihn.

»Ach komm, nun stell dich nicht so an, Jola. Erzähl schon!«

Ich bin immer noch aufgewühlt von Maries Geschichte und muss das Ganze erst einmal verarbeiten, aber ich fühle auch einen leisen Stich Genugtuung, weil Saskia den richtigen Riecher hatte. In knappen Worten erzähle ich Kai die Geschichte von der Ermordung des amerikanischen Soldaten an der Dorfbuche.

»Jetzt ist mir auch klar, warum die Alten so vehement an Amnesie leiden«, schließe ich meinen Bericht.

»Na ja, was damals passiert ist, ist nicht gerade etwas, worauf man stolz sein kann«, bemerkt Kai nach einigem Zögern.

»Es ist nicht einfach *passiert*, so wie eine Naturkatastrophe«, entgegne ich aufgebracht und bleibe stehen. »Offensichtlich hat jemand aus dem Dorf den Ami umgebracht und der Pole sollte dafür seinen Kopf hinhalten.«

»Das kannst du doch gar nicht sicher wissen. Mensch, Jola!« Kai knufft mich in die Seite. »Willst du jetzt das ganze Dorf an den Pranger stellen? Es war Krieg, da passieren solche Dinge. That's history.«

»Der Krieg war vorbei.« Ich verschränke die Arme vor der Brust. »Und nach all den Jahren sitzt die Geschichte denen, die davon wissen, heute immer noch im Nacken.«

Kai zuckt mit den Achseln. Zufrieden registriere ich, dass ihm die Argumente ausgehen.

Wir laufen weiter und kommen am Haus der Merbachs vorbei, wo Lasse schon wieder wie ein Wilder mit dem Dreirad über den Hof jagt und Motorengeräusche dazu macht. Alina hat sich immer einen Bruder gewünscht, genauso wie ich. Nun hat sie einen. Manche Wünsche gehen erst in Erfüllung, wenn es zu spät ist.

»Weißt du eigentlich, wann Agnes' Tochter das letzte Mal zu Besuch hier war?«, frage ich Kai.

»Keine Ahnung, aber ich glaube, das ist eine ganze Weile her. Da war irgendetwas mit einem schlimmen Unfall.« Offensichtlich ist Kai froh, dass ich das Thema gewechselt habe. »Aber ich kann meine Oma fragen, die weiß es bestimmt.«

»Mach das«, sage ich.

»Seit wann interessieren dich andere Leute?« Kais Augen funkeln spöttisch. »Ich denke, du hast nichts übrig für Dorfklatsch?«

»Blödmann«, erwidere ich. »Ich habe festgestellt, dass ich Agnes mag, und deshalb interessiert es mich. Genauso wie mich interessiert, was aus diesem Tomasz geworden ist und für wen er seinen Kopf hinhalten sollte.«

»Na, offensichtlich für irgendeinen kranken Nazitypen aus dem Dorf, der schon lange auf dem Friedhof liegt und Radieschen atmet. Verrückt, oder?«

»Ich weiß nicht, ob *verrückt* das richtige Wort ist«, sage ich nachdenklich. »Es ist wie eine Hand aus der Vergangenheit, die nach uns greift.«

Kai hebt seinen rechten Arm über den Kopf, macht eine Klauenhand vor seinem Gesicht und gibt Laute des Grauens von sich.

Ich verdrehe die Augen. Und muss lachen – er hat es wieder mal geschafft.

Wir sind an unserem Hoftor angekommen und stehen einander gegenüber. Ehe sich Verlegenheit breitmachen kann, beugt Kai sich zu mir herüber und küsst mich. Es ist ein sanfter und doch fordernder Kuss, und ohne dass ich es will, bekomme ich weiche Knie. Ich erwidere den Kuss, bis Kais Hand unter mein T-Shirt wandert.

»Hey«, sage ich, trete einen Schritt zurück und schaue mich um, ob jemand uns beobachtet.

Magnus, der Sohn von Tischlermeister Grimmer, kommt mit einem Baumstamm auf der Schulter um die Ecke getrottet. Mit seiner schwarzen Strickmütze, dem karierten Hemd und seinen ewigen Hochwasserhosen sieht er viel älter aus, als er eigentlich ist. Jeder im Dorf weiß, dass er die Klamotten seines Vaters und seines Onkels abtragen muss, was nicht wirklich fair ist, aber billig.

Magnus ist Mitte dreißig, ein großer Mann mit starken Händen. Er war als Kommandeur im Krieg in Afghanistan, bis er mit seinen Soldaten bei Kunduz in einen Hinterhalt der Taliban geriet und von einem Granatsplitter schwer am Kopf verletzt wurde.

»Oh, du lieber Augustin, Augustin, Augustin«, brummelt er, als er an uns vorbeiläuft, »oh, du lieber Augustin, alles ist hin.«

»Wann?«, fragt Kai, mit einem verzweifelten Unterton in der Stimme.

Es dauert einen Moment, bis ich begreife.

Ich lege den Zeigefinger auf seine Brust und sage: »Wenn du wieder da bist, okay? Bei mir.« Vielleicht hat Tante Lotta recht und Übung macht den Meister. Vielleicht haben wir beim zweiten Mal mehr davon. Vielleicht läuten wenigstens die Glocken, wenn der Mond schon nicht seine Umlaufbahn verlässt.

»Aber deine Mutter ...«

»Mach dir um Ma keine Gedanken«, sage ich lächelnd und denke: Mit Pa scheint er sich ja schon einig zu sein.

Ich drücke ihm einen Kuss auf die Lippen. »Bis Montag am Bus und viel Spaß in Berlin. Grüß Johanna und Elli von mir. Wird bestimmt ein tolles Wochenende.«

Nachdem ich ein paar Schritte in Richtung Haus gegangen bin, drehe ich mich um. Kai steht noch immer in der Einfahrt. Ich winke ihm zu und er winkt zurück. Er wirkt unglücklich und ich weiß, dass es nicht daran liegt, dass er am Wochenende nach Berlin fahren und babysitten muss.

In meinem Zimmer rufe ich zuerst Saskia auf ihrem Handy an und erzähle ihr, was ich erfahren habe.

Sie ist begeistert von meinem Bericht – und bleibt natürlich bei der Geschichte über die Ermordung des Soldaten an der Blutbuche hängen. »Echt krass«, meint sie. »Ich verstehe allerdings nicht, warum Marie dir die Namen der Männer verschwiegen hat. Die Geschichte ist eine halbe Ewigkeit her und vermutlich sind sie alle längst tot und begraben. Wenn stimmt, was sie sagt.«

Was soll denn das jetzt? Ich beschließe, Sassys letzten Satz zu ignorieren. »Tja, meine Liebe«, sage ich, »so kann nur eine reden, die nicht in Altenwinkel aufgewachsen ist. Mit großer Wahrscheinlichkeit leben die Kinder und Enkel der Männer noch im Dorf und Marie hat die Namen deshalb verschwiegen. Sie ist eben nicht wie die Neumeister, die alte Hexe, die jede Gelegenheit nutzt, um Unfrieden unter den Dorfbewohnern zu stiften.«

»Das kann man sehen, wie man will«, erwidert Saskia. »Wenn mein Opa ein Mörder war, würde ich es wissen wollen.«

Mir wird schlagartig kalt und wieder sehe ich das Foto meines Großvaters August in seiner Försteruniform vor mir. *Wenn mein Opa ein Mörder war, würde ich es wissen wollen.* Saskias Worte gehen mir nicht mehr aus dem Kopf, nachdem wir aufgelegt haben. Meine Freundin ist fein raus, sie hat keine Wurzeln in Altenwinkel, so wie Kai und ich.

Soweit ich weiß, ist einer von Kais Großvätern gegen Ende des Krieges gefallen und der andere erst ein paar Jahre später aus der Kriegsgefangenschaft ins Dorf zurückgekehrt. Mein Opa August, der Förster, war jedoch im Dorf, das Foto im Maries Album ist ein eindeutiger Beweis dafür. Und er atmet seit einigen Jahren Radieschen. Hat Marie mir die Namen der Männer deshalb nicht genannt? Weil mein Opa August zu ihnen gehörte? Hatte er ein Auge auf Marie geworfen und den amerikanischen Soldaten aus Eifersucht getötet? Bin ich die Enkelin eines Mörders?

Was für ein irrwitziger Gedanke, doch er lässt mich nicht mehr los. Bis zum Abendessen sind noch anderthalb Stunden Zeit, ich beschließe kurzerhand, einen Abstecher zum Friedhof zu machen und meine Vorfahren zu besuchen, etwas, das ich schon sehr lange nicht mehr getan habe.

Diesmal halte ich mich links und nehme den geschotterten Weg am Haus der Neumanns vorbei, der auf eine asphaltierte, von kleinen Höfen gesäumte Straße mündet, die zurück zur Dorfmitte führt. Das Grundstück der Architekten hat keinen Zaun und auch keine Hecke, was vermutlich hip ist, deswegen kann man bei Dunkelheit bis ins durchgestylte Wohnzimmer schauen.

»Mä«, macht es. »Mä ... mähähä.« Vier Heidschnucken mit schwarzen Köpfen stehen angepflockt auf der Wiese neben dem Haus. Der Bock mit seinem imposant gedrehten Hörnern und den diabolischen Augen starrt mich an, als wäre ich eine Bedrohung für ihn. Ausgerechnet ich, die Vegetarierin.

»Keine artgerechte Haltung«, hat Kai mich neulich aufgeklärt. Schafe dürfen laut Gesetz nicht angepflockt werden. Aber niemanden im Dorf juckt es, was Hagen Neumann mit seinen Schafen anstellt. Tust du mir nichts, tu ich dir nichts: die Zauberformel für das friedliche Miteinander in Altenwinkel.

Ich laufe an gepflegten Höfen und gestutzten Hecken vorbei, in deren Mitte Hubert Trefflichs Haus auf einem verwahrlosten Grundstück steht, der Schandfleck im Dorf. Hinter der Kirche auf dem Dorfplatz befindet sich der kleine, von einer dicken Bruchsteinmauer umgebene Friedhof. Als ich das Tor öffne, kommt mir erneut Magnus entgegen. Seine Strickmütze und seine alte Jacke sind voller Holzspäne. Er nickt mit einem schiefen Grinsen, ohne sein Liedchen zu unterbrechen, und geht seines Weges.

Ich sage meiner Uroma Hermine Hallo und meinen Großeltern Lene und Erwin – alle glücklich vereint im Familiengrab, auf dem gelbes Fingerkraut und kleine Glockenblumen blühen. Lene und Erwin habe ich nicht gekannt, aber meine kleine Uroma Mine, die ich zuletzt um einen ganzen Kopf überragt habe, die vermisse ich immer noch.

Schließlich laufe ich weiter zum hinteren Teil des Friedhofes und besuche Opa Augusts Grab. »Hallo, Opa, hast du was mit dieser schrecklichen Geschichte zu tun?«, flüstere ich und starre den grauen Grabstein an, als könne er mir antworten.

Und wenn, Jola. Willst du es tatsächlich wissen? Willst du wissen, ob dein Großvater ein Mörder war?

Da sich keine Stimme aus dem Grab erhebt, um mir eine Antwort auf diese Frage zu geben, laufe ich weiter zwischen den Grabreihen entlang und lese im Vorbeigehen die Namen der Toten. Es sind immer wieder dieselben Familiennamen, die auftauchen: Roland, Schlotter, Maul, Färber, Hartung, Neumeister, Trefflich, Euchler, Arnold, Grimmer.

Auf Renate »Reni« Grimmers Grab steht ein frischer Strauß Vergissmeinnicht. Reni war die Schwester von Rudi und Hans, sie ist als Kind in der alten Kiesgrube, dem heutigen Badesee, ertrunken. Das Ganze ist fast vierzig Jahre her, aber offensichtlich war Magnus hier, um seiner Tante Blumen aufs Grab zu stellen. Vergissmeinnicht, obwohl er sie gar nicht gekannt hat.

Es gibt noch zwei Handvoll andere Kindergräber auf diesem Friedhof und eines davon ist leer. Alinas Mutter wollte dieses Grab. Sie möchte ab und zu an einen Ort kommen können, wo sie um ihre Tochter trauern kann.

Vor dem weißen Granitstein mit einem Foto von Alina bleibe ich stehen. Unter dem Foto, auf dem sie keck in die Kamera lächelt, ist nur ihr Name eingraviert. Vergissmeinnicht blühen auch hier, himmelblau auf ihrem Grab.

»Hallo, Waldfee«, flüstere ich. »Lange nichts voneinander gehört. Wo bist du? Willst du es mir nicht endlich verraten?«

Eine Antwort bekomme ich nicht. Doch Alinas Foto berührt etwas in mir, es zieht an den Erinnerungsfäden und holt das Gewebe vergangener Tage hervor. Unvermittelt habe ich ihre Stimme im Ohr. Ich kann sie kichern hören, meine Freundin. So als würde sie sich hinter dem Grabstein verstecken und sich eins ins Fäustchen lachen über meine komische Frage.

Das ist ... gruselig.

»Na, junges Fräulein.« Die gekrächzten Worte holen mich aus einer Zwischenwelt, in der ich die Stimme einer Toten hören konnte. Ich fahre herum. Tonia Neumeister, mit räudigem Kopftuch und bunter Kittelschürze, steht direkt hinter mir. Ihre dunklen Augen im wettergegerbten Gesicht funkeln verschlagen. »Ist das nicht geschmacklos«, sagt sie, »hier das Opfer, dort drüben sein Mörder.«

Ich schnappe nach Luft, aber abgesehen davon, dass unter Alinas Grabstein nichts als Erde ist, hat sie recht. Nur zwei Reihen weiter, neben dem seiner Frau Hanne, befindet sich das Grab von Martin Sievers.

Tante Lotta hat mir erzählt, dass das Paar nach der Wende ins Dorf gezogen ist und von Anfang an sehr zurückgezogen gelebt hat. Die beiden blieben kinderlos, nur Martin Sievers' Neffe Tobias kam immer mal zu Besuch. Ich kann mich vage an Hanne Sievers erinnern, eine zierliche Frau mit kastanienbraunen Haaren und einem warmherzigen Lächeln. Nach ihrem Tod (sie starb elend an Krebs), habe ich ihren Mann kaum noch im Dorf gesehen – bis die Sache mit Alina passierte.

Die Altenwinkler empörten sich furchtbar darüber, dass all die Jahre ein Kinderschänder in ihrer Mitte gelebt hatte. »Als ob ihnen von nun an ein kollektiver Makel anhaften würde«, war Tante Lottas abfälliger Kommentar. Einige aus dem Dorf wollten ihm sogar die letzte Ruhestätte neben seiner Frau verweigern, doch Pfarrer Kümmerling scherte sich nicht um die Leute und beerdigte Sievers auf dem Altenwinkler Friedhof.

In meiner Verwirrung stottere ich ein paar zusammenhanglose Silben, als die Neumeister plötzlich zischt: »Vielleicht war er's ja gar nicht.«

»Was?« Entgeistert starre ich sie an. Ich habe nicht die geringste Lust, mit der alten Hexe zu reden, doch mein Unterbewusstsein ist schneller als ich. »Wer sagt das?«

Mit ihren ausgetretenen Schuhen trippelt sie an mich heran. Tonia hat einen leichten Buckel, aber sie geht nicht krumm. Der Geruch von gekochtem Kraut und Mottenkugeln lässt mich einen Schritt zurückweichen.

»Niemand sagt was. Aber der Jung von dem Sievers, der hat verdorbenes Blut in den Adern. Mit dem stimmt was nicht.«

Mit »der Jung« meint sie ohne Zweifel Tobias Zacke, der ein paar Wochen nach der Beerdigung seines Onkels in das einsam liegende Haus (das Mörderhaus) am Dorfrand zog und seitdem dort skurrile Metallskulpturen herstellt, die er als Kunst bezeichnet.

Die Dorfbewohner nennen die Gebilde »Schrotthaufen«. Ich kenne nur die eine Figur, die neben seinem Tor steht: ein monströses Fabeltier mit langen Krallen und Säbelzähnen. Ich habe keine Ahnung, ob das Kunst ist oder nicht, mir ist das lebensgroße Ding schlichtweg zu hässlich.

Dass die Neumeister ihm jetzt den Mord an Alina anhängen will, ist echt der Hammer! Tobias war damals erst siebzehn. Und obwohl er immer wieder eine Zeit lang bei seinem Onkel lebte – als das mit Alina passierte, war er in Italien, das weiß ich von Kai.

Die Kirchturmuhr schlägt dreimal, es ist Viertel vor sieben und ich muss los, um nicht zu spät zum Abendessen zu kommen. Ich lasse die spinnerte Alte einfach stehen und mache mich vom Totenacker. Auf dem Kirchplatz laufe ich Rudi Grimmer in die Arme, der auf der Suche nach seinem Neffen ist. Rudis Hosen werden von breiten Hosenträgern mit Streifen gehalten, ein paar pomadig glänzende Haarsträhnen sind kaschierend über seine Glatze geklebt.

»Er war auf dem Friedhof«, sage ich, »ist aber schon eine Weile her.«

In Gedanken versunken, trabe ich durch eine schmale Gasse auf die Dorfstraße. Was soll der Mist von wegen *verdorbenes Blut?* Gibt die alte Hexe denn niemals Ruhe?

In den ersten Tagen nach Alinas Verschwinden haben meine Eltern mich in Watte gepackt, aber nach und nach erreichten die Gerüchte, die Tonia Neumeister damals im Dorf verbreitete, auch mich. Zuerst hatte sie behauptet, Magnus Grimmer wäre interessiert an kleinen Mädchen und habe Alina schon immer verliebt angesehen. Vor Afghanistan, als Magnus noch alle Tassen im Schrank hatte. Heute klingt es wie ein schlechter Scherz, aber Ma hat mir erzählt, dass Magnus einmal der begehrteste Junggeselle von Altenwinkel war und der Traum jeder Schwiegermutter.

Als Nächstes versteifte Tonia sich auf Hubert Trefflich, der – von seiner Frau eines Nachts sang- und klanglos verlassen – schon seit Jahren alleine in seinem heruntergekommenen Häuschen lebt und mit seinem Gewehr herumstolziert wie ein Gockel. Die alte Hexe behauptete, sie habe Trefflich gesehen, wie er mit Alina geredet und sie dabei angefasst habe.

Am Ende war nicht einmal Alinas eigener Vater vor den bösartigen Anschuldigungen der alten Giftspritze sicher. In einer Fernsehsendung hätten sie gesagt, dass bei Kindstötungen der Täter meistens aus der eigenen Familie stammt. Tonia als Hobbypsychologin, bei diesem Gedanken muss ich beinahe lachen.

Dann fand die Polizei Alinas Kleid und Sievers wurde verhaftet. Tonia ließ sich eine Weile nicht mehr im Dorfladen blicken, bis sich die Wogen geglättet hatten. Und nun, nach so langer Zeit, fängt sie von Neuem mit ihren haltlosen Anschuldigungen an. Warum gerade jetzt? Warum erzählt sie ausgerechnet mir das alles? Erst die alte Geschichte mit dem ermordeten Amerikaner und nun behauptet sie, dass Sievers möglicherweise unschuldig war.

Vielleicht ist das alles nichts als Zufall. Vielleicht ist der alten Neumeister einfach nur schrecklich langweilig. Allerdings, meldet sich eine leise Stimme in meinem Kopf, hat Tonia, was den gemeuchelten Ami anging, offensichtlich die Wahrheit gesagt.

Ohne es richtig zu merken, bin ich zu Hause angekommen, mit meinen Gedanken wieder bei Marie und ihrer Geschichte.

Eine halbe Stunde später erzähle ich Ma und Pa am Abendbrottisch von meinem Besuch bei den Scherer-Frauen und was ich von ihnen erfahren habe. Diesmal habe ich das uneingeschränkte Interesse beider Eltern. Sie geben sich betroffen, aber ich registriere auch die Blicke, die sie einander zuwerfen, wenn sie glauben, ich bemerke es nicht. Wussten sie davon? Ich bin mir nicht sicher. Als Ma und ich das Geschirr in die Spüle räumen, frage ich sie nach der Zigarrenkiste mit den alten Fotos von meinen Großeltern. Ma holt die Kiste aus ihrem Arbeitszimmer und reicht sie mir. Als ich sie nehmen will, hält sie sie einen Moment lang fest. Ich warte darauf, dass sie etwas sagt, aber dann überlässt sie mir die Kiste wortlos.

Allein in meinem Zimmer stöbere ich durch die schwarz-weißen und sepiafarbenen Fotografien und schaue mir meine Großeltern an. Lene und Erwin, die Eltern meiner Mutter, sind erst nach dem Krieg geboren. Uroma Hermine hat mir viel von ihnen erzählt, mehr als Ma es je getan hat. Ich finde es schade, dass ich die beiden nie wirklich kennengelernt habe. Uroma Mine. Sie war zum Kriegsende siebzehn Jahre alt, so wie ich heute. Die weit auseinanderstehenden Augen und das lockige Haar habe ich von ihr geerbt, das erkennt man auf den Fotos ganz deutlich. Ob ihr Haar auch einmal so rötlich geschimmert hat wie meins? Ich versuche, mich daran zu erinnern, wie sie zuletzt ausgesehen hat, und unvermittelt habe ich den fruchtig-süßen Duft von Himbeermarmelade und Zimt in der Nase.

Oma Frieda und Großvater August. Er war bei Kriegsende einundzwanzig und arbeitete damals in der Munitionsanstalt »Muna« bei Ohrdruf, einer von Hitlers unzähligen Waffenschmieden, das weiß ich von Pa. Ich betrachte Opa Augusts freundliches Gesicht und frage mich, was er gesehen und erlebt, was er bis zu seinem Tod vielleicht niemals jemandem erzählt hat.

Schließlich packe ich die Fotos zurück in die Kiste. Ich setze ich mich an meinen Schreibtisch, fahre den Laptop hoch und mache mich daran, die Geschichte vom hinterrücks erstochenen schwarzen Soldaten und dem jungen Polen, der dafür den Kopf hingehalten sollte, aufzuschreiben. Eine tragische Geschichte aus einer Zeit, die nicht mehr Krieg und noch nicht Frieden war. Ich gebe ihr den Titel »Die Wahrheit, das letzte Opfer des Krieges«.

Als ich fertig bin, lese ich den Text noch einmal durch und mache Korrekturen, bis ich zufrieden bin. Das Ergebnis drucke ich aus und schicke es per Mailanhang an Saskia, Kai und Tilman. Danach schließe ich zufrieden mein Schreibprogramm, fahre den Laptop herunter und fasse einen Entschluss. Morgen ist Christi Himmelfahrt, schulfrei, und ich will bei Sonnenaufgang im Wald sein, um nach dem wilden Hund Ausschau zu halten und den

Kopf wieder freizubekommen von den schrecklichen Geschichten aus der Vergangenheit.

Als ich meinen Rucksack mit neuen Müsliriegeln bestücke, stelle ich fest, dass mein Opinel-Messer fehlt.

»Mist!« Das Messer muss mir beim oder nach dem Zusammenstoß mit dem Baum aus dem Rucksack gerutscht sein. Vielleicht, als ich die Wasserflasche rausgeholt habe und noch nicht wieder richtig bei Sinnen war. Hoffentlich liegt es noch an der Stelle, an der ich ohnmächtig geworden bin.

Als ich später im Bett liege, flackern am Rand des Schlafes sepiafarbene Bilder von Altenwinkel auf, wie es zum Kriegsende ausgesehen hat. Ein Soldat in Uniform sitzt mit weit aufgerissenen Augen am Stamm der Buche, ein Messer ragt aus seinem Rücken. Und die frühlingsgrünen Blätter des Baumes färben sich blutrot.

* * *

Laurentia, liebe Laurentia mein,
wann wollen wir wieder beisammen sein?

Du hast mich vergessen, meine Zimtprinzessin. Er steht mitten im Raum. Die Augen geschlossen und mit geballten Fäusten, kämpft er gegen das dunkle Gefühl in seinem Inneren an, das über ihm zusammenschlägt. Vergiss mein nicht. Aber wie soll ich dich finden, wenn du dich vor mir versteckst?

Laurentia, liebe Laurentia mein,
wann wollen wir wieder beisammen sein?
Am Donnerstag!
Ach, wenn es doch endlich schon Montag, Dienstag, Mittwoch, Donnerstag wär
und ich bei meiner Laurentia wär, Laurentia!

8. Kapitel

Gegen halb fünf bin ich auf den Beinen. Die Vogeluhr hat mich geweckt. Ungefähr eine Stunde vor Sonnenaufgang beginnt das Rotkehlchen zu singen, ein schnelles *ZikZikZik*. Wenig später setzt der Amselgesang mit seinen melodiösen Strophen ein, es folgen Kohlmeise, Zilpzalp und Buchfink und zuletzt der Hahn von der Eier-Euchler.

Ich schleiche mich nach unten in die Küche, esse schnell ein Butterbrot im Stehen und trinke einen Schluck kalte Milch. Während meine Eltern noch friedlich schlafen, breche ich auf. Ein Zettel auf dem Küchentisch muss genügen – schließlich sind sie daran gewöhnt, dass ich an freien Tagen öfters mal im Morgengrauen aufbreche, um Tiere zu beobachten.

Pa hat vollkommen recht: Ich werde bald siebzehn und Ma muss lernen loszulassen.

Mein Rad parke ich wie immer hinter dem Holzstoß, dann trabe ich weiter zu Fuß durch den Wald. Mit jedem Schritt in der kühlen Morgenluft verschwinden die sepiafarbenen Bilder von Marie Scherers Erinnerungen mehr und mehr aus meinem Kopf. Ein Kuckuck stimmt seinen Reviergesang an, ein dunkles *Gu-Kuh*.

Als ich bei meinen Aussichtsbaum angelangt bin, ist die Sonne längst aufgegangen und ich bin vollkommen im Hier und Jetzt.

Heute ist Feiertag, ich brauche mir also keine Sorgen um Feldjäger zu machen. Ich klettere in mein Baumnest und suche mit dem Fernglas die Bäume und den Boden ab. Nicht lange und die beiden Ricken mit ihren Kitzen zeigen sich an der Wildsuhle. Sie äsen am jungen Birkenwuchs, die dünnen Kitze springen übermütig durchs taunasse Gras. Minuten später pflügt eine Wildschweinrotte aus dem Unterholz und die Rehe verschwinden wieder im Wald.

Ich beobachte die Bache mit ihren Frischlingen, die noch deutliche Streifen tragen. Wahrscheinlich sind sie zwei oder drei Monate alt. Es sind acht, eines ist auffallend kleiner als seine Geschwister. Die Schweine graben nach Schnecken und Würmern und suhlen sich so vergnüglich im Schlamm, dass ich lächeln muss.

Diese Ferkel verhalten sich nicht viel anders als Menschenkinder. Das kleinste wird von seinen kräftigeren Geschwistern gemobbt und quietscht laut, bis die Mutter aufmerksam wird und die anderen zur Räson bringt. Ein hohes *Kikiki,* der typische Ruf eines Baumfalken, lässt mich das Glas gen Himmel heben. Im Gleitflug hält der Raubvogel Ausschau nach Käfern oder Kleinvögeln, die zu seinem Speiseplan gehören. Durch das Fernglas kann ich deutlich seine weiße Kehle und das typische rostrote Beingefieder sehen. In einem rasanten Flugmanöver jagt er seiner Beute hinterher.

Ein markerschütterndes Quieken aus Richtung Suhle lässt mich das Fernglas schnell wieder nach unten zu den Säuen schwenken. Die Frischlinge stieben in alle Richtungen auseinander und auch von der Bache nehme ich nur noch den fliehenden Schatten wahr. Das Kleinste hetzt in panischem Zickzack durchs Gras – vergeblich. Der große Schäferhund fegt den Winzling mit einem kräftigen Pfotenhieb von den Läufen und schlägt seine Fangzähne in den Nacken des kleinen Schweins, dessen Geschrei augenblicklich verstummt. Mit seiner Beute im Fang verschwindet das Tier im Schutz des Birkenwäldchens.

Mein Herz klopft bis zum Hals. Angestrengt starre ich durch das Fernglas, kann den Wilderer aber nicht mehr entdecken. Nun habe ich es mit eigenen Augen gesehen: Mein Vater hat einen jagenden Hund im Revier. Ich muss es ihm endlich erzählen.

Eine Weile sitze ich noch in meinem Nest, doch der Schäferhund taucht nicht wieder auf. Ich verlasse den Baum und steige den Hang hinunter. Im Birkenwäldchen entdecke ich die blutige Schleifspur im Gras, finde aber keinen Kadaver. Dieses Mal ist der Wilderer samt Beute verschwunden.

Das Knacken von Zweigen lässt mich zusammenfahren. Mein Verstand kombiniert in Windeseile: Hier hat vor wenigen Minuten eine wilde Jagd stattgefunden und sämtliche Beutetiere haben sich fluchtartig in Sicherheit gebracht. Nur der Schäferhund kann noch in der Nähe sein.

So schnell und leise ich kann, schiebe ich mich in das dichte Laubwerk eines Busches, lausche angestrengt und schaue mich nach einem Ast um, den ich notfalls als Waffe benutzen kann, um mich gegen gelbe Reißzähne zu verteidigen. Es knackt erneut, die Schwere der Tritte sagt mir, dass es ein größeres Tier sein muss, größer als ein Schäferhund. Ein Rehbock, vielleicht sogar ein Hirsch, obwohl die hier im Wald nur selten anzutreffen sind.

Sofort entspanne ich mich ein wenig – von einem Hirsch droht mir keine Gefahr. Doch es ist kein Hirsch, der nur Sekunden später aus dem Schatten der Bäume tritt. Es ist ein Junge – mit einem großen Holzbogen über der Brust und einem Köcher mit Pfeilen auf dem Rücken. Sein hellbraunes, von der Sonne gebleichtes Haar steht in zotteligen Locken vom Kopf ab und macht es schwierig, einen Blick in sein Gesicht zu erhaschen.

Reglos wie eine Eidechse beobachte ich den Fremden durch Lücken im Blattwerk dabei, wie er den Hosenstall seiner knielangen Shorts öffnet und fröhlich zu pinkeln beginnt. Offensichtlich hat er keine Ahnung, dass er nicht allein ist. Schließlich geht er mit offener Hose ein paar Meter weiter und pinkelt erneut, was er noch zweimal wiederholt.

Ich bin völlig von den Socken. Was macht dieser Hilfsindianer denn da? Sein Revier markieren? Gehört das zu irgendeinem komischen Spiel? So wie vor zwei Jahren, als Pa im Sperrgebiet mal fünf schwarz gekleidete Männer mit Schutzmasken und Gotcha-Gewehren beim Paintball-Spiel erwischt hat, die sich gegenseitig mit Farbkugeln abgeschossen haben.

Langsam aber unaufhaltsam nähert sich der skurrile Fremde meinem Versteck. Mit seinem Bogen und dem Köcher mit Pfeilen auf dem Rücken erinnert er mich an den smarten Elf Legolas aus »Der Herr der Ringe« und ich muss an Alina denken. Vielleicht hatte sie ja recht und es gibt sie wirklich im Verbotenen Land, die Waldwesen.

Zu gerne würde ich wissen, worauf er mit seinem Kinderbogen schießt. Auf Bäume? Etwa auf Vögel? Irgendwo muss der Rest der Truppe sein, denke ich und lausche, ob da vielleicht irgendwelche Stimmen sind im Wald. Aber ich höre nichts außer meinem eigenen Atem.

Der Junge greift immer wieder nach Zweigen der verschiedenen Sträucher und prüft sie auf Tauglichkeit. Für neue Pfeile? Nur ungefähr vier Meter von mir entfernt bleibt er zum Glück endlich stehen. Er schneidet einen geraden Zweig von einem Haselnussstrauch und kappt die Äste. Seelenruhig beginnt er, die

Rinde abzuschälen und am Ast herumzuschnitzen. Dabei summt er eine leise Melodie. Die Klinge des Messers funkelt im grün gewaschenen Sonnenlicht.

Ist das etwa *mein* Opinel, das der Knabe da benutzt? Er muss es gefunden haben, was für ein dämlicher Zufall. Ich will es wiederhaben. Nur, wie stelle ich das an? Hinter dem Strauch hervorspringen, mit den Armen fuchteln und rufen: »Hey, das Messer gehört mir – und wo wir einmal dabei sind: Der Wald auch.«

Plötzlich hält der Junge inne und lauscht mit schief gelegtem Kopf in meine Richtung. Habe ich laut gedacht? Oder haben meine Atemzüge mich verraten? Wird er gleich austicken, weil ich ihn beim Pinkeln beobachtet habe?

Ich trete die Flucht nach vorn an und komme mit forschen Schritten hinter dem Gebüsch hervor. »Hi«, sage ich und fühle mich wie eine komplette Idiotin.

Der Elf gibt einen Laut des Erstaunens von sich und lässt die Hand mit dem Messer hinter seinem Rücken verschwinden. Er ist einen halben Kopf größer als ich, seine schmalen Gesichtszüge mit den großen Augen und den geschwungenen Lippen passen zu meinem Legolas-Eindruck: Sie strahlen etwas Entrücktes aus – als gehöre er nicht in diese Welt. Ich schätze, dass er in meinem Alter ist. Auf jeden Fall zu alt für Kinderspiele mit Pfeil und Bogen.

Seine Klamotten sind verwaschen und fadenscheinig. Erst jetzt entziffere ich die verblichene Schrift auf seinem T-Shirt: *GAST AUF ERDEN.*

Dacht ich mir's doch.

»Was machst du denn hier?«, fragt die Herrin des Waldes. »Und wo ist dein Hund?« Es ist nur eine spontane Vermutung, aber ich merke sofort, dass ich ins Schwarze getroffen habe. Für ein paar

Sekunden sieht es so aus, als wolle der fremde Junge zurückweichen, aber er steht wie angewurzelt. Seine Lippen zucken, doch es kommt kein Wort heraus. Hört er mich überhaupt?

»Hallo, bist du taub? Ich hab dich was gefragt.«

Keine Antwort.

Was ist das denn für eine Autistennummer?

Sonnenstrahlen, die durchs Laubwerk fallen, flackern auf seinem Gesicht. Ich stehe jetzt gut einen Meter vor ihm. Seine Augen changieren von Graugrün zu Gelbgrün, wie Kiesel in einem Bach. Diese Augen erinnern mich an jemanden, ich weiß nur nicht, an wen.

Ich versuche es anders.

»Ich heiße Jola«, sage ich, »und wohne in Altenwinkel.« Ich mache eine Handbewegung in Richtung Westen, wo das Dorf liegt. »Und wer bist du?«

»Olek«, kommt es nach einigem Zögern.

Oho, der Fremde kann sprechen. »Wo sind denn deine Kumpel?«

Zwischen seinen geraden Augenbrauen bildet sich eine Falte.

»Du bist allein?«

Er nickt. Seine Hände sind jetzt bis auf den Pfeil leer, das Opinel steckt vermutlich in seiner Gesäßtasche.

Mein Blick fällt wieder auf den Spruch auf seinem T-Shirt. »Bist du zu Besuch hier?«

»Ja«, er nickt wieder, »zu Besuch.«

Er hat eine angenehm dunkle Stimme und spricht mit leichtem Akzent. Ein Elf namens Olek zu Besuch von einem anderen Stern.

»Wo?«, frage ich. »Wo bist du zu Besuch?«

Die Spitze von seinem Spieß zeigt ebenfalls nach Westen. Zu Besuch in Eulenbach. Aha.

»Bei Verwandten?«

Er räuspert sich. »Bei Oma.«

Okay.

»Falls du es noch nicht bemerkt haben solltest: Das hier ist Sperrgebiet.« Ich mache eine umgreifende Handbewegung. »Wenn die Feldjäger dich erwischen, hast du eine Anzeige wegen unbefugtem Betreten am Hals. Außerdem ist es gefährlich, hier liegt noch haufenweise Munition herum.«

Ein spöttisches Lächeln zuckt um seine Mundwinkel. »Und was du machst hier?«

Ist das ein osteuropäischer Akzent?

»Ich beobachte Tiere«, sage ich und tippe zum Beweis auf das Fernglas auf meiner Brust.

»Ich auch.«

»Mit Pfeil und Bogen?«

Er zuckt mit den Achseln.

Nun habe ich genug. »Mein Vater ist Förster und das hier ist sein Revier. Wir sind zusammen hier und ... ähm, wir haben uns gerade ... aus den Augen verloren. Ich hoffe, du schießt mit dem Spielzeug da nicht auf Tiere, das ist nämlich ein Naturschutzgebiet. Überhaupt, dein Schäferhund ... das ist doch deiner, oder? Der hat gewildert. Wenn mein Vater ihn erwischt, erschießt er ihn.«

Olek sagt nichts, aber das Lächeln auf seinem Gesicht verschwindet. Sein stoisches Schweigen macht mich ganz verrückt. Ich warte ab, ob noch etwas kommt, aber Olek schweigt.

»Ich muss jetzt gehen«, sage ich. »Lass dich nicht von meinem Vater erwischen, sonst gibt es mächtigen Ärger.«

Olek tritt zur Seite. Als ich dicht an ihm vorbeigehe, rieche ich Holzfeuer, frische Minze und Wildnis.

»Ach ja.« Ich drehe mich noch einmal zu ihm um. »Ich habe gestern mein Messer hier irgendwo verloren. Du hast es nicht zufällig gefunden?«

Er schüttelt den Kopf, flackernde Augen im grünen Licht des Waldes. Ich sehe, dass er lügt, und ich hasse es, angelogen zu werden. Trotzdem sage ich nichts. Ich habe keine Ahnung, wer dieser Olek ist und was er hier wirklich treibt, aber irgendetwas ist da faul.

»Na denn«, ich versuche ein unbefangenes Lächeln, »tschau.« Ich wende mich ab und trabe los.

Als ich hinter mir meinen Namen höre, bleibe ich stehen und drehe mich verwundert um, aber Olek ist verschwunden – wie vom Erdboden verschluckt. Während ich den Hang hinauflaufe, drehe ich mich noch mehrmals um und werfe einen Blick zurück in die Senke, doch vom merkwürdigen Bogenschützen ist nichts mehr zu sehen.

Erst jetzt fallen mir all die Fragen ein, die ich dem Elf noch hätte stellen können. Wie sein Nachname ist, zum Beispiel. Oder wie seine Oma heißt. Vielleicht kenne ich sie ja sogar, auch wenn sie im Nachbardorf wohnt.

Gelegenheit verpasst, Jola. So einfach ist das. Und dein schönes neues Opinel kannst du auch abschreiben.

Auf dem Heimweg schwirrt mir der Kopf. Zwei seltsame Fremde in meinem Wald. Ein Junge mit Pfeil und Bogen und ein Hund, der einen Frischling mit einem einzigen Biss in den Nacken töten kann.

Olek stufe ich als harmlos ein, aber der Hund ... Ich bin der Antwort ganz nah, das spüre ich.

Zu Hause ist Ma bereits mitten im Hausputz. Sie hat am Samstag Geburtstag und erwartet zwei (!) Gäste. Einen gemeinsamen Jugendfreund von Pa und ihr und Tante Lotta. Dafür muss das Haus blitzblank sein, als ob es das nicht ohnehin immer wäre.

Überall riecht es nach künstlicher Frühlingswiese. Ich hasse den Geruch und ich hasse putzen, doch ich biete mich freiwillig an, das Gästezimmer herzurichten und das obere Bad zu wischen. Und weil ich einmal dabei bin und es der einzige Raum im Haus ist, der es wirklich nötig hat, putze ich auch mein Zimmer.

Trotz all dieser Ablenkungsversuche gehen mir der Junge und sein Hund nicht aus dem Kopf. Und plötzlich passiert es: Mein Unterbewusstsein verknüpft sich mit dem Verstand. Es prickelt in meinen Adern, Aufregung durchflutet mich. Ist das wirklich möglich? Was für ein tollkühner Gedanke! Habe ich heute früh im Wald keinen wildernden Hund, sondern einen jagenden Wolf gesehen?

Als Kind war ich Dauergast im Gothaer Tierpark. Die Wölfe hatten es mir besonders angetan. Stundenlang konnte ich vor den veralteten und viel zu kleinen Käfigen ausharren in dem Versuch, mit den Tieren durch Blicke und leise Worte Kontakt aufzunehmen. Sie faszinierten mich und taten mir gleichzeitig leid. Wer will schon auf nacktem Beton hinter Gittern leben?

Inzwischen gibt es ein neues Wolfsgehege mit mehr Auslauf (letzten Sommer war ich mit Kai und seiner Nichte Elli dort), aber Käfig bleibt Käfig.

Vielleicht ist ja ein Wolf aus dem Gehege entkommen und hat sich auf dem Truppenübungsplatz niedergelassen. Nein, das kann nicht sein, mein Vater wäre längst informiert und die Zeitungen unter dem Motto »Bestie streift über den Seeberg« voll davon.

Aber einmal im Kopf, kann ich mich von dem Gedanken nicht

mehr lösen: Der Schäferhund im Wald sieht den Wölfen im Tierpark verdammt ähnlich.

Ich stelle meinen Laptop an und ich bin ganz hibbelig, während er hochfährt. Seit fast zwei Jahren opfere ich drei Euro monatlich von meinem Taschengeld für eine Mitgliedschaft in der WWF-Jugend und stöbere regelmäßig auf den Internetseiten des NABU, um immer auf dem Laufenden zu sein, welche Tiere auf der Liste der bedrohten Arten stehen. Natürlich ist mir dabei nicht entgangen, dass sich in den letzten fünfzehn Jahren wieder Wölfe in der Lausitz angesiedelt und vermehrt haben. Aber auf den Gedanken, einer könnte sich in meinen Wald verirrt haben, bin ich schlichtweg nicht gekommen. Heute war ich mir so sicher, dass der Schäferhund diesem Olek gehört.

Ich logge mich ins Internet und rufe Google auf. Zum Thema »Wölfe in Deutschland« gibt es fast dreitausend Einträge. In der nächsten Stunde lese ich viel, was ich bereits weiß: 1904 hat man dem letzten Wolf in Deutschland den Garaus gemacht, seitdem gilt Isegrim als ausgerottet. Zu DDR-Zeiten kamen zwar hin und wieder Wölfe aus Polen nach Deutschland, sie wurden jedoch meistens gleich von Jägern erschossen. Inzwischen stehen Wölfe in Deutschland unter strengem Schutz. Erst seit einigen Jahren haben sie sich in der Lausitz wieder angesiedelt und vermehrt. Wölfe sind Langstreckenwanderer, auf der Suche nach neuen Revieren durchstreifen sie oft unbemerkt die Wälder Deutschlands.

In einem Artikel steht: *Nutztierhalter und Jägerschaft zeigen sich wenig begeistert von Isegrims Rückkehr. Die einen fürchten um ihre Kühe, Schafe und Ziegen, die anderen meinen, der Wolf fresse ihnen das Jagdwild weg. Obwohl der Wolf in Deutschland streng geschützt ist, kommt es immer wieder vor, dass Jäger auf*

Wölfe schießen, weil sie meinen, einen wildernden Hund vor sich zu haben.

Oh nein, sofort muss ich an Trefflich denken.

Ein paar Klicks später weiß ich auch eine Menge Neues: Dass es derzeit wieder rund hundert frei lebende Wölfe in unserem Land gibt, von denen die meisten in Sachsen und Brandenburg leben. Aber auch in Sachsen-Anhalt, Mecklenburg-Vorpommern, Bayern und Niedersachsen gibt es Wolfsrudel. Einige Wolfsexperten meinen, es sei nur eine Frage der Zeit, bis sie auch in Thüringen auftauchen werden.

»Irre«, flüstere ich begeistert und klicke mich weiter.

Wölfe können an einem Tag bis zu siebzig Kilometer zurücklegen. Im vergangenen Jahr wurde ein einzelner Rüde im Eichsfeld gesichtet, ein weiterer lebt derzeit im Reinhardswald in Hessen. Nachdenklich schaue ich mir verschiedene Wolfsfotografien an. Ich suche nach Unterscheidungsmerkmalen von Schäferhund und Wolf und werde schnell fündig: Wölfe sind größer als Hunde. Sie haben einen größeren Kopf, dafür kleinere, dreieckige Ohren. Die Schnauze ist länger, die Eckzähne sind größer, der Rücken gerade und der Schwanz nie eingerollt. Die Schwanzspitze ist schwarz. Und ihre Spuren sind größer. Ich vergleiche die Spuren auf der Wolfsseite mit dem Foto, das ich mit meinem Handy an der Wildsuhle gemacht habe.

Bingo!

Bis zum Mittagessen bin ich Wolfsexpertin und kann es kaum erwarten, wieder auf den Truppenübungsplatz zu kommen. Ich weiß jetzt alles über ihr Aussehen, ihr Jagdverhalten, die Spurenerkennung, die Aufzucht ihrer Jungen. Und natürlich auch über den Ärger, den die Rückkehr der Wölfe nach Deutschland mit sich bringt.

Während des Essens fällt es mir schwer, meine Eltern nichts von diesem Adrenalinschub spüren zu lassen, der mich ganz zappelig macht. Zumal da noch eine letzte Unsicherheit in mir ist: Was, wenn ich mich täusche? Ein wild lebender Wolf – das ist zu verrückt, um wahr zu sein. Wieso habe ich ihn nie heulen gehört? Doch mein Gefühl sagt mir, dass es ein Wolf ist, den ich an der Suhle gesehen habe – ob er nun heult oder nicht. Wenn Wölfe heulen, kommunizieren sie miteinander. Aber was, wenn man niemanden hat, mit dem man sich unterhalten kann? Entweder das Tier ist auf Wanderschaft und schon bald wieder verschwunden oder – und das ist neben Hubert Trefflich meine größte Sorge – mein Vater wird es früher oder später entdecken.

In letzter Zeit ist Pa kaum noch auf Pirsch gewesen, weil er dauernd bis in die Nacht hinein auf irgendwelchen Versammlungen unterwegs ist, in denen es um die zukünftige Nutzung des Militärgeländes geht. Leider pirscht Trefflich ziemlich oft im Wald herum. Aber Wölfe sind ungeheuer scheu und meiden den Menschen. Und außerdem ist das Areal des Truppenübungsplatzes Natura-2000-Gebiet, ein Flora-Fauna-Habitat, und was auch immer dort wächst, fliegt und herumstreift, ist per Gesetz geschützt. Sofern jeder sich daran hält.

Nach dem Essen verschwindet Pa in seinem Büro und Ma werkelt in der Küche. Ich bin schon auf dem Sprung, um noch einmal in den Wald zu fahren, als es zaghaft an meiner Tür klopft und Saskia mit kajalverschmierten Augen davorsteht. Oje! Ich ziehe sie in mein Zimmer. »Hey Sassy, was ist denn los?«

Sie lässt sich auf mein Bett fallen. »Dieser Idiot, er hat mich nicht eingeladen. Er beachtet mich überhaupt nicht, ich bin schlichtweg Luft für ihn.«

In meinem Kopf muss ich erst einmal den Schalter umlegen,

von einer besonderen Spezies auf die andere. Wölfe und Jungen. Endlich dämmert es. Clemens Neumanns Geburtstagsparty, Saskia hat mir vor ein paar Tagen im Bus davon erzählt. Ich setze mich neben sie und lege einen Arm um ihre Schulter. »Ach, vergiss den Typ doch endlich.«

Ich habe genau das Falsche gesagt. Saskia Schultern beben und sie schluchzt. »Wenn das so einfach wäre, Jo. Ich kann an nichts anderes mehr denken als an ihn. Er hat alle möglichen Leute eingeladen, mit denen er immer auf dem Schulhof rumhängt, sogar Lisa, die dämliche Schnepfe – nur mich nicht.«

Lisa stammt aus Eulenbach und ist keine dämliche Schnepfe. Sie ist hübsch, frech und macht immer genau das, was sie will. Aber das behalte ich für mich.

»Weil er ein überhebliches Arschloch ist, Sassy«, erwidere ich stattdessen. »Überhaupt: Was findest du eigentlich an dem?«

»Er ist so ... so anders«, schluchzt sie. »Kannst du das nicht verstehen? Ihm haftet dieser ... dieser Mief nicht an.«

»Mief?«

»Gülle, Schafdung, Hühnerkacke«, sie schnieft. »Du weißt schon, was ich meine.«

Ja, ich weiß, was sie meint. Schließlich bin mit einem zusammen, dem dieser *Mief* anhaftet. *Schafdung* war das Stichwort.

Saskia zieht wieder die Nase hoch und schaut mich unter ihren Ponyfransen von der Seite an. Schließlich dämmert es ihr. »Tut mir leid«, sagt sie und presst eine Hand auf ihren Mund. »Ich wollte nicht ...«

Sie sieht so geknickt aus, dass ich ein Kichern kaum noch unterdrücken kann. Schließlich prusten wir beide los.

»Kai ist anders«, sagt sie. »Er will ja auch weg. Raus aus der Scheißidylle.«

»Ja«, sage ich. »Er will weg. Weit weg. Nach Neuseeland. Weil er dort eine Megaschafherde haben kann.« Ich zwinkere ihr verschwörerisch zu. »Was frisst das Schaf, was frisst das Schaf?«

»Gras, Gras, Gras«, antwortet Saskia.

»Was wollen wir, was wollen wir?«

»Spaß, Spaß, Spaß«, rufen wir gemeinsam und schütten uns aus vor Lachen.

»Du bist also der Meinung, ich soll mir Clemens aus dem Kopf schlagen?« Saskia wischt sich die Lachtränen aus dem verschmierten Gesicht.

Ich beschließe, dass sie in der Verfassung ist, um die Wahrheit zu vertragen. »Na ja, sich in Clemens Neumann zu verlieben, ist ...«

»Was?«

»Einfach unnötig, verstehst du? Vergeudete Energie.«

»Okay, dann nenn mir einen, bei dem es keine *vergeudete Energie* wäre.«

Mir fällt auf die Schnelle keiner ein und ich stottere herum, was Saskia erst zum Heulen (»Ich werde als Jungfau sterben.«) und dann erneut zum Lachen bringt. Wir reden und kichern, und als Saskia geht, ist es kurz vor sechs, zu spät, um noch einmal in den Wald zu fahren und Rotkäppchen und der Wolf zu spielen.

Ich konnte ihr den *Man in Black* nicht ausreden. Und irgendwie hat sie sogar recht: Clemens Neumann ist anders. Er kleidet sich anders, er sieht unheimlich gut aus und er macht auf geheimnisvoll und unnahbar. Eine Ausstrahlung, die sämtliche Mädchen nur so auf ihn fliegen lässt.

Ich wünsche Saskia, dass er sie endlich sieht. Und wenn nicht, dann wünsche ich ihr eben, dass sie ihn schnell vergessen kann.

Nach dem Abendessen laufe ich zu Agnes und Marie und lasse meinen Zeitzeugenbericht gegenlesen und unterschreiben. Marie sagt nicht viel dazu, aber Agnes findet ihn gut. Ich bin sehr erleichtert.

Auf dem Heimweg begegne ich Rudi Grimmer, der seine Hündin Biene ums Dorf führt. Eine schwarze Katze huscht über die Straße, die Schäferhündin beginnt, wild zu bellen, und sämtliche Dorfköter fallen mit ein. Sogar Wilma höre ich heraus.

Zu Hause setze ich mich wieder an den Computer und besuche bis spät in die Nacht sämtliche Wolfsseiten im Netz. Wir haben erst seit einem Jahr Internet in Altenwinkel und ich bin wirklich dankbar, dass diese Errungenschaft aus dem vergangenen Jahrhundert schließlich auch bis zu uns durchgedrungen ist.

Endlich kann sich die Altenwinkler Dorfjugend Pornoseiten anschauen und sich im Netz aufklären lassen, statt den peinlichen Ausführungen der Eltern mühselig etwas Hilfreiches abzulauschen. Ich selbst ziehe allerdings die praktischen Erfahrungen von Tante Lotta vor.

Meine Suche erweist sich als außerordentlich ergiebig. *Willkommen Wolf* heißt eine Aktion des Naturschutzbundes, die für die Akzeptanz der Rückkehr des grauen Jägers in unsere Kulturlandschaft wirbt. Tolle Sache, denke ich, bezweifle jedoch, dass jemand aus Altenwinkel den Wolf willkommen heißen wird, wo schon zweibeinige Zugezogene einen schweren Stand haben.

Sogar im Traum bin ich im Wald unterwegs. Es ist eine finstere, mondlose Nacht. Ich drücke meinen Rücken gegen die tröstliche Rinde der alten Kiefer, kämpfe gegen diesen Knoten in meiner Brust, in dem all meine Ängste verknäult sind. Mit klopfendem Herzen lausche ich den nächtlichen Stimmen des Waldes. Und plötzlich steht er vor mir, ein dunkler Schatten mit gebleckten Fangzähnen und glühenden Bernsteinaugen.

Er wird dir nichts tun, denke ich, und trotzdem richten sich meine Nackenhaare auf. Ich kann nichts ausrichten gegen die Angst, die sich in mir ausbreitet. Er kommt näher, ist plötzlich riesig groß, bis ich seinen Atem in meinem Gesicht spüren kann, den Geruch von frischem Blut. »Du wirst dir wehtun, Jola«, sagt der große Wolf. Und dann richtet er die Schnauze gen Himmel und beginnt, schaurig zu heulen, ein Ton, der mir durch Mark und Bein geht.

Mit einem heiseren Schrei schrecke ich aus dem Schlaf und registriere, dass die Hunde im Dorf tatsächlich kläffen und heulen. Auch Wilma bellt in ihrem Zwinger.

Oh verdammt ... was ...? Ist da eben jemand über den Balkon gehuscht? Angestrengt lausche ich. Kommt dieses Schaben und Knacken aus dem Kirschbaum? Ich habe keine Gardinen vor den Scheiben und meine Balkontür steht außer im Winter immer offen.

Ich setze mich auf, mache aber kein Licht an.

Langsam gewöhnen sich meine Augen an die Dunkelheit. Das Kläffen der Dorfhunde verstummt. Es ist wieder still, nichts rührt sich, alle Schatten sind an ihrem vertrauten Platz. Ein feiner Geruch von Erde, Harz und Pfefferminze liegt in der Luft. Stöhnend lasse ich mich auf mein Bett zurückfallen. Werde ich jetzt paranoid – wie meine Mutter?

* * *

Laurentia, liebe Laurentia mein,
wann wollen wir wieder beisammen sein?

Sie ist es nicht und sie ist es doch. Dieser Duft, Zimtprinzessin, der lügt nicht. Ich habe dich gerochen, habe dich beinahe berührt. Bald wirst du mich berühren. Mir den Schmerz nehmen, meine Stirn kühlen, hinter der die brennenden Gedanken lauern.

Wir werden gemeinsam unser Lied singen.

Er hat nicht alle Zeit der Welt. Sein kleiner Engel darf nicht älter werden, sonst passiert es erneut, das Schreckliche, das Unaussprechliche. Seine Zimtprinzessin ist niemals älter geworden. Aber wo ist sie?

Laurentia, liebe Laurentia mein,
wann wollen wir wieder beisammen sein?
Am Freitag!
Ach, wenn es doch endlich schon Montag, Dienstag, Mittwoch, Donnerstag, Freitag wär
und ich bei meiner Laurentia wär, Laurentia!

9. Kapitel

Das Rotkehlchen weckt mich am Freitagmorgen und zehn Minuten später bin ich fertig zum Aufbruch. Ich will noch schnell drei Müsliriegel in meinen Rucksack stecken, aber es ist nur noch einer in der Schachtel. War die Packung nicht gestern noch halb voll? Vergreift Ma sich neuerdings an meinen Müsliriegeln?

Kurz nach fünf bin ich auf dem Weg zu meinem Ansitz. Vögel flattern erschrocken aus den Bäumen. Das Keckern eines Eichhörnchens begleitet mich auf den ersten Schritten im Wald, später ist es das beruhigende Klopfen eines Spechts von irgendwo weit oben. Alles wie immer, denke ich. Doch das stimmt nicht. Seit gestern ist alles anders.

Dieses Gefühl, im Wald beobachtet zu werden, dass ich seit einiger Zeit habe. War es ein Wolfsblick? Bist du hier irgendwo, Isegrim, und verfolgst jeden meiner Schritte?

Menschen stehen nicht auf dem Speiseplan des Wolfes, und doch geht mein Puls schneller, ein kleiner Schauder läuft über meinen Rücken. Mein Blick dringt in das Kieferngestrüpp und streift über den Boden. Da, an der Kreuzung zweier Forstwege entdecke ich Losung. Ich gehe in die Knie und betrachte den grauweißen Kot. Vermutlich ist er schon mehrere Tage alt, ungefähr drei Zentimeter dick und insgesamt fast zwanzig Zentimeter lang. Zu dick und zu lang, um von einem Fuchs zu stammen.

Ich spüre das Adrenalin im ganzen Körper. Ich suche mir ein Stöckchen und zerlege die vertrocknete Wurst. Finde Wildschweinborsten und größere Knochensplitter, typische Merkmale für Wolfslosung. Auf den letzten dreihundert Metern zu meinem Eichen-Ansitz bin ich völlig in Gedanken versunken. So sehr, dass mein Herz einen holprigen Hüpfer macht, als dicht neben mir plötzlich Äste brechen. Wie zur Salzsäule erstarrt, bleibe ich stehen.

Majestätisch langsam tritt ein Rothirsch aus dem Gebüsch. Es ist Oskar, ein Zehnender, den ich schon einige Male gesichtet habe. Rothirsche verirren sich nur selten auf den Truppenübungsplatz, aber dieser scheint sich hier heimisch zu fühlen. Er ist riesig und hat ein schönes, rötlich braun gefärbtes Sommerfell. Sein Geweih sieht aus wie von Samt überzogen. Es ist der Bast, eine dünne behaarte Haut, die wird er sich an Bäumchen und Sträuchern abscheuern, wenn das Geweih erst ausgewachsen ist.

Leise atme ich aus. Für ein paar Sekunden schauen wir einander in die Augen, dann wendet Oskar seinen stolzen Kopf und läuft langsam davon. Er kennt mich und hat keine Angst vor mir.

Zehn Minuten später sitze ich in meinem Blätternest und warte. Morgennebel liegt in Schwaden über der Senke, die Reviergesänge der Vögel schallen aus dem Geäst der Bäume. In der Nacht haben Wildschweine den Boden an der Senke umgegraben.

Nicht lange und die vier Rehe kommen aus dem Wald. Die weißen Flecken im braunen Fell der Kitze leuchten wie Sterne im bläulichen Gras. Mir fällt auf, dass eines der beiden Rehkitze humpelt und unwillkürlich muss ich an Kasimir denken.

Eines Tages brachte mein Vater ein verlassenes und halb verhungertes Rehkitz mit nach Hause. Ich taufte das winzige Bockkitz Kasimir und zog es mit Ziegenmilch auf. Am Anfang musste Kasimir alle zwei Stunden die Flasche bekommen, auch in der Nacht, das war ziemlich anstrengend. Später, nachdem Alina in die Dorfstraße gezogen war, fütterten wir ihn mit Haferflocken, Möhren und Beeren – und mit Heu natürlich.

Wir hatten eine Menge Spaß mit Kasimir, der uns immer hinterherlief wie ein Hündchen. Einmal wäre er fast mit in den Schulbus gestiegen und ich musste Pa anrufen, damit er ihn abholt. Doch eines Tages war Kasimir einfach weg. Ma sagte, er wäre in den Wald gelaufen und hätte Freunde gefunden. Aber mein Vater konnte mir nicht in die Augen sehen und da wusste ich, dass das Märchen von den Freunden im Wald nicht stimmte. Ich war elf und nicht blöd.

Zuerst nahm ich an, dass jemand Kasimir mit dem Auto überfahren hatte, aber das hätte sich sofort herumgesprochen. Alina dagegen hatte von Anfang an Hubert Trefflich in Verdacht, sie wollte es mir unbedingt beweisen. Tagelang schlichen wir um sein verkommenes Haus herum und versuchten, einen Blick in die Garage zu werfen, wo Trefflich seine erlegten Tiere ausbluten ließ.

Hubert Trefflich war vor der Wende Tierpräparator am Gothaer Naturkundemuseum. Er verlor seinen Job wegen der Sauferei, heißt es. Aber er besitzt immer noch seine Lizenz und gelegentlich präpariert er für Museen oder Privatleute. Auch wenn Alina und ich nie herausgefunden haben, ob er Kasimir wirklich auf dem Gewissen hat, stört es mich gewaltig, dass mein Vater Mitleid mit Trefflich hat und ihm hin und wieder einen Job vermittelt. Und ich glaube, er drückt auch bei seinem Jagderlaubnisschein ein Auge zu. »Der arme Kerl hat doch nichts außer der Jagd und seinen ausgestopften Tieren. Er hat eben nie verkraftet, dass ihm die Frau weggelaufen ist.« Bla, bla, bla. Wenn ich diese Frau gewesen wäre, wäre ich schon vor der Hochzeit davongelaufen.

Die Sonne geht über den Wipfeln der Kiefern auf, das Gras funkelt von Tautropfen, als hätte es Diamantsplitter geregnet. Ein großer Schatten löst sich aus dem Dickicht am Rand der Lichtung. Das Tier hält die Nase in den Wind. Sein Fell ist rötlich grau, während die Unterseite der Schnauze, der Bauch und die Seiten des Halses fast weiß schimmern. Der Schwanz mit der schwarzen Spitze und die Flanken wirken dunkler als der Bauch und rund um die Augen leuchtet eine helle Maske. Der gerade Rücken, die langen Beine und der kräftige Kopf mit den dreieckigen Ohren lassen keinen Irrtum zu: Dort unten steht ein Wolf.

Es ist wahr. Es ist wahr. Es ist wahr.

Es ist ... eine Wölfin. Meine Hände zittern vor Aufregung. Die Fähe ist dabei, ihr Winterfell zu verlieren, und darunter ist sie mager. Durch das Fernglas kann ich ganz deutlich ihr hängendes Gesäuge erkennen. Sie hat Welpen, durchzuckt es mich und jetzt bin ich völlig aus dem Häuschen.

Wachsam beobachtet die Wölfin ihre Umgebung, das lahmende Bockkitz längst im Visier. Und dann geht alles sehr schnell. Die Wölfin jagt los und die übrigen Rehe fliehen. Im Sprung reißt die hungrige Jägerin das Kitz zu Boden, sie schlägt ihm den Fang in die Kehle. Die entsetzlichen Schreie des Böckchens klingen noch in meinen Ohren nach, als ich mit angehaltenem Atem zusehe, wie die Wölfin ihm die Bauchdecke aufreißt und sein warmes Fleisch samt Fell und Knochen in ihrem Magen verschwinden.

Gleichzeitig beginnt es in meinem Kopf zu arbeiten. Irgendwo auf dem Gelände des Truppenübungsplatzes muss es eine Höhle mit Welpen geben. Das ist sensationell, völlig abgefahren, unglaublich. Die Wölfin ist nicht bloß auf der Durchreise, sie zieht im Wald ihren Nachwuchs groß. Doch meine Freude darüber schlägt schnell in Sorge um.

Niemand will den Wolf zurück und schon gar keiner aus Altenwinkel, wo fast jeder irgendein Vieh im Stall hat und auf den Trockenwiesen rund ums Dorf Hunderte Schafe stehen. Wo im Herbst die Weihnachtsgänse auf der Weide wie ein Festschmaus angerichtet sind.

Wird es der Wölfin und ihren Jungen gelingen, sich weiterhin so gut versteckt zu halten? Der letzte Rest meiner Euphorie verfliegt. Fest steht, dass ich mein Wissen für mich behalten muss, solange es eben geht. Von mir wird niemand etwas von der Existenz der Wölfin erfahren. Nicht mal meinem Pa werde ich die sensationelle Neuigkeit erzählen.

Keine Ahnung, wie lange die Wölfin schon da ist, aber bisher hat sie Schafe, Gänse und Haustiere in Frieden gelassen. Vielleicht bleibt das auch in Zukunft so, schließlich gibt es mehr als genug Wild im Wald. Über achthundert Wildschweine und sechshundert Rehe.

Die Wölfin hat von ihrem blutigen Mahl nur den Kopf des Böckchens übrig gelassen und verschwindet gesättigt im Dickicht des Waldes. Wenn ich mit meiner Vermutung richtig liege, wird sie schnurstracks zur Höhle mit ihren Jungen laufen und das halb verdaute Fleisch wieder hervorwürgen, um die Welpen zu füttern. Ich muss diese Höhle finden – unbedingt.

Ein letztes Mal suche ich die Suhle und den jungen Birkenwuchs mit dem Fernglas ab, in der Hoffnung, vielleicht den dazugehörigen Rüden zu entdecken, falls es ihn gibt. Vielleicht ist er vorsichtiger bei der Jagd und ich habe ihn deshalb noch nicht gesehen.

Als unvermutet jemand auf zwei Beinen auf die Wiese tritt,

halte ich den Atem an. *Olek*. Ich bin völlig verblüfft, denn jetzt, wo ich weiß, dass der vermeintliche Schäferhund ein Wolf ist, habe ich nicht damit gerechnet, ihn wiederzusehen.

Es ist kurz vor sieben, nur Jäger und Gejagte sind um diese Zeit im Wald unterwegs. Olek, diesmal nicht bewaffnet mit Pfeil und Bogen, sondern mit einem Spaten über der Schulter, begutachtet die Überreste des Rehkitzes und beginnt, ein Loch zu graben. Mit wachsender Verwunderung schaue ich ihm zu. Sorgsam hebt er die ausgestochene Grasnarbe beiseite, schaufelt Erde heraus, bis das Loch groß genug ist, und lässt die kärglichen Überreste des Kitzes darin verschwinden. Er legt die Grasnarbe wieder auf das Loch, verschwindet im Gebüsch und zerrt einen verdorrten Ast heran, den er über das kleine Grab legt. Zufrieden mit seinem Werk streift Olek sich schließlich die Hände an den Hosen ab.

Ich staune noch immer über das, was ich da gerade beobachtet habe. Ich weiß nicht einmal, was verwirrender ist: Dass ich soeben gesehen habe, wie eine frei lebende Wölfin jagt, oder dass dieser fremde Junge ganz offensichtlich ihre Spuren beseitigt?

Verdammt noch mal, was ist da unten eigentlich los? Wer ist dieser Olek wirklich und was geht hier vor im Wald?

Ich erwache aus meiner Erstarrung, klettere vom Ansitz und laufe so schnell ich kann über den Hang ins Tal, mit der Absicht, Olek zur Rede zu stellen. Aber natürlich ist er nicht mehr da, als ich an der Wildsuhle ankomme. Auf mein Rufen antwortet nur eine Hohltaube mit ihrem dumpfen *Hu-ru-hu-ru*.

Ich laufe noch ein wenig ziellos durch die Wildnis des Truppenübungsplatzes, bevor ich beschließe umzukehren. Wenn Olek hinter der Wölfin aufräumt, dann weiß er mit Sicherheit, wo sie ihre Wurfhöhle hat. Ich muss ihn nur erwischen und zur Rede stellen. Ganz einfach.

Als ich mich diesmal auf den Heimweg mache, ist der Wald, den ich kenne und verstehe, ein anderer geworden. Die Geräusche sind anders, die Luft ist anders. Alles, was mir vertraut war, fühlt sich auf einmal fremd an und geheimnisvoll. Ich teile mein Refugium nicht mehr nur mit den üblichen Kandidaten, sondern auch mit einer Wölfin. Ich bin nicht mehr die Herrin des Waldes, offenbar schon eine ganze Weile nicht mehr. Jetzt ist es die Wölfin.

Wenn sie Welpen hat, muss sie schon seit ein paar Monaten hier sein. Wölfe leben in Rudeln, kleinen Familienverbänden, in denen die Welpen von allen Mitgliedern gemeinsam aufgezogen werden. Wo ist der Partner der Wölfin, der Rüde? Ist er getötet worden? Ein Querschläger während des Übungsbetriebes? Wurde er von einem Auto angefahren, hat sich in den Wald geschleppt und ist verendet?

Noch etwas anderes schiebt sich in meine Gedanken. Es ist das Nest des Raubwürgers mit der hellbraunen Haarlocke, für die es vielleicht eine plausible Erklärung gibt. Olek hat sich die Haare geschnitten und der Vogel hat sie zum Nestbau verwendet (die Haarfarbe könnte hinkommen). Wenn das stimmt, dann muss auch Olek schon seit dem Frühjahr hier in der Gegend sein.

Aber warum habe ich ihn dann nicht eher entdeckt? Wo haust er, der Elf mit den Kieselaugen und der abgerissenen Kleidung? Der *Gast auf Erden*. Ich spüre, dass etwas in Bewegung geraten ist, etwas, das sich meiner Vorstellungskraft entzieht.

Olek spukt mit einer derartigen Intensität in meinem Kopf herum, dass ich zu Tode erschrecke, als plötzlich ein Mann vor mir steht. Schmuddelige Armeehosen, schwarze Arbeitsstiefel, eine speckige Lederweste über dem karierten Hemd und das obligatorische rote Basecap auf der Birne. Der Kitzmörder mit seiner Jagdflinte über der Schulter.

»Hallo«, sagt er grinsend. »So früh schon unterwegs?«

Verdammt, schießt es mir durch den Kopf, ausgerechnet Trefflich, dieser Suffkopp, vor dem kein Tier sicher ist. Ich hoffe inständig, dass die Wölfin über alle Berge ist, und denke erleichtert daran, dass Olek die Überreste des Rehböckchens vergraben hat.

»Hat es dir die Sprache verschlagen, kleine Waldlady?« Rote Äderchen, haarfein verzweigt wie winzige Flussläufe, ziehen sich über Trefflichs Nase und die Wangen.

Wie ich es hasse, wenn er mir so nah kommt. »Sie haben mich erschreckt«, erwidere ich schnippisch und weiche zurück.

»Tut mir leid«, sagte er und ich weiß, dass es ihm überhaupt nicht leidtut. Keiner im Dorf nimmt ihn für voll. Deshalb sieht man Trefflich nie ohne sein Gewehr, damit verschafft er sich zumindest bei den Alten und den Kindern Respekt.

Alina hat sich vor ihm gegruselt. »Er stinkt und er ist böse«, hat sie gesagt, als wir in seiner Garage nach Kasimir suchten.

Nach ihrem Verschwinden geriet Trefflich aufgrund von Tonia Neumeisters Verdächtigungen sehr schnell ins Visier der Polizei. In seiner Garage fanden die Beamten Blutflecken und er hatte kein wasserdichtes Alibi. Er sei im Wald gewesen, behauptete er. Drei Tage saß er in Untersuchungshaft. Bis Alinas Kleid gefunden wurde und Sievers sich erhängte. Bis das Blut aus der Garage sich im Labor als Tierblut herausstellte. Kasimirs Blut, dessen bin ich mir bis heute sicher.

»Es ist gefährlich, so allein im Wald herumzuschleichen«, sagt er in anzüglichem Tonfall. »Ich hätte dich für einen Frischling halten können.« Kleine Speicheltröpfchen treffen mich im Gesicht.

Ich weiche noch einen Schritt zurück, spüre, wie ich rot werde, rot vor Ekel und vor Zorn darüber, dass dieser Mann es wagt, so mit mir zu sprechen. Leider befinden wir uns noch im Sperrgebiet, wo er sein darf und ich nicht. Wenn er mich bei Pa verpetzt, kann ich höllischen Ärger bekommen. Deshalb erwidere ich nichts. Ich drehe mich um und gehe meines Weges.

Wütend stapfe ich durchs taunasse Gras in Richtung Waldweg. Ich habe keine Angst vor dieser mickrigen Gestalt. Er würde es nicht wagen, mir zu nahe zu kommen, dafür hat er viel zu großen Respekt vor meinem Vater. Trefflich weiß, dass er seinen Jagdschein und seinen Begehungsschein verlieren kann, wenn auf dem Forstamt jemand von seiner Trunksucht erfährt.

Ich erreiche die Ringstraße und prüfe, ob die Luft rein ist. Keine Feldjäger in Sicht, also flitze ich hinüber und bin schnell raus aus dem Sperrgebiet.

Als ich in Richtung Dorf radele, kommt mir Pa mit seinem Jeep entgegen. Auf gleicher Höhe halten wir beide an. Wilma sitzt auf dem Rücksitz. Pa öffnet das Beifahrerfenster. »Na, was gesehen?«, fragt er.

»Zwei Ricken mit ihren Kitzen und einen Rothirsch«, antworte ich. »Was hast du vor?«

»Ich treffe mich mit einem Oberst und seinem Schwiegervater zur Bockjagd.«

»So spät noch?«, frage ich. »Es ist kurz nach neun.«

»Sie zahlen und bestimmen, wann es losgeht.« Pa zuckt die Achseln.

»Dann bis später.« Ich schwinge mich wieder auf mein Rad. Mein Vater, der Förster, mit dem Oberst und seinem Schwiegervater auf Bockjagd. Das klingt nach fürstlichen Privilegien, nach vorigem Jahrhundert, und Pa weiß genau, wie ich darüber denke.

Ursprünglich diente die Jagd auf der ganzen Welt der Nahrungsgewinnung. Doch obwohl im Deutschland des 21. Jahrhunderts kein Mensch mehr jagend und sammelnd unterwegs ist, hat der Jagdtrieb in einigen von ihnen überdauert. Der Klang der Flinte ist Musik in ihren Ohren.

Zu Pas Verteidigung muss ich sagen, dass er kein Trophäenjäger ist, sondern seinen Job als »Heger der heimischen Tier- und Pflanzenwelt« sehr ernst nimmt. Er jagt, um den Wald zu erhalten und einen gesunden Wildbestand zu sichern – ein Job, den vor hundert Jahren noch die Wölfe innehatten.

Hubert Trefflich allerdings, der jagt, weil es ihm Spaß macht, und nicht, um den Wald zu retten.

Gegen zehn bin ich mit Saskia bei ihr zu Hause verabredet. Ich will Ma zu ihrem Geburtstag eine selbst gebackene Schokoladen-Buttercremetorte schenken, und weil es hoffnungslos ist, darauf zu spekulieren, dass sie aus dem Haus geht, habe ich Saskia gefragt, ob ich bei ihr backen kann. Ihre Eltern besuchen eine alte Tante in Weimar und kommen erst am Nachmittag zurück, so haben wir genügend Zeit, um die Küche hinterher wieder in ihren Urzustand zu versetzen. Zum Glück ist Saskias Mutter nicht so pingelig wie meine.

Es dauert dann auch keine fünf Minuten und die schicke helle Küche der Wagners sieht aus wie ein Schlachtfeld. Saskia hat ebenfalls beschlossen, einen Kuchen zu backen, und wir legen uns mächtig ins Zeug, während wir den Klängen von *Snow Patrol* lauschen, Saskias neuer Lieblingsband.

Als ich den Teig in der Röhre beim Aufgehen beobachte, entfährt mir ein Fluch. »Scheiße, verdammt.«

»Was denn?«

»Ich hab den Zucker vergessen.« Ich zeige auf den Messbecher mit dem Zucker, der halb verdeckt vom Mixer auf dem Tisch steht.

»Mannomann, wo bist du nur mit deinen Gedanken?« Saskia stemmt kopfschüttelnd ihre Hände in die Hüften.

Ich hebe den Kopf und sehe sie an. Wie gerne würde ich ihr erzählen, wo ich mit meinen Gedanken bin. Bei einer Wölfin und einem mysteriösen Jungen namens Olek, die sich offenbar beide auf dem Truppenübungsplatz niedergelassen haben. Aber das kann ich nicht. Dafür kenne ich Saskia einfach noch nicht gut genug.

Saskia deutet mein betretenes Gesicht falsch. »Du bist verliebt, stimmt's?«

Völlig entgeistert starre ich sie an.

»Ich meine: nicht in Kai.« Sie kichert. »Du bist in einen anderen verliebt, Jo. Du bist schon seit Tagen so komisch. Wer ist es?« Sie hüpft auf und ab wie ein kleines Kind, das Schokolade will. »Komm schon, erzähl es mir, ich werde schweigen wie ein Grab.«

Ja, klar!

»Quatsch! Ich bin mit Kai zusammen«, brumme ich. »Und ich hab den Zucker vergessen, das ist alles.«

Saskia macht einen Schmollmund (den kann sie wirklich gut), ich merke, dass sie mir nicht glaubt. Aber sie gibt das Thema auf: »Ist doch nicht so schlimm, dann machst du an den Pudding für die Buttercreme eben mehr Zucker. Das wird keiner merken.«

Gesagt, getan. Rechtzeitig zum Mittagessen bin ich mit meiner süßen Fracht wieder zu Hause. Die Torte deponiere ich in Pas Kühlkammer. Es ist ein todsicheres Versteck, Ma geht da niemals rein, nicht in hundert Jahren.

Obwohl der Duft von nahendem Regen in der Luft liegt, fahre ich am Nachmittag noch einmal in den Wald. Diesmal lasse ich meinen Ansitz und die Wildsuhle links liegen und folge einem Wildpfad tief hinein ins Innere des Truppenübungsplatzes.

Rings um das Militärgelände warnen rostige Schilder: *Achtung Blindgänger! Lebensgefahr!*

Verrostete Blindgänger, Übungsgranaten und Patronen stecken tief im Erdreich, aber bei starkem, anhaltendem Regen wird das Zeug manchmal an die Oberfläche gespült.

Das Betreten des Großen Tambuchs, das finstere Herz des Waldes, ist absolut verboten, denn dort liegt noch haufenweise Munition. Über Jahrzehnte war das Gebiet Hauptziel für Übungen mit Panzern und Haubitzen. Wenn in diesem Areal das Räumkommando der Bundeswehr arbeitet, werden täglich bis zu eine Tonne Munition geborgen. *Eine Tonne ... Wahnsinn!*

Die meisten Bäume in diesem Abschnitt des Waldes haben Metallsplitter in den Stämmen, sodass das kostbare Buchenholz nicht verwendet werden kann, außer zur Brennholzgewinnung. Kein Sägewerk nimmt die Stämme an, weil die Metallsplitter jeder Säge den Garaus machen würden.

Das ist schlecht für Pa, weil er mit diesen Bäumen kein Geld verdienen kann, und gut für Wildkatze & Co, denn hier wächst richtiger Urwald. Große, uralte Buchen mit ausladenden Ästen sperren mit ihrem dichten Laub den Himmel aus. Darunter ist es kühl und dunkel.

Unzählige Male habe ich Pa auf seinen Kontrollgängen in diesem Areal begleitet und weiß, wo ich gehen kann und wo nicht. Aber ich suche nach Spuren der Wölfin und die werde ich nicht im tiefen Wald finden, sondern eher dort, wo das Gelände offener ist und trotzdem genug Deckung bietet. Da eine Wölfin ihre Wurfhöhle immer dort bauen wird, wo es Wasser gibt (die Jungen brauchen Wasser, wenn sie anfangen, Fleisch zu fressen), habe ich zumindest eine Ahnung, wo ich suchen muss. In der Nähe eines Kalahari genannten Hügels gibt es verschieden große Tümpel, in denen auch im Sommer noch Wasser steht, und ich kenne die Pfade, auf denen ich gehen kann.

An der Kreuzung zweier sandiger Waldwege entdecke ich zum ersten Mal Spuren, aufgereiht wie Perlen auf einer Schnur. Beim Laufen hat die Wölfin ihre Hinterpfote in den Abdruck der Vorderpfote gesetzt. Geschnürter Trab nennt sich das. Auch Füchse laufen im geschnürten Trab, aber diese Trittsiegel gehören definitiv zu keinem Fuchs, dafür sind sie viel zu groß, ich schätze, fast acht oder neun Zentimeter.

Ich folge der Spur ein paar Meter, bis ich auf eine frische Losung stoße. Um sie mir genauer anzusehen, gehe ich in die Hocke, als ich plötzlich Motorenlärm höre. Schnell springe ich auf, verschwinde im Dickicht des Waldes. Finden heute doch Übungen statt? Der rot-weiße Ball hängt nicht am Mast, das weiß ich genau.

Sie kommen quer durch den Wald geprescht mit ihren Maschinen, die einen Höllenlärm veranstalten. Crossfahrer. Ich zähle drei Gestalten in Ledermontur, die Gesichter hinter den dunklen Visieren ihrer Helme verborgen. Sie nutzen den Berg als Downhill-Area mit natürlichen Springhügeln und Kurven. Was finden sie bloß daran, derart halsbrecherische Manöver zu starten, in einem Gebiet, in dem massenhaft Blindgänger herumliegen? Total bescheuert!

Der Truppenübungsplatz als riesige Naturrennstrecke mit explosivem Kick. Bis ihnen irgendwann der Hintern um die Ohren fliegt. Die Jungs sind schlichtweg lebensmüde und finden das auch noch großartig. Meine Wut wächst mit jeder Sekunde.

Bei einem von ihnen bin ich mir sicher, dass ich ihn kenne. Seine Montur ist schwarz von den Stiefeln bis zum Helm. Der *Man in Black*. Anscheinend hat er doch Anschluss gefunden im

Dorf, denn dass die Jungs aus Altenwinkel stammen, das weiß im Grunde jeder, obwohl sie die Nummernschilder von ihren Maschinen geschraubt haben. Aber keiner unternimmt etwas, nicht einmal Pa, obwohl sie mit ihren Crossmaschinen auch in Ecken herumkreuzen, die als Naturschutzgebiete ausgewiesen sind.

Einmal, es ist schon ein paar Jahre her, hat Pa einen Crossfahrer im Wald gestellt und angezeigt. Das Ergebnis waren zerstochene Reifen an seinem Jeep und eine angesägte Jagdkanzel. Seitdem duldet Pa die Crossfahrer stillschweigend, genauso wie alle anderen in Altenwinkel. »Die Jungs wollen doch bloß ein bisschen Spaß haben« – mit diesem Motto kommen sie durch. Und Clemens zusätzlich mit einem Tausender, den sein Vater dieses Jahr für den Erhalt der Dorfkirche springen ließ.

Inzwischen habe ich eine Stinkwut. Sollte die Wölfin hier in der Nähe ihre Wurfhöhle haben, dann wird sie ihre Welpen spätestens jetzt woanders hinbringen.

Leise fluche ich ins weiche Moos, das voller Hasenköttel ist.

Wenn ich von den dreien nicht entdeckt werden will, ist mir der einfache Rückweg abgeschnitten. Ich harre in meinem Versteck aus, hoffe, dass die Idioten bald genug haben von ihrem zweifelhaften Vergnügen, aber als ich nach einer Weile auf die Uhr schaue, wird mir klar, dass ich nicht länger hierbleiben kann, wenn ich rechtzeitig zum Abendessen zu Hause sein will. Wie mich das nervt, immer pünktlich sein zu müssen, um kein Drama auszulösen.

Zu allem Überfluss platscht mir ein Tropfen ins Gesicht und nun rieche ich den Regen auch. Das Blätterdach über mir ist so dicht, dass es noch eine ganze Weile dauert, bis ich nass werde. Die Crossfahrer scheint der Regen nicht zu stören, ganz im Gegenteil, es sieht so aus, als hätten sie jetzt, wo es rutschig und schlammig wird auf ihren Sprungschanzen, doppeltes Vergnügen.

Vorsichtig trete ich den Rückzug an. Mir bleibt nur der Weg mitten durch das unberäumte Areal, dem Ort, an dem sich Fuchs und Hase Gute Nacht sagen. Ich kann den Himmel nicht sehen, aber durch den Regen ist es schlagartig dunkel geworden und vor mir liegt schwieriges Gelände. Ungefähr zehn Minuten lang schlage ich mich gebückt durch dichtes Unterholz, taste mich vorbei an abgebrochenen Zweigen, scharf wie Hexenkrallen.

Wurzeln beulen wie dicke Adern aus dem Waldboden, Farne verdecken Erdlöcher und Brombeerpflanzen haben ihre Fangarme ausgelegt. Ich weiche einem Ameisenhügel aus. Eine schwarze Ringelnatter mit gelben Augenflecken schlängelt sich direkt vor mir über den Waldboden, bevor sie unter einer toten Wurzel verschwindet.

Der Regen wird stärker, jetzt tropft es von den Bäumen und Nässe kriecht mir auch in die Schuhe. Ich hole meine Regenjacke aus dem Rucksack, auch wenn ich im Grunde schon völlig nass bin. In diesem Waldstück kenne ich mich nicht so gut aus und das Regendunkel macht die Sache nicht leichter. Auf einmal muss ich an meinen Traum denken. Möglicherweise ist es keine schlaue Idee, hier allein herumzukriechen. Der Regen wird heftiger, ich will jetzt nur noch so schnell wie möglich nach Hause.

Ein großer Schatten, der im Dickicht verschwindet, lässt mich innehalten. Ich lausche, doch auf meiner Kapuze zerplatzen die Tropfen wie kleine Schüsse, und das ist alles, was ich höre. Ich kann nicht viel erkennen im Dämmer des Waldes, aber wie so oft in den letzten Tagen, ist mir, als werde ich gesehen oder gehört, als werde ich von irgendwoher beobachtet. Mein Herz klopft so laut, dass es die Tropfen übertönt, angestrengt und mit weit aufgerissenen Augen versuche ich, das Dickicht vor mir zu durchdringen.

Jemand blickt zurück.

»Hey«, sage ich, »vielleicht hat dir das noch niemand gesagt, also tue ich es jetzt: Willkommen in meinem Wald. Schön, dass du da bist. Ich bin sicher, wir werden bestens miteinander auskommen.«

Natürlich bekomme ich keine Antwort.

Endlich, mit immer noch laut pochendem Herzen erreiche ich die Ringstraße. Im Eiltempo laufe ich bis zu meinem Holzstoß, und noch bevor ich auf mein Rad steigen kann, fahren sie einer nach dem anderen an mir vorbei. Dreck spritzt, sie lassen ihre Motoren aufheulen. Der *Man in Black* reißt den Lenker hoch und fährt für Sekunden auf dem Hinterrad. Jungs sind merkwürdige Wesen, denke ich, als ich durch den Regen nach Hause radele.

10. Kapitel

Heute ist Mas Geburtstag, sie wird sechsunddreißig. Ich hole die Geburtstagstorte aus der Kühlkammer und decke den Frühstückstisch, während Pa ins Nachbardorf fährt, um beim Bäcker frische Brötchen zu besorgen. Er kommt mit einem Strauß Blumen zurück, der sich sehen lassen kann. Meine Mutter strahlt vor Freude, als sie die Küche betritt.

Schon vor Wochen hat Pa drei Karten für die amerikanische Tanzshow *Shadowland* besorgt, die morgen Nachmittag in der Erfurter Messehalle gastiert. Als meine Mutter die Karten aus dem Umschlag zieht, beobachtet er sie mit gerunzelter Stirn und auch ich bin gespannt wie verrückt. Wird sie den Kopf schütteln und behaupten, dass sie das nicht schafft: die Stadt, die vielen Menschen?

Doch Ma lächelt und umarmt Pa. »Wie schön«, sagt sie, »ich freue mich, dass wir mal wieder zusammen etwas unternehmen.«

Nach einem ausgiebigen gemeinsamen Frühstück begleite ich meine Mutter in den Dorfladen, wo sie die letzten Zutaten für das Abendessen besorgen will. Thomas hat seinen Besuch für den Nachmittag angekündigt, er ist ein ehemaliger Studienfreund meines Vaters und stammt ursprünglich aus Ohrdruf, lebt jetzt jedoch am Starnberger See. Wenn er seine Eltern besucht, macht er immer einen Abstecher zu uns. Thomas Bachmann ist

Witwer, und dass Tante Lotta ihm gefällt, sieht ein Blinder mit Krückstock.

Am Abend wird es knoblauchgespickten Rehrücken mit Rosenkohl und Kartoffelkroketten geben. Ma braucht nur noch ein paar Zutaten für den Nachtisch – ihre köstliche Rhabarber-Charlotte. Meist schreibt sie mir einen Zettel und ich muss den Einkauf allein erledigen, doch wenn sie wie heute gut drauf ist, kommt sie mit. Es kostet sie Überwindung, sie tut es vor allem, um den Leuten im Dorf zu signalisieren, dass mit ihr alles vollkommen in Ordnung ist.

Auf dem Weg zum Dorfladen nehmen wir den Umweg am Haus der Neumanns vorbei, damit ein paar mehr Leute meine völlig normale Mutter sehen können. Sabine, Clemens' Mutter, zupft mit gesenktem Kopf und wilden Bewegungen Unkraut aus ihrem Blumenbeet neben der Einfahrt und Ma grüßt überschwänglich, als wir an ihr vorbeigehen.

Sabine hebt den Kopf, sie richtet sich stöhnend auf, eine Hand ins Kreuz gedrückt. Sie hat rappelkurzes graues Haar, ihr schönes Gesicht ist sonnengebräunt und natürlich stellt sie meiner Mutter die obligatorische Frage, ob sie denn wieder an einem neuen Roman schreibt.

»Na klar«, sagt Ma, »das tue ich immer.« Sie lächelt offenherzig und es macht den Anschein, als sei wirklich alles in bester Ordnung.

»Ihr letztes Buch, ›Das tränende Herz‹, habe ich meinem Neffen zu Ostern geschenkt«, erzählt Sabine Neumann euphorisch. »Er war hellauf begeistert.«

»Wie schön«, Ma lächelt. Das Buch heißt »Das weinende Herz«, aber sie berichtigt Frau Neumann nicht.

Neumanns Schafe blöken, als hätten sie auch ein Wörtchen

mitzureden. Auf einer Leine im Garten hängen schwarze T-Shirts und Hosen. Ein funkelndes schwarzes Motorrad kommt um die Straßenecke und biegt in die breite Auffahrt. Die schwarz gekleidete Gestalt stellt die Maschine vor dem Glaspalast ab und zieht sich den Helm vom Kopf.

Ein kurzes »Hallo« in unsere Richtung, dann ist Clemens auch schon hinter dem Haus verschwunden.

Ich höre Frau Neumann leise seufzen. Offensichtlich ist sie ebenso wenig begeistert von der Freizeitbeschäftigung ihres Sohnes wie ich.

»Einen schönen Tag noch.« Ma nutzt die Gelegenheit und wir laufen weiter, verfolgt vom Blöken der Schafe, die auf einem Stück Wiese nahe der Straße grasen.

Die Ich-bin-völlig-normal-Runde meiner Mutter ist außerordentlich erfolgreich. Am heutigen Samstagvormittag ist das ganze Dorf auf den Beinen, man zupft und streicht und fegt, als gilt es, einen Wettbewerb um das schönste Dorf zu gewinnen. Hubert Trefflich putzt seinen kleinen metallicgelben Jeep und grüßt uns höflich. Er nennt Ma *Frau Försterin,* der Blödmann.

Vor der Tischlerei lädt Hans Grimmer mit seinem Bruder Rudi Bretter aus einem Lieferwagen. Magnus hilft den beiden. Der Hüne mit dem kindlichen Gemüt summt mit tiefer Stimme eine mir vage bekannte Melodie. Ich brauche einen Augenblick, bis ich das Kirchenlied *Laurentia mein* heraushöre.

Rudi schimpft, weil Magnus uns mit Stielaugen hinterherschaut und seinem Onkel ein Brett auf den Fuß fallen lässt. Hans flucht. Ma und ich kichern in uns hinein und gehen schnell weiter.

Klar, das mit Magnus ist eine wirklich tragische Geschichte. Vor seinem Einsatz in Afghanistan hatte er eine hübsche Freundin aus dem Nachbardorf – Laura –, die beiden wollten heiraten. Daraus wurde nichts, denn wer will schon mit einem leben, der aussieht wie ein Freak und nicht mehr alle Tassen im Schrank hat. Laura besucht Magnus zwar noch manchmal, aber sie hat sich von ihm getrennt, als sie merkte, dass er gar nicht wusste, wer sie war, während sie an seinem Krankenbett saß und seine Hand hielt.

Tante Lotta hat mir das erzählt. Laura kauft ab und zu Keramik bei ihr und dann reden sie. Daher weiß ich auch die ganze Familiengeschichte der Grimmers.

Die Mutter von Hans und Rudi, die den Tod ihrer einzigen Tochter nie verwunden hatte, starb an gebrochenem Herzen. Die Ehe von Rudi und seiner Frau blieb kinderlos. Elvira Grimmer wird, so wie es aussieht, für immer an den Rollstuhl gefesselt sein. Und Rudi selbst hatte vor zwei oder drei Jahren ebenfalls einen schweren Unfall. Er kam mit seinem Auto im Dunkeln auf nasser Straße ins Schleudern und fuhr gegen einen Baum. Wochenlang war der Unfall Gesprächsthema Nummer eins im Dorf. Rudi Grimmer lag viele Tage im Koma, die Ärzte wussten nicht, ob er je wieder aufwachen würde. Das ganze Dorf hat sich in dieser Zeit um Elvira gekümmert – eine ziemlich nette Aktion. Und schließlich geschah das Wunder: Rudi wachte tatsächlich wieder auf und kehrte zu seiner Elvira zurück.

Und dann ist da noch Hans, der gehofft hat, die Tischlerei irgendwann an seinen Sohn übergeben zu können, und der über all den Schicksalsschlägen in seiner Familie zu einem mürrischen Mann geworden ist, dem man lieber aus dem Weg geht.

Neben dem Blumenkübel vor dem Dorfladen stehen Uta Kümmerling, die dürre Pfarrersfrau, und Caroline Merbach mit vollen Einkaufstaschen. Ma grüßt und ... oh nein ... sie gesellt sich geradewegs zu ihnen. Mir bleibt nichts anderes übrig, als es ihr gleichzutun und einen Schwall Dorfklatsch über mich ergehen zu lassen, der sich diesmal um den dreisten Schuhdieb dreht, der seit einigen Wochen das Dorf unsicher macht.

Mehreren Leuten aus Altenwinkel fehlen Schuhe. Einzelne alte Gartenschuhe oder Gummitreter, manchmal das komplette Paar. Auch Merbachs vermissen Schuhe, dafür haben sie fremde Stiefel in ihrem Garten gefunden. Wie bei Agnes, denke ich. Merkwürdig.

»Irgendwer erlaubt sich da einen Spaß mit uns.« Caroline zwinkert mir lächelnd zu, als ob ich etwas darüber wüsste. Sie ist ein ganz anderer Typ als Alinas Mutter, die sehr zart und zerbrechlich war.

Frau Kümmerling macht eine bekümmerte Miene. »Wenn es nur die Schuhe wären«, regt sie sich auf, »aber den Leuten fehlen alle möglichen Dinge aus ihren Gärten und Höfen: Eimer, eine Leiter, Wäsche verschwindet von der Leine, Erna vermisst ein Huhn, Hubert seinen Spaten und es fehlt sogar Eingewecktes aus einem Keller. Mein Mann hat inzwischen eine Liste angelegt. Er meint, der Dieb müsse sehr schlank und wendig sein und sich ziemlich gut auskennen im Dorf.«

Das darf doch nicht wahr sein!, schießt es mir durch den Kopf. Ich sehe Olek vor mir, wie er mit dem Spaten an der Senke ein Loch gräbt und den Kopf des Rehkitzes verschwinden lässt. Röte steigt mir ins Gesicht, ich hoffe, dass die Frauen es nicht bemerken. Hat der Elf den Spaten gestohlen? Hat er auch die anderen Dinge genommen? Aber warum narrt er die Leute mit vertauschten Gartenschuhen? Um sie glauben zu lassen, dass es sich um einen Jungenstreich und nicht um Diebstahl handelt?

»Ich vermisse eine Decke.« Ma ist sichtlich erfreut, auch etwas Handfestes zum Thema beisteuern zu können. »Ich hatte sie auf der Terrasse vergessen. Am nächsten Morgen war sie nicht mehr da.«

Entgegen meinen Hoffnungen hat sich die Decke nicht wieder eingefunden und ich ahne, dass sie das auch nicht mehr tun wird.

»Vielleicht sollte sich endlich die Polizei darum kümmern«, meint Frau Kümmerling. »Die Leute kommen zu meinem Mann, als könne er die verschwundenen Sachen mithilfe von Gebeten wieder herbeizaubern.«

»Ach was«, Caroline Merbach schüttelt den Kopf. »Das sind doch alles bloß Dummejungenstreiche, wahrscheinlich nichts weiter als eine Mutprobe. Irgendwann wird einer der Diebe auf frischer Tat erwischt und dann hat der Spuk ein Ende.«

Ma und die Pfarrersfrau nicken. Gut, denke ich erleichtert. Sollen sie nur in dem Glauben bleiben, bis ich herausgefunden habe, wozu Olek all diese Dinge braucht.

Wir betreten den kleinen Laden, wo meine Mutter Naturjoghurt und Sahne in ihren Korb legt, beides braucht sie für ihre unschlagbare Rhabarber-Charlotte.

Am Ende der zweiten Regalreihe haben sich drei alte Frauen um Tonia Neumeister versammelt und schnattern laut wie Enten. Auch bei ihnen ist die mysteriöse Dieberei das Hauptthema. Rolands wurde eine Säge gestohlen und Demmlers vermissen ein Seil. Manche Leute haben das Gefühl, ihnen fehlen Kartoffeln im Keller. Mein Gott, denke ich mit zunehmender Verwunderung. Wenn du der Dieb bist, Olek, wozu brauchst du dann all diese Sachen?

Rudi kommt in den Laden, wischt sich den Schweiß von der Stirn und füllt seinen Einkaufskorb mit Hundefutter, Tiefkühlgerichten und ein paar Äpfeln. Als auch die alte Neumeister lautstark nach der Polizei kräht, um den Dieben endlich das Handwerk zu legen, hebt Grimmer, der Expolizist, den Kopf.

»Aber dafür brauchen wir doch keine Polizei im Dorf, Tonia«, beschwichtigt er sie. »Das sind eindeutig Streiche von irgendwelchen Jungen, die sich im Wald eine Bude bauen und sich häuslich darin einrichten. Das haben wir früher auch gemacht.«

»Aber so geht das nicht«, zetert die alte Erna los, »die Sachen kosten schließlich Geld und das wächst nicht auf den Bäumen. Hammer und Säge finden sich ja vielleicht wieder, aber mein Huhn, das ist in der Suppe gelandet, drauf möchte ich wetten.«

Oder am Spieß, denke ich grimmig und gebe mir Mühe, meinen Mund zu halten. Hat Olek sich im Wald eine Bude gebaut?

Als Ma und ich mit unseren Einkäufen den Laden verlassen, steht Elvira in ihrem Rollstuhl am Blumenkübel neben dem Eingang und wartet auf ihren Mann. Die Färber-Zwillinge und ein Bengel in kurzen Hosen, die den Rollstuhl eben noch umringt haben, stieben kichernd davon.

»Guten Tag, Elvira«, grüßt Ma freundlich.

Elvira Grimmer verzieht das Gesicht zu einem schiefen Lächeln. »Hü... Hühnerkacke.«

Ma und ich können nicht anders, wir lachen los und Frau Grimmer lacht mit. Sie sitzt in diesem Rollstuhl und sie kann nicht sprechen, aber sie kann denken und über sich selber lachen – etwas, das nicht jedem gegeben ist.

Den Rest des Tages ist Ma in der Küche zugange. Mittags gibt es Hühnersuppe mit selbst gemachten Nudeln (für mich ohne Huhn), danach zaubert sie den Nachtisch und bereitet den Braten für den Abend vor. Ich habe den Rhabarber geerntet und geschnitten –

mehr will sie sich nicht helfen lassen. Es macht meine Mutter nervös, wenn ich mit ihr zusammen in der Küche herumwerkele. Sie ist Perfektionistin, hat die Dinge gern im Griff. Niemand kann es ihr dabei recht machen – schon gar nicht Jola Schwarz, die Küchenchaotin.

Lotta kommt gegen vier und bringt selbst gebackenen Mohnkuchen mit, wenig später steht auch Thomas Bachmann im Garten. Er ist ein paar Zentimeter größer als mein Vater und mit seinem dichten Vollbart sieht er ziemlich verwegen aus. Schon nach kurzer Zeit merke ich, mit welch begehrlichen Blicken Tante Lotta ihn betrachtet.

Hauptthema des Nachmittages ist die mysteriöse Dieberei im Dorf, wobei Thomas als Einzigem auffällt, dass anscheinend bisher niemand Wertsachen oder Geld vermisst. »Vielleicht sind es ja wirklich irgendwelche Kids, die sich im Wald einen Unterschlupf bauen.«

Pa schaut mich fragend an. »Du bist doch auf deinen Streifzügen jeden Tag da draußen, Jola. Ist dir nichts aufgefallen?«

Ich schiebe die Unterlippe nach vorn und schüttele den Kopf. »Nö, nicht dass ich wüsste.«

»Hoffentlich treiben sich die Kids nicht im Sperrgebiet herum«, brummt Pa. »Ich habe im Augenblick einfach keine Zeit, um das Gebiet nach einer Bude abzusuchen.«

Beim Abendessen wird es spannend und ich spitze die Ohren. In Thomas' Revier am Starnberger See wurde vor einem halben Jahr ein Wolfsrüde überfahren. »Vor ein paar Tagen habe ich endlich die genetischen Untersuchungen der Universität Lausanne bekommen«, berichtet er. »Der junge Rüde stammte aus den italienischen Alpen, ich vermute, er ist auf der Suche nach einem neuen Revier von Italien aus nach Norden aufgebrochen. In zwei

Monaten hat er eine Strecke von zweihundertfünfzig Kilometern zurückgelegt.« In Thomas Stimme schwingt Respekt. »Er war ein Einzelkämpfer, hat sich über die Alpen und durchs flache Land geschlagen und vielleicht hätte er es irgendwann zu seinen Artgenossen bis in die Lausitz geschafft und dort eine Gefährtin gefunden. Aber dann läuft der arme Kerl vor meiner Haustür einem Raser vors Auto.« Thomas schüttelt traurig den Kopf. »Wirklich schade, ich hätte gerne ein Wolfsrudel in meinem Revier gehabt. Aber nun muss ich wohl noch eine Weile länger darauf warten.«

Ohne zu interessiert zu wirken, warte ich, was Pa darauf erwidern wird.

»Ich weiß nicht, aber Wölfe kann ich in meinem Revier ganz bestimmt nicht gebrauchen.« Mein Vater runzelt die Stirn. »Raubtiere, die in unseren Lebensraum eindringen, bringen nichts als Probleme. Die Wälder hier in Thüringen sind zu klein, es gibt zu viele ungeschützte Nutztiere auf den Dörfern. Schau dir doch unseren Schäfer an, seine Tiere stehen nachts direkt am Waldrand. Die wären ein gefundenes Fressen für die Wölfe.«

Tief enttäuscht sinke ich in mich zusammen. Ach, Pa, denke ich, ich habe anderes von dir erhofft. Nicht die Wölfe sind in unseren Lebensraum eingedrungen, sondern wir in ihren – nur dass das alle längst vergessen haben, weil es so lange her ist. Ich bin wahnsinnig erleichtert, noch nichts von der grauen Jägerin erzählt zu haben.

»Komm schon.« Thomas winkt ab und trinkt einen Schluck von seinem Wein. »Du hast doch bloß Angst um deine Abschüsse, gib's zu.«

Pa windet sich ein wenig. »Ich habe keine Angst um meine Abschüsse, Thomas. Es gibt so viele Wildschäden und die Bauern sitzen mir im Nacken. Aber mit Sicherheit würden einige meiner

Jagdkollegen den Wolf als Rivalen sehen, der ihnen die Beute im Wald streitig macht. Ich kann einfach keinen zusätzlichen Ärger brauchen.«

Ich kaue auf meiner Unterlippe. Was er da sagt, klingt nicht unbedingt beruhigend.

»Dann klär sie auf, Falk. Fang jetzt schon damit an. Du bist doch in erster Linie Förster und nicht Jäger. Erinnerst du dich noch daran, wovon wir geträumt haben während des Studiums? Wir wollten nach Kanada auswandern, Ranger werden in einem Nationalpark, mit Bisons, Elchen, Berglöwen und Wölfen.«

Lotta zieht eine Augenbraue nach oben, so als könne sie nicht glauben, dass auch mein Vater einmal ein Mann mit abenteuerlichen Träumen gewesen ist. Und mir geht es nicht anders.

Pa schüttelt mit einem verlegenen Lächeln den Kopf. »Ach, das waren wirklich nur Träume, Thomas.«

»Na ja, wir sind zwar nicht nach Kanada ausgewandert, aber jetzt sind wir beide Förster und du hast hier ein ganz besonderes Revier mit uraltem Baumbestand und geschützten Tieren. Wildkatze und Birkhuhn sind schon da, Luchs und Wolf stehen vor der Tür. Du musst dich rechtzeitig mit dieser Tatsache auseinandersetzen. Oder hältst du es etwa auch mit den drei großen S der Jägerei, wie einige unserer Kollegen?«

Die drei großen S der Jägerei? Ich atme hörbar ein. Die drei großen S der Jägerei bedeuten Schießen, Schaufeln, Schweigen.

Eine Pause tritt ein.

Pa?

»Natürlich nicht«, erwidert mein Vater brüskiert, aber ich merke, wie er in Verteidigungsstellung geht.

»Was sind die drei großen S der Jägerei?«, fragt Lotta und nimmt einen Schluck Rotwein.

Thomas erklärt es ihr. »So gehen einige Grünröcke also mit geschützten Tierarten um«, wendet sie sich angriffslustig an Pa.

Ärgerlich schüttelt er den Kopf. »Das ist doch Schwachsinn! Willst du behaupten, dass alle Jäger potentielle Wolfsmörder sind?«

»Also, ich hätte keine ruhige Minute mehr, wenn ich wüsste, dass ein Wolf durch unseren Wald streift«, mischt Ma sich ein. »Märchengestalten gehören nicht ins wirkliche Leben.«

Mir entfährt ein genervter Laut, der glücklicherweise in der angeregten Diskussion untergeht. Wenn die wüssten! Der *böse Wolf* ist längst da und niemand hat ihn bemerkt, nicht einmal Pa. Offensichtlich hat Olek gute Arbeit geleistet.

»Also, mir gefällt der Gedanke, dass diese faszinierenden Tiere wieder in unsere Wälder zurückkehren«, bemerkt Lotta, die inzwischen einen leichten Schwips hat. »Bedeutet das nicht, dass es irgendwann wieder ein gesundes Gleichgewicht in unseren Wäldern geben wird? Der Wolf ersetzt den Jäger, er reguliert das Wild, tötet kranke und alte Tiere. Wölfe sind erstaunliche Wesen, habe ich gehört, sie sind viel sozialer als Menschen.«

»Die typische Ansicht einer Esoterikerin.« Pa verdreht die Augen und winkt ab.

Ma klatscht in die Hände: »Ach, Kinder, nun reitet doch nicht auf etwas herum, was vermutlich nie eintreffen wird. Jola und ich holen jetzt den Nachtisch und dann reden wir lieber über etwas Schönes.«

Später, als ich in der Küche den Geschirrspüler einräume und gerade beschließe, mich zu verabschieden und schlafen zu gehen, dringt Thomas' verhaltene Stimme an mein Ohr. Es geht um irgendein totes Mädchen, dessen Überreste er durch Zufall im Wald gefunden hat, und ich horche auf.

»Mein Hund hat die Knochen aufgestöbert, das ist jetzt vielleicht zwei Monate her. Wie sich am Ende herausstellte, war das Mädchen schon seit mehr als dreißig Jahren tot. Eine Fünfzehnjährige, die im Sommer 1980 verschwand. Alle dachten, sie wäre mit ihrem Freund, einem Italiener, abgehauen. Aber so war es nicht.«

Weil die Gefahr besteht, dass sie das Thema wechseln, wenn ich auftauche, bleibe ich hinter der Tür stehen und spitze die Ohren.

»Und wie ist sie gestorben?« Mas gepresste Stimme.

Falsches Thema, Thomas! Offensichtlich hat mein Vater seinem Freund nie etwas von der Angststörung meiner Mutter erzählt, deshalb kann Thomas nicht wissen, dass Geschichten von toten Mädchen in diesem Haus ein Tabuthema sind.

»Keine Ahnung«, antwortet er dementsprechend bereitwillig, »das konnten sie nicht mehr feststellen. Die Knochen waren von Tieren angenagt und lagen zu lange in der Erde.«

So viel zu: Reden wir lieber über etwas *Schönes*.

Betretenes Schweigen erfüllt den Raum, aber Thomas scheint das nicht zu bemerken. Ganz unbekümmert fragt er: »Gibt es eigentlich Neuigkeiten über das Mädchen, das hier bei euch verschwunden ist vor ein paar Jahren?«

Keine Antwort. Ich kann sehen, wie Pa den Kopf schüttelt. Er will nicht, dass über Alina geredet wird, weil er befürchtet, dass Ma depressiv wird und dann wieder tagelang ihr Zimmer nicht verlässt. Aber offensichtlich fällt ihm so schnell nicht ein, wie er seinen Freund stoppen kann.

»Wie lange ist das eigentlich her? Fünf Jahre? Oder sechs?«

»Im Oktober werden es fünf Jahre«, antwortet Lotta auf Thomas' Frage. »Und nein, es gibt nichts Neues, man hat ihre Überreste noch immer nicht gefunden.«

»Na ja, solange man das Mädchen nicht gefunden hat, besteht immer noch Hoffnung. Vielleicht war ihr Altenwinkel zu langweilig und sie hat sich aus dem Staub gemacht.« Thomas scheint nun doch mitbekommen zu haben, dass die Stimmung zu kippen droht. Ein schlechter Versuch, das Thema herunterzuspielen.

»Sie war erst elf Jahre alt.« Pas Stimme klingt jetzt richtig genervt. »Und ihr Kleid, das man in Martin Sievers Wohnwagen fand, hatte einen blutigen Riss in der Herzgegend. Alina ist tot, Thomas, und ich hoffe es bleibt mir erspart, dass Wilma eines Tages durch Zufall ihre Überreste ausbuddelt.«

Pas Worte fahren wie ein Blitz in meinen Kopf. Ich stehe wie vom Donner gerührt, das Atmen fällt mir auf einmal schwer. Was mein Vater da soeben erzählt hat, ist völlig neu für mich.

Im Wohnzimmer herrscht Stille. Auf einmal höre ich Schritte und presse mich mit dem Rücken an die Wand hinter der halb offenen Tür. Ma rauscht an mir vorbei ins Bad, flatternd, wie ein verletzter Vogel.

Ich nutze die Gelegenheit und stecke den Kopf ins Wohnzimmer. »Ich bin müde und gehe schlafen. Viel Spaß noch.« Und weg bin ich.

Nach einer ausgiebigen Dusche setze ich mich noch eine Weile in eine Decke gewickelt in den Schaukelstuhl auf meinem Balkon. Fledermäuse flattern wie schwarze Schatten durch die Nacht. Bald ist Neumond und es ist richtig finster draußen. Meine Gedanken kreisen unaufhörlich um den blutigen Riss in Alinas Kleid. Ich bin wütend, weil es bis heute niemand für notwendig gehalten hat, mir von diesem wichtigen Detail zu erzählen.

Ganz aus der Nähe dringen die schrillen Schreie einer Schleiereule an mein Ohr, die Jagd auf Fledermäuse und Kleinnager macht. Sie kann ihre Beute mit tödlicher Sicherheit orten und fliegt beinahe lautlos. Wenn ihre Rufe durch die Nacht hallen, stirbt irgendwo ein Mensch, sagen die Leute.

Trotz Decke fröstelt mich mit einem Mal. Ich stehe auf, um nach drinnen zu gehen, als ich von unten Stimmen höre. Ich schleiche zur anderen Seite des Balkons, drücke mich an die Brüstung. Ich kann sie nicht sehen, aber ich höre, dass es Thomas und Lotta sind, die unten vor dem Carport stehen, wo Thomas seinen Jeep geparkt hat. Zigarettenqualm steigt mir in die Nase.

Mit verhaltener Stimme klärt Lotta Thomas über Ma und ihre Ängste auf. Er hört zu und am Ende murmelt er eine Entschuldigung.

»Das konntest du ja nicht wissen. Falk hätte es dir längst erzählen müssen. Nach dem Verschwinden des Mädchens war Ulla einige Wochen in der Psychiatrie.«

Ich weigere mich, die Erinnerung an diese Wochen zuzulassen, in denen ich mit dem Verlust meiner Freundin klarkommen musste und dem Gefühl, auch noch von meiner Mutter im Stich gelassen zu werden. Tante Lotta war sofort von La Gomera gekommen, als Pa sie angerufen hatte.

»Na ja, das war ja auch eine schlimme Geschichte.« Thomas' Stimme klingt bedrückt. »Ich kann mich dunkel an die Kleine erinnern. Sie war Jolas Freundin, nicht wahr? Zum Glück ist das Ganze so schnell aufgeklärt worden. Ist trotzdem kein schönes Gefühl, wenn man erfährt, dass ein Mörder jahrelang mit einem Tür an Tür gelebt hat und im selben Laden einkaufen war.«

»Ich weiß nicht ...«, Tante Lotta zögert. »Ehrlich gesagt habe ich nie so recht glauben können, dass Martin Sievers Alina umgebracht hat.«

Obwohl die beiden mich ebenso wenig sehen können wie ich sie, halte ich den Atem an.

»Aber ich denke, der Mann hat sich im Gefängnis erhängt, nachdem die Polizei das blutige Kleid des Mädchens in seinem Wohnwagen gefunden hat. Ein besseres Geständnis gibt es nicht oder liege ich da falsch?«

»Ja, vielleicht hast du recht. Aber die meisten Leute in Altenwinkel betrachten die Welt durch einen Gardinenspalt, Thomas.« Tante Lotta spricht jetzt lauter. »Wenn etwas in ihr einfaches Weltbild passt, dann ist es eben die Wahrheit. Sievers war damals der ideale Schuldige für sie. Er war kein Alteingesessener. Der Expolizist fand heraus, dass der Mann mal Lehrer war und angeblich was mit einer Schülerin hatte. Sievers hängt sich in seiner Zelle auf und liefert damit ein perfektes Schuldeingeständnis. Fall abgeschlossen. Hätte es die Polizei nicht stutzig machen müssen, dass Sievers das Kleid des Mädchens nicht vernichtet hat, obwohl er dafür genug Zeit hatte?«

»Vielleicht war es eine Art Trophäe für ihn und er wollte es behalten. Niemand weiß, was in so einem kranken Hirn vor sich geht.«

»Mag sein. Aber ich habe trotzdem so meine Zweifel. Ich erinnere mich nämlich noch gut an die Zeit, als Martin Sievers mit seiner Frau ins Dorf zog. Ich war siebzehn damals. Er hat Nachhilfeunterricht angeboten und etliche Kinder aus Altenwinkel und aus den Nachbardörfern sind zu ihm gekommen. Ulla auch, sie war vierzehn. Soweit ich weiß, hat es nie irgendwelche Vorkommnisse gegeben, nicht einmal andeutungsweise. Sievers war ein netter Mann und ich habe ihn gemocht.«

»Das ist das Problem«, sagt Thomas. »Man sieht und merkt es ihnen oftmals nicht an. Nicht in allen Mörderaugen flackert der Wahnsinn. Das Böse ist nie das, was es zu sein scheint.«

»Das ist wahr«, sagt Lotta. »Und es ist ja auch nichts mehr passiert, seit Sievers tot ist«, fügt sie mit nachdenklicher Stimme hinzu.

Einen Moment ist es still, dann höre ich, wie Thomas fragt: »Darf ich dich nach Hause fahren, meine Schöne?«

»Da sage ich nicht Nein«, wispert Lotta.

Türen klappen, ein Motor wird angelassen, der Wagen fährt davon. Ich kuschel mich in mein Bett, rolle das Kissen unter meinem Kopf zusammen und schließe die Augen. Aber an Schlaf ist nicht zu denken. Ein unangenehmes dunkles Gefühl breitet sich in meinen Adern aus wie ein schleichendes Gift und ergreift Besitz von mir: Unsicherheit.

Was, wenn etwas dran ist an dem, was Tante Lotta gesagt hat? Was, wenn Martin Sievers Alina gar nicht getötet hat und der wahre Mörder noch da draußen herumläuft? Schnell schiebe ich diesen Gedanken von mir. Sievers hat Alina getötet und sich schließlich selbst gerichtet, als ihm klar wurde, dass er den Rest seines Lebens im Gefängnis verbringen würde. So und nicht anders muss es gewesen sein. Ich will keine Angst haben müssen, wenn ich im Wald unterwegs bin, und ich will auch weiterhin mit offener Balkontür schlafen können. Es gibt keinen Grund, sich zu fürchten.

Oder doch?

Ich stehe noch einmal auf, kippe ein Fenster und schließe die Balkontür.

11. Kapitel

Auf ins Schattenland! Nach dem Sonntagsessen machen wir uns auf den Weg nach Erfurt, um uns das amerikanische Schattentheater anzusehen. Für meine Mutter ist es eine große Herausforderung: die Autofahrt, die vielen Menschen in der Messehalle. Aber als *Shadowland* beginnt, vergisst sie ihre Ängste und ist völlig hin und weg. Pa lächelt mir verschwörerisch zu und ich spüre, dass er Ma noch immer liebt, dass er sie noch nicht aufgegeben hat. Das ist ein gutes Gefühl.

Nach der Show lädt Pa uns noch ins *Paganini* am Fischmarkt zum Abendessen ein. Nach dem zweiten Rotwein wird Ma ganz locker und ausgelassen und ich komme mir ein wenig überflüssig vor, so verliebt, wie die beiden turteln.

Auf der Heimfahrt stelle ich mein Handy wieder an, um nachzuschauen, ob ich irgendwelche Nachrichten habe. Drei SMS von Kai. Als ich sie aufrufen will, klingelt es.

»Hey, dein Handy war mal wieder ausgestellt. Sehen wir uns heute noch?«

Es ist nach neun, und um ehrlich zu sein, überfordert mich der Gedanke, Kai jetzt noch zu treffen und mir seine Berlinerlebnisse anzuhören. In meinem Kopf arbeitet es. Das Schattentheater hat deutlich gezeigt, dass das, was wir sehen, und das, was dahintersteckt, völlig verschiedene Dinge sind.

Erst jetzt wird mir klar, dass ich Kai überhaupt nicht vermisst habe in den drei Tagen, es ist einfach zu viel passiert. Meine Welt steht gerade kopf, und auch wenn ich ein schlechtes Gewissen bei dem Gedanken habe: Ich will nicht, dass Kai etwas davon mitbekommt. Besser, er meint, alles ist wie immer, sonst wird er Fragen stellen, die ich im Augenblick nicht beantworten kann.

Also gebe ich mir einen Ruck: »Ja, klar. Wir sind gerade auf dem Heimweg von Erfurt. Ich lasse mich bei dir absetzen. In zwanzig Minuten bin ich da.«

»Okay, dann bis gleich. Hab dich lieb.«

»Ich dich auch.«

Pa lässt mich vor dem Tor der Hartungs raus und ich verspreche meiner Mutter, nur kurz zu bleiben. Mit einem leisen Seufzer drücke ich den Finger auf die Klingel an der efeuumrankten Haustür.

Bianca Hartung öffnet, in ihren dunklen Locken die ersten grauen Strähnen. Sie schickt mich gleich nach oben. Wie immer bleibe ich kurz vor Kais Zimmertür stehen und amüsiere mich über seine Spruchkartensammlung. Seine Neuerwerbung lautet: *Ich bin meiner fünf Sinne mächtig: Stumpfsinn, Schwachsinn, Wahnsinn, Irrsinn, Unsinn.*

Blödsinn, ergänze ich in Gedanken. Kais sechster Sinn.

Ich klopfe und er ruft mich herein. Er ist dabei, seine Siebensachen für den nächsten Tag zu packen, aber das lässt er nun sein, nimmt mich stattdessen in die Arme, küsst mich, drückt mich an sich. »Schön, dass du noch vorbeikommst, Jola.«

Kai freut sich so offensichtlich, mich zu sehen, doch ich fühle mich nicht wohl in meiner Haut. In diesen letzten drei Tagen ist er mir merkwürdig fremd geworden. Und auf einmal weiß ich nicht mehr, über was ich mit ihm reden soll. Mir fällt auf, dass er Ringe unter den Augen hat und übernächtigt aussieht.

»Du scheinst ja ganz schön losgelegt zu haben am Wochenende. Hast du mit Johanna die Großstadt unsicher gemacht.«

»Von wegen.« Er fährt sich mit beiden Händen durch seine schwarzen Locken. Dabei entdecke ich zwei rote Male an seinem rechten Unterarm, dicht nebeneinander. Unschwer zu erkennen, was das ist. Ich frage ihn trotzdem.

Kai lässt sich seufzend auf sein Bett fallen und dreht die Bissmale ins Licht. »Die sind von Elli«, sagt er. »Sie beißt einfach zu, wenn ihr etwas gegen den Strich geht. Sie wird immer schwieriger, macht, was sie will, der kleine Teufel. Johanna kann sie kaum noch bändigen.«

Kais Nichte Elli war von Anfang an ein schwieriges Kind, aber seit sie in die Schule geht (sie ist jetzt in der zweiten Klasse), hat Kais Schwester dauernd Ärger mit ihrer Tochter. Kai hat mir mal erzählt, dass sie mit dem Mädchen von einem Psychologen zum nächsten gerannt ist, die sich jedoch an Elli die Zähne ausgebissen haben. Aufmerksamkeitsdefizit, diagnostizierte der eine, eine milde Form des Asperger-Syndroms der nächste und eine Psychologin mutmaßte schließlich sogar, Elli sei vielleicht missbraucht worden. Johanna hatte schnell die Nase voll und versucht seitdem, ihre Tochter so zu nehmen, wie sie nun mal ist: aufgeweckt, selbstbewusst und unglaublich anstrengend.

»Was hast du denn gemacht, dass sie dich gebissen hat?«, will ich wissen.

»Ich habe etwas *nicht* gemacht«, antwortet Kai, »das war das Problem. Elli wollte, dass ich ihr zeige, wie ein Zungenkuss geht, und ich habe Nein gesagt.«

»Wow.« Ich muss lachen. »Sie geht ja ganz schön zur Sache mit ihren acht Jahren.«

»Sie hat ein Pärchen auf dem Schulhof knutschen sehen und

wollte genau wissen, wie das ist mit den verknoteten Zungen. Übrigens: Meine Mutter hat Johanna versprochen, Elli in den Sommerferien für drei Wochen zu nehmen. Dabei hat sie gar keine Zeit, der Hofladen und ihr Garten halten sie total auf Trab. Also werde ich wohl oder übel den Job des Babysitters übernehmen müssen. Noch eine Dosis Elli – und das schon in sechs Wochen.« Er verdreht die Augen. »Ich fürchte, das überlebe ich nicht.«

Ich lasse mich neben ihm aufs Bett fallen. Um ihn ein wenig aufzuheitern und einen Teil meines schlechten Gewissens loszuwerden, sage ich: »Hey, wir kriegen das schon hin.«

»Wir? Ist das dein Ernst?« Er beugt sich über mich.

»Klar, ich lasse dich nicht hängen. Wir nehmen sie mit an den Badesee, dort kann sie sich im Wasser austoben und danach ist sie so geschafft, dass du den Rest des Tages deine Ruhe hast.«

»Kann ich nicht lieber so lange bei dir einziehen?«

»Du wirst deine armen Eltern doch mit der kleinen Hexe nicht alleine lassen.«

Kai küsst mich sehnsüchtig, seine Hand streichelt meine Wange. Es fühlt sich nicht mehr ganz so fremd an und für ein paar Sekunden bin ich geneigt, ihm von der Wölfin und dem Jungen im Wald zu erzählen. Mich zu offenbaren, ist verlockend. Ich müsste Kai nicht mehr anlügen und ich würde jemanden haben, mit dem ich über alles reden kann.

Erzähl es ihm, Jola, es ist der richtige Moment. Kai ist dein bester Freund, du vertraust ihm. Ich hole Luft, doch Kai verschließt meinen Mund mit einem weiteren Kuss, seine Hand schiebt sich unter mein T-Shirt und der Moment ist vorüber.

Ich setze mich auf und er zieht seine Hand zurück. Ich berichte ihm von *Shadowland* und von Thomas' Besuch. Als ich den blutigen Riss in Alinas Kleid erwähne, schaut er mich erstaunt an. »Davon haben sie mir nie etwas erzählt«, sage ich. »Das ist nicht fair. Sie war meine Freundin.«

»Hey«, Kai tätschelt meine Schulter. »Alina ist tot und wir haben es immer gewusst. Klar wollten deine Eltern nicht, dass du mit so einem furchtbaren Bild herumlaufen musst. Das Ganze war ja so schon schrecklich genug.«

»Aber ich habe mir immer noch Hoffnungen gemacht.«

»Das ist nicht dein Ernst, Jola.«

Tränen schießen mir in die Augen. Was ist bloß los mit mir – das kann doch nicht nur an diesem Schattentheater liegen? Ich habe den bitteren Geschmack von Abschied im Mund. Ich muss mich von meiner Hoffnung verabschieden und merke erst jetzt, wo ich es zum ersten Mal ausspreche, wie wichtig diese Hoffnung all die Jahre für mich war. Und ich fühle, dass es gleichzeitig der Abschied von meiner Kindheit ist.

Kai nimmt mich in die Arme. Seine kleinen Küsse auf meiner Wange und meinen Augen sind tröstlich. Als ich zehn Minuten später aufbreche, hat es angefangen zu regnen. Kai, mein Held, spannt einen Regenschirm auf und bringt mich nach Hause.

Die nächsten drei Tage versinken im Regen. Der Himmel lastet grau und schwer wie Zement und es hört einfach nicht auf, der Wasservorrat der Wolken scheint unerschöpflich. Eigentlich mag ich das Geräusch des Regens, das an- und abschwellende Rauschen in den Blättern des Kirschbaumes, das Drippeln auf dem Schuppendach, der Sturzbach im Abflussrohr. Aber spätestens nach einem Tag beginnt mir das alles auf die Nerven zu gehen und ich habe das Gefühl, auf der Stelle durchzudrehen, wenn ich noch länger drinnen hocke. Sehnsüchtig stehe ich auf meinem

Balkon, halte Ausschau nach einer Lücke in der grauen Wolkendecke, nach einem Fitzelchen Blau.

Am Mittwoch haben wir zwei Stunden Schulausfall (es herrscht akuter Lehrermangel an unserer Schule) und wir vier halten eine Generalprobe für unsere Powerpoint-Präsentation ab. Donnerstagmorgen hängen zwar immer noch düstere Wolken am Himmel, aber es regnet nicht mehr. Überall im Dorf stehen große Pfützen, in denen sich das Grau des Himmels spiegelt.

Obwohl wir gut vorbereitet sind, haben Kai, Saskia und ich Lampenfieber wie verrückt, was sich in einer Art Stimmungslähmung auswirkt. Wir brüten stumm vor uns hin, Max ist der Einzige, der im Bus wild drauflosplappert – wie immer.

»Ihr schafft das schon«, sagt er, als wir auf dem Schulhof auseinandergehen. »Die Arbeit ist wirklich super.« Er schlurft davon, winkt uns und hält noch einmal den Daumen nach oben.

Verwundert schaue ich Saskia an. »Hat er etwa unsere Arbeit gelesen? Die ganzen fünfzig Seiten?«

»Hat er.« Sie grinst. »Mein Bruderherz ist ein Ass in Deutsch und Geschichte und ein richtiger Schatz.«

Unsere Projektprüfung ist gleich in der ersten Stunde. Auch Tilman ist sichtlich aufgeregt. Nach unserem Dreißig-Minuten-Auftritt stehen wir wieder im Schulflur und warten auf die Bewertung der Lehrer. Drei Prüfer haben vor uns gesessen. Herr Neudert, Frau Hitzig und Uta Geppert, geborene Schlotter – die Tochter der Wirtsleute vom »Jägerhof«. Uta ist angehende Deutschlehrerin und seit Beginn des Schuljahres an unserem Gymnasium im Referendariat.

»Ist doch prima gelaufen.« Tilman hat riesige Schweißflecken unter den Armen, er lehnt mit dem Rücken an der Wand.

»Bis auf deinen Aussetzer am Anfang«, brummt Kai.

Als Tilman dran war, hat er zuerst den Mund nicht aufbekommen. Aber nach einem holprigen Start lief es dann doch noch ganz gut.

»Hey«, ich hebe meine Hände, »freut euch einfach, wir haben es hinter uns.«

»Ihr habt alle viel länger geredet als ich.« Saskia macht ihr Schmollgesicht.

Soll das etwa ein versteckter Vorwurf sein, weil ich Marie Scherers Zeitzeugenbericht vorgetragen habe, obwohl es ihre Idee war? Ich sage nichts. Alles war so abgesprochen gewesen.

»Wird schon klargehen.« Tilman stößt sich von der Wand ab und beginnt, unruhig im Flur hin und her zu laufen.

Es klingelt. Nur Sekunden später springen die Türen der Klassenräume auf und der Geräuschpegel im Schulflur steigt schlagartig an. Am liebsten möchte ich mir die Ohren zuhalten.

Schließlich öffnet sich auch unsere Tür und wir werden von Uta hereingeholt. Vierzehn Punkte, das ist eine glatte Eins. Bingo. Den einen Punkt Abzug gibt es tatsächlich für die etwas ungleich gelagerte Aufgabenverteilung. Dafür ein dickes Lob von Frau Hitzig für die Geschichte vom ungelösten Kriminalfall zu Kriegsende. Es sei wichtig, dass solche Geschehnisse nicht in Vergessenheit geraten.

Kleiner Seitenhieb von Herrn Neudert: »Hat Ihre Mutter die Arbeit lektoriert, Fräulein Schwarz? So wenig Fehler sind fast ein Wunder.«

Ich spüre, wie ich rot anlaufe, aber Herr Neudert lacht. »Schon gut – ist ja kein Verbrechen. Richten Sie ihr aus, meine Tochter liebt ihre Bücher.«

Uta – sie muss jetzt Mitte zwanzig sein und sieht aus wie Mitte dreißig mit ihrer Prinz-Eisenherz-Frisur – sagt gar nichts. Ich wette, den Punktabzug haben wir ihr zu verdanken, so finster, wie sie guckt. Vermutlich kann sie Jugendliche nicht leiden und ich frage mich, warum solche Leute ausgerechnet den Lehrerberuf ergreifen müssen und nicht lieber Bäcker werden und Teig formen statt Kinderhirne.

Wieder draußen auf dem Gang, reckt Tilman die rechte Faust in die Luft. »Ja!«

Saskia und ich fallen uns um den Hals. »Cool, oder?«

Und auch Kai grinst erleichtert. »Na, wenigstens hat sich der ganze Aufwand gelohnt.«

Nach Schulschluss feiern wir unsere gute Punktzahl mit einem Eisbecher im »La Gondola« auf dem Arnstädter Markt, wo es laut Tilman das beste Eis der ganzen Stadt gibt. Wir sind aufgekratzt und einfach nur froh, dass es so gut gelaufen ist mit unserem Projekt.

»Mann, bin ich happy, dass es endlich vorbei ist«, meint Tilman. »Ich hasse Prüfungen.«

»Jeder hasst Prüfungen.« Saskia verdreht die Augen. »Und das war erst der Vorgeschmack, Til, die richtigen Prüfungen kommen erst noch.«

Kai klopft seinem Kumpel auf die Schulter. »Du schaffst das schon.«

Tilman tippt auf seinem Smartphone herum und brummt. Wem simst er die gute Punktzahl? Hat er etwa eine Freundin, von der ich nichts weiß?

»He Jola.« Saskia stupst mich an und holt mich aus meinen Gedanken. »Weißt du schon, was du willst?«

»Klar. Einen Riesenschokoladeneisbecher.«

Als sich die Bedienung über die klebrige Tischplatte beugt, um sie abzuwischen, wird mir klar, warum Tilman unbedingt hierher wollte. Die Kellnerin ist langbeinig, vollbusig und platinblond. Ich grinse in mich hinein, als er mit rotem Kopf seine Bestellung stottert. Offensichtlich sind nicht nur Prüfungen für Tilman ein Problem, obwohl er ein großer Kerl ist und ganz passabel aussieht mit seinem sinnlichen Mund und den dunklen Augen.

Also doch keine Freundin. Wahrscheinlich hat er seiner Mutter die Punktzahl gesimst.

Als die Eisbecher gebracht werden, herrscht ein paar Minuten Stille. Genüsslich lasse ich einen Löffel Schokoladeneis auf meiner Zunge zergehen. Belohnungen sind etwas Wunderbares.

»Kommt ihr eigentlich zum Open Air am Wochenende?« Kai beißt in seine Eiswaffel und schaut uns einen nach dem anderen fragend an.

»Hmm«, brummt Tilman mit vollem Mund, was wohl eine zustimmende Antwort sein soll.

»Ich bin dabei.« Saskia hebt ihre Hand mit dem Eislöffel in die Höhe. »Wenn außer dem nervtötenden Geballer auf dem Übungsplatz und dem Geblöke der Schafe mal andere Klänge über unsere Hügel schallen, will ich mir das nicht entgehen lassen.« Sie grinst in Kais Richtung und er zeigt ihr den Mittelfinger.

»Was ist mit dir, Jo?« Fragend schaut mich Saskia an. *»Carpe Noctem* sind wieder dabei, *Crayfish* auch.«

»Ich gehe nur am Samstag hin, das reicht mir. Die Musik wird eh überall zu hören sein.«

Schon seit einigen Jahren veranstalten ein paar Leute aus Eulenbach zu Beginn des Sommers ein kleines Open Air mit verschiedenen Bands. Auf dem bewaldeten Hügel zwischen unseren beiden Dörfern gibt es ein Fleckchen Wiese mit einer Bühne, die allerdings die meiste Zeit des Jahres von Jugendlichen als Stelldichein genutzt wird. Während des Open-Air-Wochenendes können die Leute am Fuß des Hügels kostenlos zelten und drei Tage lang einem illustren Mix aus Folk und Ska, Indie, Metal, Blues und Rock lauschen. Für Saskia das Superhighlight des Jahres.

»Jola, wenn du magst, dann komm doch vorher bei mir vorbei!« Sie kratzt ihren Becher aus. »Ich habe schon wieder ein Klamottenpaket von meiner Cousine aus London bekommen, da ist Allerhand dabei, was mir nicht passt.« Sie macht ein übertrieben tragisches Gesicht.

»Oh ja«, Tilman nickt begeistert, »mach endlich mal ein Mädchen aus Jola. Das wird Kai sicher gefallen.« Er wirft seinem Fußballkumpel einen auffordernden Blick zu.

»Ich mag, was Jola anhat«, bemerkt Kai ritterlich. »Es kommt schließlich nicht auf die Verpackung, sondern auf den Inhalt an.« Er grinst.

Und ich werde rot. *Verdammt.*

Keine Ahnung, warum, aber auf einmal verspüre ich tatsächlich Lust, mal etwas anderes anzuziehen als Hosen und T-Shirt. Saskia sieht immer perfekt gestylt aus in den schicken Klamotten von ihrer englischen Cousine. Natürlich viel zu ausgefallen für ein Nest wie Altenwinkel – aber es passt zu ihr.

»Ich komme«, sage ich. »Ist morgen Nachmittag okay?«

»Klaro«, sagt Saskia.

12. Kapitel

Unglaublich, was Klamotten mit einem anstellen können. Im großen Spiegel von Saskias Kleiderschrank schaut mir am Freitagnachmittag eine Fremde entgegen: die rotbraunen Haare hochgesteckt zu einem Knoten, meinen Körper betont ein enges schwarzes Kleid, das mehr zeigt, als es verdeckt. Ich habe Hüften und Busen. *Wow.*

»Stark!« Saskia guckt ehrlich beeindruckt. »Du siehst aus wie Kristen Stewart.«

»Wer zum Teufel ist Kristen Stewart?« Ich posiere, die Hände in den Hüften, vor dem Spiegel, drehe mich einmal um die eigene Achse. »Du musst mal deine Augen überprüfen lassen, Sassy.«

»Nein, ehrlich, schau doch mal richtig hin, Jo. Til hat recht, du läufst tagein, tagaus in denselben Klamotten herum: Jeans und T-Shirt. Du machst nichts aus dir. Guck mal, wie schön du bist.«

Saskia übertreibt, aber eins lässt sich nicht leugnen: Ich fühle mich tatsächlich schön in diesem gewagten Kleid. Reifer. Begehrenswerter. Und genau das ist der Grund, warum ich mich bisher hinter meinen Standardklamotten versteckt habe: Ich wollte nicht hübsch und begehrenswert aussehen, denn das kann einem Mädchen zum Verhängnis werden.

Jeder schleppt irgendein Gespenst mit sich herum und meines heißt Alina.

»Na ja«, gebe ich zu, »dieses Kleid ist wirklich nicht schlecht, aber zum Open Air kann ich es nicht anziehen, wenn ich mir nicht den Hintern abfrieren will. Die Eisheiligen kommen.«

Saskia klatscht in die Hände, sie ist ganz in ihrem Element. »Wir finden was Passendes, Jo, vertrau mir.«

Ehe ich protestieren kann, hat sie mich kräftig mit einem Parfüm eingedieselt, das herb nach Zimt und grünem Tee duftet. Normalerweise schminke ich mich nicht, aber dieses getönte Lipgloss passt tatsächlich zum rostroten Farbton meiner Haare. Ich bin gerade dabei, in das nächste verwegene Kleid zu schlüpfen, als plötzlich Saskias Bruder in der Tür steht. Ich kann gerade noch die Träger nach oben ziehen, aber offensichtlich hat Max doch mehr gesehen, als er sollte – ich trage ja keinen BH.

Wie angewurzelt steht er da und bekommt rote Flecken im Gesicht. Seine großen Augen hinter den Brillengläsern leuchten und mit seinen Blicken zieht er mir das silbern schimmernde Fähnchen wieder aus. Saskia wirft ihm den seidenen Unterrock, den sie gerade in der Hand hält, an den Kopf.

»He, du Spanner, schon mal was von Anklopfen gehört?«

»Was macht ihr denn hier?«

»Wonach sieht es denn aus? Nach einer Tupperparty?«

Max befreit seinen Kopf von der rosafarbenen Seide und schiebt mit dem Zeigefinger seine Brille gerade. »Was auch immer es ist«, sagt er mit einem verlegenen Grinsen. »Kann ich mitmachen?«

Saskia und ich prusten los.

»Mannomann, der hat dich vielleicht angesehen«, sagt sie kopfschüttelnd, nachdem sie ihren Bruder zur Tür hinausgeschoben hat. »Vielleicht war ihm bis heute gar nicht bewusst, dass du ein Mädchen bist.« Sie grinst. Ich schleudere ein hässliches grünes Jäckchen nach ihr und stürze mich mit einem empörten Aufschrei auf sie – und eine Minute später tobt in Saskias Zimmer eine wilde Kleiderschlacht.

Nach einer weiteren Stunde stehe ich im flaschengrünen, hautengen Top mit weitem Ausschnitt vor dem Spiegel. Dazu trage ich einen kurzen, eng geschnittenen Jeansrock und rostfarbene, blickdichte Strumpfhosen. Na gut, meine ausgetretenen Allstars brechen das Bild mehr, als dass sie es abrunden, aber das ist okay. Die Farben passen zu mir: Ozean, Nachthimmel, rote Erde.

»Super.« Ich drehe mich, zufrieden mit dem, was ich sehe. »Das ziehe ich an.«

»T-Shirt und Rock kannst du haben, da passe ich eh nicht rein«, meint Saskia. »Die Strumpfhose bekomme ich wieder. Und ich borge dir noch ein paar passende Stiefel.«

»Stiefel? Es ist Ende Mai.«

»Was hat die Jahreszeit damit zu tun, was angesagt ist«, belehrt mich Saskia. »In Saint-Tropez laufen sie im Hochsommer mit Stiefeln herum, weil es schick ist.«

»Wir sind aber nicht in Südfrankreich, sondern in Thüringen. In einem Nest namens Altenwinkel, um genau zu sein.«

»Das ist doch piepegal. Du wirst umwerfend aussehen. Außerdem hast du doch selbst gesagt, dass die Eisheiligen kommen. Da sind Stiefel genau richtig.«

Als Saskia mich nach unten zur Tür bringt, habe ich einen großen Beutel voller Secondhandklamotten in der Hand.

Max kommt uns auf der Treppe entgegen. »Du hast wirklich toll ausgesehen in diesem Kleid, Jola«, sagt er und zwinkert mir zu. »Und du riechst verdammt gut.«

Ich spüre, wie ich schon wieder rot anlaufe und Saskia sich das Kichern kaum noch verkneifen kann.

»Danke, Max.« Ich husche an ihm vorbei und verdrehe die Augen.

Saskia umarmt mich zum Abschied. »Hey«, sagt sie, »das sollten wir öfter tun. Es hat richtig Spaß gemacht.«

»Ja, mir auch.« Am niedrigen grünen Gartentürchen drehe ich mich um und werfe ihr noch eine Kusshand zu. Als mein Blick am weiß getünchten neuen Haus der Wagners nach oben wandert, sehe ich Max am Fenster seines Zimmers stehen. Er winkt und ich winke zurück.

Mit dem Beutel über der Schulter trabe ich los – immer noch im neuen Outfit und mit offenen Haaren. Damit die Leute sich an die neue Jola gewöhnen können, hat Saskia mir geraten.

Die Klamotten von Saskias Cousine werden aus mir keinen neuen Menschen machen, und doch ist etwas anders, das spüre ich, noch bevor ich jemandem begegne. Ich habe Lust, die Sachen zu tragen, mich zu verändern, endlich ein Mädchen zu sein – wenigstens ab und zu.

In Saskias braunen Stiefeletten stolziere ich Richtung Dorfladen, um meinen Müsliriegelvorrat aufzufrischen. Magnus, heute ohne Mütze, sitzt auf der Holzbank vor der Tischlerei seines Vaters und schnitzt. Als ich an ihm vorbeigehe, hebt er den Kopf, sein unsteter Blick wandert über meine Haare, mein Gesicht und meinen Körper, als habe er Mühe, alles zusammenzubringen.

»Hallo, Magnus«, grüße ich ihn mit einem freundlichen Lächeln. Als er meine Stimme erkennt, wird sein Blick ruhig und fixiert nur noch mein Gesicht. Er lächelt schief, dann klopft er neben sich auf die Bank.

Ohne seine Mütze sieht er jung und verletzlich aus. Ich weiß nicht, was er von mir will, aber er tut mir leid. Scheißkrieg. Ob auch Magnus nachts von Dämonen heimgesucht wird, so wie die alte Marie? Wie muss es für ihn sein, wenn er das Geballer vom Truppenübungsplatz hört? Warum hat er nicht einfach seine Laura heiraten und ein glückliches Leben führen können?

Ich setze mich neben ihn. Mein Blick wandert über die lange Narbe, die seine rechte Augenbraue teilt und sich bis weit in sein kurz geschorenes Haar zieht. Magnus zeigt mir, woran er gerade schnitzt. Ich bin erstaunt, wie gut man die Frauenfigur erkennen kann, die er mit dem Schnitzmesser aus dem Holzstück geholt hat. Zwischen seinen Füßen liegt ein Häuflein Späne.

»Ist das deine Laura?«

»Laurentia mein«, flüstert er und streicht mit den Fingern zärtlich über das Holz.

Ich weiß nicht, was ich sagen soll. Offensichtlich vermisst er sie, seine Laura. Anscheinend erinnert er sich doch. Ich habe keine Ahnung, was in diesem angeschlagenen Hirn vor sich geht. Magnus' Anblick ist so unendlich traurig, dass die ganze Leichtigkeit des Nachmittages augenblicklich verfliegt.

»Sie ist schön, deine Laura.«

Rudi Grimmer kommt aus der Tischlerwerkstatt. »Da bist du ja, Magnus«, sagt er zu seinem Neffen. »Dein Vater sucht dich überall. Geh rein.«

Rudis Miene verfinstert sich, als er mich erkennt. »Lass Magnus in Ruhe. Es bringt ihn nur durcheinander, wenn aufgetakelte Gören wie du ihm den Kopf verdrehen.«

Erschrocken über Grimmers Worte springe ich auf. »Magnus hat mir nur seine Schnitzerei gezeigt«, verteidige ich mich.

Grimmers Blick scannt mich jetzt von oben bis unten. »Ach ja? Und morgen heißt es dann: Der Dorfdepp hat mich angefasst?«

So ein Idiot. Am liebsten würde ich Grimmer einen Vogel zeigen, kann mich aber gerade noch beherrschen. Ich schaue Magnus an, sein Blick verfängt sich in meinem. Ich habe das seltsame Gefühl, als wolle er mir sagen: Hör nicht auf ihn, du bist völlig in Ordnung.

»Tschau, Magnus, ich muss jetzt weiter«, sage ich und gehe, so würdevoll ich in meinen neuen Stiefeln kann, weiter in Richtung Dorfladen.

Im Verkaufsraum ist es voll, das hätte ich wissen müssen, denn das lange Pfingstwochenende steht bevor. Ich grüße höflich, lasse die ungläubigen Blicke mit erhobenem Kopf über mich ergehen und reihe mich in die Schlange an der Kasse. Elke Färber von der Gärtnerei hat einen vollen Korb und lässt mich mit meinen Müsliriegeln vorgehen, und nach und nach auch die anderen. Vor mir steht am Ende nur noch Hubert Trefflich, Margarine, Brot, Bratheringe und eine Flasche Nordhäuser Doppelkorn auf dem Laufband. Sein Bier, das kauft er kistenweise im Getränkegroßmarkt in Arnstadt, das weiß jeder im Dorf.

Ich lege die Packung Müsliriegel aufs Band und wundere mich, dass Trefflich nicht wie üblich einen seiner blöden Sprüche ablässt. Er ignoriert mich, das ist neu. Hat ihm mein neues Outfit die Sprache verschlagen? Na, allein das ist es wert, denke ich triumphierend. Endlich kann ich zahlen und verlasse erleichtert den Laden.

Als ich an Tante Lottas Haus vorbeikomme, sehe ich, dass die Tür zur Werkstatt offen steht. Ich gehe hinein, bin gespannt, was meine Tante zu der neuen Jola sagt.

Lotta ist von oben bis unten tonverschmiert und schimpft laut vor sich hin. »Verflixt noch mal, ich weiß genau, dass ich ihn hierhin gestellt habe.«

»Wen denn?«, frage ich.

Erschrocken fährt sie herum. »Du sollst dich nicht immer so anschleichen, Jola, ich kriege sonst noch mal einen Herzkasper.«

»'tschuldigung«, murmele ich. Diese Angewohnheit habe ich wohl von Kai übernommen.

»Holala.« Lottas Augen beginnen zu leuchten, als ihr meine optische Veränderung auffällt. »Wo kommst du denn her? Aus Paris?«

»Von Saskia. Sie hat wieder ein Paket mit Klamotten von ihrer Cousine aus London bekommen.«

Lotta kommt näher, um mich genauer in Augenschein zu nehmen. »Na, wie secondhand sehen die aber nicht aus. Hast du davon noch mehr?« Sie deutet mit einem tonverschmierten Finger auf den Beutel.

»Ja, ein paar Sachen für den Sommer.«

»Hmmm«, Tante Lotta schnuppert an meinem Hals, »und gut riechen tust du auch. Wie eine orientalische Prinzessin. Willst du Kai verrückt machen oder gibt es einen Neuen in deinem Leben?«

»Ich will niemanden verrückt machen«, erkläre ich. »Ich will nur ein bisschen mehr wie ein Mädchen aussehen.«

»Das ist dir gelungen, Jola. Du siehst hinreißend aus.«

»Na ja, es sind im Grunde ganz normale Klamotten.«

»Stimmt. Aber an dir sehen sie besonders aus. Sie sind wie für dich gemacht, Herzchen.«

Ich muss lachen und freue mich über das Kompliment. »Okay, ich werde sie am Samstag auf dem Open Air tragen.«

»Wunderbar. Ich prophezeie dir: Du wirst dich vor Verehrern nicht retten können.«

Ich bin mir nicht sicher, ob ich das will, aber es kann nicht schaden, es einfach mal auszuprobieren.

»Worüber hast du eigentlich so geschimpft, als ich reinkam?«

»Mein Glasureimer ist weg. Das ist schon der zweite. Wer klaut denn olle Plastikeimer, die im Baumarkt einen Euro kosten?«

Ich zucke mit den Achseln. *Jemand, der sich keinen Eimer kaufen kann, weil er keinen Euro hat. Jemand, der meilenweit laufen muss, um überhaupt in einen Baumarkt zu kommen.*

»Sag mal«, setze ich an, »hast du eigentlich was mit ...«

In diesem Moment biegt ein alter weißer Lieferwagen in den Hof und parkt vor der Werkstatt. Tobias Zacke steigt aus. Lotta lächelt mir zu, dann geht sie ihm entgegen. Der Neffe von Alinas Mörder ist ein unauffälliger junger Mann mit störrischem dunklem Haar, graublauen Augen und einem Oberlippenbärtchen. Man sieht ihn so gut wie nie im Dorf, seine Einkäufe, die erledigt er immer in der Stadt. Soweit ich weiß, ist er Anfang zwanzig und haust ganz allein auf dem abgelegenen Hof seines Onkels. Keine Freundin, nur Luzifer, sein sabbernder Rottweiler, und seine monströsen, albtraumartigen Fabelwesen, die er aus Schrottteilen herstellt.

»Hallo, Tobias!« Meine Tante klingt hocherfreut. »Sag bloß, du bringst meine Sachen?«

»Ist alles fertig. Tut mir leid, dass es so lange gedauert hat.«

»Schon gut. Lass mich sehen.«

Tobias öffnet die Tür seines Lieferwagens und beginnt, Holzkisten mit rostigen Eisenteilen auszuladen. Tante Lotta holt aus einer Kiste eine angerostete Eisenplatte heraus und betrachtet sie entzückt. »Super, Tobi, das hast du wirklich gut hinbekommen. Genau so habe ich es mir vorgestellt.«

Tobi? Mit einiger Verwunderung schaue ich zu, wie meine Tante einen Eisenquader mit einer rostigen Stange aus einer anderen Kiste holt und das merkwürdige Ding ebenfalls mit Faszination im Blick betrachtet.

Habe ich mal wieder etwas verpasst? Ich gebe mir einen Ruck und frage: »Was sind das denn für seltsame Dinger?«

»Oh, davon habe ich dir noch gar nichts erzählt, Jola. Ich bin dabei, etwas Neues auszuprobieren. Ich arbeite gerade an einer Serie plastischer Figuren und die sollen Metallständer bekommen – schwere Füße, sozusagen.«

»Aber die sind völlig verrostet«, bemerke ich entgeistert.

»Ja, und es war nicht leicht, das so hinzukriegen.« Tobias grinst zufrieden. »Deine Tante hat den Rost extra bestellt.«

»Es wird gut zusammenpassen, Jola, glaub mir. Der raue dunkle Manganton und die rostigen Eisen.« Lotta wendet sich an Tobias. »Komm rein, dann erledigen wir das Geschäftliche.«

»Wo soll der Kram denn hin?« Tobias schlägt die Wagentür zu.

»In die Werkstatt, ich zeige dir gleich, wo du alles hinstellen kannst.«

Weit hinter Lottas Haus schlägt ein Hund an, ein anderer antwortet. Tobias legt den Kopf schief und lauscht, die Stirn in Falten gelegt.

»Verdammt, hoffentlich ist Luzifer nicht wieder ausgebüchst. Grimmers Schäferhündin ist läufig und Luzifer spielt dann jedes Mal verrückt.« Er fährt sich mit seinen rostigen Händen seufzend durchs struppige Haar. »Ich kann machen, was ich will, er findet immer irgendein Schlupfloch im Zaun.«

Die Grundstücke von Zacke und Grimmer sind nur durch einen unbefestigten Waldweg voneinander getrennt und Zackes ist das letzte am Waldrand. Vor Luzifer, einem stämmigen Rottweiler, haben alle im Dorf Angst, weil er angeblich ein Katzenkiller ist. Per Gesetz ist Tobias dazu verdonnert, ihm außerhalb seines Grundstückes einen Maulkorb anzulegen und ihn an der Leine zu führen, sonst gibt es Zoff.

»Das Grundstück ist so riesig und manchmal habe ich das Gefühl, irgendwer macht diese Löcher in meinen Zaun. Ich habe einfach nicht die Kohle, um einen neuen zu bauen«, sagt Tobias. »Ich will Luzifer aber auch nicht den ganzen Tag im Zwinger einsperren.«

»Ich gehe dann mal«, sage ich, denn es ist kurz vor sieben und die beiden haben offensichtlich noch eine Weile zu tun.

»Viel Spaß auf dem Open Air«, ruft Lotta. »Und grüß mein Schwesterherz von mir.«

»Mach ich.«

Ich hänge den Beutel wieder über meine Schulter und mache mich auf den Heimweg. Tobias Zacke *(Tobi)* in vertrautem Umgang mit Tante Lotta. Bin ich so sehr in meiner eigenen Welt unterwegs, dass ich nicht mehr mitbekomme, was um mich herum geschieht?

»Hübsch siehst du aus, Jola«, sagt jemand zu mir und ich schrecke aus meinen Gedanken. Es ist Agnes, die dem Unkraut in ihrem Vorgarten den Garaus macht. Marie, die auf der Bank vor dem Haus sitzt, winkt mir lächelnd zu.

»Danke«, murmele ich höflich und laufe schneller, denn mein Bedarf an Aufmerksamkeit ist inzwischen gedeckt. Statt geradeaus weiter die Dorfstraße zu gehen, biege ich nach rechts und hinter Hartungs Grundstück in den Gartenweg ein. Wenigstens kann ich mir so sicher sein, dass Kai mich nicht sieht, denn mein neues Outfit soll eine Überraschung sein.

Ich hoffe, dass Zackes Zaun dicht ist, und begegne niemandem mehr. Als ich an unserem verwilderten Nachbargrundstück vorbeikomme, bleibe ich stehen. Jemand hat einen Flecken Gras gehauen, wahrscheinlich war das Achim Roland, der hat Kaninchen. Aus dem wuchernden Kletterrosenbusch an der fleckigen Hauswand funkeln die gefüllten roten Blüten wie Rubine. Die Haustür steht einen Spaltbreit offen. Heute Morgen, als ich auf dem Balkon stand, war sie noch zu, das weiß ich genau.

Neugierig gehe ich durch das offen stehende Gartentor ein paar Schritte auf das alte, eingewachsene Haus zu, als ich über etwas stolpere und beinahe falle. Es ist eine Konservendose. Tortenpfirsiche. Verwundert bücke ich mich danach, dabei fällt mein Blick auf die Blätter eines Brennnesselbusches. Etwas glänzt dunkelrot und feucht.

Frisches Blut. Dunkelrote Tropfen auch auf den moosbewachsenen Gehwegplatten. Das Bellen fällt mir wieder ein und Tobias besorgter Blick. Paulchen, durchzuckt es mich kalt. Mein Kater streift für sein Leben gern durch den wilden Garten, und falls Luzifer doch ein Loch im Zaun gefunden hat ...

Ich mache kehrt und verlasse mit schnellen Schritten den Garten. Eine Minute später fällt unser Gartentor hinter mir ins Schloss. »Paule?«, rufe ich, ein flaues Gefühl in der Magengegend. »Katerchen, wo bist du? Miez, miez.« Keine Antwort. Keine verdrehten Eulenohren und kein getigerter Schwanz im Gras.

Ich stürme ins Haus. Mein Vater sitzt in der Küche am Tisch und liest Zeitung. Ma ist dabei, den Abendbrottisch zu decken. Paul springt von der Eckbank und streicht mit erhobenem Kopf und aufgestelltem Schwanz schnurrend um meine Beine.

»Oh, da bist du ja.« Mir fällt ein Stein vom Herzen, ich hocke mich hin, um das Katerchen zu streicheln.

»Was ist denn los? Du bist ja ganz aufgelöst.« Ma mischt den Salat durch und stellt die Schüssel auf den Tisch.

»Wahrscheinlich ist Tobias Zackes Rottweiler mal wieder abgehauen und streift durchs Dorf. Ich dachte, dass er ... ich hatte Angst um Paul.«

Pa lässt die Zeitung sinken. »Ich habe Tobias schon x-mal gesagt, dass er den Hund im Zwinger lassen oder endlich seinen Zaun ausbessern soll.«

Ich stehe vom Boden auf. »Tobias glaubt, jemand macht mit Absicht Löcher in seinen Zaun. Er sagt, er hat das Geld nicht für einen neuen.«

Mein Vater will etwas erwidern, aber dann starrt er mich verblüfft an. »Ulla«, sagt er zu Ma, »schau dir doch mal unsere Tochter an. Was für eine Verwandlung. Sie sieht auf einmal so, erwachsen aus. Wie eine junge Dame.«

In meiner Sorge um Paul habe ich völlig vergessen, dass ich anders aussehe als sonst.

»Wo hast du denn die Klamotten her?« Ma starrt mich nun ebenfalls an – mit einem Anflug von Panik in den Augen.

»Von Saskia. Sie hat sie von ihrer englischen Cousine. Die Sachen passen ihr nicht, also hat sie sie mir geschenkt.«

»Sie hat dir Lederstiefel geschenkt?« Ma legt die Stirn in Falten. »Die sehen ziemlich teuer aus.«

»Nein, die Stiefel sind nur geborgt.« Ich bewege mich rückwärts aus der Küche. »Ich gehe mich nur schnell umziehen, dann helfe ich dir beim Abendessen.«

* * *

Laurentia, liebe Laurentia mein, wann wollen wir wieder beisammen sein?

Dieser Duft, der war wie ein Hieb in seinen Magen. Aber er hat sich nichts anmerken lassen, irgendwie ist ihm das gelungen. Der Zimtduft hat ein Fenster geöffnet zu seiner Erinnerung. Ein kleines Fenster nur, aber er hat nackte Beine gesehen und blauen

Stoff und die Wölbungen der Brüste unter diesem dünnen Stoff. Das Mädchen, ihr Duft ... sie ist nicht seine Zimtprinzessin, das war so verwirrend. Denn sie roch so gut. So vertraut. So süß.

Er sehnt sich so nach seinem Engel, dass es schmerzt. Dieses verdammte Kopfweh. Der Schmerz pocht in seinem Schädel und er will ihn loswerden. Nur seine Zimtprinzessin kann den Schmerz lindern. Ihre kühle kleine Hand darauflegen und ihn wegpusten mit ihrem süßen Atem.

Laurentia, liebe Laurentia mein,
wann wollen wir wieder beisammen sein?
Am Samstag!
Ach, wenn es doch endlich schon Montag, Dienstag, Mittwoch, Donnerstag, Freitag, Samstag wär
und ich bei meiner Laurentia wär, Laurentia!

13. Kapitel

Noch einmal betrachte ich mich prüfend in dem großen Spiegel in meiner Schranktür. Gewöhnungsbedürftig, aber nicht übel. Als es klingelt, schnappe ich meinen Rucksack (der so gut zu meinem neuen Aussehen passt wie Wanderstiefel zu einem Abendkleid) und laufe nach unten. Kai steht mit einer Decke unter dem Arm vor der Tür. Ihm bleibt der Mund offen stehen, als er mich mit seinen blauen Augen von oben bis unten mustert.

Überraschung gelungen, denke ich mit einem zufriedenen Lächeln.

»Entschuldigen Sie die Störung«, stottert Kai. »Ich möchte meine Freundin abholen. Sie heißt Jola ... ähm, wohnt sie überhaupt noch hier?« Er späht an mir vorbei in die Diele.

Ich kichere, drehe mich einmal um die eigene Achse. »Gefalle ich dir etwa nicht?«

»Jola«, ruft Kai übertrieben erstaunt und reißt die Augen auf. »Bist du das wirklich?«

»Ach, komm schon.« Ich boxe ihn freundschaftlich gegen die Schulter.

Kai macht einen Schritt auf mich zu und umarmt mich mit seinem freien Arm. Erst ganz vorsichtig, als ob er sich immer noch nicht sicher ist, dass ich es tatsächlich bin. Dann küsst er mich sanft.

»Du siehst megatoll aus«, sagt er endlich. »Oh Mann, wie soll ich das denn den ganzen Abend lang aushalten?«

Ich muss noch Ma Tschüss sagen und Kai kommt mit ins Haus. Er verspricht meiner Mutter, mich heute Nacht wieder an der Haustür abzuliefern.

Wir laufen an den schicken Einfamilienhäusern der Zugezogenen vorbei Richtung Ortsausgang. Als wir am grünen Gartentürchen der Wagners vorbeikommen, will ich bei Saskia klingeln, aber Kai hält mich davon ab.

»Wahrscheinlich ist sie sowieso längst auf dem Platz.«

Bis zur Bühne im Wäldchen sind es ungefähr anderthalb Kilometer. Auf einem mit weißer Litze umzäunten Wiesenstück hinter dem letzten Haus schnattern fröhlich Achim Rolands Weihnachtsgänse.

»Wenn die wüssten, dass sie allesamt unausweichlich als Weihnachtsbraten mit Rotkohl und Klößen enden«, sagt Kai.

Oder im Rachen einer hungrigen Wölfin, denke ich, schiebe den Gedanken aber schnell wieder beiseite. »Sie wissen es aber nicht. Genauso wenig, wie wir nicht wissen, ob wir morgen vielleicht schon tot sind.«

»Musst du immer solche Sachen sagen, Jo?«

Nach dem Gänsegeschnatter folgt das träge Geblöke und Gemümmel der Schafe. Die kleinere Herde von Kais Vater grast zurzeit auf einem Wiesenstück neben dem Wäldchen. Kais Blick streift wachsam und mit einem gewissen Besitzerstolz über die Herde. Das merkt er gar nicht, es passiert ganz automatisch.

Am Einlass zur kleinen Freiluftbühne auf der Lichtung zahlen wir jeder unsere siebzehn Euro Eintritt und bekommen ein Bändchen ums Handgelenk verpasst. Kai breitet die Decke auf der Wiese aus und wir lassen uns im Schneidersitz darauf nieder. Die erste Band ist noch am Aufbauen, *At-Lantic,* drei Jungs aus Erfurt, die für ihre geradlinigen Rocksongs bekannt sind.

Kai und ich genießen jeder einen Cocktail aus der *Wunderbar.* Sich selbst hat er einen Erdbeer-Caipirinha geholt und mir eine Erdbeer-Colada mitgebracht. Ich fühle mich beschwingt und frei. Ich lasse mich auf den Rücken sinken und blicke in den blauen Himmel. Aus Richtung Süden kommen wattig weiße Wolken gezogen, die sich genau über uns in nichts auflösen. Sie scheinen vom Blau des Himmels einfach aufgesaugt zu werden.

Fasziniert beobachte ich die verschwindenden Wolken, während Kai sich über das Schlagzeugsolo mokiert. Der Bassist von *At-Lantic* ist wegen Krankheit ausgefallen, aber die beiden verbliebenen Bandmitglieder ziehen sich achtbar aus der Affaire, finde ich jedenfalls.

Ich mag Musik, aber ich kenne mich nicht so aus wie Kai und Saskia und ich bin kein Fan von irgendwem. Es gibt Musik, die finde ich gut, weil sie gerade zu meiner Stimmung passt. Aber ich mag es auch gerne still und bin wohl die Einzige in meiner Klasse, die keinen MP3-Player besitzt und ständig mit Ohrstöpseln herumläuft.

Zu den Klängen von *Footsteps* füllt sich nach und nach die kleine Wiese mit Zuhörern zwischen dreizehn und fünfzig. Na ja, vielleicht sind ein paar auch schon an die sechzig und ihre jugendlichen Klamotten täuschen über ihr wahres Alter hinweg. Althippies, Grauhaarige in Lederkluft, schwarz gekleidete Gruftis und Jungvolk – alles ist vertreten.

Saskia, in ihren blutroten Jeans und einem blauen Shirt mit offenherzigem Ausschnitt, gesellt sich zu uns auf die Decke.

»Na, was hat er gesagt?« Neugierig schaut sie mich an und ich lächele in mich hinein.

»*Er* hat gedacht, *er* hätte sich in der Haustür geirrt«, antwortet Kai für mich. »*Er* findet, dass seine Freundin wunderschön ist, aber das ist ihm natürlich nicht erst heute aufgefallen.«

Saskia macht ihr Ist-er-nicht-süß-Gesicht und mein Lächeln wird breiter.

Da entdecke ich Tilman, der mit seinem Kumpel Marco aus Eulenbach gekommen ist, und winke den beiden. Über Saskias Gesicht legt sich ein Schatten. Ich schaue in die Richtung, in die sie mit verkniffenem Mund blickt. Clemens und seine Schwester Tizia stehen am Einlass und zahlen gerade. Oje!

»Hey«, sage ich, »vergiss ihn, Sassy. Heute taucht bestimmt dein Märchenprinz auf.«

Da ist er wieder, ihr Das-glaubst-du-doch-selber-nicht-Blick. Bis jetzt sind tatsächlich nur wenige Leute unter zwanzig gekommen und ich frage mich, wieso. Ist ihnen der Eintritt zu teuer? Siebzehn Euro für neun Bands, das macht knapp zwei Euro pro Band – ein echtes Schnäppchen. Doch wo sind all die jungen Leute aus den umliegenden Dörfern?

Als *Carpe Noctem* ihre Instrumente stimmen und Soundcheck machen, setze ich mich auf. Die Jungs aus Jena spielen Metal und Rockmusik auf klassischen Instrumenten und ihre Musik trifft genau meinen Nerv. Sie passt. Abgesehen davon, dass die fünf auch noch um die zwanzig sind und super aussehen.

Als der Geiger den Bogen ansetzt, bin ich wie elektrisiert. Die wilde Musik trägt mich weg von den anderen, ich vergesse, wo ich bin. Geigenklang und Cellotöne verwandeln mich. Von Jola Schwarz in eine Wölfin mit rötlich grauem Fell. Für einen Moment bin ich sie, die Herrin des Waldes. Federleicht jage ich über eine Lichtung, meine Pfoten berühren kaum den taunassen Boden.

Die Bögen der beiden Cellisten entlocken den Instrumenten

tiefe, erdige Töne, in denen ich die Tiere des Waldes wiedererkenne. Fuchs, Reh und Baumfalke. Ich wittere Beute, ein Rehkitz mit dünnen Beinen und großen Ohren. Aber was ist das? Ein Mann mit einer Flinte!

Plötzlich ein Misston – wie ein Gewehrschuss. Dem Geiger ist eine Seite gerissen. Ich reiße die Augen auf und werde jählings aus meinem Film katapultiert. Bis die Saite im Tourbus gefunden und aufgezogen ist, vergehen ein paar Minuten, doch dann erklingt erneut mittelalterlicher Heavy Metal aus den Boxen und die Haare des Geigers fliegen, als würde er vor Tausenden kreischenden Fans in Roskilde auf der Bühne stehen und nicht auf einem waldigen Hügel hinter Altenwinkel.

Ich beobachte Saskia beim Tanzen mit Marco und auf einmal durchfährt es mich wie ein Blitz, denn ich glaube, meinen Augen nicht zu trauen. Der junge Mann, der am linken Rand der Bühne halb verdeckt von einem Pfosten steht und ebenfalls die Tanzenden betrachtet, ist Olek, mein Waldelf. Er trägt dieselben abgerissenen Klamotten wie vor ein paar Tagen, als wir uns an der Wildsuhle begegnet sind.

So ohne Pfeil und Bogen sieht er wie ein normaler junger Mann aus. Trotzdem spüre ich diese seltsame Aufregung, ein Kribbeln, als würden Hunderte Ameisen unter meiner Haut entlangrennen.

Kai und Tilman sind in ein Gespräch vertieft. Verstohlen beobachte ich Olek, wie sein Blick an Lisa hängen bleibt, der hübschen Siebzehnjährigen mit dem lockigen weißblonden Haar, die aus Eulenbach stammt und in die Elfte geht. Lisa ist klein und zart – und sehr weiblich. Sie ist ein Wildfang, kann jeden Jungen des Arnstädter Gymnasiums haben, wenn sie nur möchte, und legt sich auch gerne mal mit den Lehrern an, wenn ihr etwas nicht passt.

Das Kribbeln in meinem Inneren ist von einem auf den anderen Moment verschwunden, ich bin enttäuscht. Wieso macht es mir etwas aus, dass Olek Lisa so anstarrt? Ich bin mit Kai zusammen. Ich bin mit Kai zusammen hier. Ich habe mich für Kai schön gemacht. Was ist bloß los mit dir, Jola?

Offensichtlich hat Lisa das Interesse des fremden Jungen bemerkt und flirtet mit ihm. Ich bin immer wieder überrascht, wie gut die Antennen bei anderen Mädchen funktionieren. Jetzt geht sie auf ihn zu und fordert ihn mit einem kecken Lächeln zum Tanzen auf. Greift sogar nach seiner Hand. Aber Olek zieht seine Hand zurück, er schüttelt den Kopf. Achselzuckend lässt Lisa ihn stehen. Sie ist es nicht gewohnt, einen Korb zu bekommen.

Ein Gefühl von Genugtuung durchströmt mich und gleichzeitig wundert mich Oleks Reaktion. Warum starrt er Lisa so an und schlägt ihr den Tanz dann doch aus? Irgendetwas stimmt mit ihm ganz und gar nicht. Und ich würde zu gerne herausfinden, was es ist.

»Hat jemand Hunger?«, frage ich und stehe auf. Die beiden Jungs schütteln die Köpfe. »Dann bis später, ich hole mir mal was zu essen.«

Ich reihe mich in die Schlange vor dem Essenszelt, bekomme eine Schüssel mit Erbsensuppe und eine dicke Scheibe duftendes Brot. An einem der massiven Holztische am Rand der Bühne löffle ich meine Suppe und halte wieder nach Olek Ausschau. Überraschend entdecke ich ihn nun doch unter den Tanzenden, zwischen Lisa und Clemens und zwei anderen Mädchen. Seine Bewegungen sind wild, sein zerzaustes Haar fliegt ihm um den Kopf und wieder wundere ich mich über ihn: Woher kommt der plötzliche Stimmungsumschwung?

Lisa tanzt um ihn herum, dreht sich dabei um die eigene Achse und klatscht in die Hände. Sie lacht, lässt sich von seinen wilden Bewegungen anstecken, ihre blonden Locken wippen im Takt. Vielleicht kennt Lisa den Elf ja, denke ich und merke, wie erneut das Gefühl der Eifersucht in meinem Magen sticht.

Mit einem Mal werden Oleks Bewegungen langsamer. Das ist kein Tanzen mehr, sein Körper schwankt nur noch. Und plötzlich sinkt er wie vom Blitz getroffen in sich zusammen. Mit angehaltenem Atem beobachte ich, was passiert. Lisa und Clemens knien sofort neben ihm und helfen ihm wieder auf die Beine, sodass kaum jemand etwas von diesem Zwischenfall mitbekommt. Sie stützen Olek, führen ihn von den Tanzenden weg direkt auf mich zu und auf die freie Bank auf der anderen Tischseite.

Ich bin so überrumpelt, dass mir die Worte fehlen.

Die sonnengebleichten Haare hängen Olek wirr ins Gesicht, trotzdem erwische ich einen Blick in seine Augen. Er scheint weit weg zu sein, aber seine Pupillen sehen normal aus. Changierendes Funkeln. Erkennt er mich überhaupt wieder?

»Ist auch wirklich alles okay mit dir?«, fragt Clemens Olek besorgt und tätschelt seine Schulter.

»Ja, alles okay«, bringt Olek leise hervor. »Danke.«

»Ach komm, Clemens, der hat doch bloß zu viel getrunken«, Lisa ist ohne Zweifel genervt. »Das ist nicht unser Problem.«

Clemens schaut mich an. »Er ist plötzlich umgekippt, aber ich glaube nicht, dass er betrunken ist. Kannst du noch einen Moment ein Auge auf ihn haben?«

»Ja, klar«, stottere ich, völlig verdattert über Clemens Neumanns unerwartet fürsorgliche Seite.

Sichtlich erleichtert, die Verantwortung abgeben zu können, verschwindet Lisa wieder auf die Tanzfläche. Clemens wirft einen letzten Blick auf Olek, nickt mir zu und folgt Lisa.

Olek streicht sich die verschwitzten Haare aus der Stirn, die von kleinen Schweißperlen übersät ist. Er stützt den Kopf in beide Hände. Seine Rechte ist mit einem angegrauten Stück Stoff umwickelt, das nicht sehr appetitlich aussieht – aber ich bin zum Glück fertig mit meiner Suppe.

»Was war denn mit dir los?«

»Nichts. Alles gut.«

»Und was ist mit deiner Hand?«

»Geschnitten«, sagt er und lässt die Hand unter dem Tisch verschwinden. »Ist nicht schlimm.«

Tja, so ein Opinel ist sehr scharf, denke ich. »Bist du auch wirklich in Ordnung? Brauchst du Hilfe?«

»Alles ist gut.« Er versucht ein Lächeln, mein Elf.

Ich kann nichts dagegen tun: Dieses Lächeln jagt einen Stromstoß durch meinen ganzen Körper, von den Zehen bis zu den Haarwurzeln. Das Schönste an Olek sind seine Augen, sie schimmern wie grüngelbe Kiesel in einem Bach. Ich will mehr über ihn wissen, aber ein Blick zu Kai und mir wird klar, dass er mit gerunzelter Stirn zu uns herüberschaut.

Ich will nicht, dass Kai herkommt und eifersüchtige Sprüche vom Stapel lässt. Ich will nicht, dass er Olek begegnet, denn dieser Junge, wer auch immer er sein mag, gehört zu meinem Geheimnis.

»Meine Freunde suchen mich schon.« Ich stehe auf. »Ich würde dich gerne wiedersehen, aber du verrätst mir ja nicht, wo du wohnst.« Ich werfe die leere Plastikschüssel in den Abfalleimer und sehe ihn abwartend an. Olek sagt nichts und ich wende mich zum Gehen.

»Jola?«, höre ich ihn in meinem Rücken flüstern. Nur meinen Namen, doch mit solch einer traurigen Zärtlichkeit, dass ich weiche Knie bekomme und Mühe habe, normal zu atmen.

Erstaunt drehe ich mich um und sehe ihn an. Doch er sagt nichts mehr, schüttelt nur unmerklich den Kopf. Ich atme dreimal tief durch und gehe wieder zu den anderen.

»Wer war das denn?«, empfängt Kai mich in gereiztem Tonfall. Er ist tatsächlich eifersüchtig, ich habe es geahnt.

Ich drehe mich um und blicke zum Tisch zurück, doch dort sitzt niemand mehr. Achselzuckend spiele ich die Ahnungslose. »Ich weiß nicht. Er ist beim Tanzen plötzlich zusammengeklappt und Lisa und Clemens haben ihn zu mir an den Tisch gesetzt. Er war nicht sonderlich gesprächig.«

Kai schaut mich an, als wolle ich ihn auf den Arm nehmen.

Tilman fängt an zu lachen und klopft Kai auf die Schulter. »Na komm, Alter, das ist eine ziemlich geniale Ausrede, das musst du doch zugeben. Darauf muss man erst mal kommen. Wahrscheinlich hat Jola die blühende Fantasie von ihrer Mutter geerbt.«

Saskia kommt von der Tanzfläche zurück und lässt sich erschöpft auf die Decke fallen. »Oh Mann, das hat gutgetan«, seufzt sie. »Die Jungs sind unschlagbar mit ihren Instrumenten! Aber sag mal«, wendet sie sich im selben Atemzug an mich, »was war denn mit diesem Typen los, den Lisa und Clemens da bei dir abgeladen haben? Hat der ein paar Pillen zu viel eingeworfen?« Sie greift nach der Wasserflasche und trinkt in tiefen Zügen.

»Keine Ahnung, er hat es mir nicht verraten.« Ich werfe Kai und Tilman einen triumphierenden Blick zu. Von wegen *blühende Fantasie.*

Nachdem die Jungs von *Carpe Noctem* die Bühne geräumt haben, folgen Jimmy Glitschy, der einarmige Karusselbremser, und danach die Band *Hasenscheiße* aus Berlin, zu deren Musik alles tanzt, was Beine hat – sogar ich.

Inzwischen tummeln sich auch ein paar Leute aus Altenwinkel und Eulenbach auf der Lichtung, die nicht in erster Linie wegen der Musik, sondern vor allem wegen des Bierwagens und der Mädchen gekommen sind. Vermutlich ist der »Jägerhof« an diesem Samstagabend wie leer gefegt und Gernot Schlotter hat nichts zu tun. Ich entdecke die Grimmer-Brüder und sogar Karsten und Caroline Merbach. Wahrscheinlich haben sie einen Babysitter für den Abend. Auch Tobias Zacke ist da, mit Luzifer, der seinen Maulkorb trägt und einen harmlosen Eindruck macht.

Magnus steht schon seit geraumer Zeit vor der Bühne und bewegt sich wie ein Tanzbär, obwohl zurzeit gerade umgebaut wird und nur Musik aus der Konserve läuft. Eine Frau steht neben ihm und wiegt ihre Hüften. Als sie sich umdreht, erkenne ich Laura, die er heiraten wollte, bevor der Granatsplitter der Taliban seinen Verstand beschnitt. Sie sieht hübsch aus und gar nicht traurig. Sie neckt Magnus und er grinst schief. Die Jeans und das weiße Leinenhemd, das er trägt, stehen ihm richtig gut.

In der letzten Abendsonne steigt Phil Schoenfeldt, der Engländer aus Prag, mit seiner Band auf die Bühne. Melancholische Songs von dunkler, verwunschener Atmosphäre kommen aus den Boxen und ich finde, es ist die perfekte Untermalung für die hereinfließende Dämmerung. Doch nicht nur Schoenfeldts Musik erzeugt Gänsehaut. Nachdem die Sonne hinter den Baumwipfeln verschwunden ist, sinkt die Temperatur rapide und ich wünschte, ich hätte meine Jeans an und keine dünnen Strumpfhosen.

Plötzlich wird es schlagartig still und auf der Bühne herrscht Dunkelheit. Wie sich nach ein paar verwirrenden Minuten herausstellt, ist eine der drei Phasen der Zuleitung aus dem Dorf ausgefallen.

Gelächter und Gemurmel erfüllen die Dunkelheit. In Windeseile muss jemand gefunden werden, der an den Verteilerkasten im Dorf kommt, für eine halbe Stunde herrscht einiger Tumult auf dem Platz, bis das Problem behoben ist und die Musiker mit ihrem Song »Darkest Hour« weitermachen können.

Kai hat mir sein Sweatshirt geliehen, trotzdem friere ich und habe genug, aber er will auch noch die letzte Band hören. Nach einer weiteren halben Stunde gibt auch er auf. Mit meiner kleinen Taschenlampe treten wir den Heimweg an.

Kais Hand, die meine Hand hält, ist warm und noch vor ein paar Wochen hätte sie auch meine Seele gewärmt. Doch an diesem Abend gehört Kai nur meine Hand, während meine Gedanken sich in Oleks Lächeln sonnen und in seiner Stimme mit dem fremden Akzent, die meinen Namen flüstert.

Diesmal nehmen wir einen anderen Weg als gewöhnlich, der uns an einem raschelnden Maisfeld entlangführt, denn Kai will noch nach der zweiten Schafherde seines Vaters schauen. Ein Knacken aus dem Wäldchen hinter der Bühne lässt uns zusammenzucken. Kai schwenkt den Strahl der Taschenlampe in die Richtung, aus der das Geräusch kam. Auf einem schmalen Waldweg, halb verborgen hinter Sträuchern, steht ein kleiner Jeep, den ich sofort erkenne.

»Was macht der denn hier?«, rufe ich aus.

»Wer denn?«

»Das ist Trefflichs Jeep.«

»Wahrscheinlich sitzt er mit den anderen am Bierwagen und lässt sich volllaufen«, meint Kai.

»Aber ich habe ihn dort nicht gesehen, er wäre mir ganz bestimmt aufgefallen.«

»Mein Gott, Jola, du kannst den Typen nicht ausstehen und

denkst sofort etwas Verwerfliches, sogar wenn du nur sein Auto irgendwo stehen siehst.«

Ich lasse Kais Hand los, der letzte Rest Wärme verschwindet. »Ich wette, er läuft hier irgendwo mit seiner dämlichen Schrotflinte herum, erschreckt fremde Leute und fühlt sich großartig dabei.«

»Und wenn.« Kai greift wieder nach meiner Hand und zieht mich weiter. Wir lassen das Wäldchen und das Maisfeld hinter uns und kommen am Schafpferch vorbei. Die Tiere schlafen dicht zusammengedrängt. Kai leuchtet über den schlafenden Wollhügel und schwenkt den Strahl der Taschenlampe wieder auf den Weg.

»Vielleicht ist es ja Trefflich, der Alina auf dem Gewissen hat«, platze ich heraus, als wir das Gewächshaus der Gärtnerei passieren.

»Was?« Abrupt bleibt Kai stehen und entzieht mir seine Hand, als hätte er an einen Stromzaun gefasst. »Ich glaube, jetzt gehst du ein bisschen zu weit, Jola«, sagt er mit verständnisloser Stimme. »Was spinnst du dir da eigentlich zusammen in deinem Wald? Na gut, Hubert Trefflich ist ein alter Schluckspecht mit einer Schrotflinte. Aber deswegen ist er noch lange kein Mörder.«

»Er hat Kasimir erschossen.« Ich merke selbst, dass ich mich wie ein trotziges Kind anhöre, das Aufmerksamkeit will. Das eine zu blühende Fantasie hat.

Kai lacht. »Das weißt du gar nicht genau. Und außerdem: Kasimir war ein Reh, Jola. Auch dein Vater erschießt Bambis und kleine niedliche Frischlinge.«

Wo Kai recht hat, hat er recht, trotzdem hasse ich ihn in diesem Moment für das, was er sagt. *Wie er es sagt.* Ich laufe schneller, entlang des Bretterzauns vor Rudi Grimmers Grundstück, als direkt neben mir Biene anschlägt. Ich bin so erschrocken, dass ich einen gellenden Schrei ausstoße und einen Satz weg vom Zaun mache.

Das Bellen der Hündin klingt jähzornig, aber ich weiß, dass der Zaun an der Straße hoch genug ist. Immer wieder springt Biene gegen die Bretter, außer sich vor Wut.

»Sei still, du blöder Köter«, fauche ich. Eigentlich mag ich jedes Tier und diese Schäferhündin kann nichts dafür, dass sie so drauf ist, aber sie hat mich mörderisch erschreckt und ich bin sauer.

»Mann, hast du eine Laune«, bemerkt Kai kopfschüttelnd.

Ich laufe noch schneller. Als wir am Friedhof vorbei in die Dorfstraße biegen, sehe ich, dass bei Tante Lotta noch Licht brennt. Ein Geländewagen steht neben ihrem Van vor dem Haus. *STA* steht auf dem Nummernschild. Starnberg. Es ist Thomas' Wagen. Er ist schon wieder da. Vierhundert Kilometer für Sex. Also bahnt sich da tatsächlich etwas an. Meine Laune verschlechtert sich rapide, wenn das überhaupt noch möglich ist.

Als wir vor Kais Hoftor angelangt sind, habe ich mich noch immer nicht beruhigt: »Tschau ... ich finde alleine nach Hause.«

»Ich habe deiner Mutter versprochen, dass ich dich an der Haustür abliefere.« Auch Kai ist jetzt richtig genervt.

»Es sind keine zweihundert Meter, Kai. Glaubst du, ich werde mitten im Dorf gekidnappt?«

»Nein, aber Biene war ziemlich sauer auf dich, und wenn sie ein Schlupfloch findet, dann ... na ja, Grimmer sitzt mit seinem Bruder am Bierwagen und kippt ein Bierchen nach dem anderen, der wird dir jedenfalls nicht helfen.«

Blödmann. Ich schiebe die Hände in die Taschen meines geborgten Sweatshirts und trabe los. Als ich die Klinke zu unserem Hoftor herunterdrücke, sehe ich Kai in ein paar Metern Entfernung unter der Laterne auf der Straße stehen. Er ist mir gefolgt, er hat sein Versprechen gehalten. Kai hält immer seine Versprechen.

Im Hof springt der Bewegungsmelder an. Pa ist noch auf, er sitzt mit Paul auf der Couch und schaut sich im Fernsehen eine Dokumentation über den Yellowstone an. Vielleicht träumt er ja immer noch heimlich von einer Wildnis mit Bären und Wölfen.

Er gähnt. »Na, wie war's?«

»Total super. Aber es ist auf einmal ziemlich kalt geworden, und wenn man nicht pausenlos tanzt, erfriert man.«

»Das sind die Eisheiligen«, sagt Pa, »sie haben im Wetterbericht Nachtfrost angekündigt und deine Mutter hat Angst um ihre Bohnen.« Er hebt die Rechte mit der Fernbedienung und schaltet den Fernseher ab. Pauls Pfoten zucken. Er träumt, jagt Mäuse im Schlaf.

»Schlaf gut«, sage ich. »Ich bin müde.« Ich wende mich zum Gehen.

»Jola?«

Ich drehe mich um. »Ja?«

»Deiner Mutter geht es nicht gut. Dass Thomas von diesem toten Mädchen erzählt hat ... nun ja, das hat alles wieder aufgewühlt in ihr. Sie hat Angst um dich.«

»Sie hat immer Angst um mich, Paps.«

»Ja, ich weiß. Aber vielleicht kannst du sie ein wenig beruhigen.«

»Wie denn?«, frage ich. »Indem ich die ganze Zeit bei ihr zu Hause hocke?«

Pa zuckt resigniert mit den Schultern.

»Ma braucht eine Therapie.«

Er nickt, reibt sich das Gesicht mit den Händen.

Ich sage nichts mehr und gehe nach oben in mein Zimmer.

* * *

Laurentia, liebe Laurentia mein, wann wollen wir wieder beisammen sein?

So viele Prinzessinnen. Er hat sich nicht sattsehen können an ihrem fliegenden Haar, den Brüsten, den feuchten Lippen. Doch wo ist seine Zimtprinzessin? Sie bleibt verschwunden. Er hat etwas getan, etwas Schreckliches getan. Doch sosehr er sein Hirn auch anstrengt, es will ihm nicht einfallen.

Er weiß nur eins: Seine Zimtprinzessin ist fort. Sie ist unerreichbar für ihn. Aber ohne sie kann er nicht sein. Er braucht sie, braucht ihre Liebe.

Er braucht eine neue Zimtprinzessin.

So schwer kann das doch nicht sein. Sie sind so viele. Sie haben keine Angst, nicht einmal im Dunkeln. Er kann sie kichern hören. Eine davon wird es sein, eine, die ihn braucht. Sie wird sein neuer Engel sein. Er muss nur warten, warten auf seine Gelegenheit.

Laurentia, liebe Laurentia mein,
wann wollen wir wieder beisammen sein? Am Sonntag!
Ach, wenn es doch endlich schon Montag, Dienstag, Mittwoch, Donnerstag, Freitag, Samstag, Sonntag wär
und ich bei meiner Laurentia wär, Laurentia!

14. Kapitel

Es ist es schon fast neun, als ich am nächsten Tag wach werde. Nicht mal Erna Euchlers Hahn hat mich geweckt. Auch meine Eltern sind gerade erst aufgestanden. Ich kann mich nicht daran erinnern, wann ich das letzte Mal so lange geschlafen habe. Wir frühstücken und ich stelle überrascht fest, wie gut gelaunt sie an diesem Morgen sind. Vielleicht hatten sie ja guten Sex. Vielleicht sollte auch ich endlich mal guten Sex haben.

Heute ist Pfingstsonntag und nicht einmal Pa wagt es, am Tag des Brunnenfestes zu arbeiten. Seit Ostern haben Frauen und Männer der Altenwinkler Kirchgemeinde ausgeblasene Eier gesammelt und bunt bemalt. Gestern haben sie dann den Dorfbrunnen mit vier Birkenstämmen geschmückt und sie mit Eierketten verziert. Diese alte Tradition geht bis auf die Mönche zurück, die jedes Frühjahr den Laufbrunnen reinigten, damit das Wasser für Mensch und Tier sauber blieb. Oma Hermine hat dieses Fest geliebt und mich als Kind immer zum Eierbemalen in den Gemeinderaum mitgenommen. Seit sie gestorben ist, habe ich nicht mehr mitgemacht.

Am Nachmittag gehen Ma und Pa zum »Jägerhof«, wo im Biergarten der Rost brennt und die dorfeigene Blasmusikkapelle zum Pfingsttanz aufspielt. Ma hat ein hübsches Kleid an, weinrot, mit kleinen blauen Blüten. Sie tanzt für ihr Leben gerne, deshalb freut sie sich auf den Abend und war schon den ganzen Tag furchtbar aufgeregt.

Kai musste seinen Eltern tagsüber im Dorfladen helfen. Gestern (vor unserem Streit) haben wir ausgemacht, dass er mich gegen sieben abholt, damit wir zusammen zum Pfingsttanz gehen können. Ich habe mich hübsch gemacht für ihn, trage einen kurzen, glockenförmigen Rock und ein raffiniertes grünes T-Shirt mit Spitzenärmeln dazu – beides aus Saskias Fundus. Um halb acht ist er immer noch nicht da. Draußen ändert sich das Wetter. Wind kommt auf und weht Blätter und taube Fruchtstängel herein. Ich überlege, ob ich mich wieder umziehe. Als es endlich klingelt, ist es schon Viertel vor acht und meine Laune ist nicht mehr die beste. Ich reiße die Tür auf, setze an, Kai wegen seiner Verspätung Vorhaltungen zu machen – doch ich komme nicht dazu.

Kai steht auf den Eingangsstufen vor dem Haus, mit einer wilden Krone aus Blättern auf dem Kopf. »Ich bin der Laubkönig, meine Schöne«, sagt er mit verstellter Stimme. »Ich bin gekommen, um meine Pfingstbraut zu holen.«

Ich kann mir ein Grinsen nur schwer verkneifen. Nach altem Altenwinkler Pfingstbrauch bittet der Laubkönig die Eltern seiner Auserwählten, sie für zwei Tage im Dorf herumführen zu dürfen, um seine ernsthaften Absichten zu unterstreichen. Nur, dass meine Eltern gar nicht da sind und Kai das mit Sicherheit weiß.

»Da bin ich, mein König. Ich hole nur meine Jacke, dann können wir los.« Ich bin froh, dass er nicht mehr sauer auf mich ist. Er hat ja recht. Manchmal geht die Fantasie mit mir durch und ich spinne mir etwas zusammen.

Kai folgt mir ins Haus, die Tür fällt hinter ihm ins Schloss.

Als ich mich umdrehe, mustert er mich von oben bis unten und dann bekommt er wieder diesen Blick eines liebestollen Katers. Da weiß ich, was er wirklich will. Nicht herumführen, sondern verführen. Er küsst mich. Ich rieche den vertrauten Geruch der Schafwolle in seinen Kleidern, seinem Haar.

Kai schnappt meine Hand und zieht mich die Treppe hinauf. Kaum in meinem Zimmer, schließt er die Tür ab. »Für alle Fälle«, brummelt er und zaubert im gleichen Moment ein silbernes Kondompäckchen aus der Tasche. »Tadam.« Siegessicher funkeln seine Augen unter den Blättern hervor.

Ich muss wieder kichern. Kais Blätterkrone ist alles andere als sexy, aber irgendwie finde ich das auch süß. Es ist Kai, denke ich. *Dein Kai.* Der witzige, zärtliche Kai, der zuhören kann und Sinn für Kirschblütenschnee hat. Der niemals nachtragend ist, der deine Macken erträgt und immer zu dir hält.

Na gut, er interessiert sich nicht für Ödlandschrecken oder Raubwürger und Artenschutz ist ein Fremdwort für ihn. Aber hey, man kann schließlich nicht alles haben. Und der Sex? Übung macht den Meister, hat Tante Lotta gesagt. Mit wem soll ich in diesem Kaff schon üben, wenn nicht mit Kai?

Kurz leuchtet das Bild von Olek vor meinem inneren Auge auf, dem Elf mit den Kieselaugen, der mein Herz so in Aufruhr versetzt hat. Aber einmal mehr scheint er ein Wesen aus einer anderen Welt zu sein. Nicht wirklich, nicht erreichbar.

Kai nimmt seine Laubkrone vom Kopf und lässt sie auf den Boden fallen. Wieder küssen wir uns und er kommt ohne lange Umschweife zur Sache, während draußen der Wind immer heftiger an den Zweigen des Kirschbaumes zerrt. Als die Balkontür mit einem lauten Schlag gegen meinen Schreibtisch kracht, starren wir erschrocken nach draußen. Eine zweite Windböe weht abgerissene Blätter und kleine Zweige durch die offene Tür ins

Zimmer. Nur unwillig löst Kai sich von mir, tappt zur Tür und schließt sie.

Küssend schiebt er mich zum Bett, wo er mich mit sanftem Druck erst zum Sitzen und dann zum Liegen bringt. Alles, was er tut, kommt mir vor wie einstudiert. Er mimt den großen Verführer, aber ich spüre die Unsicherheit, die hinter seinem forschen Vorgehen lauert. Keine Ahnung, warum, aber ich lasse ihn um jeden Zentimeter Haut kämpfen.

Schließlich bin ich nackt, und als Kai sich aufsetzt, um seine Jeans auszuziehen, schlüpfe ich schnell unter meine Decke.

Alles im grünen Bereich, sagt mein Kopf. Es ist schließlich nicht dein erstes Mal. Meine Hände streichen fahrig über seinen Rücken. Kais Körper ist mir vertraut und trotzdem fühlt sich das Ganze nicht richtig an. Etwas fehlt. Es wird niemals richtig sein. Ich komme mir unehrlich vor, als sei mit ihm zu schlafen eine wortlose Lüge.

Warum spürt er es nicht?, denke ich. Verdammt. Ich sollte in diesem Moment nicht denken, aber ich kann nichts dagegen tun. Warum merkt er nicht, dass ich mit meinen Gedanken ganz woanders bin?

Weil er dich liebt, Jola. Weil er *nicht* denkt.

Plötzlich fliegt etwas mit lautem Krachen gegen die Scheibe der Balkontür. Unsere Körper fahren auseinander, wir sitzen mit aufgerissenen Augen im Bett und lauschen. Vielleicht war das Paul – er hasst es genauso wie ich, wenn die Tür verschlossen ist, und dann springt er manchmal dagegen. Aber nichts rührt sich auf dem Balkon und der Schlag, der war zu hart für einen weichen Katzenkörper.

Kai schlüpft in seine Shorts und öffnet die Tür – mein tapferer Ritter. Ich folge ihm, in meine Decke gewickelt.

»Nur ein abgebrochener Ast«, sagt er. »Der Wind wird ihn heruntergerissen haben.«

Ich schaue nach draußen auf den Kirschbaum. Der Wind hat nachgelassen, die Blätter bewegen sich kaum noch. Es hat angefangen, leise zu regnen.

Kai versetzt dem Ast einen Fußtritt und kommt ins Zimmer zurück.

»Ich habe einen Schatten gesehen!«, sage ich hastig.

»Du spinnst, Jola.« Kai lacht. Es ist diese Art Lachen, die er ausstößt, wenn er unsicher ist. Kai weiß, dass ich mich nicht vor Schatten fürchte. »Du willst doch bloß kneifen.«

Der ungeschminkte Vorwurf in seinem Blick setzt mir zu, ich komme mir schäbig vor. Doch ich will nicht mit ihm ins Bett zurückkriechen. Jetzt nicht mehr. Dieser Ast ist ein Zeichen. Es ist definitiv falsch, was wir da begonnen haben. Das mit Kai und mir, mit der Liebe, dem Häuschen und den drei Kindern wird nicht funktionieren, dessen bin ich mir auf einmal vollkommen sicher. Aber ich bringe es nicht über mich, ihm das zu sagen.

Stattdessen beginne ich, mich wieder anzuziehen. »Ich kann nicht, okay?«

»Ich kann nicht heißt: Ich will nicht.«

»Es tut mir leid, Kai.«

Kai Hartung kennt mich gut genug, um zu wissen, wann Überredungsversuche bei mir nicht fruchten. Mit einem unglücklichen Kopfschütteln gibt er sich geschlagen. »Kommst du wenigstens noch eine Weile mit in den ›Jägerhof‹?«

»Ja, klar«, antworte ich. Obwohl ich auch keinen Bock mehr auf Pfingsttanz habe, schlüpfe ich wieder in meine geborgten Stiefel. Ich kann Kai nicht auch noch den Pfingsttanz verweigern.

Feiner, kalter Nieselregen fällt, als wir unter Pas großem

schwarzem Schirm durchs Dorf zum Wirtshaus laufen. Die Eisheiligen werden uns ein paar kühle und unbeständige Tage bescheren. Kai hält den Schirm, ich habe mich bei ihm untergehakt. Während des ganzen Weges sagt keiner von uns beiden ein Wort.

Im Schankraum des »Jägerhofes« ist die Luft zum Schneiden, denn ein Rauchverbot gibt es bei Gernot Schlotter nicht. Der Wirt hat die senfgelbe Faltwand zum kleinen Saal geöffnet, wo die Blaskapelle auf der kleinen Bühne gerade *Laurentia mein* spielt. Alle singen mit, gehen beim Refrain in die Knie, ausgelassen wie Kinder. Ma und Pa sind auch dabei. Die Wangen meiner Mutter glühen, einige Haarsträhnen haben sich aus ihrem Pferdeschwanz gelöst. Sie hat nur Augen für Pa.

Die Wirtsleute haben alle Hände voll zu tun. Gernot zapft ein Bier nach dem anderen, Liane schenkt Wein aus und Hochprozentiges. Ihre Tochter Uta, die Referendarin mit der Prinz-Eisenherz-Frisur, ist auch da und hilft ihren Eltern. Ich lasse meinen Blick durch den Saal schweifen, halte Ausschau nach Saskia und Max.

Nicht lange und ich merke, wie einige Leute anfangen, hinter vorgehaltener Hand zu tuscheln. Überzeugt davon, dass es etwas mit meinem für sie ungewohnten Outfit zu tun haben muss, grüße ich freundlich. Freundlich zu sein, ist immer gut, lautete ein beliebter Spruch von Uroma Mine.

Kai hat Saskia und Max in einer Ecke des Saales entdeckt, die weit genug entfernt ist von der Blaskapelle. Er schnappt mich am Arm und zieht mich in ihre Richtung.

»Ich hole uns schnell noch was zu trinken«, rufe ich ihm zu. »Willst du ein Bier?«

Er nickt und bahnt sich einen Weg zu den anderen, während ich mich zur Theke durchschlage, wo ich ein Bier und ein Glas

Rotwein bestelle. Gernot zapft ununterbrochen Bier, Schaum fließt in Strömen, aber nach zehn Minuten stehe ich immer noch ohne meine Getränke an der Theke. Jeder, der nach mir gekommen ist, hat längst seine Bestellung.

Schließlich wedele ich Gernot mit einem Zehn-Euro-Schein vor der Nase herum. »Jetzt bin ich aber erst einmal dran.«

Doch Schlotter ignoriert mich weiter. Ein unbehagliches Gefühl beschleicht mich, ich weiß nicht, wie ich mich verhalten soll. So etwas ist mir noch nie passiert. Hat er auf einmal etwas gegen mich?

Nach einem weiteren vergeblichen Versuch wird aus meiner Verwirrung Trotz. Ich merke, dass ich hier verschwinden muss, bevor ich etwas sage, das ich später bereue. Doch unvermittelt fertigt mich Gernot ab. Er knallt ein Bier auf den Tresen, dass es schwappt, und ich bekomme meinen Rotwein in einem schmuddeligen Glas. Wortlos kassiert er ab, gibt bis auf Heller und Pfennig heraus. Als ich mich mit meinen Getränken umdrehe, stehen meine Eltern vor mir. Ma lächelt mich an.

»Jola«, sagt sie, »seid ihr also doch noch gekommen.«

»Ja, wir sitzen dort hinten in der Ecke, bei Sassy und Max.«

»Trink nicht so viel, ja?«

»Nur den einen«, sage ich.

Pa geht zum Tresen und bestellt zwei Bier. Mir wird klar, dass ich meine Getränke nur bekommen habe, weil hinter mir meine Eltern im Anmarsch waren. Als ich mir zwischen den Tischen und Stühlen hindurch einen Weg zu Kai und den anderen bahne, zischt es neben mir: »Nestbeschmutzerin.«

Abrupt bleibe ich stehen. Das war Erna Euchler, die Eier-Tante, unsere Nachbarin. Mit Achim Roland, seiner Frau und mit Willi Schlotter, dem alten Wirt, sitzt sie an einem Tisch.

Bin ich gemeint? Ja – so wie die Euchler mich anschaut, mit ihrem schiefen Hennenblick. Auch der alte Schlotter betrachtet mich mit verkniffenem Gesicht. Durch irgendetwas bin ich bei einigen Dorfbewohnern in Ungnade gefallen. Doch bevor ich dem Ganzen auf den Grund gehe, will ich erst einmal Saskia und Max Hallo sagen und meinen Rotwein trinken.

Ich gehe weiter, bin schon fast an ihrem Tisch angelangt, als Benni Maul, der Enkel der alten Euchler, mir in die Seite läuft und ich einen Schwapp Bier und den halben Wein verschütte. Das meiste vom Rotwein landet auf meinem T-Shirt und in meinem Ausschnitt. Verdammt.

»He, hast du keine Augen im Kopf?«

»Hoppla.« Mit einem hinterhältigen Grinsen schiebt Benni seinen Bauch in Richtung Tanzfläche. Keine Entschuldigung. War das etwa Absicht?

»Arschloch«, flüstere ich ihm hinterher.

Total verunsichert stelle ich die beiden halb vollen Gläser auf dem Tisch ab.

»Tut mir leid, Sassy«, stammele ich. »Ich hoffe, der Rotwein geht wieder raus. Das war Absicht ... das war Benni ... der Idiot.«

Saskia fischt in ihrer Tasche und reicht mir ein Päckchen Papiertaschentücher. »Na, wer war es denn nun?«, fragt sie grinsend. »Absicht oder Benni?«

Das ist ihre Art, mich aufzuheitern, aber diesmal funktioniert es nicht.

»Die spinnen doch alle«, schimpfe ich, während ich meinen Ausschnitt trocken reibe. »Schlotter hat mich beim Ausschank komplett ignoriert, die Eier-Euchler hat mich ›Nestbeschmutzerin‹ genannt und Benni schüttet mir meinen hart erkämpften Rotwein in den Ausschnitt.«

»Tja«, meint Saskia mit einem Achselzucken, »willkommen hinter der Fassade der Scheißidylle von Altenwinkel.«

Ich schnappe mir das halb volle Glas Rotwein, leere es in einem Zug und sehe einen nach dem anderen fragend an. »Was, verdammt noch mal, ist hier eigentlich los?«

»Was soll schon los sein?« Kai ist genervt. »Gernot hat Stress, die Euchler spinnt und Benni Maul ist ein Trampel, das wissen wir doch alle.«

Saskia wirft Kai ihren Das-glaubst-du-doch-selber-nicht-Blick zu. »Tja«, sagt sie, »so ist das eben auf dem Dorf. Wenn man etwas macht, das den Leuten nicht passt, bekommt man es zu spüren.«

»Was habe ich denn Furchtbares verbrochen?«, frage ich entgeistert. »Einen Rock angezogen?«

»Du kapierst es nicht, oder?« Saskia schüttelt den Kopf. »Das hat eindeutig was mit Marie Scherers Zeitzeugenbericht und der Geschichte von dem gemeuchelten Soldaten zu tun.«

»Was?« Ich kapiere tatsächlich nichts mehr. »Wieso das denn?« Ungläubig sehe ich Saskia an, dann wandert mein Blick zu Kai, der auf die klebrige weiße Wachstuchtischdecke starrt.

»Na, ist doch klar wie Kloßbrühe«, sagt Saskia. »Referendarin Uta Geppert, geborene Schlotter, sitzt in der Prüfungskommission, die unsere Projektarbeit abnimmt. Das war am Donnerstag. Zu Pfingsten kommt sie nach Altenwinkel, um ihren Eltern in der Kneipe zu helfen, und erzählt ihnen brühwarm, was du von Marie erfahren und aufgeschrieben hast. Der alte Schlotter hat damals den toten Ami gefunden und ist mit ein paar Männern zur Scheune gelaufen, in der der Pole schlief. Vielleicht war er gar nicht weg, als sie ankamen. Vielleicht haben sie ja kurzen Prozess mit ihm gemacht.«

»Und nun bin ich die Böse, die die Leiche aus dem Keller geholt hat?« Ich schlucke.

»Unser schönes Dorf – eine Mördergrube«, bemerkt Max, der zwei leere Biergläser vor sich stehen hat und schon Einiges intus zu haben scheint.

»Anscheinend glaubst du immer noch, dass in Altenwinkel nur freundliche Menschen wohnen.« Saskia schüttelt den Kopf. »Träum weiter, Jo.«

»Kai?« Ich blicke zu ihm, in der Hoffnung, dass er gleich eine seiner blöden Verrenkungen macht und uns mit einem Witz zum Lachen bringt.

Fehlanzeige. Lahm hebt er die Schultern. »Kann schon sein, dass Sassy recht hat. Ich hab euch ja gleich gesagt, lasst die Finger von der Geschichte.«

Na toll. Dicke Rauchschwaden ziehen durch den Saal, die Luft ist verbraucht und die Blaskapelle spielt: *So ein Tag, so wunderschön wie heute ...*

»Ihr seid erledigt«, meldet sich Max. »Ihr habt das Gesetz der drei V gebrochen.«

»Wie?«, fragen Saskia, Kai und ich aus einem Munde.

»Vorbei, vergessen, Vergangenheit. Das Gesetz der drei V. Die typische Verdrängungsmentalität der Nachkriegsgeneration.«

Saskia und ich verdrehen beide die Augen.

»Ich wusste gar nicht, dass Benni Maul zur Nachkriegsgeneration gehört«, sage ich schließlich. Saskia kichert und auch die beiden Jungs grinsen.

Kurz darauf verlassen wir vier den Saal, denn keiner von uns hat noch Lust, länger zu bleiben. Meine Blase meldet sich. Als ich von der Toilette komme, laufe ich im dunklen Gang des Wirtshauses dem alten Willi Schlotter in die Arme.

»Sie lügt, die Polackenhure«, krächzt er und seine hässlichen Worte enden in einem Hustenanfall.

Ich will nur noch weg.

Polackenhure? Meint Willi damit Marie Scherer? War sie damals nicht in den jungen schwarzen Soldaten, sondern in Tomasz verliebt? Auf diesen Gedanken bin ich überhaupt nicht gekommen.

Heute Nacht werde ich es nicht mehr herausfinden, also versuche ich, mich mit Jack Londons »Wolfsblut« abzulenken.

Als meine Eltern gegen Mitternacht nach Hause kommen, lese ich immer noch. Ich höre Schritte im Flur, gleich darauf klopft es leise an meiner Zimmertür. »Jola, darf ich reinkommen?«

Da steht Ma auch schon in meinem Zimmer. Sie setzt sich zu mir aufs Bett. Ihre Kleider stinken nach Kneipe und ihre rechte Wange ist gerötet, aber ihre Augen leuchten noch immer.

»Na, da habt ihr ja ganz schön für Aufregung im Dorf gesorgt mit eurem brisanten Zeitzeugenbericht«, sagt sie.

Ich lege mein Buch zur Seite. »Die alte Euchler hat mich als Nestbeschmutzerin beschimpft. Die Eier wirst du in Zukunft selber holen müssen, ich gehe da nicht mehr hin.«

»Die Gemüter werden sich auch wieder beruhigen, Jola. Das Ganze ist doch ewig her und längst Geschichte.«

»Das dachte ich auch«, bemerke ich frustriert. »Hat Oma Mine dir eigentlich nie etwas von diesem toten Soldaten und dem Polen erzählt? Und Opa August, was war mit dem? Hat er vielleicht mit Pa darüber gesprochen?«

Ma schüttelt den Kopf. »Nein. Über solche Dinge wurde nicht geredet. Niemand tat das. Alles, was den Krieg betraf, wurde totgeschwiegen.«

»Die Leute aus dem Dorf haben damals alle zusammengehalten und einen Mörder gedeckt. Sie wollten einen unschuldigen Fremden ans Messer liefern. Vielleicht haben sie den Polen ja umgebracht, damit er keine Chance hatte, seine Unschuld zu beweisen.«

»Das kannst du doch gar nicht so genau wissen.« Ma streckt die Hand aus und streicht mir übers Haar. »Unsere Erinnerungen führen uns gern hinters Licht, Jola. Besonders bei erinnerten Gefühlen, die sehr zu Herzen gehen, bewegt man sich auf dünnem Eis. Unser Gehirn webt sich etwas aus Realität und Fiktion zusammen, weil sich das Geschehene so besser verarbeiten lässt. Aber wir glauben felsenfest, dass es sich so und nicht anders zugetragen hat.«

»Willst du damit sagen, dass Marie gelogen hat?«

»Nein.« Ma schüttelt den Kopf. »Ich will dich nur darum bitten, dass du offen bleibst. Schwarz-Weiß-Denken bringt dich nicht weit.«

»Das werde ich.«

»Dann schlaf gut – und mach dir nicht zu viele Gedanken, ja.«

Das ist leicht gesagt.

»Ma?«

»Ja?«

»Deine Wange ist ganz rot. Hast du wieder Zahnschmerzen?«

»Ja, der blöde Weisheitszahn muckert wieder.«

»Du musst endlich zum Zahnarzt.«

»Ich weiß.«

Nachdem meine Mutter die Tür hinter sich geschlossen hat, knipse ich das Licht aus und starre durch das Viereck in den Nachthimmel, wo kein einziger Stern zu sehen ist. Es hat wieder angefangen zu regnen, die Tropfen drippeln aufs Fensterglas.

Mas Worte von der trügerischen Erinnerung gehen mir nicht

aus dem Sinn. Ich sehe die von der Vergangenheit aufgewühlte Marie vor mir und frage mich, ob die Erschütterung im Herzen der alten Frau noch eine tiefere Ursache hatte als ihre Erinnerung an eine unaussprechlich schlimme Zeit.

Ich muss unbedingt noch einmal zu Marie und Agnes. Ich muss die beiden Frauen warnen, damit der Groll des Dorfes sie nicht völlig unvorbereitet trifft, so wie mich heute Abend im »Jägerhof«.

Gegen drei liege ich immer noch wach und lausche dem Regen. Noch vor ein paar Wochen hat das Warten mich verrückt gemacht, habe ich mich eingesponnen gefühlt wie in einem Kokon. Jetzt habe ich auf einmal eine ganze Reihe von Problemen am Hals und fühle mich ihnen schutzlos ausgeliefert.

Offensichtlich gefällt es ein paar Leuten aus dem Dorf ganz und gar nicht, dass ich mit einer alten Frau über ihre Erinnerungen gesprochen und sie aufgeschrieben habe. Es besteht die ungeheuerliche Möglichkeit, dass Martin Sievers Alina gar nicht getötet hat und ihr wahrer Mörder immer noch frei herumläuft. Ich bin dabei, meinen besten Freund zu verlieren. Irgendwo in meinem Wald zieht eine wilde Wölfin ihre Jungen auf. Und da ist Olek, der ein Geheimnis hat, das ich gerne kennen würde, und dessen Lächeln mein Herz Purzelbäume schlagen lässt.

Plötzlich steht das, worauf ich gewartet habe, klar und deutlich vor meinen Augen. Ich ziehe mir die Decke über die Ohren und wünsche mich in die warme Sicherheit meines Kokons zurück. Wenigstens für eine Nacht.

* * *

Laurentia, liebe Laurentia mein. Heute wollte ich mit dir zusammen sein.

Er hat die Tür gefunden, die Tür zum Feenreich. Doch sie war nicht da, seine Zimtprinzessin. Sie hat ihn verlassen, das ist schon eine Weile her. Sie ging in den Wald, ihn zu suchen. Und dann war da so viel Blut und sein Kopf, oh, sein Kopf – diese wilden Schmerzen.

Das Feenreich ist leer. Ich warte auf dich.

Laurentia, liebe Laurentia mein, bald werden wir wieder beisammen sein.

15. Kapitel

Am nächsten Morgen, es regnet immer noch, sitzt Ma mit dicker Backe und Zahnschmerzen am Frühstückstisch. Der Weisheitszahn macht ihr schon seit geraumer Zeit Ärger, aber Ma hat Angst vorm Zahnarzt und schiebt den dringend notwendigen Besuch immer wieder auf. Auch heute bekämpft sie die Schmerzen mit Tabletten und verkriecht sich in ihrem Schreibzimmer. Pa verzieht sich ebenfalls, in sein Büro, um Papierkram zu erledigen.

Eine Weile sitze ich auf meinem Balkon im Schaukelstuhl, schaue dem Regen zu und hänge meinen Gedanken nach. Das seltsame Verhalten der Dorfbewohner und besonders die Bemerkung des alten Willy Schlotter lassen mir keine Ruhe.

Bin bei Marie Scherer, schreibe ich schließlich auf einen Zettel und deponiere ihn unten auf dem Küchentisch. Ich ziehe meine Regenjacke über und mache mich auf den Weg.

Nach dreimaligem Klingeln öffnet Agnes endlich die Tür. Sie ist überrascht, mich zu sehen. Vermutlich haben sie und ihre Mutter noch gar nichts vom Unmut der Dorfbewohner mitbekommen.

»Ich muss mit Ihnen sprechen … wegen Maries Geschichte von diesem toten Amerikaner. Es ist dringend.«

Agnes lässt mich ein und führt mich in eine kleine gemütliche Küche mit einer modernen Küchenzeile, einem schönen alten

Küchenschrank und Kräutertöpfen in den Fenstern, die von Tante Lotta stammen. Offensichtlich ist sie gerade dabei, Mittagessen vorzubereiten, denn auf dem Küchentisch liegen ungeschälte Kartoffeln, Zwiebeln und Karotten.

»Zieh erst einmal deine nasse Jacke aus, ja? Ich koche uns einen Tee.« Sie nimmt mir die Jacke ab und hängt sie über eine Stuhllehne.

»Wie geht es Marie?« Ich setze mich auf die Küchenbank.

Agnes füllt den Wasserkocher auf und stellt ihn an. »Nicht so gut«, antwortet sie. »Die Geister der Vergangenheit verfolgen sie in den Nächten. Und es sind die Nächte, die darüber entscheiden, ob die Tage gut sind.«

Ich warte, bis Agnes einen dampfenden Becher Tee vor mich auf den mit Kerben und Kratzern übersäten Tisch stellt. »Danke.«

Agnes setzt sich auf einen Küchenstuhl. »Na, gibt es irgendwelche Probleme mit eurem Projekt?«

»Nein, die Präsentation ist prima gelaufen. Aber ...«

»Aber?« Fragend schaut Agnes mich an. »Was ist passiert?«

»Uta Schlotter, jetzt Geppert, die Tochter vom Wirt, die ist Referendarin an unserer Schule und ... na ja, sie saß in der Prüfungskommission. Sie muss ihren Eltern von der ganzen Geschichte erzählt haben und ...« Ich zucke hilflos die Achseln.

»Nun macht *die Geschichte* im Dorf die Runde und ein paar Leute sind empört«, hilft mir Agnes aus der Klemme.

»Ja.«

»Damit habe ich gerechnet.«

Überrascht blicke ich ihr in die Augen. »Gestern im ›Jägerhof‹, zum Pfingsttanz ... Erna Euchler hat mich als Nestbeschmutzerin beschimpft und Willy Schlotter hat ... er hat behauptet, Marie lügt.«

»So, hat er das?« Agnes mustert mich eindringlich. »Der alte Schlotter gehörte nicht zu den Guten, Jola. Was hat er denn genau gesagt?«

Ich presse die Lippen zusammen und schüttele den Kopf. Ich bringe es nicht fertig, ihre Frage zu beantworten.

»Mensch Mädchen, du hast neben meiner Mutter gesessen, du hast ihre Stimme gehört und ihr in die Augen gesehen. Glaubst du wirklich, sie hat sich das alles ausgedacht? Warum sollte sie das tun?«

»Nein, ich glaube nicht, dass sie sich das ausgedacht hat. Aber meine Mutter sagt ... sie sagt, Erinnerungen können trügerisch sein ... das Gedächtnis, es spielt uns Streiche.«

Agnes erwidert nichts. Sie nippt an ihrem Tee. Man sieht ihr an, dass sie in ihrem Inneren einen Kampf mit sich austrägt. Schließlich steht sie auf, verlässt die Küche und kommt nach ein paar Minuten mit einem alten, kaum fingerdicken Schulheft zurück.

»Das ist das Tagebuch meiner Mutter, das sie damals geführt hat. Da steht alles drin, schwarz auf weiß. Deshalb kannst du dir sicher sein, dass ihre Erinnerungen den Tatsachen entsprechen.«

Vor Scham würde ich am liebsten in Grund und Boden versinken. Wie habe ich auch nur eine Sekunde an Maries Geschichte zweifeln können?

»Verstehe.« Ich will nur noch weg.

Doch Agnes hält mich am Arm fest. »Nein, bleib sitzen.«

Sie schlägt das Tagebuch auf, blättert in den vergilbten Seiten und beginnt zu lesen: »Tomasz kann immer noch nicht glauben, dass er die Hölle überlebt hat, dass er etwas Warmes zu essen im Bauch hat. Er ist so dankbar für meine Berührungen. Er ist verlaust, hat Geschwüre auf dem Kopf, die Haut hängt ihm faltig am ausgemergelten Leib, aber ich liebe ihn.«

Mir stockt der Atem. Marie und der junge Pole waren ein Liebespaar. Das ändert alles.

»Sie ... Sie müssen das nicht tun«, stammele ich. »Ich meine, dieses Tagebuch, das ist sehr persönlich, und ...«

»Schon gut, Jola, für meine Mutter ist das in Ordnung. Sie will, dass das Tagebuch nach ihrem Tod dem Museum in Arnstadt übergeben wird. Und sie hat bestimmt nichts dagegen, dass ich dir ein paar Stellen daraus vorlese. Sie vertraut mir. Und sie vertraut dir. Du hast einen sehr guten Bericht geschrieben, weißt du. Du hast aufgeschrieben, was war, und niemanden beschuldigt. Du hast nicht gewertet. Das hat mir gefallen.«

Tränen sammeln sich in meinen Augen, schnell wische ich sie mit dem Handrücken weg.

»Viele Jahre über den Tod meines Stiefvaters hinaus hatte ich keine Ahnung, dass Helmut Scherer nicht mein richtiger Vater war«, erzählt Agnes. »Doch dann fand meine Tochter Brigitta beim Herumstöbern auf dem Dachboden dieses Tagebuch und las es heimlich. Brigitta hätte das nicht tun dürfen, aber sie war jung und neugierig. Sie kam damit zu mir, empört, verwirrt und verunsichert. Ich glaubte ihr das, was sie erzählte, denn es erklärte vieles. Wir legten das Tagebuch dorthin zurück, wo Brigitta es gefunden hatte, und ich nahm ihr das Versprechen ab, der Oma nichts von ihrem Fund zu erzählen. Aber auch mich ließ nicht mehr los, was ich erfahren hatte. Also holte ich das Tagebuch einige Tage später wieder hervor und las es ebenfalls.«

Sie schlägt ein paar Seiten um und beginnt erneut zu lesen: »Ich bin so glücklich, dass der Krieg endlich vorbei ist und die Amerikaner im Dorf sind. David, ein rabenschwarzer GI, hat mir heute wieder Schokolade geschenkt. Und er hat mir schöne Augen gemacht. Ich glaube, er mag mich, aber ich liebe Tomasz. Wir treffen uns heimlich in der Höhle. Mit meinem Liebsten habe ich die köstliche amerikanische Schokolade geteilt.«

Verschämt wende ich den Blick ab und schaue aus dem Fenster in den strömenden Regen. Marie Scherer und dieser polnische Junge waren damals kaum älter als Kai und ich – daran muss ich unaufhörlich denken.

»Was dann passiert ist, weißt du ja bereits«, sagt Agnes. »Mutter wusste, dass Tomasz den jungen schwarzen Soldaten nicht getötet haben konnte, weil sie die ganze Nacht mit ihm zusammen war. Aber, abgesehen davon, dass sie im Dorf als Polackenhure dagestanden hätte (ich zucke zusammen, als sie das Wort sagt), hätte ihr das natürlich keiner geglaubt, denn schließlich war Tomaszs Messer die Tatwaffe. Jemand hatte es ihm gestohlen und damit die feige Tat begangen. Marie war schwanger mit mir und irgendwann konnte sie es nicht mehr verbergen vor ihrer Mutter.«

Stumm sehe ich Agnes an, kann das »Oh« gerade noch herunterschlucken. *Agnes Scherer ist Tomasz Kaminskis Tochter.*

»Ihre Eltern setzten ihr so lange zu, bis sie Helmut Scherer heiratete, einen jungen Kriegsheimkehrer, der an der Front ein Bein verloren hatte.«

Wieder blättert Agnes und liest: »Helmut ist ein guter Mann, aber sehr still. Zu still. Er hat mich nie gefragt, wer Agnes' Vater ist. Obwohl ich nun verheiratet bin, sitze ich noch oft in der Höhle und hoffe darauf, dass Tomasz zurückkehren und mich holen wird.« Agnes räuspert sich. »Nun, Mutter wartete vergebens. Er kam nie.«

Die Trauer, die aus den Worten in Maries Tagebuch spricht, ist so lebendig, dass ich Mühe habe, nicht in Tränen auszubrechen. Ich weiß jetzt, dass Agnes Scherer die Tochter eines polnischen

Zwangsarbeiters ist. Doch wer den schwarzen GI auf dem Gewissen hat und wer Tomasz damals ans Messer liefern wollte, weiß ich noch immer nicht.

Mit großer Wahrscheinlichkeit war der Mörder des amerikanischen Soldaten unter den Männern, die mit dem Wirt zur Scheune zogen.

»Ich bin im Schweigen um all diese Dinge aufgewachsen, Jola. Gefühle, die waren tabu zwischen meinen Eltern und mir. Über das, was war, wurde nicht gesprochen. Helmut ... er war mir zeit seines Lebens ein guter Vater.« Ein dankbares Lächeln huscht über Agnes Gesicht. »Aber manchmal, da hat er mich so seltsam angesehen, als würde er mich nicht verstehen können. Nachdem ich Mutters Tagebuch gelesen hatte, wusste ich endlich, warum.«

Ich trinke den letzten Schluck von meinem Tee und begreife plötzlich noch etwas. »Ihre Tochter Brigitta, ist sie deshalb nach Polen gegangen? Wegen all der Sachen, die sie herausgefunden hat?«

»Ja. Nachdem sie das Tagebuch gelesen hatte, war sie wütend auf ihre Oma und auf das ganze Dorf. Sobald sie volljährig war, reiste Brigitta nach Polen, um nach ihrem Großvater zu suchen, obwohl meine Mutter annahm, dass er mit großer Wahrscheinlichkeit Deutschland nicht lebend verlassen hatte. Auf ihrer Suche lernte sie Marck kennen und lieben. Brigitta ist in Polen geblieben und die beiden haben geheiratet.«

»Hat sie Tomasz gefunden?«

»Nein. Mein Vater gilt als verschollen.«

»Verschollen?«, rufe ich enttäuscht aus. »Er hat es also nicht nach Hause geschafft.« Diese Nachricht trifft mich. »Dann haben die Männer ihn doch umgebracht.«

»Nein, Jola. Entgegen den Vermutungen meiner Mutter hat

Tomasz es rechtzeitig geschafft, aus der Scheune zu fliehen. Er kehrte zurück in seine Heimatstadt Zary, wo er heiratete und später zur Armee ging und Berufssoldat wurde. Zwanzig Jahre nach seiner Flucht, im Oktober 1965, kam er mit einer polnischen Fallschirmjägereinheit zum »Manöver Oktobersturm« erneut nach Thüringen. Von diesem Manöver ist er nie zurückgekehrt. Im Frühjahr darauf wurde seine Tochter Ewa geboren, meine Halbschwester, die genauso wie ich ihren Vater nie kennengelernt hat.«

Ich schnappe nach Luft. »Aber was ist denn mit ihm passiert? Gab es bei diesem Manöver einen Unfall?«

»Nein, das ist ja das Merkwürdige daran. Er ist einfach verschwunden. Als Brigitta mir davon berichtete, habe ich ein wenig nachgeforscht und herausgefunden, dass man ihn zuletzt angeblich auf einem Rummelplatz in Ohrdruf gesehen hat, wo die Truppen sich nach den Übungsgefechten mit der Bevölkerung vergnügen sollten. Du wirst es nicht glauben, aber ich war damals auch auf diesem Rummel. Wenn ich geahnt hätte, dass ...«, sie schüttelt den Kopf. »Auf jeden Fall ist mein Vater nie wieder aufgetaucht.«

Mein Herz klopft schneller. »Vielleicht war der Mörder des amerikanischen Soldaten auch auf dem Rummel. Er hat Tomasz wiedererkannt und befürchtet, dass er zurückgekommen ist, um die Wahrheit ans Licht zu bringen. Vielleicht ist der Mann mit der schwarzen Seele zwanzig Jahre später noch einmal zum Mörder geworden.«

»Vielleicht«, sagt Agnes, »vielleicht aber auch nicht, das wird für immer ein Geheimnis bleiben.« Sie erhebt sich. »Und jetzt entschuldige mich, Mädchen, ich muss nach meiner Mutter schauen.«

Beim Hinausgehen bleibt mein Blick an einem Foto von einer vierköpfigen Familie hängen, das im Sprossenfenster des alten Küchenschrankes steckt: eine junge blonde Frau, ein dunkelhaariger bärtiger Mann, ein kleines Mädchen mit langen blonden Locken und ein etwa vierzehnjähriger schmächtiger Junge mit großen Augen, der den Arm um den Hals der Frau gelegt hat. Alle vier lächeln in die Kamera.

»Sind das Ihre Tochter und Ihre Enkelkinder?«

Ein Schatten verdunkelt Agnes' Blick. »Alexander und Kamila, ja.« Sie verlässt die Küche, ich folge ihr durch den engen Flur nach draußen. Offensichtlich will sie nicht über ihre Enkelkinder sprechen und ich erinnere mich daran, dass Kai etwas von einem Unfall erzählt hat. Besser, nicht weiter nachzufragen.

Bevor ich in den Regen hinaustrete, sage ich: »Ich hoffe, es hat für Sie und Ihre Mutter im Dorf keine Folgen, dass Sie mit mir gesprochen haben.«

Agnes verschränkt die Arme vor der Brust. »Nimm dir das mal nicht so zu Herzen, Jola. Wenn die Leute dummes Zeug reden, hör einfach weg. Außerdem erhitzt der mysteriöse Dieb gerade die Gemüter, deshalb werden sie diese alte Geschichte schon bald wieder vergessen haben. «

»Der Dieb? Fehlen denn immer noch Sachen?«

»Oh ja. Fast jedem im Dorf fehlt etwas. Sogar Wäsche von der Leine.«

»Hat der Dieb Sie auch bestohlen?«

»Abgesehen von den einzelnen Schuhen – nein. Anscheinend ist er ein Gartenschuhfetischist.«

Ich verabschiede mich, als mir noch etwas einfällt. »Ach ja ... diese Höhle, in der Agnes und Tomasz sich getroffen haben, gibt es die noch?«

»Soweit ich weiß, nicht. Nach dem Krieg waren ja die Russen lange auf dem Platz stationiert und haben mit ihren Panzerraketen geschossen. Dabei muss der Eingang zur Höhle verschüttet worden sein.«

»Oh, ach so.« Ich merke, wie enttäuscht ich klinge.

Auf dem Weg nach Hause begegne ich keiner Menschenseele. Der Regen hält die Leute in ihren Häusern und ich bin froh darüber. Tatsächlich ist mir nach dem Besuch bei Agnes ein wenig leichter ums Herz, nun, da ich die ganze Geschichte weiß. Dass Agnes die Reaktion der Leute so gelassen sieht, imponiert mir und beruhigt mich auch.

Es drängt mich, meiner Mutter alles zu erzählen, doch ich finde sie ruhelos durchs Haus wandernd, wobei sie sich einen in ein Geschirrtuch gewickelten Cool-Pack an die Wange hält. Also lasse ich sie in Ruhe.

16. Kapitel

In der Nacht werden Mas Zahnschmerzen so schlimm, dass Pa sie am nächsten Morgen kurzerhand in seinen Jeep packt, um mit ihr nach Erfurt zum Zahnarzt zu fahren. Es ist der letzte Ferientag, der Himmel ist grau wie ein alter Putzlappen. Aber es hat aufgehört zu regnen und ich kann es kaum erwarten, mich auf mein Rad zu schwingen und im Wald nach Olek und der Wölfin Ausschau zu halten.

Pa hat mich gebeten, Wilma auszuführen, also nehme ich sie diesmal kurzerhand mit. Brav läuft die Hündin an ihrer Leine neben dem Rad her, das haben wir schon oft genug geübt.

Als wir zwanzig Minuten später zu Fuß die Ringstraße ins Sperrgebiet überqueren, reißt die Wolkendecke auf und der Asphalt glänzt wie flüssiges Silber. Heute ist ein normaler Wochentag, aber es herrscht kein Übungsbetrieb, der rot-weiße Ball hängt nicht am Mast. Trotzdem muss ich mehr Obacht geben als sonst, denn die Feldjäger könnten auf Patrouille unterwegs sein.

Sonnenstrahlen fallen durch die Äste der Bäume. Es tropft von den Blättern, Regentropfen funkeln wie Diamanten in den Kiefernnadeln und in den Netzen der Spinnweben.

Wilma hört aufs Wort und weiß, was sie darf und was nicht. Deshalb lasse ich sie von der Leine und befehle ihr, in meiner Nähe zu bleiben. Der feuchterdige Duft von Laub und Kiefernnadeln steigt in ihre Hundenase und produziert Glückshormone. Sie stöbert und schnüffelt und markiert hier und da. Im Wald zu sein, ist herrlich, da sind Wilma und ich uns einig.

Nach einer Dreiviertelstunde erreichen wird den Großen Tambuch. Auf einem felsigen Steilhang hat ein heftiges Sturmtief Anfang Januar etliche Bäume umgeknickt und bisher sind sie liegen geblieben, denn das Gebiet ist für Forstarbeiter schwer zugänglich. Baumstämme liegen kreuz und quer wie Mikadostäbe. Ein idealer Platz für die Wölfin, um ungestört ihre Welpen großzuziehen.

»Wilma«, rufe ich, »hierher.«

Wilma kommt leise winselnd zu mir, die Ohren hochgezogen. Sie hat etwas gewittert. Wir steigen über einen Haufen Totholz bis zu einem von überhängenden Brombeerranken verdeckten Muschelkalkfelsen. Eine Art Wildwechsel führt direkt zum Brombeergebüsch und endet am dornenbewehrten Hang. Merkwürdig.

Plötzlich ist Wilma verschwunden, wie vom Erdboden verschluckt. Ich pfeife nach ihr und sie taucht aus einem Spalt zwischen Felsen und überhängendem Brombeerhügel wieder auf.

»Bleib, Wilma.«

Als ich mir den Spalt zwischen Ranken und Wand genauer anschaue, fällt mir auf, dass das Brombeergestrüpp im Inneren ausgehöhlt ist und sich unter Ranken und Blättern ein offensichtlich von Menschenhand geschaffener Hohlraum befindet. Wilma verschwindet erneut darin, diesmal folge ich ihr.

Nach ein paar Schritten in der Brombeerburg tut sich im Fels ein schulterhoher, knapp einen Meter breiter Spalt auf. *Sesam öffne dich.* Das ist echt krass. Ich befehle der Hündin zu warten, fische meine Taschenlampe aus dem Rucksack und leuchte in den schmalen Gang, der offenbar ins Innere des Felsens führt.

Auf dem Boden entdecke ich Schuhabdrücke und komme kurz ins Wanken, ob ich wirklich allein da hineingehen soll. Doch die Neugier setzt sich durch. Vor Aufregung beginnt es, in meinem Magen zu kribbeln.

Wilma ist kaum noch zu bremsen. Mit eingezogenem Kopf folge ich der Hündin durch den schmalen, aber mit jedem Schritt ein wenig breiter werdenden Gang. An den trockenen Wänden erkenne ich frische Spuren von Werkzeugen.

Nach etwa sechs oder sieben Metern stehe ich aufrecht in einem drei mal vier Meter großen Hohlraum, von dem drei weitere Gänge abgehen. Wilma wittert und wedelt begeistert mit dem Schwanz.

»Na los, komm!« Ich wähle den Gang direkt vor mir und Wilma verschwindet wie ein Pfeil darin. Schon nach wenigen Schritten führen saubere Stufen drei oder vier Meter tief nach unten. Stufen, die eindeutig von Menschenhand geschaffen sind. Obwohl ich Wilma bei mir habe, wird mir nun doch mulmig zumute. Sind hier etwa illegale Schatzsucher am Werk? Wie weit führt diese Felstreppe ins Innere des Berges und was erwartet mich da unten? Noch kann ich umkehren, Pa von meiner Entdeckung erzählen ... Doch die Neugier treibt mich weiter.

»Wilma?« Ein kurzes Bellen. Schlabber, schlabber. Wilma muss Wasser gefunden haben.

Am Fuße der Felstreppe angekommen, stehe ich in einer bauchigen Höhle, die ungefähr sieben Meter lang und fünf Meter breit ist. Stalaktiten hängen von der Decke wie dicke Eiszapfen, Stalagmiten wachsen vom Boden der Höhlenkammer in die Höhe. Es ist zwei oder drei Grad kühler hier unten. Als ich die Wände und den Höhlenboden ausleuchte, entdecke ich hinter einem Stalagmiten ein natürliches, fast badewannengroßes Becken im

Stein, dessen glasklares Wasser im Schein meiner Taschenlampe funkelt. Wilma steht am Rand des Beckens und säuft. Der Waldlauf hat sie durstig gemacht.

Neben Wilma entdecke ich drei leere Konservendosen und einen roten Plastikeimer, auf dem in schwarzen Lettern *Glasur* geschrieben steht. Das ist zweifellos einer von Tante Lottas Eimern, die sie vermisst. Ich bin unheimlich froh, diesen Eimer zu sehen, und alle Anspannung fällt von mir ab. Ich habe Oleks Unterschlupf gefunden, da bin ich mir ganz sicher.

»Komm, Wilma.«

Ich steige wieder nach oben und inspiziere als Nächstes den niedrigsten Gang, der schon nach wenigen Schritten in eine kleine Felskammer führt. Sie ist voller Gesteinsschutt, der vermutlich von der Treppe und vom Gang stammt. Ein Spaten, eine Schaufel und eine Spitzhacke lehnen an der Felswand. Daneben steht ein zerschrammter Blecheimer.

Ich will schon weitergehen, als Wilma einen Satz an mir vorbei macht und im hintersten Winkel der Höhle verschwindet.

»Wilma!«, rufe ich erschrocken.

Scharren, aufgeregtes Winseln und Wilma ist wieder da, sitzt bei Fuß, einen langen Knochen im Fang, an dem der Rest einer skelettierten Hand hängt.

Oh nein!

Es ist kein richtiger Schrei, den ich ausstoße, eher ein entsetztes Gurgeln. Kurz bleibt mir die Luft weg, Adrenalin schießt durch meine Adern. *Ich habe Alina gefunden!*

Wilma wedelt freudig mit dem Schwanz, will, dass ich ihr das Gebrachte abnehme – aber ich kann nicht.

»Ablegen, Wilma«, befehle ich, hole tief Luft und steige vorsichtig über den Gesteinsschutt, um den niedrigeren Teil der Felskammer auszuleuchten. Der schmale Lichtkegel meiner Taschenlampe erfasst einen bleichen Schädel, der auf einem großen Stein liegt. Zwei schwarze Augenhöhlen blicken mich an.

Alina! Mein Herz rast, mir bricht der Schweiß aus, die Knie drohen nachzugeben. Auch wenn ich mir diesen Moment schon Hunderte Male vorgestellt habe: Auf das hier bin ich nicht vorbereitet.

Bleib ganz ruhig, Jola, sagt die Stimme der Vernunft in meinem Kopf. Sie ist schon seit fünf Jahren tot. Das ist nicht mehr Alina, das ist nur noch ein Häuflein bleicher Knochen.

Gegen einen Felsblock gelehnt, sitzt der Rest. Kopflos. Nur zusammengehalten von ein paar Fetzen Stoff. Eine skelettierte Hand schaut aus einem Stück Ärmel hervor. Mein erster Impuls ist davonzulaufen, nur raus aus dieser dunklen Grabkammer, und zwar so schnell wie möglich. Aber meine Beine fühlen sich an wie Stalagmiten, meine ganze Energie ist weg.

Ein paar Sekunden später bin ich endlich fähig, noch ein paar Schritte auf das Skelett zuzugehen. Erst als ich direkt davorstehe, begreife ich meinen Irrtum: Das ist nicht Alina. Der Rumpf steckt in den Überresten einer mit Abzeichen dekorierten Uniform, die Beine in staubbedeckten Soldatenstiefeln.

Nur die von grauem Gesteinsstaub bedeckte Uniform hält die Skeletttteile noch zusammen. Vermutlich sitzt dieser arme Kerl hier schon ein ganzes Weilchen.

Und dann trifft mich schlagartig die Erkenntnis: Das hier ist womöglich Maries Höhle und der da kopflos sitzt, ist Tomasz, ihr Liebster. Ich weiß nicht, warum, aber ich bin mir völlig sicher, dass es so sein muss. Nach zwanzig Jahren kam er zurück und wurde ermordet – so, wie ich es vermutet habe. Der Mörder hat ihn in die Höhle gebracht und den Zugang verschlossen. Deshalb hat niemand diese Höhle gefunden, als man den Tambuch nach Alina abgesucht hat.

Das Sturmtief muss Anfang dieses Jahres einen anderen Zugang zur Höhle freigelegt haben, doch weil dieses Stück Wald nicht bewirtschaftet wird, hat bisher noch niemand die Höhle entdeckt. Bis auf Olek.

»Komm, Wilma«, sage ich. »Suchen wir den anderen Eingang.«

Die Batterien meiner Taschenlampe beginnen zu schwächeln, als ich Wilma in den letzten der drei Gänge folge, der in langen, stufenartigen Absätzen nach oben führt.

Ich höre Wilma aufgeregt winseln, mache mir aber keine Sorgen, denn wenn Gefahr droht, würde sie anschlagen. Der etwa einen Meter breite Gang endet in einer weiteren Höhlenkammer, und als ich sie betrete, nehme ich zuerst den starken Geruch von erloschenem Holzfeuer wahr und um wie viel wärmer es hier ist. Von schräg oben fällt Licht durch ein rundes Loch in der Wand, direkt auf eine ebene Steinplatte, die offenbar als Tisch dient und auf der eine offene Pfirsichdose und eine leere Colaflasche stehen.

Mein Blick wandert durch den Höhlenraum, der ungefähr vier Mal fünf Meter groß und an der Wand mit dem Fensterloch knapp drei Meter hoch ist. Die Feuerstelle entdecke ich direkt unter dem Fensterloch, daneben lehnt eine Holzleiter. An der einzig geraden Wand steht ein Holzregal mit Einweck- und Marmeladengläsern. An der Wand rechts neben dem Eingang hängen Oleks Bogen und der Köcher an Haken in der Wand, daneben lehnt am Boden ein Holzrahmen mit gespanntem Fell – ein Kaninchen. In verschiedenen Nischen im Fels befindet sich Hausrat: eine Pfanne, zwei Töpfe, eine Tasse.

Ein leises Stöhnen lässt mich zusammenzucken. Ich richte den Strahl meiner Taschenlampe in den linken, den niedrigeren Teil der Höhle. Zwischen dem Steintisch und einem tiefen, etwa kniehohen steinernen Absatz steht Wilma mit wedelndem Schwanz. Auf diesem Felsbett, zusammengekrümmt auf einer geblümten Matratze, liegt Olek mit nacktem Oberkörper, bis zur Hüfte zugedeckt von Mas schmerzlich vermisster Fleecedecke. Über ihm an der Decke baumeln Gebilde aus Federn, Draht und Knochen: Tierfetische.

»Hierher, Wilma.«

Ich lasse Wilma im Höhleneingang Platz nehmen und knie mich neben Olek auf die Matratze. Die Batterien geben nur noch schwaches Licht, aber es ist hell genug, um zu erkennen, dass Oleks Brust, sein Hals und sein Gesicht glänzen vor Schweiß. Seine Augen blinzeln im Licht. »Olek?«

Keine Reaktion. Ein Anfall von Schüttelfrost lässt seinen Körper erbeben, seine Zähne beginnen zu klappern. Ich rüttle ihn an der Schulter. »Olek?«

Plötzlich reißt er die Augen auf, schnellt hoch und packt mein linkes Handgelenk. »Nie blokuja«, keucht er. »Nie blokuja, nie blokuja.«

Oleks verletzte Hand ist ein glühender Schraubstock. Die Taschenlampe entgleitet mir und rollt zu Boden und ich beiße mir auf die Unterlippe, um nicht laut aufzuschreien. Vom Höhleneingang kommt ein kehliges Grollen.

»Schon gut, Wilma«, beruhige ich sie. »Er tut mir nichts.« Olek hält mein Handgelenk immer noch fest gepackt. »Ich bin's doch nur, Jola.«

Eines von beidem, meine Stimme oder mein Name, muss zu ihm durchgedrungen sein, denn Olek lässt mich endlich los und sinkt auf sein Lager zurück.

»Jola«, stammelt er zähneklappernd.

Ich streife meinen Rucksack ab, suche die Wasserflasche. Schiebe meine Rechte in Oleks Nacken und mit der anderen Hand setze ich die Flasche an seine Lippen. Sein magerer Körper strahlt Hitze aus, ich rieche Schweiß und den moschusartigen Geruch eines wilden Tieres.

»Wasser, Olek. Du musst trinken.«

Gierig beginnt Olek zu schlucken. Wasser rinnt über seine glühenden Wangen, seinen Hals. Er stöhnt leise, schließt die Augen. Ich setze die Flasche ab und hebe meine Taschenlampe vom Boden auf. Dabei stoße ich auf einen kleinen Bücherstapel. Obenauf ein polnisch-deutsches Wörterbuch. Olek kommt also aus Polen. *Wie Tomasz.*

Offenbar versteckt er sich seit Wochen in dieser Höhle und sein Inventar besteht aus jenen Dingen, die von den Leuten im Dorf vermisst werden. Wie konnte er so lange unentdeckt bleiben, wenn er all diese Sachen gestohlen hat?

Das Flackern der Lampe erinnert mich daran, dass ich mir Oleks Hand ansehen muss, bevor die Batterien ihren Geist aufgeben. Ich beuge mich über ihn und lange nach seinem rechten Handgelenk. »Lass mich das mal ansehen, ja?«

Widerstandslos lässt Olek mich den schmutzigen Verband lösen, aus dem irgendwelches Grünzeug fällt. Ich schnuppere daran. Kamille. Blitzartig muss ich an die schleimig grüne Masse auf meiner Stirn denken, als ich gegen den Baum gerannt bin.

Olek muss mir Erste Hilfe geleistet haben, als ich ohnmächtig war. Alles wird immer rätselhafter. Im sterbenden Licht meiner Taschenlampe begutachte ich Oleks Hand. Er hat keine Schnittverletzung, es ist ein Hundebiss. Die Bisslöcher in den Fingern und der Handfläche sind entzündet. Ein roter Streifen zieht sich über das Handgelenk den schweißglänzenden Unterarm entlang.

Anscheinend hat Olek versucht, die Wunden mit irgendwelchen Heilpflanzen zu behandeln, aber Hundebisse sind hoch bakteriell. Zwar bedeutet dieser rote Strich keine Blutvergiftung (das hoffe ich jedenfalls), sondern *nur* eine Lymphbahnentzündung, die mit Antibiotika in den Griff zu bekommen ist. Pa wurde letztes Jahr von einem Fuchs gebissen und hatte auch so einen roten Streifen am Unterarm. Wie hieß bloß das Zeug, das er von seinem Arzt bekommen hat?

»Du musst zu einem Arzt«, bemerke ich mit gerunzelter Stirn. »Das sieht nicht gut aus.«

»Nie«, stößt Olek mit aufgerissenen Augen hervor. »Keinen Arzt ... nein.« Er zieht die Hand zurück und schüttelt panisch den Kopf.

»Schon gut. Ist ja gut.«

Verdammt, verdammt, verdammt. Was mache ich nur? Fieberhaft überlege ich, was ich tun kann. Mein geheimnisvoller Elf ist ein Dieb. Er steigt in die Häuser anderer Menschen ein und nimmt sich, was er braucht. Er haust wie ein Eremit in einer Höhle im militärischen Sperrgebiet und wildert in einem ausgewiesenen Artenschutzgebiet mit Pfeil und Bogen. Das allein dürfte ihm gewaltigen Ärger einbringen, wenn er erwischt wird, aber ich bin mir sicher, dass er noch mehr auf dem Kerbholz hat als das.

Nje blokuja. Kurzerhand schnappe ich mir das Wörterbuch und schlage nach. Da haben wir es: *Nicht einsperren.*

Vielleicht gehört Olek ja zur Polenmafia, die soll in Arnstadt ziemlich aktiv sein und schon über Monate hinweg teure Autos verschwinden lassen. Oder er hat mit Drogen gehandelt. Es kann alle möglichen Gründe dafür geben, warum Olek sich hier versteckt und auf keinen Fall zu einem Arzt will.

Das alles ist ziemlich verrückt und doch geht es mir wie Marie vor fast siebzig Jahren: Ich kann nicht anders. Ich muss diesem Jungen helfen. Irgendetwas wird mir schon einfallen.

»Also gut«, sage ich. »Mal sehen, was ich für dich tun kann.«

Ich schnappe mir die große Colaflasche vom Tisch und befehle Wilma, bei Olek zu warten. Im Wasserbecken der unteren Höhlenkammer fülle ich die Flasche und den Wassereimer auf und trage beides zu Olek. Ich gebe ihm noch einmal zu trinken, dann drücke ich ihm die Flasche in die gesunde Hand und lege ihm zwei Müsliriegel aus meinem Rucksack auf die Decke.

»Es wird ein bisschen dauern, aber ich komme wieder. Nicht weglaufen, okay? Ich helfe dir.«

Er murmelt einen polnischen Satz und rollt sich zusammen. Ich signalisiere Wilma, dass es heimwärts geht, und die Batterien meiner Taschenlampe schaffen es gerade noch bis zum Höhlenausgang.

Meine Fantasie läuft auf Hochtouren, während ich mit Wilma durch den Wald renne und später wie eine Verrückte in die Pedale trete, sodass die Ohren der Hündin wild schlappen, während sie neben mir herrennt.

Überwältigt von meinem grausigen Fund in der Felsenkammer, male ich mir aus, wie er das ganze Dorf in Aufregung versetzen wird. Nun habe ich im wahrsten Sinne des Wortes eine Leiche ausgegraben.

Und Olek, mein geheimnisvoller Dieb? Er sieht nicht aus wie ein Verbrecher, aber was hat Thomas zu Tante Lotta gesagt: Nicht in allen Mörderaugen flackert der Wahnsinn. In Oleks Augen flackert das Fieber, und das zu bekämpfen ist jetzt vorrangig. Eines nach dem anderen, denke ich.

Mein Rad lehne ich gegen den Stamm des Pflaumenbaumes neben der hinteren Gartentür. Ich sperre Wilma in ihren Zwinger, gebe ihr Wasser und Futter. Der Geländewagen meines Vaters steht nicht im Carport, das Haus ist verschlossen. Glück gehabt, Jola. Meine Eltern sind noch nicht aus der Stadt zurück. Jetzt muss ich schnell sein, denn sie können jeden Moment wiederkommen und dann wird es nicht mehr so einfach sein, den Medizinschrank zu durchsuchen und mich noch einmal in den Wald abzusetzen.

Ich flitze in mein Zimmer und stelle den Laptop an. Während er hochfährt, inspiziere ich unseren Medizinschrank. Er ist voll mit Medikamenten (Ma hat für jede Krankheit etwas parat) und ich hoffe, dass noch etwas da ist von diesem Antibiotikum, das Pa letztes Jahr nach dem Fuchsbiss genommen hat.

Der Name des Medikaments ist mir auf dem ganzen Weg nach Hause nicht eingefallen, aber Pa hatte die Tabletten nicht alle genommen, daran kann ich mich noch vage erinnern. Trotzdem brauche ich eine gefühlte Ewigkeit, bis ich auf die Packung stoße. Cefuroxim, das muss es sein. Ich überfliege den Beipackzettel und weiß, dass ich fündig geworden bin. Von den vierundzwanzig Tabletten ist noch die Hälfte übrig. Ich stecke die Packung in meinen Rucksack, dazu noch zwei Mullbinden, ein Päckchen sterile Kompressen und Cutasept-Spray zum Desinfizieren.

In der Speisekammer schneide ich ein paar Scheiben Brot, bestreiche sie mit Butter und belege sie mit Salami und Schinkenscheiben. Ich stecke eine Packung Schokoladenkekse ein, eine Tafel Vollmilchschokolade, zwei Bananen und zwei Büchsen Thunfisch. Die Stullen wickele ich in Silberfolie und verstaue sie ebenfalls in meinem Rucksack. Verdammt, gleich halb sechs. Trotzdem flitze ich noch mal nach oben zu meinem Computer und googele Lymphbahnentzündung. Wie vermutet, ist sie mit Antibiotika gut in den Griff zu bekommen.

In der Abstellkammer neben dem Gästezimmer suche ich nach der Zeltlaterne, die mit der Kurbel aufgeladen wird. Pa hat sie mir geschenkt, als ich letztes Jahr mit der Klasse eine Woche am Müggelsee zelten war. Ich werde fündig und verstaue die Lampe in meinem Rucksack.

Bin bei Saskia, komme später, hinterlasse ich auf dem Küchentisch.

Mein kleiner Rucksack platzt aus allen Nähten, als ich mich wieder aufs Rad schwinge. Vor dem Haus klappen Autotüren. Perfektes Timing. Ich trete in die Pedale und vierzig Minuten später (Rekordzeit) bin ich wieder in der Höhle, außer Atem und völlig durchgeschwitzt.

Olek sitzt auf seinem Lager und badet seine Hand in Tante Lottas Eimer, der zwischen seinen Beinen steht. Die Haare kleben ihm strähnig an den Schläfen. Er sieht krank aus.

»Hey«, sage ich, »da bin ich wieder.«

Ist das Erleichterung in seinem Gesicht? Er zieht die Hand aus dem Eimer und trocknet sie an seinem T-Shirt ab. Ich setze mich neben ihn, hole die Zeltlampe hervor und lade sie mit schnellen Kurbelbewegungen auf. Mit fiebrigen Blicken verfolgt Olek mein Tun. Als ich die Lampe anknipse, verziehen sich seine Lippen zu einem Lächeln.

Ich fische die Tabletten aus meinem Rucksack, lese im Schein der Zeltlampe den Beipackzettel noch einmal genau durch. Zweimal täglich eine und die Entzündung sollte zurückgehen. Ich drücke eine Tablette aus der Folie und reiche sie ihm. »Antibiotika«, sage ich und deute auf den roten Strich an seinem Unterarm.

Olek schiebt die kleine Pille gehorsam in den Mund, legt den

Kopf in den Nacken und nimmt einen Schluck Wasser aus der Colaflasche. Sein Adamsapfel tanzt auf und ab.

»Danke.«

»Morgen musst du zwei nehmen, eine am Morgen und die andere am Abend. Okay?« Ich lege die Tabletten auf die Steinplatte. »Und nun zu deiner Hand.«

Ich packe alles auf den Tisch, was ich von zu Hause mitgebracht habe, handle, ohne nachzudenken. Alles, was ich tue, fühlt sich ganz selbstverständlich und richtig an. Als ich die entzündeten Wundlöcher mit Cutasept einsprühe, entfährt Olek ein polnischer Fluch *(do diabla!)*, er beißt sich auf die Unterlippe.

Ich decke die Wunde sauber ab und verbinde sie. Dabei hat Olek wieder einen Anfall von Schüttelfrost. Er rollt sich auf seinem Lager zusammen und ich ziehe ihm die Fleecedecke bis zu den Schultern.

»Die Tabletten werden helfen«, sage ich. »Du musst viel trinken und ich habe dir auch etwas zu essen mitgebracht. Ich versuche, morgen wiederzukommen. Wenn ich nicht komme, dann vergiss nicht, die Tabletten zu nehmen, okay?«

Auf einmal liegt er ganz ruhig da und sieht mich mit seinen großen Augen an. Mit einem Blick, der mir durch Mark und Bein geht und an etwas rührt. An eine Erinnerung, einen Gedanken, ein Bild. An etwas, das ich nicht fassen kann.

»Hast du alles verstanden?«

Olek nickt.

Ich zeige auf die Lampe. »Du weißt ja jetzt, wie sie aufgeladen wird. Ich muss los, sonst bekomme ich höllischen Ärger mit meiner Mutter.«

»Danke.« Er lächelt. Ich habe das Gefühl, er ist jetzt ganz klar.

»Bis morgen.« Beim Verlassen der Höhle muss ich an Oleks unheimlichen Mitbewohner denken und dass Tomasz jetzt noch ein Weilchen auf seine Entdeckung warten muss. Nur so lange, bis ich weiß, wer Olek ist, warum er hier ist und wovor er sich versteckt.

Ich bin fast eine Dreiviertelstunde zu spät, als ich nach Hause komme, und mache mich trotz Zettel auf Vorwürfe gefasst. Doch es passiert überhaupt nichts. Ma liegt im Wohnzimmer auf der Couch und der Fernseher läuft. Sie drückt einen Cool-Pack gegen ihre Wange.

»Hallo, Mami«, begrüße ich sie. »Wie geht es dir?«

Das ist eine rein rhetorische Frage, es geht ihr beschissen und man sieht es ihr an. Als Antwort schüttelt sie nur den Kopf.

»Ist der Zahn draußen?«

Ein winziges Nicken.

»Kann ich dir etwas bringen?«

Wieder ein Kopfschütteln.

Ich zucke mit den Achseln und will das Wohnzimmer verlassen, als ich einen Blick nach draußen werfe und sehe, wie mein Vater mit seinem Jagdgewehr über der Schulter aus dem Büro kommt. Wilma springt aufgeregt um seine Beine.

Pa geht auf die Pirsch, denke ich. Ausgerechnet heute. Ich hoffe, dass sein Ziel nicht der Große Tambuch ist.

Wie lange der Wald meine Geheimnisse wohl noch wahren wird? Inzwischen sind es drei, wenn ich Tomasz – oder besser das, was von ihm übrig ist – dazuzähle. Ich mache mir nichts vor, es kann nicht ewig so gehen, irgendwann wird jedes Geheimnis gelüftet. Aber ich kann niemandem von der Wölfin oder dem Skelett in der Höhle erzählen, ohne Olek zu verraten.

In was für eine abgefahrene Geschichte bist du da nur hineingeraten, Jola?

17. Kapitel

Am Morgen des folgenden Tages erfahren wir im Schulbus von Tilmans Kumpel Marco, dass Lisa verschwunden ist. Lisa, die zarte Grazie mit den blonden Locken, die auf dem Open Air mit allen, auch mit Olek getanzt hat.

»Seit wann?« Ich spüre, wie mir übel wird. Beginnt jetzt wieder alles von vorn?

Es ist still wie nie im Bus. Die Kleinen sind gerade in Eulenbach ausgestiegen, alle Übrigen lauschen.

»Als sie am Sonntagnachmittag immer noch nicht vom Open Air zurückkam«, berichtet Marco, »hat ihre Mutter angefangen, sich Sorgen zu machen. Sie hat Lisas Freund angerufen und der meinte, sie hätten sich gestritten und er wäre gar nicht mit auf dem Open Air gewesen. Auf jeden Fall ist sicher, dass sie am Sonntag schon nicht mehr dort war.«

Ich sehe Kai an. Mir ist hundeelend, denn ich muss an Samstagnacht denken, an Trefflichs Jeep im Wald. Ist etwas dran an Tonia Neumeisters Behauptung, dass es nicht Martin Sievers war, der Alina umgebracht hat?

Kai deutet meinen Blick richtig. »Bleib mal ganz ruhig«, sagt er. »Keine voreiligen Schlüsse ziehen.«

»Hat ihre Mutter sie als vermisst gemeldet?«

»Bis jetzt noch nicht«, meint Marco achselzuckend. »Ist wohl nicht das erste Mal, dass Lisa einfach so verschwindet. Wahrscheinlich taucht sie morgen wieder auf und lacht über die ganze Aufregung.«

Vielleicht, denke ich. Vielleicht aber auch nicht. Mag sein, dass Lisa kein Kind von Traurigkeit ist, doch die Sache gefällt mir nicht. Lisa Menninger ist klein und zierlich und hatte genauso blonde Locken wie Alina.

Habe ich gerade *hatte* gedacht?

Saskia erinnert sich natürlich sofort daran, dass Lisa mit diesem fremden Jungen getanzt hat, der kurz darauf zusammengeklappt ist. Auf dem Pausenhof versucht sie, mich über Olek auszuquetschen, aber ich gebe vor, nichts über ihn zu wissen. Die kleine Lüge geht mir flüssig über die Lippen.

»Sie hat an diesem Tag mit locker hundert Leuten getanzt, Sassy«, erinnere ich sie. »Mit Magnus zum Beispiel. Und vorher mit Clemens.«

Falscher Name. Saskia guckt auf einmal ganz finster. Sie kann Lisa eigentlich nicht ausstehen, weil sie eine der Grazien ist, die Clemens umschwirren wie Motten das Licht.

»Ach, der ist schon nichts passiert«, sagt sie. »Die ist bestimmt mit irgendeinem Typen von ’ner Band abgehauen. Von mir aus kann die Schnepfe bleiben, wo der Pfeffer wächst.« Womit für sie das Thema erst einmal erledigt ist.

Für mich ist es das allerdings nicht. Mit Lisas Verschwinden beginnen sich all die Dinge, die ich in den letzten Tagen erfahren oder bemerkt habe, wie lose Fäden zu einem Bild zu verweben, das auf der Schattenwand ein beängstigendes Ungeheuer entstehen lässt.

Als ich nach Hause komme, steht nicht wie gewohnt das Mittagessen auf dem Tisch. Ma sitzt mit schmerzverzerrtem Gesicht im Wohnzimmer. Beim Ziehen des Weisheitszahns hat der Arzt einen Nerv verletzt und die Tabletten, die sie bekommen hat, helfen nicht gegen die höllischen Schmerzen. Es geht ihr so schlecht, dass Pa mich bittet, sie nicht alleine zu lassen.

»Kümmere dich ein bisschen um Mama, okay? Ich bitte dich selten um etwas, Jola, das weißt du. Aber heute bitte ich dich, mal einen Nachmittag nicht auszuschwärmen und dich um deine Mutter zu kümmern. Ich muss nach Arnstadt zu einer Versammlung und weiß nicht, wie lange das Ganze dauert.«

Mir gelingt ein halbwegs passables »Okay«. Sich unauffällig zu verhalten, wenn dein ganzes Leben auf den Kopf steht, ist gar nicht so einfach. Ma hat man bloß einen Weisheitszahn gezogen, aber Olek liegt allein da draußen in seiner Höhle, er hat Fieber und ich weiß nicht, ob das Medikament angeschlagen hat und ob er wirklich kapiert hat, dass er die restlichen Tabletten regelmäßig nehmen muss.

Dass ich gezwungen bin, im Haus zu bleiben, hat allerdings eine positive Nebenwirkung. *Kein Schaden ohne Nutzen,* wie Oma Mine sagen würde. Freitag haben wir Deutschprüfung und Montag ist Mathe dran. Für Deutsch kann ich nicht lernen, aber für Mathe. Ich bin also eine brave Tochter und bleibe in der Nähe meiner Mutter. Ich versuche, mir Formeln, Gleichungen und mathematische Lehrsätze einzuprägen, doch in Wahrheit verbringe ich den Nachmittag damit, mir um Olek Sorgen zu machen.

Später kommt Kai spontan vorbei. Wir sitzen auf der Terrasse, trinken Holunderblütenlimonade und Kai erzählt mir voller Entrüstung, dass sein geliebtes *Party Hard*-T-Shirt verschwunden ist. »Von der Leine geklaut«, wettert er. »Meine Mutter vermisst zwei

Handtücher. Und einer ihrer Gartenschuhe ist weg. Ich glaube einfach nicht, dass das Kids aus dem Dorf sind. Das würden sie sich nicht trauen.«

Mit etwas Glück entgeht Kai, dass ich rot anlaufe. Schnell trinke ich einen Schluck von meiner Limonade. *Olek, Olek, Olek.* Musste es ausgerechnet Kais Lieblings-T-Shirt sein?

»Keine Ahnung, wer das sein soll«, antworte ich. »Uns fehlt eine Fleecedecke, sie lag auf der Terrasse.«

»Das ist ein ziemlich dreister Dieb, oder nicht? Mein Vater und ich wollen ihm das Handwerk legen.«

Auch das noch.

»Hast du von Marco noch was Neues über Lisa gehört?«, versuche ich ihn abzulenken.

Kai schüttelt den Kopf, Lisa scheint nicht sein Thema zu sein. Dennoch will ich ihm gerade von meinen unheilvollen Vermutungen über Hubert Trefflich berichten, als er mit vorwurfsvollem Blick einen zusammengefalteten Zeitungsartikel aus der Gesäßtasche zieht und vor mir auf den Tisch legt.

Schüler auf Spurensuche in der Vergangenheit, springt mir die fett gedruckte Titelzeile ins Auge.

»Was ist das?«, frage ich und erfahre, dass der Artikel aus dem Ilmkreis-Boten stammt, dem kostenlosen Wochenblatt, das jeden Mittwoch in den Briefkästen steckt. Er ist von Julius Hitzig, dem Mann unserer Geschichtslehrerin, der ab und zu für den Boten schreibt.

In seinem Artikel lobt er unsere Projektarbeit und insbesondere den Zeitzeugenbericht über den grünen Klee, und obwohl Julius Hitzig keine Namen nennt, steht ziemlich genau darin, was »die Schüler« herausgefunden haben. Nun wird auch der Letzte in Altenwinkel Bescheid wissen.

»Meine Oma ist stinksauer auf mich, sie sagt, wir würden das ganze Dorf schlechtmachen.«

»Das stimmt überhaupt nicht«, wehre ich mich. »Ich habe nur Tatsachen geschildert, nichts weiter.«

»Damals ging das Gerücht herum, dass Marie mit dem jungen Polen was am Laufen hatte«, erzählt Kai. Als ich daraufhin nicht aus allen Wolken falle, blickt er mich gereizt an. »Hörst du mir überhaupt zu?«

»Ja, klar. Ich dachte nur, deine Oma war 1945 erst sechs Jahre alt.«

»War sie ja auch«, erwidert er ungehalten. »Mensch, Jola, ein paar Leute aus dem Dorf sind echt sauer wegen der blöden Geschichte. Meine Eltern müssen sich neuerdings anhören, dass sie mich hätten besser erziehen sollen und solchen Scheiß.«

Ungewollt muss ich lachen. »Na, da ist ja vielleicht was dran.«

Früher, noch vor ein paar Wochen, wäre mein Satz das Stichwort gewesen, die ganze Angelegenheit nicht so bierernst zu nehmen und einfach drüber zu lachen. *Früher.*

»Was ist eigentlich los mit dir in letzter Zeit?«, fragt Kai missmutig. »Du bist so anders.«

»Nichts. Gar nichts ist los. Meine Mutter liegt mit Zahnschmerzen auf der Couch und glaubt, sie muss daran sterben. Wenn ich in mein Mathebuch schaue, sehe ich nichts als böhmische Dörfer, und wenn ich dieses Haus verlasse, bin ich Freiwild für meine Umgebung. Das ist los.« *Und dann noch all das, wovon du keine Ahnung hast.*

»Na, Letzteres hast du dir schließlich selber eingebrockt.« Kai steht auf, schaut mich an, als wolle er noch etwas sagen, schüttelt dann aber nur den Kopf und geht, ohne sich zu verabschieden.

Am darauffolgenden Nachmittag sieht Ma richtig furchtbar aus. Ihre Wange ist dick geschwollen und beginnt, sich grün zu verfärben. Die Schmerzen haben keinen Deut nachgelassen und endlich ist sie bereit, sich noch einmal von Pa zum Zahnarzt fahren zu lassen. Wilma darf mit – perfekt.

Schnell schmiere ich ein paar Brote und schnappe mir eine Schachtel Kekse und zwei Tafeln Schokolade aus der Vorratskammer, die ich zusammen mit einer kleinen Wasserflasche und zwei Mullbinden in meinem Rucksack verstaue.

Nun, da das halbe Dorf mich verteufelt, bin ich sehr froh, dass unser Haus das letzte in der Straße ist und ich in meinen Wald verschwinden kann, ohne jemandem dabei zu begegnen. Doch als ich dann zu Fuß durch den Wald eile, spüre ich, dass mir mulmig zumute ist – und das hat ganz bestimmt nichts mit der Wölfin zu tun. Kai und Sassy scheint Lisas Verschwinden nicht sonderlich zu beunruhigen. Aber ich weiß einfach zu viel. Je tiefer ich in den Wald eintauche, desto stärker habe ich wieder dieses Gefühl, beobachtet zu werden, und obwohl ich mir sage, dass ich mir die fremden Blicke nur einbilde, laufe ich unwillkürlich schneller.

Als ich endlich in Oleks Höhle stehe, ist sein Krankenlager verwaist. Die Nachmittagssonne scheint durch das Fensterloch, sie erwärmt und erhellt den kleinen Raum. Alles ist ordentlich aufgeräumt und sieht irgendwie verlassen aus. Wie eine eiserne Klammer legt sich die Enttäuschung um mein Herz.

Hat Olek sich aus dem Staub gemacht? Sicher das Naheliegendste, wenn man etwas Schlimmes getan hat. Wieso sollte er mir vertrauen? Weil ich ihm das Leben gerettet und ihm etwas zu essen gebracht habe? Och, das ist doch nicht der Rede wert. Was hast du dir bloß erhofft, Jola? Völlig erledigt lasse ich mich auf Oleks Matratze sinken und befreie mich aus den Riemen des Rucksackes.

Ja, verdammt, er hätte mir vertrauen müssen. Immerhin weiß ich schon seit ein paar Wochen von seiner Existenz, weiß, dass er der Dieb ist, und habe ihn nicht verraten. Wenn irgendjemand im Dorf herausbekommt, dass ich ihn decke und ihn auch noch mit Lebensmitteln versorge, wird mein Ruf vollkommen ruiniert sein. Ich kann sie schon hören, die Alten. Nestbeschmutzerin. Räuberbraut. Polackenliebchen.

Er ist weg, Jola.

Hat alles stehen und liegen lassen und hat sich aus dem Staub gemacht. An seiner Stelle hättest du nicht anders gehandelt. Offensichtlich hat das Cefuroxim schnell gewirkt. Im Grunde muss ich mich darüber freuen. Aber wenn Olek weg ist, was wird dann aus mir?

Ich lege die Arme auf meine Knie, lasse den Kopf darauf sinken und fange an zu heulen. Meine Schultern zucken, Schluchzer kommen tief aus meinem Inneren und Tränen strömen über meine Unterarme. Ich flenne, wie ich es seit Alinas Verschwinden nicht mehr getan habe.

»Jola.«

Mein Kopf schnellt in die Höhe. Da steht er, nur zwei Meter von mir entfernt. Er trägt den Holzbogen quer über der Brust, fünf oder sechs gefiederte Pfeilenden ragen aus dem Köcher auf seinem Rücken und er hält ein totes Kaninchen an den Läufen. Ich schniefe und wische mir mit dem Handrücken über Augen und Nase. Bin völlig hin- und hergerissen. Sprachlos.

Was Oleks Anblick in mir auslöst, ist überwältigend. Die eiserne Klammer fällt ab und mein Herz beginnt, heftiger zu schlagen. Ich bin nicht allein. Wenn ich die Prüfungen vermassele, wenn

Kai Schluss macht, wenn niemand im Dorf mehr mit mir spricht, dann kann ich zu meinem Waldelf in die Höhle ziehen und mit ihm hier leben. Ich würde sogar wieder Fleisch essen, wenn es sein muss.

Träumerin.

»Du weinst.« Olek blickt bestürzt.

»Freudentränen«, schniefe ich.

Er legt das Kaninchen auf einem Holzblock neben seinem selbst gebauten Herd ab und befreit sich vom Bogen und dem Rückenköcher, die er beide an die dafür vorgesehenen Haken in der Wand hängt. Er trägt Kais *Party Hard*-T-Shirt und zum ersten Mal muss ich wirklich über den dämlichen Spruch lachen.

Nachdem der Tumult in meinem Herzen sich ein wenig gelegt hat, finde ich auch die Worte wieder. »Es ist nichts. Ich dachte nur, du wärst ... weg.«

Olek setzt sich mir gegenüber auf den niedrigen Steintisch, sodass sich bei der kleinsten Bewegung unsere Knie berühren. Der Duft von Kiefernharz, Waldboden und wilder Minze geht von seinem Körper aus.

»Wo soll ich denn hin?«

Seine Frage tröstet und beunruhigt mich gleichermaßen.

»Nach Hause?«

»Das ist mein Zuhause.«

Okay. »Schön, dein Zuhause. Nur dein Mitbewohner, der ist ...«

»Schon sehr lange tot. Ist guter Nachbar, ist ... Gesellschaft. Manchmal rede ich mit ihm.«

»Wow.«

Oleks Deutsch ist gut. Ein paar Worte sind verdreht, aber ich verstehe ihn bestens.

»Jola?«

»Ja?«

»Danke für mein Leben.«

Ich murmele ein verlegenes »War doch selbstverständlich«. »Hast du ... hast du jemandem erzählt von mir und dieser Höhle?«

»Nein, Olek.« Ich schüttele vehement den Kopf. »Und das werde ich auch nicht.«

»Gut. Auch von der Wölfin darfst du niemandem erzählen.«

»Mach ich nicht.«

»Versprich es mir.«

»Ich schwör's.«

»Gut.« Sein Lächeln ruft einen kleinen Tumult in meinem Herzen hervor. Oleks obere Schneidezähne stehen schief, aber seine Augen, die sind wirklich schön.

»Sie hat Welpen, nicht wahr?«

»Vier Stück.«

»Gibt es einen Rüden?«

»Nein.« Er schüttelt den Kopf. »Sie ist ...«, Olek scheint nach einem passenden Wort zu suchen. »Alleinerziehend«, sagt er schließlich. »Ist Stress so allein mit den vier Kleinen, deshalb ich helfe ein bisschen.«

»Du hilfst ihr ein bisschen?« Ich deute auf den Bogen an der Felswand. »Damit?«

»Ja.« Er legt den Kopf schief.

»Was du da tust, Olek, wird nicht ewig unentdeckt bleiben. Mein Vater, er ...«

»Der Jäger?«

»Er ist Förster. Und Jäger. Das Sperrgebiet ist sein Revier. Die Wölfin, sie hinterlässt Spuren. Losung an den Wegkreuzen, Reste von Rissen, Trittsiegel im Schlamm an der Wildsuhle.«

»Ich weiß. Ich beseitige Spuren, halte sie mit Menschengeruch fern. Es funktioniert.«

Menschengeruch? »Deswegen hast du dort überall hingepinkelt.« Er hat tatsächlich sein Revier markiert, damit die Wölfin fernbleibt.

Olek nickt. »Du doch auch.«

Die drei kleinen Worte treiben mir das Blut ins Gesicht. Weiß Gott, wie oft ich dort in die Büsche gepinkelt habe, in dem Glauben, allein zu sein mit Fuchs und Hase. Aber das ist nun auch egal.

»Olek«, sage ich, »du kannst nicht verhindern, dass die Leute aus dem Dorf irgendwann spitzkriegen, dass sich in ihrer Nähe eine Wölfin niedergelassen hat. Und dann wird die Hölle los sein.«

»Die Hölle?«

»Na ja, es wird ziemlich viel Wirbel geben. Die Leute werden Angst haben, die Wölfin könnte sich an kleinen Kindern vergreifen, und Stimmung gegen sie machen.«

»Ist Schwachsinn. Großen Schwachsinn.«

»Großer Schwachsinn«, verbessere ich ihn. »Es heißt: Groß*er* Schwachsinn.«

»Sie ist sehr scheu. Sie mag Menschengeruch nicht.«

»Ja, ich weiß. Aber die Leute haben Vorurteile. Sie fürchten sich nun mal vor Wölfen.« Und mit Argumenten ist gegen tief sitzende Ängste nichts auszurichten, mit dieser Problematik kenne ich mich bestens aus.

»Eigentlich jagt sie nur in der Nacht«, sagt Olek. »Aber sie hat Stress. Die Kleinen haben Hunger, sie hat keinen Gefährten, kein Rudel und das Wild ist kräftig und schnell.«

Ich muss an die Schafe am Waldrand denken. Leichte Beute,

Häppchen auf dem Silbertablett. Wenn es stimmt, was Olek da erzählt, dann ist es nur eine Frage der Zeit, dass die Wölfin sich ein Schaf holt oder eine Gans.

Das Vernünftigste wäre, mit meinem Vater zu sprechen. Aber ich will nicht, dass das Märchen von Olek und mir zu Ende ist, bevor es richtig angefangen hat. Außerdem habe ich gerade einen Schwur geleistet.

»Wie geht es deiner Hand?«

»Besser.«

»Hast du die Tabletten genommen?«

Er nickt.

Ich hole eine frische Mullbinde aus meinem Rucksack. »Ich wechsele deinen Verband und schaue mir die Wunde an, okay?«

Olek hält mir seine Rechte entgegen. Die Hand ist nicht mehr geschwollen, die beiden Bisslöcher in Zeige- und Mittelfinger sind noch rot umrandet und ich schnuppere daran.

»Sieht gut aus«, sage ich. »Nimm dich das nächste Mal vor dem Hofhund in Acht.«

Verlegen wendet er den Blick ab.

»Du schleichst im Dorf herum und beklaust die Leute, Olek. Du bist ein Dieb. Du hast auch mich bestohlen.«

Wortlos langt er in die Seitentasche seiner Shorts und reicht mir mein Opinel. Ich schiebe seine Hand von mir weg.

»Behalte es, du kannst es mehr gebrauchen als ich. Es geht dabei auch nicht um mich, Olek. Die Leute sind wütend, sie werden dir eine Falle stellen und irgendwann kriegen sie dich.«

»Niemand kriegt mich.« Er steckt das Messer wieder ein.

Ich habe dich. »Wo kommst du eigentlich her? Ich meine, irgendwo muss doch deine Familie sein.«

Schweigen.

»Du kommst aus Polen, nicht wahr?« Ich deute auf das Wörterbuch. »Warum versteckst du dich hier, Olek?«

Kopfschütteln.

»Du kannst mir vertrauen, ich verrate dich nicht.«

Wieder gequältes Kopfschütteln. Olek sieht aus, als ob er mir alles erzählen will und nicht kann. »Wenn ich es dir sage, dann ...«

»Müsstest du mich töten, ich weiß.«

Ich habe ihn tatsächlich zum Lachen gebracht, meinen geheimnisvollen Höhlenbewohner. Ein Blick auf meine Armbanduhr sagt mir, dass ich mich auf den Rückweg machen muss. Doch dann fällt mir Lisa ein. Ich frage Olek, ob er sich an sie erinnern kann.

Er nickt. Legt die Stirn in Falten. »Warum?«

»Sie ist verschwunden, seit dem Open Air.«

Ein Schatten zieht über Oleks Gesicht. »Warum du mich fragst?«

»Vielleicht hast du ja was gesehen.«

Er schüttelt den Kopf. »Es war dumm von mir, dorthin zu gehen. Sehr dumm. Ich ... ich wollte Musik hören, Leute tanzen sehen. Manchmal ... ich bin immer allein.«

Mein Magen zieht sich zusammen. Olek ist einsam. Am liebsten möchte ich ihn in die Arme nehmen, ihm sagen, dass er nun nicht mehr allein ist. Dass ich ja jetzt da bin, dass alles gut wird, dass ...

»Jola?«

»Ja?«

»Du musst aufpassen.«

»Aufpassen?«

»Auf dich aufpassen. Hier im Wald. Ist nicht gut, dass du immer allein unterwegs bist. Ich versuche ... ich ...«

»Du passt auf mich auf?«

Er nickt.

In Anbetracht der Tatsache, dass erneut ein Mädchen verschwunden ist, und meinem seit Wochen anhaltenden Gefühl, dass der Wald Augen hat, bin ich unheimlich froh über Oleks Geständnis.

Trotzdem sage ich: »Aber das musst du nicht. Ich bin ein großes Mädchen und kann auf mich selber aufpassen.«

18. Kapitel

In der schriftlichen Deutschprüfung wähle ich die Gedichtinterpretation. Das Gedicht heißt »Die Stadt der Augen« und ist von Kurt Tucholsky. *Zwei fremde Augen, ein kurzer Blick, die Braue, Pupillen, die Lider – Was war das? Kein Mensch dreht die Zeit zurück … Vorbei, verweht, nie wieder.*

Das Gedicht berührt etwas in mir, weil es von der Einsamkeit der Menschen in den großen Städten erzählt. Tucholsky hat es 1930 geschrieben und zweiundachtzig Jahre später passt es noch mehr als damals. Das ist geradezu unheimlich und imponiert mir.

»Und, wie ist es gelaufen?«, fragt Saskia mich später auf dem Pausenhof.

»Super, ich hab ein gutes Gefühl. Und bei dir?«

»Ich habe die Filmbeurteilung genommen. War kein großes Ding.«

Kai macht ein langes Gesicht. Er hat sich die Aufgabe »Verfasse einen Beschwerdebrief« ausgesucht und ist sich unsicher, ob er auch alles richtig gemacht hat.

»Ich hasse es, irgendetwas schreiben zu müssen«, mosert er. »Keine Ahnung, wie ich diesen Stress noch zwei Jahre aushalten soll. Wäre ich nicht aufs Gymnasium gegangen, wäre jetzt alles bald vorbei.«

»Red keinen Blödsinn.« Saskia schnaubt ärgerlich. »Wenn du eine Lehre machst, hast du genauso Schule. Du packst das schon.«

An der Bushaltestelle erfahren wir, dass Lisa immer noch nicht wieder aufgetaucht ist. Bedrückt und völlig geschafft lassen wir uns nach Hause karren. Es gibt keine Verabredungen für das Wochenende. Am Montag steht die schriftliche Matheprüfung an, jeder von uns wird die nächsten beiden Tage über dem Mathe-Hefter verbringen.

Kai und ich laufen nebeneinander her in Richtung Dorfstraße. Meine Gedanken kreisen so intensiv um die verschwundene Lisa, dass ich die bösen Blicke gar nicht wahrnehme, die uns die beiden alten Männer zuwerfen. Sie stehen vor der Tischlerei und ihr Gespräch verstummt.

»Was glotzt der denn so dämlich?«, brummelt Kai ärgerlich, als wir an ihnen vorbei sind.

Ich hebe den Kopf und drehe mich um. Tatsächlich starren sie uns mit grimmigen Mienen nach, aber sich darüber aufzuregen, ändert nichts, das habe ich inzwischen kapiert.

»Ach, lass sie doch«, sage ich. »Die kriegen sich auch wieder ein. Sobald es neuen Klatsch im Dorf gibt, kräht kein Hahn mehr nach Maries Geschichte.«

»Na, dann sorgen wir doch gleich mal für neuen Klatsch.« Ehe ich mich versehe, packt Kai mich an den Schultern und küsst mich wild.

»He, was soll denn das?« Ich schnappe nach Luft, schiebe ihn von mir. Ich laufe weiter, werde schneller. Kai trabt mir nach.

»Was das soll?«, fragt er gereizt. »Ich weiß es nicht, Jola, sag du es mir. Du und ich, wir sehen uns kaum noch, und wenn wir zusammen sind, bist du mit deinen Gedanken ganz woanders.«

Ich drehe mich zu ihm um und laufe rückwärts weiter. Ich sollte ihm die Wahrheit sagen, wenn ich nur wüsste, was die Wahrheit ist. Habe ich mich in Olek verliebt? Und wenn ja, was bedeutet es, sich in einen *Gast auf Erden* zu verlieben? Ich schaffe es nicht, etwas offen infrage zu stellen, das langsam und stetig gewachsen, das sicher und bodenständig ist. Das Vertraute aufzugeben für etwas, das nicht wirklicher als ein Traum zu sein scheint.

»Es sind Prüfungen, ich hab Stress. Außerdem ...«

»Ach, hör doch auf, mir was vorzumachen«, unterbricht er mich. »Du bist dauernd in deinem Wald. Man könnte fast meinen, du triffst dich da mit wem.«

Mist! Schnell drehe ich mich wieder um. Mag sein, dass ich eine gute Lügnerin bin, aber Kais Instinkte funktionieren offensichtlich auch sehr gut.

»Du bist eifersüchtig auf Schrecken und Schleichen?« Ich versuche, locker zu klingen. Wir sind vor Kais Hofeinfahrt angelangt und ich bleibe stehen.

Kai kommt ganz nah an mich heran. »Keine Ahnung«, sagt er. »Irgendwie läuft es in letzter Zeit beschissen und ich ... ich habe das Gefühl, nichts dagegen tun zu können. Dein Wald, er ... er stiehlt mir Zeit mit dir, Jola. Ich will mit dir schlafen. Du fehlst mir.«

All die zwiespältigen Gefühle, die ich in mir habe, bilden einen Klumpen in meiner Kehle. Kai spürt, dass ich mich verändere. Der Wald verkörpert für ihn alles, was er an mir nicht versteht.

Ich schmiege mich an seine Brust, atme seinen vertrauten Geruch ein. »Lass uns die Prüfungen hinter uns bringen, okay? Die Büffelei bedeutet ziemlichen Stress für mich und allein im Wald kann ich mich am besten konzentrieren.«

Kai streicht mir mit dem Daumen zärtlich über die Wange. »Ja, ich weiß.« Er küsst mich, diesmal ist es ein sehnsuchtsvoller, inniger Kuss und ich spüre darin seine Angst, mich zu verlieren.

»Bis Montag«, sagt er. »Wenn du mit Mathe nicht klarkommst, ruf mich an, okay?«

Diesmal lasse ich meine übliche Vorsicht außer Acht und stelle mein Rad nicht hinterm Holzstoß ab, sondern schiebe es noch ein Stück durch den Wald und fahre ungefähr einen Kilometer auf der Ringstraße entlang, bevor ich es in einem Strauch verstecke und mich auf den Weg zu Oleks Höhle mache.

Ich habe den Großen Tambuch fast erreicht, als jemand meinen Namen ruft und ich abrupt stehen bleibe. Olek tritt aus dem in der Sonne funkelnden Grün des Waldes. Heute trägt er ein blaues, verwaschenes T-Shirt mit einigen Löchern, dazu die verschlissenen Cargoshorts und seine abgewetzten Turnschuhe. Sein von der Sonne gebleichtes Haar sieht frisch gewaschen aus und hängt ihm wirr ins Gesicht.

»He«, sagt er.

»Hey.« Mein Herz schlägt wild gegen die Rippen, und das kommt nicht nur vom Laufen. »Was macht deine Hand?«

»Der geht es gut.« Er hebt seine Rechte, öffnet und schließt seine Finger.

»Prima.« Ich lächele ihn an und Verlegenheit macht sich breit. Kurz überlege ich, ob ich ihm von meiner Deutschprüfung erzählen soll, aber dann lasse ich es. Schule ist mit Sicherheit kein spannendes Thema für jemanden wie Olek.

»Ich ...«

»Komm mit«, sagt er. »Ich dir was zeigen.«

Als ich Olek folge, wird mir bewusst, dass ich bereit bin, mit ihm ans Ende der Welt zu gehen, wenn er mich dazu auffordern würde. Wo bleibt dein Verstand, Jola? Du kennst nicht einmal den Nachnamen dieses Jungen. Du weißt im Grunde gar nichts über ihn.

Olek läuft wie ein Sprinter, fast lautlos fliegt er zwischen den Stämmen und Sträuchern hindurch, immer nur so schnell, dass ich ihm auch folgen kann. Wir balancieren auf dem umgestürzten Stamm einer Kiefer, schlagen uns durch stacheliges Unterholz und erreichen schließlich den Rand eines halb offenen, durch Windbruch unübersichtlichen Geländes voller Grasbuckel, bestanden von Sträuchern und Kiefernschösslingen.

Olek deutet auf einen alten, vermutlich längst aufgegebenen Jägeransitz, dessen offene Kanzel mit belaubten Zweigen getarnt ist. »Setz dich hoch«, flüstert er. »Ich komme gleich.«

In der Leiter fehlen Sprossen, aber Klettern war noch nie ein Problem für mich. Ich setze mich auf die schiefe Bank, hole mein Fernglas aus dem Rucksack und suche die Gegend nach Olek ab.

Für einen Moment ist er nicht zu sehen, aber dann entdecke ich ihn in etwa fünfzehn Metern Entfernung. Er trägt Handschuhe und schleppt ein dunkles Paket auf der Schulter, das er in der Nähe eines gefallenen Kiefernstammes ins Gras gleiten lässt. Das Ding ist in eine Decke eingewickelt. Er schlägt sie auseinander und zieht etwas an den Läufen ins Gras. Einen toten Frischling.

Olek schnappt sich die Decke und verlässt den Ort schnell wieder. Ungläubig beobachte ich sein Treiben. Das ist verrückt. Er jagt tatsächlich für die Wölfin. Ich kann nicht glauben, dass das funktionieren soll, aber hätte er mich sonst hierhergeführt?

Kurz darauf beginnt der Hochsitz zu wackeln und Oleks Kopf erscheint zu meinen Füßen. Ich rutsche zur Seite. Wir sitzen dicht nebeneinander auf der schiefen Bank. Oleks Arm berührt meinen Arm und meine Haut kribbelt an dieser Stelle wie verrückt.

»Hat sie hier ihre Höhle, die Wölfin?«

Olek nickt, legt einen Finger auf seine Lippen und zeigt auf den toten Frischling im Gras. Wie soll das funktionieren? Sie wird uns entdecken: Wölfe haben eine hervorragende Nase. Aber dann stelle ich fest, dass der Wind günstig steht und sie uns mit etwas Glück nicht bemerkt hier oben.

Ich reiche Olek das Fernglas. Während er voller Begeisterung hindurchschaut, betrachte ich ihn von der Seite. Er hat Spinnweben im Haar, Kiefernnadeln und ein kleines Blatt. Ich muss mich elend beherrschen, ihm das Blatt nicht aus dem Haar zu zupfen.

So sitzen wir lange in unserem luftigen Versteck, ohne zu reden. Arm an Arm. Wartend. Wir tun stundenlang nichts, aber in diesem wunderbaren, luftigen Nichts spüre ich, dass etwas passiert, etwas Überwältigendes, das ohne Worte ist. Etwas, das sich richtig anfühlt, obwohl alles dagegenspricht.

Die Schatten werden länger, die Abendsonne lässt die Kiefernstämme am Rand der Lichtung rötlich aufleuchten. Auf einmal drückt Olek mir seinen Ellenbogen in die Seite und deutet mit der Nase nach vorn. Ich schaue durchs Fernglas und da sehe ich sie, die graue Jägerin, wie sie dasteht und ihre Augen jedes Detail der Umgebung abtasten.

Sie ist misstrauisch. Gut so, denke ich und wage kaum zu atmen. Längst hat sie die Witterung des toten Wildschweins aufgenommen. Die Wölfin ist mager unter ihrem Sommerfell, vermutlich ist der Hunger bohrend genug, dass sie Oleks Gabe nicht ausschlagen wird, auch wenn sie das große Überwindung kostet.

Langsam, den Schwanz zwischen die Hinterbeine gezogen, setzt sie sich in Bewegung. Schiebt einen Lauf vor den anderen und umkreist die Beute in einem großen Bogen. Dann sichert sie wieder in alle Richtungen, die Ohren wachsam aufgerichtet.

Plötzlich wirft sie den Kopf herum, macht ein paar schnelle Sätze zur Seite, sodass ich sie aus den Augen verliere.

Ich hab's gewusst. Es wird nicht funktionieren.

Doch dann pirscht die Wölfin wieder heran, den Kopf dicht am Boden. Sie hat Angst, aber sie muss ihre Angst überwinden, um überleben zu können, um das Überleben ihres Nachwuchses zu sichern. In diesem Moment verspüre ich eine tiefe Verbundenheit mit ihr. Tiere leben im Augenblick, sie machen keine Pläne, kennen keine Vernunft. Ihre Vernunft ist der Instinkt. Aber sie kennen Angst – genauso wie wir Menschen.

Nach einer gefühlten Ewigkeit hat die Wölfin ihre übergroße Vorsicht überwunden. Sie schnappt den toten Frischling bei der Kehle und zerrt ihn aus unserem Blickfeld. Ich lasse das Fernglas sinken und schaue Olek an. Ein triumphierendes Lächeln erhellt sein Gesicht, wieder legt er den Finger auf die Lippen.

Wir müssen warten, denn wenn die Wölfin beim Fressen gestört wird, wird sie ihre Höhle aufgeben, diesen Ort aufgeben, nie wieder hierherkommen.

Erneut spüre ich den sanften Druck von Oleks Ellenbogen in meiner Seite. Und dann sehe ich sie, wie sie einer nach dem anderen unter dem Stamm der gefallenen Kiefer hervorkommen. Drei der Wolfswelpen haben ein rötlich graues Fell wie das ihrer Mutter. Der vierte ist heller als seine Geschwister.

Die vier mit ihren tapsigen, großen Pfoten beschnuppern das Maul ihrer Mutter, umschließen es mit ihren kleinen Schnauzen, bis die Wölfin halb verdautes Fleisch auswürgt. Die Welpen fressen die Brocken, danach fangen sie an zu säugen. Die Wölfin bleibt stehen, offensichtlich hat sie nicht vor, das Ganze mehr als nötig in die Länge zu ziehen.

Schließlich entledigt sie sich der kleinen Racker; als sie ihr erneut auf die Pelle rücken, verteilt sie zärtliche Knuffe, die dem Nachwuchs klarmachen sollen, dass es genug ist. Sie legt sich ins Gras und die Welpen beginnen, unter den wachsamen Blicken ihrer Mutter zu spielen.

Sie jagen einander, schnappen nach Ohren, Pfoten und Schwänzen. Sie rollen verknäult im Gras, üben für später. Der kleine Graue hat Beute gemacht, er schleppt einen Tannenzapfen im Fang umher. Er und seine Geschwister haschen nach Schmetterlingen, verfolgen Grashüpfer und ergötzen sich an einer durchgekauten Maus, die sie wieder und wieder töten.

Das Fernglas wandert zwischen Olek und mir hin und her, verbunden mit lächelnden Blicken und kleinen Berührungen unserer Finger, winzige Stromschläge, die sich in jede Faser meines Körpers fortsetzen. Ich bin schier überwältigt von diesem Erlebnis, das ich mit Olek teile, das ich ihm zu verdanken habe.

Ein paar Minuten später ist das kleine Wolfsrudel wieder verschwunden. Verstohlen werfe ich einen Blick auf meine Armbanduhr. Schon Viertel nach acht. Ich beneide Olek, der nicht nach der Uhr leben muss, so wie normale Teenager.

»Ich muss nach Hause«, sage ich leise. »Meine Mutter macht sich sonst Sorgen.«

»Besser, wir warten ... nur ein wenig noch. Dann ist sicher, dass sie sind weg.«

Zwanzig Minuten später klettern wir vom Hochsitz und entfernen uns schweigend aus dem Rückzugsgebiet der Wölfin.

»Wie alt sind sie?«, frage ich Olek, als wir die Ringstraße erreichen. »Weißt du das?«

»Fünf Wochen oder sechs.«

»Dann wird sie sie noch ein oder zwei Wochen säugen, danach brauchen sie mehr Fleisch.«

»Ich weiß.«

»Sie werden beginnen zu heulen, wenn sie sich gegenseitig rufen. Dann werden es die Leute bald wissen.«

»Wir können nicht verhindern«, sagt er, Bedauern in der Stimme.

»Nein, das können wir nicht.« Ich sehe ihn an. »Danke, Olek. Danke, dass du mich mitgenommen hast. Das war toll.«

Blätterschatten liegen auf seinem Gesicht und in seinen Augen schimmert ein Lächeln. Ich möchte ihn küssen, tue es jedoch nicht. Ich denke es nur und Olek blickt mich auf einmal ganz merkwürdig an, so, als könne er meinen Gedanken lesen.

19. Kapitel

Auch in den nächsten beiden Tagen gibt es keine Neuigkeiten von Lisa – sie bleibt verschwunden. Marco erzählt, dass vor dem Haus von Lisas Mutter ein Polizeiwagen gestanden hätte, aber warum, das wusste er nicht.

Ich lenke mich damit ab, für die Matheprüfung zu lernen. Herr Ungelenk hat uns ein paar Beispielaufgaben mitgegeben. *Darstellung eines Sachverhaltes oder Verfahrens in Textform unter Verwendung der Fachsprache. Beschreibe, wie A sich ändert, wenn x größer wird.* Oder: *Wähle ohne Hilfe des Taschenrechners diejenige Zahl aus, die der* $\sqrt{199}$ *am nächsten kommt.*

Ich ziehe Wurzeln und übe mich in Potenzrechnung. Versuche, quadratische Gleichungen und mathematische Lehrsätze in meinen Kopf zu pressen und sie auch drin zu behalten, wenigstens bis zum Montag. Aber das ist eine Menge sperriger Stoff, wo doch gerade so viel Aufregendes und Besorgniserregendes passiert.

Am Sonntagabend brummt mir der Schädel, mein Kopf ist angefüllt mit bleischwerem Wissen. Die Synapsen in meinem Hirn glühen, die Aufregung strömt als pures Adrenalin durch meine Adern und ich habe Angst, nicht schlafen zu können und am Montagmorgen als völlig übernächtiges Wrack im Prüfungsraum zu sitzen.

Als ich mir sicher bin, dass meine Eltern schlafen, klettere ich über den Balkon auf den Kirschbaum und hangele mich an den Ästen nach unten. Durch das hohe, mondbeschienene Gras des wilden Gartens mache ich mich auf den Weg zu meiner Freundin, der alten Kiefer, in der Hoffnung, dass mein Ritual auch bei Prüfungsangst hilft.

Als ich das Nachbargrundstück durch die offene Hinterpforte verlasse, höre ich ein Knacken in meinem Rücken und werfe einen schnellen Blick zurück auf den mondhellen Gartenweg. Still und friedlich liegt er da, links gesäumt von Himbeersträuchern und rechts von den Gartenzäunen und hier und da einem Obstbaum. Ich kenne jeden Strauch samt Schatten persönlich. Alles ist an seinem Fleck. Aber seit Lisas Verschwinden ist nichts mehr, wie es war.

Ich trabe los und die Baumgreisin mit ihrem krummen Stamm empfängt mich in schweigendem Willkommen. Mit geschlossenen Augen, den Rücken gegen die rissige Rinde des Stammes gedrückt, lausche ich den nächtlichen Stimmen des Waldes. Und wie immer versuche ich, die unterschiedlichen Geräusche zuzuordnen.

Ein Waldkauz manövriert durchs Geäst. Nächtliche Wesen huschen und rascheln im Unterholz. Stämme knarzen. Weiter weg die leichten Schritte eines Rehkitzes. Zweige brechen, ein paar Meter rechts von mir. Ein Fuchs vielleicht. Wieder muss ich an Lisa denken, verdränge den Gedanken jedoch sofort wieder. *Das hier ist mein Wald. Mir wird nichts passieren.*

»Nicht erschrecken«, flüstert plötzlich eine Stimme ganz in meiner Nähe. Zu Tode erschrocken reiße ich die Augen auf, presse eine Hand auf mein Herz und gebe einen heiseren Schrei von mir – alles im selben Augenblick.

Oleks vom Mondlicht beschienene Gestalt taucht zwischen den weiß schimmernden Stämmen zweier Birken auf. »Tut mir leid.«

Die Hand immer noch auf mein Herz gepresst, ringe ich nach Atem und nach Worten. »Was machst du denn hier?«, bringe ich schließlich heraus.

Olek kommt ein paar Schritte auf mich zu. »Ich passe auf, hast du schon vergessen. Ich wollte nicht, dass du Angst hast.«

Alle Anspannung fällt von mir ab. Olek, mein Aufpasser. Mein geheimnisvolles Geheimnis.

»Warst du wieder auf Diebestour?«

»Nein, ich ... du bist nicht gekommen zwei Tage. Ich habe mir Sorgen gemacht.«

Er steht jetzt dicht vor mir. Ich atme den Duft von Holzfeuer und Wildnis, der ihm anhaftet. Wie von selbst mache ich noch einen Schritt auf ihn zu und küsse Olek auf den Mund. Ein kleiner überraschter Laut kommt aus seiner Kehle und öffnet seine Lippen, sodass meine tastende Zunge in seinen Mund schlüpfen kann, der warm ist und weich und frisch nach wilder Pfefferminze schmeckt. Ich verliere mich und für Sekunden hört die Welt um mich herum auf zu existieren. Dann löst Olek sich in einer heftigen Bewegung von mir, und als ich die Augen aufreiße, ist er schon im Dunkel zwischen den Bäumen verschwunden.

Am Montag bewege ich mich wie in Trance. Habe ich Olek mit meinem Kuss verschreckt? *Super, das hast du wirklich prima hingekriegt, Jola.* Irgendwie gelingt es mir dennoch, die Matheprüfung halbwegs passabel hinter mich zu bringen.

Auf dem Heimweg statte ich Tante Lotta einen Besuch ab. Ich finde sie im Brennraum ihrer Werkstatt, wo sie dabei ist, einige Figuren aus dem Ofen zu holen. Schwarze Gestalten in merkwürdigen Posen mit unvollständigen Gliedmaßen. Das Innere des Ofens strahlt noch Hitze aus, im Brennraum herrschen Temperaturen wie in einer Sauna. Lotta trägt dicke Handschuhe, weil die Figuren noch heiß sind.

»Ganz schön gruselig, die Dinger«, stelle ich fest.

»Ich will sie *Metamorphosen der Finsternis* nennen.«

»Oh. Na ja, das ... passt.«

Sie lacht. »Warte nur ab, wenn sie erst auf ihren rostigen Füßen stehen.« Vorsichtig holt Lotta eine weitere Figur aus dem Brennofen. Sie betrachtet sie zufrieden von allen Seiten, doch dann hält sie inne und schaut mich an. »Du hast etwas auf dem Herzen, nicht wahr?«

Ich nicke. »Meine Stimmung passt sozusagen zu deinen Figuren.«

Nun entfährt Lotta ein »Oh«. Sie legt die Tonfigur ab und zieht die Handschuhe aus. »Ist Mathe so schlecht gelaufen?«

»Nein, Mathe war okay – denke ich jedenfalls.«

»Hat es was mit eurer Geschichtsaufarbeitung zu tun?«

»Auch.«

Mit dem Handrücken fährt Lotta sich über die schweißnasse Stirn. »Geh schon mal hinters Haus, ja? Ich hole uns nur schnell was Kühles zu trinken.«

Ich setze mich in einen der Gartenstühle auf der kleinen Terrasse hinter dem Haus, die von Blumenkübeln aller Größen gesäumt ist, mit blauen, gelben und weißen Blumen darin, deren Namen ich nicht kenne. Ein paar Minuten später trinken wir selbst gemachten Eistee und ich erzähle Lotta, wie einige Dorfbewohner auf Marie Scherers Geschichte reagiert haben, dass sie mich seit unserer Präsentation und dem Zeitungsbericht schneiden oder durch mich hindurchsehen.

»Davon habe ich gar nichts mitbekommen«, bemerkt Tante Lotta nachdenklich, als ich geendet habe. »Tja, damals bin ich weg von hier, weil ich diese Engstirnigkeit nicht mehr ertragen habe, und bin am Ende doch wieder zurückgekehrt. Mir gefällt, dass die Uhren hier langsamer ticken als in der Stadt, dass sich die Leute noch umeinander kümmern. Man hilft sich beim Holzmachen, beim Einkochen und der Gartenarbeit und kümmert sich um die Alten. Klar, Fremde müssen daran arbeiten, akzeptiert zu werden. Und alles, was von der Norm abweicht ...«, sie lacht, »das hat so gut wie keine Chance. Es macht ihnen Angst.«

»Und wer in der Vergangenheit gräbt, der wird schnell mal als Nestbeschmutzer beschimpft.«

»Du Arme. Wer hat das denn gesagt? Die Neumeister?«

»Die Hühner-Euchler.« Ich trinke einen Schluck von meinem Eistee. »Tante Lotta, Oma Hermine muss das doch alles miterlebt haben. Ich habe Ma schon gefragt, ich finde es seltsam, dass sie euch nichts davon erzählt hat. Habt ihr sie denn nie gefragt, wie es damals war?«

»Oh doch. Aber sie sprach nicht davon. Niemals. Ich glaube, da waren einfach zu viele seelische Wunden, zu viel Schuld und Scham. Die Leute im Dorf haben nach Kriegsende einen Strich gezogen und nur noch nach vorne geschaut.«

»Sie haben also einfach beschlossen, kein Gedächtnis mehr zu haben.«

»Ja, so kann man es sagen.« Tante Lotta schaut mich mit schief gelegtem Kopf und sorgenvoller Miene an. »Aber wegen dieser Geschichte bist du doch nicht gekommen, Jola. Gibt es wieder Probleme mit deiner Mutter?«

»Nein, nein, es hat gar nichts mit Ma zu tun, sondern mit ... Kai.«

Lotta mustert mich eindringlich. »Es ist der Sex, stimmt's? Es klappt nicht wie du es dir vorgestellt hast.«

»Ich will nicht«, sage ich bestimmt. »Nicht: Es klappt nicht. *Ich will nicht.* Ich habe mich in einen anderen verliebt.« So nun ist es endlich raus.

»Okay«, sagt Lotta. »Dann muss ich umdenken.«

Ihr verblüfftes Gesicht und ihre Worte bringen mich zum Lächeln.

»Ist es ein Junge aus dem Dorf?«, fragt sie, winkt jedoch sofort ab. »Nein, natürlich keiner aus dem Dorf.«

»Richtig.«

»Und Kai weiß nichts davon.«

Kopfschütteln.

»Erzähl mir von deinem Märchenprinzen.«

Wieder muss ich lächeln. »Er ist schüchtern.«

»Das ist alles?«

»Er hat wunderschöne Augen.«

Meine Tante seufzt. »Wie alt ist er?«

»Ich glaube, ein bisschen älter als ich.«

Sichtlich erleichtert atmet Lotta auf. »Bin ich froh, dass es kein alter Knacker ist.«

»Ich weiß noch nicht viel von ihm«, gebe ich zu, »aber ich kann mein Herz nicht kontrollieren. Es macht, was es will. Ich liebe ihn und ich vertraue ihm.«

»Nun, du hast gute Instinkte, Jola. Ich bin sicher, dieser Junge hat dein Vertrauen verdient. *Folge dem Ruf deines Herzens,* hat meine Mutter immer gesagt. Klingt ein bisschen nach Kitschfilm, ich weiß. Doch wenn du immer nur auf deinen Verstand hörst, wirst du nie das Außergewöhnliche erleben. Nur ...«, ihre Augen blicken jetzt sehr ernst, »es wird dabei nicht ausbleiben, dass du

Verletzungen erleidest. Und dass du andere verletzten wirst. Sei dir darüber im Klaren.«

Ich schlucke einen dicken Kloß hinunter, der sich in meinem Hals gebildet hat.

»Da ist noch etwas«, murmele ich.

»Immer raus damit.«

»Lisa, ein Mädchen aus Eulenbach, ist seit dem Open Air verschwunden.«

»Ja, ich habe davon gehört. Aber sie ist doch schon siebzehn – oder stimmt das nicht?«

»Doch, schon. Nur, sie sieht nicht wie siebzehn aus. Sie ist klein und blond wie Alina es war.« Noch ehe Lotta etwas sagen kann, gebe ich zu, dass ich sie und Thomas belauscht habe. »Glaubst du wirklich, dass Sievers unschuldig war? Die alte Neumeister hat auch so etwas gesagt.«

Tante Lotta macht ein ernstes Gesicht. »Um ehrlich zu sein: Ich weiß es nicht. Mein gesunder Menschenverstand sagt mir, dass Sievers kein schlechter Mensch war. Andererseits ist seit seinem Freitod nichts mehr passiert. Aber nun ist wieder ein Mädchen verschwunden und du sagst, sie sieht aus wie Alina.«

Nachdenklich schaut sie mich an. »Vielleicht gibt es eine harmlose Erklärung für Lisas Verschwinden. Trotzdem bitte ich dich, vorsichtig zu sein. Vielleicht solltest du den Wald vorerst meiden.«

Ich springe auf. »Das kann ich nicht, Tante Lotta. Außerdem: Alina ist aus dem Dorf verschwunden und nicht im Wald.«

Ich schnappe meine Schultasche und verabschiede mich.

Als ich abends auf meinem Balkon im Schaukelstuhl sitze, zieht Grillduft aus dem Garten der Merbachs herüber, zusammen mit Musik und Gelächter. Ich erinnere mich, dass Alinas Vater

Anfang Juni Geburtstag hat. Das Leben geht weiter, die Vergangenheit ist nur ein Teil davon.

Ich schicke den Ruf meines Herzens zu einer Höhle im Verbotenen Land und hoffe, dass er gehört wird.

Den ganzen Dienstagvormittag in der Schule denke ich pausenlos an Olek. Am Nachmittag büffele ich für Bio. Ich hasse es, aber es muss sein. Es ist die Stimme der Vernunft und nicht der Ruf des Herzens. Sorry, Tante Lotta. Mittwoch nach der Prüfung halte ich es dann kaum noch aus. Wenn ich doch nur endlich zu Hause wäre. Schon dort, in der Höhle. Ich muss wissen, ob Olek noch da ist. Ich muss wissen, warum er vor einem Kuss davonläuft.

Oh nein. Saskia, Tilman und Kai wollen das Ende der schriftlichen Prüfungen im »La Gondola« feiern. Ich kann jetzt nicht seelenruhig in einer Eisbar sitzen. *Ich kann nicht.*

»Ach, komm schon, Jo«, versucht Saskia, mich umzustimmen, »ohne dich macht es keinen Spaß.«

»Ich bin hundemüde und habe irre Kopfweh«, lüge ich und gebe mir alle Mühe, leidend auszusehen.

Kai zuckt nur mit den Achseln. »Lass sie doch. Gehen wir eben ohne sie.«

Im Dorfladen kaufe ich drei Bananen, Schokoriegel, eine Knackwurst, ein Baguette und eine Tüte Gummibären. Nach wie vor werde ich scheel angesehen von Leuten im Dorf, doch meine Augen weichen ihren Blicken aus. Ich lasse Blicke und Getuschel über mich ergehen. Ich habe nur Olek im Kopf.

Mein Vater ist unterwegs und Ma löchert mich während des Mittagessens mit Fragen über die Bio-Prüfung. Doch all mein Wissen ist längst gelöscht, als hätte jemand die Delete-Taste gedrückt. Nur mühsam stottere ich ein paar Antworten zusammen.

Endlich bin ich entlassen und flitze nach oben auf mein Zimmer. Ma weiß immer noch nichts von Lisas Verschwinden. Woher auch - sie war ewig nicht im Dorfladen. Und Pa ist zum Glück so beschäftigt mit seinen Sitzungen, dass die Nachricht anscheinend auch zu ihm noch nicht durchgedrungen ist, sonst hätte er mir längst verboten, in den Wald zu gehen.

Trotzdem beeile ich mich, um ihm nicht doch noch in die Arme zu laufen.

Fünfzehn Minuten später radele ich mit vollgepacktem grünem Jägerrucksack den Forstweg entlang. Obwohl noch Übungsbetrieb herrscht - das rhythmische Geballer der Artilleriegeschütze ist heute weithin zu hören und der rot-weiße Ball hängt am Mast -, benutze ich die Ringstraße als Abkürzung. Es ist verrückt, aber die Anwesenheit von Soldaten gibt mir ein Gefühl der Sicherheit.

Wenig später erreiche ich Oleks Höhle.

»Hallo, jemand zu Hause?«, rufe ich schon im Gang. Als ich Oleks Schlupfwinkel betrete, hockt er ganz oben auf der kleinen Holzleiter, mit einem Bein halb im Fensterloch - bereit zum Sprung.

»Hey, ich bin's nur.«

Wortlos kehrt Olek an seinen vom Sonnenlicht beschienenen Steintisch zurück, wo er dabei ist, ein abgezogenes und ausgenommenes Kaninchen zu zerlegen. Ich setze den Rucksack ab und hocke mich ihm gegenüber auf sein Matratzenlager. Wir schweigen und vermeiden, einander anzusehen. Ich beobachte Oleks flinke, blutige Finger, wie sie mit meinem Opinel das rosa Fleisch zerteilen.

Ich weiß nicht, worauf unser Schweigen hinauslaufen wird, aber ich will nicht wieder mit nach Hause schleppen, was ich für Olek gekauft oder im Haus in aller Eile zusammengesucht habe: Bananen, Schokoriegel, Gummibärchen, Kekse, Knackwurst, Baguette. Kerzen und Streichhölzer, ein graues T-Shirt von mir, das mir zu groß ist, ein Stück Seife, ein rotes Spannbetttuch, Haarwaschmittel und noch ein paar andere nützliche Kleinigkeiten.

Olek hat seine Arbeit unterbrochen und beobachtet mich mit wachsendem Vergnügen im Blick. »Willst du hier einziehen?«

Ich halte einen Moment inne. »Würdest du mich denn nehmen?«

Es ist eine ernste Frage und Olek spürt es. Seine Augen werden schmal. »Jola, ich ... ich bin nicht gewöhnt an ... Menschen. Und du hast dein Leben. Ein gutes Leben.« Er schluckt.

»Ich habe ein gutes Leben? Woher weißt du das?«

»Ich habe Augen in Kopf.«

»Du spionierst mir nach?«

»Ich passe auf.« Er fährt fort, das Fleisch in kleine Stücke zu schneiden.

Wer bist du, Olek? Einer, der einsam in einer Höhle haust, Leute beklaut und in der Nacht das Leben anderer Menschen ausspioniert? Ich habe einen wahnwitzigen Verdacht.

»Sag mal, sitzt du hin und wieder im Kirschbaum vor meinem Zimmer?«

In seinem Gesicht zuckt kein Muskel, aber seine Hände verraten ihn.

»Olek?«

»Manchmal.«

»Oh Gott«, entfährt es mir. Er ist mir nicht nur im Wald auf Schritt und Tritt gefolgt, er hat auf dem Baum gesessen und in mein Zimmer gestarrt, als Kai und ich miteinander schlafen wollten. Und nicht nur das. Er war *in* meinem Zimmer und hat meine Müsliriegel geklaut.

Ich hole tief Luft und wir sehen einander in die Augen. Ich sollte wütend sein und verletzt, doch in Oleks Blick flackert eine so verzweifelte Einsamkeit, dass es mir den Magen schmerzhaft zusammenzieht.

»Ich bin dir nicht böse«, sage ich. »Ich will nur wissen, warum. Warum haust du wie ein Eremit in einer Höhle auf einem Truppenübungsplatz?«

»Eremit?«

»Einsiedler. Vor wem versteckst du dich, Olek? Wo sind deine Eltern? Wahrscheinlich fragen sie sich verzweifelt, wo du bist.«

Olek schließt die Augen und schüttelt den Kopf. »Meine Eltern sind tot.« Als er seine Augen wieder öffnet, sind sie um einiges dunkler als noch vor Sekunden. »Meine Mutter, sie ... ich war ihr egal. Sie hat getrunken, hat den ganzen Tag Schnaps getrunken und herumgebrüllt.«

»Und dein Vater?«

»Kein Vater, nur fremde Männer und viel Prügel.« Olek kämpft darum, Haltung zu bewahren, ich höre es an seiner Stimme. »Mutter ist gestorben. Ich wollte nicht in ein Heim, also ich bin weggelaufen.« Jetzt, wo Olek aufgewühlt ist, kommt sein Akzent wieder stärker zum Vorschein.

»Wie alt warst du, als du weggelaufen bist?«

»Dreizehn.«

»Und wie lange ist das her?«

»Fünf Jahre.«

Mir entfährt ein überraschter Laut. »Fünf Jahre? Wo warst du in all dieser Zeit?«

Mit gequältem Gesichtsausdruck schüttelt Olek den Kopf.

»Du kannst es mir ruhig erzählen«, ermuntere ich ihn. »Ich kann einiges aushalten.« Was vermutlich eine Lüge ist.

»Ein Mann hat mich aufgenommen. Zuerst ich war froh. Ich hatte ein Bett und Essen und da waren andere Kinder. Kinder wie ich. Aber dieser Mann und sein Sohn ... wir mussten ihn Patron nennen. Mehrere Wochen lang haben sie uns Stehlen und Einbrechen beigebracht und ein paar Sätze Deutsch. Es war so etwas wie ... Schule. Und als wir gut genug waren, hat Patron uns illegal nach Berlin geschleust.«

Nach und nach erfahre ich von dem schäbigen kleinen Zimmer in Neukölln, in dem sie zu viert hausen mussten, von den täglichen Diebestouren und dem ständigen Hunger. Der Patron verlangte fünfhundert Euro pro Tag von jedem der vier.

»Eines Tages hat eine Polizeistreife uns erwischt. Wir sind weggerannt, wir waren sehr schnell. Aber Antek, er ist vor ein Auto gelaufen und war tot. Er war mein Freund.«

»Das ist ja schrecklich.«

»Ich bin nicht zurück zu Patron. Ich bin abgehauen, weg aus Berlin.«

»Und seitdem bist du allein?«

Neuerliches Kopfschütteln. »Ich habe mich im Spreewald versteckt, in Haus von alter Frau. Manchmal sie war verwirrt, hat gedacht, ich bin ihr Sohn. Aber ihr Sohn war tot.«

»Und warum bist du wieder weg von ihr?«

»Sie gestorben.« Oleks Augen schwimmen plötzlich in Tränen.

»Und du bist weitergezogen?«

»Ja. War mal hier und mal dort.«

»Wann bist du in mei... ähm, diesen Wald gekommen?«

»Anfang April. Zuerst ich habe in einem Bunker gewohnt und

später dann die Höhle entdeckt. Und jetzt ist Ende mit Verhör.« Olek wirft das klein geschnittene Fleisch in den Topf, gibt Wasser und kleine Zwiebeln dazu. »Du bist dran. Erzähl mir etwas von dir.«

»Was soll ich dir erzählen?«, frage ich. »Du weißt doch schon alles.«

Mit Zeitungspapier und Holzspänen entfacht Olek das Feuer in seinem selbst gebauten Herd und ich staune, wie gut es brennt. Die Luftzufuhr funktioniert bestens, das Holz ist trocken, es entsteht kaum Rauch.

»Erzähl mir von deinem Freund«, sagt Olek, während er eine große Kartoffel schält. »Hat er ...«, er sucht nach den richtigen Worten. »Hat er Anspruch auf dich?«

Bevor ich ihm antworten kann, muss ich ein Kratzen in meinem Hals wegräuspern. »Kai und ich«, sage ich, »wir sind schon seit dem Kindergarten befreundet.« *Fabelhafte Antwort, Jola.*

Olek schneidet die Kartoffel in kleine Stücke und gibt sie in den Topf. Er wäscht sich die Hände in Tante Lottas Eimer und reibt sie an seiner Hose trocken.

»Er liebt dich.«

Ich spüre, wie meine Hände feucht werden und mein Mund trocken. Was weiß er noch alles über mich und Kai?

»Ja«, sage ich. »Und ich dachte, ich würde ihn lieben. Aber ich habe gemerkt, dass es keine Liebe ist. Kai ist ... er ist wie ein Bruder für mich. Verstehst du?«

Olek schweigt.

»Du musst aufhören, die Leute im Dorf zu bestehlen«, wechsele ich das Thema. »Irgendwann erwischen sie dich.«

»Ich bin ein Meisterdieb, schon vergessen?«

»Du hast Kais Lieblings-T-Shirt geklaut, Olek. Wenn er dich

damit sieht, bringt er dich um. Lass es mich ihm zurückgeben, ich habe dir eines von meinen T-Shirts mitgebracht.«

Olek gefällt mein Vorschlag nicht, er schüttelt den Kopf.

»Warum nicht? Ich kann es heimlich zurück in sein Zimmer legen.«

»Ich brauche es.«

»Für was?«

»Ich mache ... Voodoo.«

»Was?«

»He, war nur Spaß. Ich mag es. Ist jetzt mein Liebling-T-Shirt.«

In den darauffolgenden Tagen muss ich vormittags die Schulbank drücken und am Nachmittag für die mündliche Englischprüfung lernen. Außerdem verbringe ich Zeit mit Saskia und Kai, damit sie nicht misstrauisch werden.

Obwohl Lisa noch immer nicht wieder zu Hause bei ihrer Mutter ist, versuche ich, nicht in Panik auszubrechen. Offensichtlich sucht ja nicht einmal die Polizei nach ihr und laut Marco gibt es dafür auch einen Grund: Lisa ist nicht das erste Mal für Tage verschwunden, und weil sie so ist, wie sie ist, hat sie in Eulenbach den Ruf eines Flittchens.

Es macht mich wütend, dass das Gerede der Dorfbewohner für die Polizei Grund genug ist, keine Pressemeldung herauszugeben, aber insgeheim hoffe ich trotzdem, dass die Leute recht behalten. Lieber ein schlechter Ruf und am Leben als noch ein toter Engel.

Fast jeden Tag bin ich für ein paar Stunden im Wald. Im großen Jägerrucksack transportiere ich Lebensmittel, die ich von meinem Taschengeld kaufe, denn meine Mutter hat begonnen, sich über meinen Appetit zu wundern. Ich schleppe Bücher in den Wald, um Oleks kleine Bibliothek (eine Bibel, Grimms Märchen und ein

Heilpflanzenbuch) ein wenig aufzustocken, und bringe ihm Kleinigkeiten, um die er mich bittet. Einen Schreibblock, Stifte, Salz, eine Handvoll Nägel, eine neue Zahnbürste und Zahnpasta.

Oft begegne ich ihm auf halber Strecke zur Höhle, als würde er ahnen, dass ich komme. Olek hält sein Versprechen: Er passt auf mich auf. Meist sieht er mich, bevor ich ihn sehe. Wenn ich dann vor ihm stehe, leuchtet immer ein Lächeln in seinem Gesicht auf.

Inzwischen habe ich doch angefangen, ihm von der Schule zu erzählen, von meinen Eltern, meinen Freunden und vom Dorf. Sogar von meiner toten Freundin Alina. Olek ist ein guter Zuhörer. Meist lauscht er mit schief gelegtem Kopf und voller Aufmerksamkeit, ob ich nun von meinen neuen Klamotten aus Saskias Fundus erzähle, von meiner angstgeplagten Mutter oder davon, dass ich zuerst dachte, ich hätte Alina gefunden, als ich auf Oleks skelettierten Mitbewohner gestoßen bin.

Ich erzähle ihm die Geschichte von Marie und dem polnischen Jungen, den sie liebte, dass dies hier vermutlich die Höhle ist, in der sie sich damals trafen, und dass der Tote mit großer Wahrscheinlichkeit Tomasz ist.

»Er ist 1965 noch einmal hier gewesen, bei einem militärischen Manöver, hat mir Agnes erzählt. Zuletzt wurde er in Ohrdruf gesehen, das ist eine kleine Stadt, hier ganz in der Nähe. Seitdem ist er verschollen.«

Olek ist auf einmal hellwach. Sein Körper scheint zu vibrieren. Gierig saugt er jedes meiner Worte auf.

»Fast fünfzig Jahre lang war er ganz in Maries Nähe«, sage ich. »Wahrscheinlich ist er ermordet worden, von demselben Mann, der damals den Ami erstochen hat. Ich kann es kaum erwarten, die Gesichter der Alten zu sehen, wenn Tomasz zu sprechen beginnt.«

Bestürzt blickt Olek mich an. »Was?«

Ich muss lachen. »Natürlich wird er nicht wirklich sprechen, aber sie können forensische Untersuchungen machen. Herausfinden, woran er gestorben ist und so.«

»Du darfst es niemandem erzählen, Jola. Niemandem, verstehst du.«

»Nein, natürlich nicht. Keine Angst ...«

Es gibt gebratenes Kaninchen und frisches Brot, das ich mitgebracht habe. Nach drei Jahren esse ich zum ersten Mal wieder Fleisch. Eine Geschmacksexplosion auf meiner Zunge. Das Kaninchen ist zart und das Fleisch quillt nicht in meinem Mund, wie ich befürchtet habe. Es zu essen, fühlt sich nicht falsch an. Olek hat das Tier mit Pfeil und Bogen erlegt, hat es abgezogen und ausgenommen, weil er Hunger hat und essen muss. Kein Futtermittelskandal, keine Massentierhaltung, kein Schlachthof, kein Gammelfleisch.

Als ich ihm von meinen drei fleischlosen Jahren erzähle, glaubt er mir nicht.

»Du bist die Tochter eines Jägers, wie kannst du kein Fleisch essen?«

»Eben deswegen. Ich wollte etwas wiedergutmachen.«

Seit dem nächtlichen Kuss unter meiner alten Kiefer hat es keine weiteren Küsse gegeben. Es gibt zufällige und weniger zufällige Berührungen, die jedes Mal Stromstöße durch meinen Körper schicken. Zum ersten Mal in meinem Leben weiß ich, was Verlangen ist. Jede Faser meines Körpers verlangt danach, Olek zu berühren und von ihm berührt zu werden.

Ich bin so verliebt, dass ich mich selbst für verrückt halte. Und je mehr Zeit ich mit Olek verbringe, desto intensiver wird das Gefühl. Nirgendwo fühle ich mich so lebendig wie in seiner Nähe, Olek akzeptiert mich – bedingungslos. Er weiß, was der Wald mir bedeutet, und er ist der einzige Mensch, mit dem ich mein Refugium wirklich teilen kann. Um bei ihm zu sein, belüge ich meine Eltern, ich belüge Saskia. Aber was schlimmer ist, ich belüge auch Kai. Und es sind nicht mehr die alten, unschuldigen kleinen Notlügen. Ich habe mich in einen Dieb verliebt und treffe mich heimlich mit ihm in einer Höhle im Wald, während Kai glaubt, dass ich hier draußen für die Prüfungen lerne oder seltene Tiere beobachte.

Lügen haben kurze Beine, hat Uroma Hermine immer gesagt, wenn sie mich bei einer erwischte. »Das sind nur kleine Notlügen«, habe ich mich dann herausgeredet.

»Kleine Lügen, große Lügen, das macht keinen Unterschied, Jola. Eine kleine Lüge kann eine große Lüge sein, ohne dass man es weiß, wenn man sie ausspricht.«

Oma Hermine hat viel gewusst über das Leben.

Am Nachmittag vor der mündlichen Englischprüfung sitzen Saskia und ich noch einmal bei ihr im Garten und üben Bildbeschreibung und Präsentation. Als Max uns selbst gemachte Erdbeer-Milchshakes an den Gartentisch bringt, klappen wir unsere Hefter zu. Genug ist genug.

Wir schlürfen unsere Shakes und sind schnell beim Thema Lisa Menninger. In der Schule und in Eulenbach kursieren inzwischen die wildesten Gerüchte über ihren Verbleib. Jemand will beobachtet haben, wie Lisa zu einem Fremden ins Auto gestiegen ist, ein anderer behauptet, sie in Jena auf dem alten Markt gesehen zu haben, und ein Mädchen aus der Nachbarschaft hat damit herausgerückt, dass Lisa nach Italien wollte. Doch es gibt zunehmend auch besorgte Stimmen und in diesem Zusammenhang ist Alinas Name aufgetaucht.

Saskia löchert mich mit Fragen zu meiner ermordeten Freundin. Sie will wissen, ob ich auch glaube, dass Alinas Mörder noch frei herumläuft und sich jetzt Lisa geschnappt hat.

Aber ich habe keine Lust, jetzt mit Saskia über Alina zu sprechen, und nach ein paar vergeblichen Versuchen gibt sie auf.

Um auf dem Weg nach Hause nicht zufällig Kai in die Arme zu laufen, nehme ich den Umweg. Als ich das Grundstück der Neumanns passiere, kommt er mir auf der Straße entgegen. Mist.

»Hey.« Er gibt mir einen Kuss. »Deine Mutter hat mir gesagt, dass du bei Sassy bist. Dein Handy ist mal wieder aus.«

»Wir haben für Englisch gelernt.« Es ist ein unglaublich gutes Gefühl, zwischendurch mal die Wahrheit zu sagen. »Gehen wir zu mir?«

»Laufen wir lieber ein Stück?«

Einigermaßen verwundert über seinen Vorschlag, aber auch alarmiert durch den Ausdruck in seinem Gesicht, nicke ich. »Okay.«

Wir laufen an unserem Garten vorbei, ein Stück den Forstweg aus dem Dorf hinaus. Kai wirkt bedrückt, und da ich weiß, dass er über Gefühle nur schlecht reden kann, erwarte ich, dass er sich gleich über mich beschweren wird. Zurecht.

»Was ist los?«, frage ich schließlich, weil ich es endlich hinter mir haben will.

»Jola«, druckst er herum, »du bist fast nur noch in deinem Wald, du ...«

»Fängst du jetzt auch noch damit an«, unterbreche ich ihn. »Ich habe doch gesagt, ich kann am besten lernen, wenn ich allein da draußen bin. Der Wald inspiriert mich.« Verflixt, was rede ich da?

»Ja, ich weiß. Ach verdammt, hast du denn gar keine Angst?«

»Angst?« Verwundert schaue ich Kai an. »Kommst du mir jetzt mit denselben Sprüchen wie meine Mutter.«

»Nein.« Kais Blick ist ernst. »Aber Lisa ist verschwunden und du ... ach, ich weiß auch nicht. Herrgott noch mal, du bist so naiv.«

»Naiv? Ich bin nicht naiv«, wettere ich los. »Ich bin bloß kein Angsthase.«

Kai nimmt mich an der Schulter und zieht mich zu sich herum. »Jola, ich habe Angst um dich, kapierst du das nicht? Du rennst ganz allein da draußen im Sperrgebiet herum, und wenn dich einer abmurkst und verbuddelt, dann verschwindest du auf Nimmerwiedersehen – wie Alina.«

In Kais blauen Augen spiegelt sich tatsächlich eine große Sorge, und wäre ich eine andere, würde ich ihm endlich die Wahrheit sagen. Aber ich bin keine andere.

20. Kapitel

In der zweiten Junihälfte wird es schlagartig heiß und damit beginnt für die Dorfjugend wieder die Zeit am Badesee, auf die alle sehnsüchtig gewartet haben: schwimmen, Musik hören, lesen und faul in der Sonne liegen.

Von Lisa spricht kaum noch jemand, nicht mal in der Schule. Es ist, als ob es sie nie gegeben hat, darin fühle ich mich sehr an Alina erinnert. Und doch: Auch ich habe Zeiten, in denen ich nicht an Lisa denke.

Mit den mündlichen Englischprüfungen ist der ganze Prüfungsspuk schlagartig vorbei und Schule existiert für mich nur noch am Rande. Weil ständig Lehrer krank sind und Vertretungslehrer fehlen, haben wir eine Menge Unterrichtsausfall in den letzten Tagen vor den Sommerferien, trotzdem habe ich mehr Stress als jemals zuvor in meinem Leben.

Wenn ich mit Saskia und Kai zusammen bin, versuche ich, die Jola zu sein, die sie kennen. Bin ich mit Olek zusammen, versuche ich herauszufinden, wer die neue Jola ist und was sie eigentlich will. (Und was Olek von dieser Jola will.) Ma versuche ich weißzumachen, dass alles in bester Ordnung ist. Was zunehmend schwieriger wird, denn inzwischen ist ihr zu Ohren gekommen, dass im Nachbardorf ein Mädchen verschwunden ist.

Wir geraten heftig aneinander, denn für meine Mutter zählt

(natürlich) nicht, dass Lisa schon siebzehn und nicht das erste Mal abgehauen ist. Für sie zählt nur, dass Lisa noch nicht wieder aufgetaucht ist. Doch sosehr ich meine Sorge mit ihr teilen möchte: Ich kann es nicht. Ich darf nicht. Ich werfe ihr all die Gemeinheiten an den Kopf, die über Lisa kursieren – nur, damit ich ja kein Waldverbot bekomme.

Und Pa, der rettet mich mal wieder. Wie alle anderen ist er der Meinung, dass Lisa abgehauen ist.

»Nun beruhig dich doch, Ulla«, versucht er, meine Mutter zu beschwichtigen. »Hubert hat mir versichert, dass er ein Auge auf Jola hat. Du brauchst dir keine Sorgen zu machen.«

Pas beiläufige Offenbarung haut mich beinahe um. Denn jetzt fange ich an, mir ernsthaft Sorgen zu machen. Um Olek. Um die Wölfin. Aber ich sage nichts.

Und dann, an einem Samstagnachmittag, genau vier Wochen nach ihrem Verschwinden, taucht Lisa plötzlich quietschvergnügt am Badesee auf, so, als wäre sie nie fort gewesen. Sie ist nicht allein, ein junger Mann mit Pferdeschwanz ist bei ihr und bei genauerem Hinsehen entpuppt er sich als der Geiger von *Carpe Noctem*.

Alles, was in Grüppchen zwischen den Bäumen und Sträuchern am Uferrand auf Decken und Handtüchern liegt, starrt zu den beiden hinüber. Sie küssen und necken sich, Lisa wirft ab und zu den Kopf in den Nacken und lacht über etwas, dass der Geiger gesagt hat. Schließlich toben sie ausgelassen in den See und setzen die Küsserei im Wasser fort.

»Ganz großes Kino«, bemerkt Saskia.

Kai macht ein so bedeppertes Gesicht, dass ich laut lachen muss. »Da ist sie ja wieder, unsere Lisa. Von den Toten auferstanden.«

»Das ist echt der Hammer.« Immer noch ungläubig schüttelt Saskia den Kopf. »Und ich hatte tatsächlich angefangen, mir ernsthaft Sorgen um sie zu machen.«

Davon habe ich allerdings nichts bemerkt, denke ich im Stillen.

Saskia starrt immer noch über den See. »Hoffentlich hat ihre Mutter sie wenigstens ordentlich zur Schnecke gemacht.«

»Einen sonderlich schuldbewussten Eindruck macht sie jedenfalls nicht«, brummt Kai.

»Ob sie die ganze Zeit bei ihm war?«

Höre ich da einen Anflug von Neid in Saskias Stimme?

Kai gibt einen genervten Seufzer von sich und steht auf. »Geh doch hin und frag sie, wenn es dich so brennend interessiert.«

Er rennt ins Wasser und schwimmt in kräftigen Zügen. Saskia zieht eine Grimasse. Ich schüttele den Kopf, lache. Lisa ist wieder da und es geht ihr gut, die bösen Zungen haben recht behalten und mir fällt ein großer Stein vom Herzen.

»Hey, schau mal da!« Saskia rammt mir ihren Ellenbogen in die Seite. Sie deutet auf jemanden, der allein im Schatten eines kleinen Strauches sitzt, unweit von Lisa und ihrem langhaarigen Lover. »Ist das nicht Magnus?«

»Sieht ganz so aus.«

»Was macht der denn hier? Spannen?«

»Und wenn«, erwidere ich. »Lass ihm doch den Spaß. Der Typ ist harmlos.«

»Bei dir ist jeder harmlos, Jola. Du siehst in allen Menschen immer nur das Gute. So ist diese fiese, kalte Welt aber nicht.«

Ich lasse mich stöhnend aufs Handtuch fallen.

»Dass Magnus' Hirn nicht mehr top funktioniert«, ereifert sich Saskia, »heißt ja nicht, dass auch seine Fleischeslust beeinträchtigt ist.«

Fleischeslust? Ich halte mir mein T-Shirt vors Gesicht und grinse. »Magnus war früher oft am See. Er ist ein guter Schwimmer.«

»Na, ich rette ihn jedenfalls nicht, wenn er mitten im See einen Aussetzer hat und absäuft«, sagt Saskia. »Und jetzt gehe ich zu Lisa und frage sie, wo sie sie die ganze Zeit gesteckt hat.«

Mit einem Ruck ziehe ich das T-Shirt vom Gesicht und setze mich auf. Saskia ist tatsächlich auf dem Weg zur anderen Uferseite. Sie dreht sich noch einmal um und winkt mir mit einem schelmischen Lächeln. Für einen Moment fühlt sich alles ganz leicht und völlig sorglos an.

Als wir am Abend unsere Räder den von Roggen und Mais gesäumten Weg zum Dorf hinaufschieben, erfahren wir von Saskia, dass Lisa Stress mit ihrer Mutter hatte und nach dem Open Air kurzerhand mit dem Geiger von *Carpe Noctem* mitgefahren ist, um ihr eins auszuwischen.

»Sie ist einfach mit der Band auf Tour gegangen, stellt euch das mal vor. Nach drei Tagen hat sie ihre Mutter angerufen und ihr gesagt, dass es ihr gut geht.«

»Und warum haben wir nichts davon erfahren?«, fragt Kai.

»Weil Lisas Mutter es niemandem erzählt hat. Offensichtlich hat sie sich geschämt für ihre missratene Tochter.«

Sonntagmorgen. Noch vor Sonnenaufgang schleiche ich mich aus dem Haus, diesmal nur mit meinem kleinen schwarzen Rucksack auf dem Rücken. Olek stößt im Wald zu mir, bevor ich die Höhle erreiche. Wieder kein Kuss, nur sein überwältigendes Lächeln und eine flüchtige Berührung, bei der ich spüre, wie auch er erschaudert.

Ich will dich, denke ich. *Ich will dich, ich will dich.*

»Ich weiß jetzt, wohin die Wölfe umgezogen sind«, offenbart er mir mit leuchtenden Augen.

Vor ein paar Tagen hat die Wölfin mit ihren Jungen die alte Wurfhöhle verlassen und für ihr kleines Rudel eine neue Bleibe gesucht, sodass wir sie nicht mehr vom Ansitz aus beobachten konnten. Anscheinend hat Olek herausgefunden, wo sich die neue Höhle befindet, und das heutige Vormittagsprogramm lautet: Wölfe beobachten. Was ja eigentlich auch romantisch ist, aber ...

Mit einem Seufzen folge ich ihm.

Auf dem Weg erzähle ich Olek von Lisas spektakulärer Rückkehr und merke, dass auch er erleichtert ist.

»Du musst trotzdem vorsichtig sein«, beschwört er mich. »Mann beobachtet dich.«

»Ja, ich weiß.« Ich winke ab. »Das ist bloß Trefflich, mein Pa hat ihn gebeten, ein Auge auf mich zu haben. Du musst höllisch aufpassen, dass er dich nicht sieht.«

»Ich sehe immer zuerst.«

Ja, klar.

Die neue Höhle liegt gut eineinhalb Kilometer von der alten entfernt, unweit eines versteckten Tümpels. Die jungen Wölfe sind gewachsen, ihre Mutter säugt sie nicht mehr. Inzwischen sind sie alt genug, um selbst Fleisch zu fressen, und brauchen deshalb Wasser in der Nähe. Noch bleiben sie auf ihren Streifzügen im engen Radius ihrer sicheren Höhle, aber schon bald werden sie ihr Streifgebiet ausdehnen.

Olek hat am Tag zuvor ein junges Reh erlegt und die Jungwölfe schleppen die dünnen Rehläufe als Beute durch die Gegend, balgen sich um die Reste.

»Alles muss die Wölfin ihnen allein beibringen«, sagt Olek, als wir später auf dem Weg zur Höhle sind. »Das Jagen, die Angst vor Menschen. Sie ist einsam, ihr fehlt ein Gefährte.«

Mir auch, denke ich. »Vielleicht kommt ja bald einer vorb…«

»Psst.« Plötzlich reißt Olek mich zurück und legt einen Finger auf seinen Mund.

Durch eine Lücke im Gesträuch sehe ich einen schwarzen Motorradhelm.

»Verdammte Scheiße, Alter, dein Reifen ist platt.«

Olek zieht mich nach unten. In einer weichen Moosmulde gehen wir in Deckung. Diese Stimme – die kenne ich doch.

»Fuck. Fuck. Fuck. Hoffentlich kommt niemand.«

He, das kann nicht sein. Ist das etwa Kai? Ich will aufspringen, doch Olek hält fest mich umschlungen.

»Ich hab dir doch gesagt, kauf diese Kiste nicht, ist Billigmist.« Clemens Neumann. »Hier, schau dir das an, wie schlecht die Felge auf der Innenseite verarbeitet ist.«

Oleks warmer Pfefferminzatem dringt in mein Ohr und ich bin vollkommen überwältigt von dieser plötzlichen, unfreiwilligen Umarmung. Von mir aus können die Crossfahrer noch ewig auf der Ringstraße herumstehen und darüber nachgrübeln, wie sie nun von hier wegkommen. Am liebsten möchte ich in alle Ewigkeit so liegen und die Hitze von Oleks Körpers an meinem spüren.

Sein Atem streift mein Gesicht, seine Lippen sind ganz nah und ich kann nicht anders, ich küsse ihn zärtlich auf den Mund.

In seinen Augen flackert es wild, doch er rührt sich nicht. Jede Bewegung, jeder Laut kann uns verraten. Olek gibt keinen Mucks von sich, seine Brust bebt. Ich schaue ihm in die hellen Kieselaugen und küsse ihn wieder. Meine Zunge gleitet über seine unregelmäßigen Zähne, schiebt sich dazwischen und findet seine Zunge. Ein unterdrücktes Stöhnen kommt aus seiner Brust und ich spüre ein deutliches Zeichen seines Verlangens an meinem Oberschenkel.

Meine Hand tastet unter den Saum seines T-Shirts, doch er versucht, mich daran zu hindern, ihn zu berühren. Einen Augenblick später lässt er los und meine Finger gleiten über seine Rippen. Kurz krümmt er sich zusammen – er ist kitzlig, aber er lacht nicht.

Mit sanftem Druck schiebe ich Oleks Hand unter mein T-Shirt. Als sie meine Brüste findet, stößt Olek ein leises Keuchen aus und schließt die Augen.

Plötzlich ein richtiger Kuss, einer, der von ihm ausgeht, der voller unterdrückter Sehnsucht ist. Und dann geht alles sehr schnell: Ich bekomme die Kraft zu spüren, die in Oleks magerem Körper steckt. Seine Beine sind wie Fangeisen, sein Atem ein unglückliches Wimmern. Die Hand in meinem Haar hält mich am Boden, die andere schiebt mir die Shorts von den Hüften.

»Warte«, formen meine Lippen. Irgendwo in einer Tasche meiner Shorts steckt ein Kondom, doch die Riemen des Rucksackes sind mir von den Schultern gerutscht, schneiden in meine Oberarme und hindern mich daran, danach zu suchen.

Das ist verrückt. Nur ein paar Meter von uns entfernt basteln die Crossfahrer an einer Maschine herum, jederzeit kann einer von ihnen ein dringendes Bedürfnis verspüren und plötzlich vor uns stehen. Vielleicht ist sogar Kai dabei – nicht auszudenken, was passiert, wenn er Olek und mich entdeckt.

Daran hättest du mal eher denken sollen, Jola.

»Warte.«

Doch Olek ist nicht mehr aufzuhalten. Sein tränennasses Gesicht über meinem, sein grüner, verschwommener Blick, der völlig in sich gekehrt ist, seine Haare das Einzige an ihm, was mich sanft berührt. Meine Shorts, die ... »Olek, nicht so schnell. Warte, sie könnten uns ...«

»Okay, so müsstest du bis nach Hause kommen«, sagt Clemens auf der Ringstraße. Sie sind so nah.

Olek schiebt sich in mich hinein, ohne Schmerz, ganz leicht. Sein Mund öffnet sich und ich spüre, wie sich in den Tiefen seiner Kehle ein Schrei formt. Blitzschnell presse ich ihm eine Hand auf den Mund, sein Atem brandet gegen meine Handfläche, sie fängt den Schrei. Etwas strömt über meinen nackten Bauch, heiß und pulsierend. Ein Zucken geht durch Oleks Körper und er vergräbt sein nasses Gesicht an meinem Hals, während seine Linke aus meinem Haar fährt und mein Gesicht streichelt, immer und immer wieder über dieselbe Stelle.

Das Knattern von Motoren zerreißt die Stille. Vögel flattern erschrocken aus den Kronen der Bäume und kurz darauf entfernt sich das Motorengeräusch der drei Crossmaschinen. Ehe ich mich versehe, rollt Olek von mir herunter und zieht seine Shorts wieder über die knochigen Hüften.

Sein verschatteter Blick begegnet meinem und seine Lippen formen ein lautloses »Es tut mir leid«.

Mit einem Satz ist er auf den Beinen und zwischen den Blättern verschwunden.

»Olek«, brülle ich. *Du Schuft.* Mit einem Moospolster wische ich meinen Bauch trocken, streife Slip und Shorts über und sprinte ihm hinterher. »Olek.«

Er ist flink, aber ich bin es auch. Olek läuft geradewegs in Richtung Höhle, zu seinem Zufluchtsort. Kiefernzweige streifen mein Gesicht, tote Äste zerkratzen mir Arme und Beine, aber ich bin ihm dicht auf den Fersen. Kurz bevor er den Höhleneingang erreicht, stolpert Olek über eine Wurzel, kann den Sturz aber abfangen und taumelt noch bis zur sonnenbeschienenen Felswand. Er stützt seine Handflächen gegen den Stein, keucht.

Schließlich dreht er sich um, drückt sich mit Hinterkopf und Rücken gegen die Wand und schaut mir zu, wie ich langsam näher komme. Es ist, als wolle er mit der Felswand verschmelzen. Schweißperlen funkeln auf seiner Nase, sein Atem geht stoßweise. Aus schmalen Augenschlitzen schaut er mich an.

Am liebsten würde ich ihm kräftig eine langen. Ich weiß so gut wie nichts über sein Leben vor seinem Jäger- und Sammlerdasein auf dem Truppenübungsplatz. Er war ein Straßendieb in Berlin, ihm kann dort alles Mögliche wiederfahren sein. Furchtbare Dinge, die vielleicht sein merkwürdiges Verhalten erklären.

In einem Winkel meines Herzens weiß ich, dass Olek mir nicht die ganze Wahrheit erzählt hat, dass da noch etwas kauert, etwas, das er weggesperrt hat, weil es zu wehtut. Etwas, das immer in seinem Blick lauert, selbst wenn er lächelt. Aber ich spüre auch, dass nichts die warme Flamme löschen kann, die in mir für ihn brennt. Nicht einmal das, was gerade geschehen ist. Ich liebe Olek.

Und ich bin stinkwütend auf ihn.

Meine Rechte fördert das Kondom aus meiner Hosentasche zutage und ich halte es ihm vorwurfsvoll unter die Nase. Völlig verwirrt schaut er auf das flache, viereckige Päckchen und dann wieder in mein Gesicht.

»Weißt du, wozu diese Dinger gut sind?«

Olek schließt die Augen. »Jola«, stöhnt er. »Ich ... es tut mir leid. Ich wollte das nicht. Aber du ...« Er reibt sich mit den Händen über das Gesicht und schüttelt den Kopf.

»Ja, schon gut, ich gebe zu, das war nicht fair von mir.« Ich schiebe das Päckchen in die Tasche zurück, greife nach Oleks

Handgelenken und ziehe ihm die Hände vom Gesicht. »Aber du, du gehst Berührungen immer aus dem Weg und ich dachte, du bist einfach nur schüchtern. Auf einmal warst du so nah und ich ... ich ...«

Olek schlingt seine Arme um meinen Körper und umarmt mich so fest, dass ich kaum noch Luft bekomme.

»He, du erdrückst mich.«

Er löst seine Umklammerung, nimmt mein Gesicht in seine Hände und küsst mich. Es sind kleine Küsse, kurz und sanft, wie warme Regentropfen. Er küsst meine Wangen, die Nase, die Augenlider, die Schläfen. Ich lehne mich gegen ihn und spüre, was diese Küsse erneut mit ihm anrichten.

Auf einmal fühle ich mich überfordert. Ich stemme meine Handflächen gegen seine Brust und halte ihn auf Abstand.

Panik sammelt sich in Oleks Gesicht. »Jetzt hasst du mich.«

»Nein«, sage ich. »Nein, ich hasse dich nicht. Ich frage mich nur ...«

»Was, Jola? Was fragst du dich? Ob ich ein kaputter, wie sagt man ... Spinner bin?«

»Nein. Aber ich dachte, du magst mich. Und du musst doch schon lange gemerkt haben, dass ich dich auch mag.«

»Ich habe gemerkt, Jola. Natürlich habe ich gemerkt. Aber ich hatte Angst.«

»Angst? Vor mir?«

»Angst vor ... Berührungen.« Oleks Akzent kommt so stark zum Vorschein, dass er kein vernünftiges Wort mehr zustande bringt. Seine Lippen zittern, er stöhnt und stammelt etwas auf Polnisch. Anscheinend fehlen ihm die deutschen Worte, um mir verständlich zu machen, was ihn quält.

Ein Teil von mir möchte ihn umarmen und ihm versichern,

dass man vor Berührungen keine Angst haben muss, dass sie etwas Schönes sind und die Einsamkeit verjagen können. Doch etwas in Oleks Augen hält mich zurück und lässt mich frösteln.

»Ich muss jetzt nach Hause, es ist schon spät.«

»Geh jetzt nicht weg, Jola. Prosze!«

Aber ich bin schon auf dem Weg. »Ich komme wieder.«

»Jola.«

Du machst mir Angst, Olek. Ich liebe dich, Olek. Du machst mir Angst. Ich liebe dich. *Olek*.

Den Rest des Tages laufe ich herum wie ein begossener Pudel, und als Ma mich fragt, was los ist, sage ich, ich hätte meine Tage und würde mich nicht gut fühlen. Letzteres ist nicht gelogen. Ich habe schlichtweg Angst. Ich nehme zwar die Pille (doppelt hält besser, da waren Kai und ich uns einig), aber die schützt bekanntlich nicht vor all den fiesen Sachen, die man sich sonst noch so einhandeln kann, wenn man ungeschützten Sex mit einem Fremden hat.

Ich muss mit Olek reden. Er muss mir die Wahrheit sagen. Wenn da in Berlin noch andere Sachen gelaufen sind als Straßendiebereien, dann .... *Verdammt, verdammt, verdammt.*

Am Montagmorgen ist der Himmel wolkenverhangen, als ich mittags aus der Schule komme, regnet es in Strömen. Ich bin wütend auf Olek, dass er mich in diese bescheuerte Situation gebracht hat, aber ich fühle mich auch nicht ganz unschuldig daran. Ich brauche Zeit, um damit klarzukommen. Der Regen ist eine willkommene Ausrede mir selbst gegenüber, um das Gespräch mit Olek noch ein wenig hinauszuschieben.

Am Tag darauf wird es wieder bullig heiß und Saskia und Kai fragen nicht, ob ich mit ihnen zum See komme, sie erwarten es schlichtweg von mir. Diesmal habe ich so schnell keine Ausrede parat.

Ich sitze zwischen Kai und Saskia, höre mit halbem Ohr auf ihre Frotzeleien und bin allein mit meinen quälenden Gedanken.

Am Mittwoch nach der Schule halte ich es nicht länger aus. Ich muss mit Olek sprechen oder ich werde verrückt. Die Sonne brennt so unbarmherzig vom blauen Himmel, dass es sogar im Schatten des Waldes unerträglich warm ist. Mein T-Shirt ist unter den Armen und auf dem Rücken nassgeschwitzt, als ich den kühlen Gang der Höhle betrete.

Ich finde Olek im Schein der Campinglampe lesend auf seinem Matratzenlager. Er muss so in die Lektüre vertieft gewesen sein, dass er mein Kommen nicht gehört hat. Als er mich sieht, klappt er das Buch zu und schiebt es unter sein Kopfkissen.

»Hey«, sage ich und wische mir den Schweiß von der Stirn.

»Jola.« Er setzt sich auf, kreuzt die Beine im Schneidersitz.

Die Nachmittagssonne scheint durch das Fensterloch und erhellt die Höhle. Die äußere Felswand ist nicht sehr dick, und wenn die Sonne auf den Felsen prallt, erwärmt sich der Stein und schafft eine angenehme Raumtemperatur, während draußen alles unter der Hitze stöhnt.

»Ich habe dir Müsliriegel und Äpfel mitgebracht.« Ich leere meinen Rucksack auf den Steintisch.

Olek hat dunkle Schatten unter den Augen. Sein Gesicht sieht gespenstisch mager aus, so, als hätte er weder gegessen noch geschlafen. Sein Blick geht an mir vorbei und heftet sich auf die vier Äpfel auf dem Tisch.

»Sprichst du nicht mehr mit mir, Olek?«

»Du bist nicht gekommen ... zwei Tage.« Jetzt sieht er mich endlich an. »Du hasst mich, Jola. Bitte, hass mich nicht.«

»Ich hab dir doch gesagt, dass ich dich nicht hasse. Aber im Gegensatz zu dir muss ich ein paar gesellschaftliche Regeln einhalten, wie zum Beispiel: zur Schule gehen.«

»Schule«, sagt er bitter. »Du warst am See, mit ...« Er schluckt, blickt wieder weg.

»Mit meinen Freunden?«, beende ich den Satz. »Ja, das war ich. Sie beschweren sich, dass ich keine Zeit mehr für sie habe, weil ich dauernd bei dir im Wald bin. Sie werden langsam misstrauisch, sie ...«

»Du hast ihn geküsst. Du hast gesagt, er wie ein Bruder für dich, aber so küsst man Bruder nicht. Warum machst du das, Jola?«

Ich klappe den Mund zu. In Oleks Augen sehe ich seine Not. »Du warst da?«

»Ich passe auf, schon vergessen?«

»Olek.« Ich rutsche auf Knien an ihn heran. »Ich werde es Kai sagen, versprochen. Es ist nur: *Was* soll ich ihm sagen? Dass ich mich in einen anderen verliebt habe, das kann er vielleicht irgendwann akzeptieren. Aber er würde wissen wollen, wer es ist, und nicht eher Ruhe geben, bis ich es ihm sage.«

Endlich erscheint ein winziges Lächeln auf Oleks Gesicht.

»Verliebt?«, fragt er.

»Verliebt«, antworte ich.

Mein Herz schlägt Purzelbäume, als Olek in mein Haar greift und seine Finger mich hinter dem Ohr kraulen, als wäre ich ein kleines felliges Tier. Er schiebt seine Hand in meinen Nacken, zieht mich zu sich heran und legt seine Lippen auf meine. Seine Haare kitzeln meine Stirn, sein Atem schmeckt nach wilder Pfefferminze und sein ganzer Körper ist zärtlich.

»Mein T-Shirt ist ganz verschwitzt«, murmele ich einen halbherzigen Einwand.

»Dann zieh es aus.«

Viel auszuziehen gibt es bei uns beiden nicht (Olek trägt, wie ich bereits weiß, keine Unterhosen), aber bis wir uns nackt gegenübersitzen, vergeht eine gefühlte Ewigkeit. Keiner von uns beiden sagt etwas, wir betrachten unsere Körper, sind nackter als nackt.

Ich nestele das Kondompäckchen aus meinen Shorts. »Schon mal eins benutzt?«, frage ich und versuche, mir nicht anmerken zu lassen, wie bedeutungsvoll die Antwort für mich ist.

Olek nimmt es, runzelt die Stirn und fährt sich mit der anderen Hand verlegen durchs Haar. Er schüttelt den Kopf.

Mist. »Macht nichts«, beeile ich mich zu sagen, »wir kriegen das hin.« Das klingt selbst in meinen Ohren übertrieben optimistisch, denn bei unserem einzigen Mal hat Kai die Sache in die Hand genommen – im wahrsten Sinne des Wortes.

»Gut.« Mit einem Stoßseufzer der Erleichterung legt er das Kondom in meine verantwortungsvollen Hände zurück.

Mit zitternden Fingern reiße ich das Tütchen auf. Mein Schamgefühl verflüchtigt sich, als ich Oleks schrecklich ernstes Gesicht sehe. Auf einmal ist alles ganz einfach, auch die Sache mit dem Kondom.

Oleks Gesicht schwebt über meinem, seine wilden Haarsträhnen kitzeln mich im Gesicht und meine Hände wandern von seinen Schultern zu seinen schmalen Hüften zwischen meinen Beinen. Alles flattert, mein Herz, die Hände, mein Atem.

»Jola«, flüstert Olek, als er sich in mir bewegt. Nur mein Name, und sein Atem, dem ich folge. Ich verschließe mein Herz vor allen beunruhigenden Gedanken, doch als wir erschöpft nebeneinanderliegen, stellen sie sich wie ungebetene Gäste wieder ein.

»Ist alles gut?«, fragt Olek besorgt.

»Ja. Das war ...«

»Besser?«

Oh ja. »Viel besser.«

»Ich habe gelernt«, bemerkt er, mit einem Anflug von Stolz in der Stimme.

Ich hab's gewusst. Ich fahre hoch und verschränke die Arme vor meinen nackten Brüsten. Die Gedanken schwirren wie wild gewordene Bienen durch meinen Kopf. Olek hat vielleicht zuvor noch nie ein Kondom benutzt, aber alles in allem hat er ziemlich genau gewusst, wo es langgeht. In Berlin, da war er dreizehn, höchstens vierzehn und dann hat er zwei Jahre bei dieser alten Frau gelebt – falls es stimmt, was er mir erzählt hat.

Wann und wo hat er *gelernt?* Woher hat er gewusst ... Oh Gott, ich spüre, wie mein Gesicht anfängt zu glühen, wenn ich nur daran denke. »Waren es ... hast du mit vielen Mädchen geschlafen? Du kannst es mir ruhig sagen, ich komme klar damit.« *Erbärmliche Lügnerin.*

»Keine Mädchen«, erwidert er, seltsam beschämt.

Oh nein. *Jungen.* Schlagartig wird mir schlecht. Sie waren vier Jungen in diesem schäbigen Zimmer, von dem er mir erzählt hat. Und sie hatten einen Patron. In meinen Gedanken tun sich bodenlose Abgründe auf.

»Du hast mit ... Jungen?« Ich stottere kläglich.

»Jungen?« Auf einmal lacht Olek und langt unter sein Kopfkissen. Er zieht das Buch hervor, in das er vertieft war, als ich kam, und reicht es mir. Im Schummerlicht der Höhle betrachte ich den Titel. *Das Kamasutra: Die besten Stellungen* von Miranda Bell. »Ein Lehrbuch der erotischen Liebe.« Ich stoße einen Seufzer der Erleichterung aus und muss jetzt auch lachen. »Daraus hast du gelernt?«

Treuherziges Nicken.

Neugierig beginne ich zu blättern, betrachte die Abbildungen mit den verschiedenen Stellungen und meine Ohren beginnen zu glühen. »Woher hast du das?«

»Du glaubst nicht, was die Leute alles wegwerfen.«

»Hast du das aus dem Dorf?«

»Ja. Ist schönes Buch. Ist zu schade für Wegwerfen.«

Als ich Oleks Lehrbuch zuklappen will, fällt mir auf der letzten Seite ein Namenszug auf: *L. Auerbach.* Tante Lotta, wer sonst? Aber hat sie es wirklich weggeworfen?

Ich klappe das Buch zu und gebe es Olek zurück. »Stimmt«, sage ich, »schönes Buch.«

Wir sehen uns an und lächeln. Und auf einmal weiß ich, dass alles richtig ist, dass es eine Ordnung gibt für das, was hier passiert. Dass sie vielleicht im Augenblick noch nicht in ihrer ganzen Größe erkennbar ist, aber irgendwann wird es so weit sein.

»Es war ... erstes Mal.« Oleks Hände klammern sich an das Buch.

»Im Wald? Das war dein erstes Mal?«

Er nickt. Windet sich vor Verlegenheit und ich schäme mich. Schäme mich für alles, was ich gedacht oder getan habe.

»Es tut mir leid, Olek. Können wir es einfach vergessen?«

Bestürzt schaut er mich an. »Du wollen, dass ich meine erstes Mal vergesse?«

»Ja ... nein.« Ich bin so unendlich erleichtert. Beuge mich zu Olek und küsse ihn. Es soll ein Abschiedskuss sein, denn wenn ich rechtzeitig zum Abendessen zu Hause sein will, muss ich los.

Doch Olek deutet meinen Kuss anders. Er öffnet das Buch, schlägt zielsicher eine Seite mit Eselsohr auf und zeigt auf die Abbildung. Der Mann liegt auf dem Rücken und die Frau sitzt auf ihm, seine Hände umfangen ihre Brüste.

Na toll, denke ich, doch bevor er zur Tat schreiten kann, sage ich fröhlich: »Das nächste Mal, okay? Jetzt muss ich nach Hause, meine Mutter wartet mit dem Essen.«

21. Kapitel

Die letzten beiden Schultage vor den Ferien scheinen um Stunden längere Vormittage zu haben als normale Tage. Am Freitag klettert die Temperatur auf siebenundzwanzig Grad im Schatten und trotz offener Fenster steht die verbrauchte Luft im Raum, denn draußen geht kein Wind.

Endlich ist Zeugnisausgabe.

Die Zeit, bis auch der Letzte sein Zeugnis in den Händen hält, kriecht wie eine Schnecke. Alle in unserer Klasse haben die BFL-Prüfungen bestanden. Nach den Sommerferien werden wir in Oberstufen-Kurse aufgeteilt, ich werde nicht mit Kai und Saskia in einem Kurs sein.

Es klingelt zum Schulschluss, und als das Klingeln verstummt, hallt fröhliches Geschrei durch das gesamte Schulhaus. Aus den Klassenzimmern strömen Schüler, rempeln sich an und lachen und stolpern wie bekifft dem Ausgang entgegen. Nur raus hier, denke ich. Endlich frei – für ganze sechs Wochen.

Diesmal bin ich dabei, als wir im »La Gondola« den Ferienbeginn mit einem Eisbecher feiern.

»Kommst du nachher mit zum See?«, fragt Kai, als wir später von der Bushaltestelle nach Hause laufen.

»Weiß noch nicht«, murmele ich.

Er fasst nach meiner Hand. »Hey, du hast wohl den Schuss

nicht gehört: Es sind Ferien, Jo. Was ist nur los mit dir? Habe ich irgendetwas gesagt oder getan, was dich gekränkt hat?«

Ich schüttele den Kopf, muss schlucken, kann ihn nicht ansehen. Meine Kehle brennt und ich schäme mich. Ich muss es ihm endlich sagen, alles andere ist unfair.

»Ist es immer noch wegen diesem dämlichen Zeitzeugenbericht?«

Ich zucke mit den Achseln. Eine wortlose Lüge. Kai kommt überhaupt nicht auf die Idee, dass ich mich in einen anderen verliebt haben könnte. Er vertraut mir blind und ich habe dieses Vertrauen missbraucht. Wenn du wüsstest, Kai. Wenn du wüsstest, dass in unserem Wald eine Wölfin jagt und ihren Nachwuchs aufzieht. Wenn du wüsstest, dass Olek dort draußen in einer Höhle lebt, der polnische Elf, der mein Herz im Sturm erobert hat. Olek, der Dieb, der dir nicht nur dein Lieblings-T-Shirt, sondern auch deine Freundin gestohlen hat. Der in seiner Höhle sitzt und Lektionen der Liebeskunst lernt, weil er alles richtig machen will.

Vor der Einfahrt zum Hof der Hartungs steht ein alter Kombi mit Berliner Kennzeichen. »Oh nein«, stöhnt Kai auf. »Johanna und Elli sind schon da. Eigentlich wollten sie erst am Sonntag kommen.« Er seufzt. »Das mit dem See hat sich wohl für heute erledigt. Ich kann es nicht glauben, dass ich diesen kleinen Satansbraten jetzt drei Wochen lang am Bein habe.«

Danke, Johanna, denke ich, als ich wenig später kräftig in die Pedale trete, um zu Olek zu kommen. Ich kann es kaum erwarten, ihn wiederzusehen, auch, wenn es nur für eine Stunde sein wird. Vielleicht werden wir in der Sonne sitzen und reden, vielleicht besuchen wir die Wölfin und ihren Nachwuchs. Vielleicht werfen wir aber auch einen Blick in Tante Lottas Buch der Liebeskunst und lernen zusammen eine weitere Lektion.

Ich bin so glücklich, dass die Euphorie das schlechte Gewissen in den Hintergrund drängt.

In der Nähe der Höhle gibt es ein verstecktes Plätzchen: von drei Seiten schützender Fels und weiches Gras, in dem man liegen und träumen kann. Olek liegt mit geschlossenen Augen auf dem Rücken und kaut auf einem Grashalm herum. Sein nackter Oberkörper glüht in der Sonne. Ich sitze neben ihm und studiere seine Rippenbögen unter der sonnenbraunen Haut, die flachen, schlanken Muskeln, die feine Linie blonder Härchen unter seinem Bauchnabel, die unter dem Hosenbund verschwindet. Er hat überall am Körper kleine Narben, helle Zeichen, die etwas erzählen. Nur was?

Über Oleks Vergangenheit weiß ich noch immer so gut wie nichts. Ihn danach zu fragen, ist vergebliche Liebesmüh, sein Blick kehrt sich jedes Mal nach innen und ich kann spüren, dass irgendwo tief in ihm ein wilder Schmerz lauert. Er wirkt dann verkrampft und verschlossen, deshalb habe ich aufgehört zu fragen.

Ich lege mich neben ihn. »Was heißt Schwalbe auf Polnisch?«

»Jaskólka.«

»Und Fuchs?«

»Lis.«

»Eule?«

»Sowa.«

»Ich liebe dich?«

»Kocham cie.« Olek beugt sich lächelnd über mich und küsst mich.

»Ich dich auch.«

Seine graugrünen Augen blicken sanft und ich frage mich, was sie schon alles gesehen haben. Woher rührt die Trauer, die stets in seinem Lächeln mitschwingt? Was sind die geheimen Gedanken hinter Oleks Blick?

Nach seiner Vergangenheit kann ich ihn nicht fragen, also frage ich, was er sich wünscht, in der Hoffnung, dass ich in seiner Zukunft vorkomme.

»Für einen wie mich gehen Wünsche selten in Erfüllung«, antwortet er leise. »Sie tun nur weh.« Der Schmerz in Oleks Stimme treibt seine Worte tief unter meine Haut. »Ich versuche, im Augenblick zu leben, Jola, wie die Tiere. Nichts hoffen und nichts wünschen. Der Mensch ist einzige Tier, das wünscht.« Die schwüle Hitze, das Summen der Insekten und die Rufe eines Baumfalken mischen sich in seine Worte. »Ich will nichts wünschen, ich will mich nicht mehr erinnern.«

Schnell hat sich der Himmel zugezogen und nun türmen sich dunkle Wolken am Himmel. Auf dem Heimweg erwischt mich das Gewitter, ich werde nass bis auf die Haut.

In den nächsten Tagen bleibt das Wetter warm und sonnig. Jeden Morgen bin ich vor Sonnenaufgang im Verbotenen Land und verbringe die Zeit bis zum Mittagessen mit Olek. An den Nachmittagen schlüpfe ich in mein Die-alte-Jola-Ich, fahre mit den anderen zum Badesee, um die Fassade der Normalität aufrechtzuerhalten, hinter der ich meine Geheimnisse bewahre – und um mein Versprechen gegenüber Kai einzuhalten, dass ich ihn mit seiner wilden Nichte nicht alleinlasse.

Elli ist gewachsen, seit ich sie das letzte Mal gesehen habe, und Kai hat nicht übertrieben: Seine Nichte ist ein wahrer Satansbraten. Mager und flink wie ein Eichhörnchen, allerdings eins ohne Schneidezähne. Blonde Ringellöckchen, Sommersprossen, Stupsnase und ein loses Mundwerk, das sich gewaschen hat. Entweder rennt sie oder springt wie ein Jojo auf und ab – normal laufen scheint bei ihr nicht einprogrammiert zu sein. Und sie schleppt immer ein hässliches behaartes Stofftier namens Sammy mit sich herum, von dem sie sich niemals trennt.

Wir haben ein Plätzchen im Halbschatten einiger Jungbirken und die Nachmittagssonne funkelt auf dem dunklen Wasser des Sees. Sammy sitzt am Uferrand, gerade so weit von der Wasserlinie entfernt, dass seine grauen Fusselfüße nicht nass werden. Kai steht im Wasser und hält Elli in ihrem Hello-Kitty-Badeanzug auf seinen Unterarmen. Sie hat rosafarbene Schwimmflügel an den Armen, Kai soll ihr das Schwimmen beibringen.

»Okay«, ruft er, »so ist es gut. Die Beine bewegen wie ein Frosch und mit den Händen das Wasser zerteilen und wegschieben. Pass auf, ich zeige es dir noch mal.« Er lässt sie von seinen Armen gleiten und wartet, bis sie sicher steht. Dann stellt er sich hinter sie, fasst nach ihren Händen und zeigt ihr die Schwimmbewegungen.

»Süß, oder nicht?« Saskia stupst mich an.

»Wer? Kai oder Elli?«

Sie kichert. »Na, wer schon. Sieh ihn dir doch nur an, diese Wahnsinnsmuskeln.«

Saskia hat recht. Kais Figur ist in den letzten Wochen männlicher geworden, er hat Muskeln bekommen. Ich weiß, dass er heimlich Gewichte stemmt in seinem Zimmer.

»Als kleiner Kerl war er ein Dickerchen mit Mopsgesicht«, verrate ich leise.

Sie seufzt. »Ihr beide passt einfach perfekt zusammen, Jo. Ich beneide dich um deine Figur und diesen heißen Bikini.« Der *heiße* Bikini stammt aus dem Fundus ihrer englischen Cousine.

»Ach, hör doch auf, Sassy, du weißt genau, dass alle Typen hier am See sich nach dir umdrehen und nicht nach mir. Weil du einen supersexy Busen hast.«

»Und warum hast du dann so einen tollen Freund und ich sitze alleine hier?«

»Weil du so verdammt wählerisch bist, Sassy, das ist alles.« Ich sehe sie an, ihr fröhliches Gesicht, und spüre einen Stich. Wie gerne würde ich ihr erzählen, dass alles ganz anders ist, als es aussieht. Dass Kai längst nicht mehr der Junge ist, auf dessen Ruf mein Herz hört. »Sassy?«

»Ja?«

»Ich ...«

In diesem Moment quietscht Elli auf und schreit übermütig: »He, alle mal herschauen.« Saskia und ich wenden unseren Blick wieder zum Wasser und der Moment ist vorbei. Elli steht auf Kais Schultern und springt mit lautem Kreischen ins Wasser.

»So, Mücke«, er schnappt sie sich. »Jetzt geht es raus aus dem Wasser, du hast schon ganz blaue Lippen.«

Elli zieht einen Flunsch und protestiert heftig. Aber Kai trägt sie aus dem Wasser und rubbelt sie trocken. Schließlich sitzt Elli mit Sammy in ein großes buntes Handtuch eingewickelt neben mir auf der Decke, klappert mit den Zähnen und vertilgt Kekse, von denen auch Sammy ab und zu ein Krümelchen abbekommt.

Kai beugt seinen Kopf herüber und gibt mir einen schnellen Kuss, wie ein Tier, das nach seiner Beute schnappt.

»Seid ihr jetzt ein richtiges Liebespaar?«, fragt Elli mit vollem Mund.

»Ja«, antwortet Kai, »Jola und ich sind ein richtiges Liebespaar.« Er wirft mir einen spöttisch fragenden Blick zu. »Das sind wir doch, oder?«

»Na klar.«

»Aber wenn ihr ein richtiges Liebespaar seid, dann war das kein richtiger Kuss. Liebespaare küssen mit der Zunge.«

Mist!

Saskia gibt ein leises Schnauben von sich. Sie grinst in sich hinein.

»Tja«, meint Kai, »wenn das so ist, dann werden wir dir auf der Stelle beweisen, dass wir ein richtiges Liebespaar sind.« Er beugt sich über Elli hinweg und küsst mich, dass mir Hören und Sehen vergeht. Ich versteife mich, kann an nichts anderes denken als daran, dass Olek vielleicht wieder irgendwo in einem Versteck sitzt und uns beobachtet.

Elli zieht die Schultern hoch und kichert wie ein kleiner Gnom. Saskia klatscht und von einigen Leuten auf den umliegenden Decken und Handtüchern kommen Pfiffe.

Ich kann es nicht verhindern, dass ich rot anlaufe. Es ist die Schamesröte, die mir ins Gesicht steigt. Du musst es ihm sagen, Jola. Du musst es ihm endlich sagen, dass du nicht mehr von ihm geküsst und berührt werden willst. Weil es nicht funktioniert mit dem Liebespaar. Weil er dein Freund ist und nur das.

Saskia stößt mir ihren Ellenbogen in die Rippen. »Guck mal, da drüben.« Sie zeigt mit der Nase auf die gegenüberliegende Seeseite. Auf einem winzigen Handtuch sitzt Hubert Trefflich und hat ein Fernglas vor dem Gesicht, mit dem er ungeniert die Mädchen in ihren knappen Bikinis beobachtet.

»Dieser dämliche Spanner«, sage ich.

Saskia steht auf und lässt vor Trefflichs Fernglas provokant die Hüften kreisen.

Als wir später zu dritt nach Hause laufen, macht Elli schon nach hundert Metern schlapp und Kai muss sie auf seinen Schultern den Berg hinauftragen. Sie zappelt und plappert und drückt ihm immer wieder fast die Luft ab. Am Dorfeingang setzt Kai Elli ab und sie hüpft los wie aufgezogen.

Rudi Grimmer steht mit Pinsel und einem Eimer Farbe am Zaun, als wir im Anmarsch sind. Er sieht auf, glättet seine fettigen Haarsträhnen auf der Halbglatze und brummt auf unseren Gruß hin eine vage Erwiderung.

Kaum ist Elli an ihm vorbei, dreht sie sich um, zieht eine Grimasse und streckt die Zunge raus. Leider hat Grimmer es gesehen. »He, du kleine Hexe, was soll denn das?«

»Tut mir leid«, entschuldigt sich Kai, »sie hat es nicht so gemeint. Sie ist eine Großstadtgöre«, sagt er achselzuckend, als ob das alles erklärt.

»Na dann wird es Zeit, dass ihr jemand ein bisschen Benehmen beibringt«, poltert Grimmer hinter uns her.

Plötzlich schießt Biene aus dem offenen Gartentor. Laut bellend rast sie auf Elli zu, die stocksteif und mit hochgezogenen Schultern stehen bleibt.

»Biene, aus«, ruft Grimmer scharf. Die Hündin zieht winselnd den Schwanz ein, sie trottet zurück zu ihrem Herrchen und setzt sich brav ins Gartentor.

Kai schnappt sich Elli und wir laufen an der großen schwarzen Schäferhündin vorbei. »Wird Zeit, dass Sie Biene ein bisschen Benehmen beibringen«, rufe ich, als wir ein paar Meter entfernt sind.

Grimmer schüttelt den Kopf und winkt ab.

»Arschloch«, zischt Kai.

»Das A-Wort sagt man nicht.« Elli ist aus ihrer Erstarrung erwacht.

»Man streckt auch nicht fremden Leuten die Zunge raus«, entgegnet Kai.

»Er hat mich so blöd angeguckt, der Mann.«

Kai schnaubt ärgerlich. »Du hast sie ja nicht mehr alle. Wir sind hier auf dem Dorf, Mücke, da gucken alle blöd, wenn sie so ein Mädchen wie dich sehen.«

Elli befreit ihre Hand aus Kais, streckt ihm die Zunge raus und hüpft davon.

Kai macht ein so verdutztes Gesicht, dass ich laut loslachen muss. Und schließlich lacht auch Kai.

22. Kapitel

Am Samstagmorgen passiert das, was ich schon lange befürchtet habe: Eines von Hagen Neumanns schwarzköpfigen Schafen liegt tot und angefressen auf der Wiese zwischen Waldrand und Haus.

Clemens' Vater holt Pa noch vor dem Frühstück, damit er sich den Kadaver ansehen kann. Ich war am Abend zuvor noch lange bei Saskia, weil sie heute mit ihren Eltern und Max in den Urlaub nach Südfrankreich fährt und wir uns nun zwei Wochen nicht sehen werden. Deshalb habe ich länger geschlafen als sonst und bin noch zu Hause, als Hagen Neumann klingelt.

Ich begleite Pa zum Tatort. In meinem Inneren herrscht wilder Aufruhr, ich habe Mühe, die Ahnungslose zu spielen.

Nachdenklich kniet Pa neben den Überresten des Schafes und untersucht die Bisswunden an der Kehle mit dem blutigen Halsband. Die Bauchdecke der Heidschnucke ist aufgerissen, eine Darmschlinge zieht sich einen Meter lang über das blutgetränkte Gras. Wie auch die anderen Schafe ist das Tier angepflockt gewesen und hatte keine Chance, als die Wölfin kam.

Sabine Neumann, Clemens und Tizia treten aus dem Haus. Clemens nickt mir kurz zu. Er trägt ein olivgrünes Achselshirt und dünne braune Leinenhosen – vermutlich ist das sein Schlafanzug. Die langen schwarzen Haare fallen ihm offen über die Schultern und er sieht unverschämt gut aus.

Als Tizia den Kadaver erblickt, wird sie bleich und verzieht das Gesicht zu einer Grimasse. Sie presst eine Hand auf den Mund, wendet sich ab und verschwindet im Laufschritt wieder in Richtung Haus.

»Tja.« Pa kratzt sich nachdenklich am Hinterkopf. »Ich nehme an, das war Tobias Zackes Rottweiler. Wahrscheinlich ist er mal wieder ausgebüchst. Er hat bereits ein oder zwei Dorfkatzen auf dem Gewissen, aber dass er ... na ja, das hier ist selbst für Luzifer ungewöhnlich.«

»Es ist eine Ungeheuerlichkeit, dass so eine Bestie frei im Dorf herumläuft«, ruft Sabine Neumann aufgebracht. »Und überhaupt, stehen Rottweiler nicht auf dieser Liste für verbotene Hundearten?«

Papa stützt sich mit den Händen auf den Oberschenkeln ab und steht auf. »Zacke hat eine Genehmigung zum Halten des Hundes. Nach der Gefahren-Hundeverordnung muss Luzifer an der Leine geführt werden und einen Maulkorb tragen.«

»Na, von einem Maulkorb kann offensichtlich nicht die Rede sein«, bemerkt Hagen. »Für diesen Hund braucht er einen Waffenschein.«

Clemens starrt immer noch fasziniert auf den Kadaver, enthält sich jedoch jeglicher Meinungsäußerung.

»Haben Sie denn nichts gehört in der Nacht? Die Tiere müssen doch Todesangst gehabt haben?«

Neumann schüttelt den Kopf. »Wir waren gestern Abend auf einer Einweihungsfeier und sind erst spät nach Hause gekommen. So gegen zwei, glaube ich. Da war es vermutlich schon passiert.«

»Was wird denn jetzt?« Ungehalten betrachtet Sabine Neumann die blutige Schweinerei auf ihrer Wiese.

»Zuerst muss festgestellt werden, ob es tatsächlich Luzifer war, und dann müssen Sie sich mit Tobias Zacke wegen einer Entschädigung einigen.«

Mir ist völlig klar, dass Luzifer unschuldig ist. Aber ich halte den Mund.

»Und wenn er leugnet, dass es sein Hund war?«, fragt Hagen.

Mein Vater hebt die Schultern.

»Das ist doch nicht Ihr Ernst?«

»Ich werde mit Zacke sprechen, wenn Sie das möchten.«

»Ja, bitte tun Sie das.«

Pa fasst mich am Arm. »Komm, Jola.« Wir gehen ein paar Schritte in Richtung Einfahrt, als mein Vater sich noch einmal zu Neumanns umdreht. »Ach ja, im Übrigen verstößt es gegen die Haltungsrichtlinien, wenn Sie Ihre Schafe anpflocken.«

Pa macht sich auf den Weg, um Tobias Zacke einen Besuch abzustatten, und ich radele, so schnell ich kann, in den Wald, um Olek von der Katastrophe zu berichten.

»Nun ist es also passiert«, sagt er mit belegter Stimme. »Ich muss einfach noch besser aufpassen.«

»Wie jetzt? Du passt auf die Schafe auf?«

»Ich versuchen.«

Ungläubig schaue ich ihn an. »Ich muss es meinem Vater sagen, Olek. Und dem Schäfer. Die Wölfin, sie hat Hunger. Ihre Jungen brauchen viel Fleisch. Sie wird es wieder tun. Du kannst es nicht verhindern. Wenn sie noch mehr Schafe tötet, wird es umso schwieriger.«

Panik macht sich in seinem Gesicht breit. »Dann ich muss hier weg, Jola. Leute werden kommen ... sie die Höhle finden.«

Olek hat recht und ich weiß es. Wenn publik wird, dass auf

dem Truppenübungsplatz ein kleines Wolfsrudel lebt und jagt, dann ist das eine Sensation. Dann werden sich nicht mehr nur Schatzsucher und idiotische Crossfahrer illegal auf dem Militärgelände herumtreiben, sondern auch Wolfsforscher. Wolfsfreunde werden versuchen, um jeden Preis ein Foto von einem wilden Wolf zu ergattern, und Wolfsfeinde alles daransetzen, ihm den Garaus zu machen.

Das alles wird passieren, früher oder später. Aber ich will nicht, dass Olek geht. Wenn er sein Refugium verlässt, dann wird es für immer sein. Panik erfasst mich bei dem Gedanken, ihn zu verlieren. Meine Kehle schnürt sich zu. Wir können ja nicht einmal in Kontakt bleiben. Keine E-Mails, keine Nachricht auf Facebook, höchstens mal ein Anruf, und das auch nur, wenn Olek zuvor jemandem Geld gestohlen hat.

Mein bisheriges Leben kommt mir auf einmal ganz easy vor, ohne nennenswerte Probleme. Doch damit scheint nun Schluss zu sein. Geh, Olek, bevor es zu spät ist, denke ich, aber ich bringe keinen Ton hervor.

Gegen jede Vernunft habe ich meinen Gefühlen für diesen Jungen nachgegeben. Wenn wir zusammen sind, erlebe ich jeden Moment als ein bunt schillerndes Gewebe aus kostbaren Fäden. Aus gewagten Träumen und Hoffnungen. Aus ungeahntem Begehren und einer Fülle von Zärtlichkeiten. Aus Liebe und Verlust. Vergangenheit und Zukunft, dunklem Schmerz und irrer Freude, aus Werden und Vergehen. Alles ist im Geflecht der Zeit miteinander verwoben. Ich habe keine Ahnung, wohin die Sache steuert, aber ich will mir das hier nicht kaputt machen lassen, von nichts und niemandem.

Jeder Tag mit Olek zählt. Es ist, als würde ich mir einen Vorrat anlegen, einen Vorrat von diesem kostbaren Gewebe, damit ich mich später darin einhüllen kann, wenn er nicht mehr da ist.

»Also gut«, sage ich endlich, »ich werde niemandem etwas erzählen. Vielleicht hat die Wölfin es ja nur getan, weil die blöden Heidschnucken angepflockt waren.«

Wann habe ich eigentlich angefangen, mich selbst zu belügen? Soeben oder schon vor langer Zeit?

Ich schmiege mich an Oleks Brust und er nimmt mich in seine Arme. Dann küssen wir uns, tief und ein bisschen verloren.

Ich bin eine Viertelstunde zu spät zum Mittagessen, Ma und Pa haben bereits angefangen. Meiner Mutter geht es nicht gut, das sehe ich sofort. Dunkle Schatten liegen unter ihren Augen, ihr Gesicht sieht bleich und spitz aus. Ein Schaf mit aufgerissener Kehle, nur zweihundert Meter von ihrem Zuhause entfernt, das ist einfach zu viel für sie.

Ma hat in den letzten Wochen viel im Garten gearbeitet, hat ihre Beete bestellt und sich um ihre geliebten Rosen gekümmert. Doch solange ein beißwütiger Hund durchs Dorf streift, wird sie keine Ruhe mehr haben.

»Was hat Tobias gesagt?« Ich tue mir auf, Spaghetti mit Tomatensoße und Schaf-Hackfleisch.

»Er behauptet, Luzifer war es nicht. Der Hund wäre jede Nacht im Zwinger, auch die vergangene.«

»Glaubst du ihm?«

Pa hebt die Schultern. »Ich weiß nicht. Seine Papiere sind in Ordnung und er schwört, dass Luzifer es nicht gewesen sein kann.«

»Und was nun?«

»Ich muss noch mal mit Neumann sprechen. Anspruch auf Entschädigung hat er ja nicht, aber er will natürlich wissen, welcher Hund aus dem Dorf für den Tod seiner Schafe verantwortlich ist. Die anderen Leute auch. Aber nur Hagen kann als Geschädigter Anzeige erstatten und die Polizei einschalten.«

»Die Polizei?« Ich zucke zusammen, die Nudeln rutschen mir von der Gabel.

»Ja. Dann muss ein Forensiker das tote Schaf untersuchen, Speichelproben von Luzifer nehmen.«

»Das ist ja verrückt«, sagt Ma schleppend. »Und wenn sich herausstellt, dass es Zackes Rottweiler tatsächlich nicht gewesen ist?«

Das ist die Frage, die ich nicht zu äußern gewagt habe.

Pa zuckt mit den Achseln. »Dann müssen alle großen Hunde im Dorf untersucht werden. Möglicherweise ist ja auch ein wildernder Hund im Wald unterwegs. Ist dir vielleicht etwas aufgefallen, Jola?«

»Nö.« Eine Zwei-Buchstaben-Lüge.

Pa seufzt. »Ich war schon lange nicht mehr in Ruhe auf der Pirsch, die ganzen Versammlungen, die Jahrespläne für den Holzeinschlag und die ständigen Klagen der Bauern wegen der Wildschäden – ich hatte einfach zu viel um die Ohren. Gleich morgen werde ich mich mal gründlich im Revier umschauen.«

Erschrocken verschlucke ich mich an meinem Bissen und muss husten. Dass Pa sich gründlich in seinem Revier umschaut, kann ich jetzt überhaupt nicht gebrauchen.

In meinem Zimmer fahre ich den Laptop hoch und googele alles über Herdenschutzhunde und wolfssichere Zäune. Rundum dichte Elektrozäune schrecken Wölfe ab. Alles, was flattert, macht ihnen Angst. Wölfe springen selten über Hindernisse, sie ziehen es vor, sich durchzugraben. Am sichersten sind jedoch Herdenschutzhunde, große, wehrhafte Hunde, die mit den Lämmern aufwachsen und deren alleinige Aufgabe es ist, ihre wolligen Kumpel zu bewachen und zu verteidigen.

Mit ein wenig Aufwand könnte Bernd Hartung seine beiden Herden wirksam schützen. Allerdings müsste Kais Vater erst einmal wissen, dass ihnen Gefahr droht und vor allem: von wem.

Ein paar Seiten drucke ich aus und lege sie in eine Schublade meines Schreibtisches. Wenn es so weit ist, will ich sie Kai geben. Aber zunächst muss ich mit ihm über etwas anderes reden. Nicht über wolfssichere Zäune und Herdenschutzhunde. Ich muss mit ihm über Herzensdinge reden, das bin ich ihm schuldig - schon seit Langem.

Ich nehme den Gartenweg, wo die Himbeeren in ihrem reifen Rot verlockend von den Büschen leuchten wie kleine Feuer. Ihr Geschmack ist eine Explosion fruchtig-saurer Süße auf der Zunge und mein Gaumen verlangt nach mehr. Ich nasche und trödele.

Wie finde ich nur die richtigen Worte, um zu sagen, was ich sagen will? Wie fange ich an? Kai ... ähm, ich bin zu dem Schluss gekommen, dass es besser ist, wenn wir Freunde bleiben. *Nein.* Kai, du bist mein bester Freund und wie ein Bruder für mich. Schon besser. Aber in welche Worte ich es auch verpacke, Kai wird zutiefst verletzt sein. Ich werde ihm furchtbar wehtun. Er wird mich hassen. Und für das Dorf werde ich diejenige sein, die einen »guten Jung« abserviert und unglücklich macht.

Folge dem Ruf deines Herzens, hat Tante Lotta zu mir gesagt. Das habe ich getan und nun muss ich dafür einstehen.

Ich bin fast beim Grundstück der Hartungs angelangt, als ich im Himbeerstrauch eine Rispe mit besonders großen Beeren entdecke. Ich pflücke sie und schiebe sie mir in den Mund, als ich mitbekomme, wie Kai zwanzig Meter vor mir durch die Gartentür tritt. Reflexartig ducke ich mich ins Himbeergestrüpp. Kai schaut sich um, als wolle er sich versichern, dass die Luft rein ist. Seltsam. Dann läuft er ein paar Meter, schaut sich noch einmal um und ist plötzlich verschwunden. Zurück auf dem Weg, laufe ich mit schnellen Schritten ein paar Meter. Wo ist Kai hin? Er ist nicht wieder zurück in seinen Garten gegangen und so schnell kann er das Ende des Gartenweges nicht erreicht haben.

Erst jetzt entdecke ich das hinter Himbeergestrüpp versteckte Loch im Maschendrahtzaun, der Tobias Zackes Grundstück umgibt. Zackes Einfahrt und sein Gehöft liegen am Ende einer schmalen Asphaltstraße, auf die der Gartenweg mündet und die kurz dahinter zum Waldweg wird. Kai hätte bloß nach links um die Ecke biegen und fünfzig Meter laufen brauchen, dann hätte er den offiziellen Eingang nehmen können.

Was, zum Teufel, will Kai von Tobias? Warum schlüpft er durch den Zaun wie ein Dieb?

Getrieben von Neugier folge ich ihm durch das Loch im Zaun. Kurz muss ich daran denken, dass Luzifer vielleicht gerade nicht in seinem Zwinger ist, aber wenn, dann wird er Kai zuerst finden.

Ich bin nicht zum ersten Mal auf dem von hohen Büschen umgebenen Grundstück, das direkt an den Wald grenzt, aber das letzte Mal ist fünf Jahre her. Ich erinnere mich an das zufriedene Lächeln auf Sievers Gesicht, als er mir den zahmen Siebenschläfer gezeigt hat.

Ein schmaler Fußpfad schlängelt sich vom Zaun zwischen den Sträuchern hindurch in Richtung Scheune und Wohnhaus. Das Gras ist heruntergetreten, eine Schneise führt durch einen Brennnesselwald. Kurz sehe ich Kais schwarzen Lockenkopf zwischen den Sträuchern aufblinken und folge ihm in einigem Abstand. Schnurstracks läuft er auf Zackes Scheune zu und verschwindet im offenen Scheunentor.

Im nahen Umkreis der Scheune stehen drei von Zackes Schrottskulpturen. Wesen mit langen Krallen und Zähnen. Mit Monsteraugen aus verrosteten Kreissägeblättern, Händen aus alten Mistgabeln und krummen Auspuffbeinen.

Ich flitze zur Scheune, schleiche mich an der Bretterwand entlang, bis ich die Hofseite mit den großen Torflügeln erreicht habe. Ein Torflügel steht offen, dahinter könnte ich mich gut verstecken. Aber es ist der auf der anderen Seite. Also umrunde ich die Scheune auf ihrer Rückseite. Als ich auf der gegenüberliegenden Seite entlangschleiche, höre ich auf einmal Stimmen, ganz nah, zwischen mir und den beiden jungen Männern ist nur die Bretterwand. Ich finde ein Astloch und spähe hinein.

Diesen Teil der Scheune nutzt Tobias offensichtlich als Lager für seine Schrotteile, ich kann seinen Rücken sehen, er beugt sich über eine Kiste, scheint nach etwas zu suchen.

»Heute nicht, okay?«, höre ich ihn sagen.

»Und wieso auf einmal nicht?«

»Weil ich mit Luzifer schon genug Ärger an der Backe habe und noch mehr Ärger kann ich nicht brauchen. Außerdem habe ich einen Auftrag und der muss fertig werden. Im Gegensatz zu dir muss ich irgendwie meinen Lebensunterhalt verdienen.«

»Mann, bist du heute scheiße drauf.«

»Ja, das bin ich, verdammt noch mal. Ist mein gutes Recht. Was glaubst du, wie ich dieses spießige Nest hier satthabe. Ich habe keinen Bock mehr darauf, der Sündenbock für alles zu sein. Luzifer hat dieses dämliche Schaf nicht gekillt, aber für alle ist klar, dass nur er es gewesen sein kann. Wer schon Luzifer heißt ...«

Tobias hat gefunden, was er sucht, er geht damit in den Mittelteil der Scheune, wo ein halb fertiges Schrottwesen steht.

»Hey, reg dich ab. Dann crosse ich eben alleine los.«

»Tu, was du nicht lassen kannst«, brummt Tobias, »du weißt ja, wo alles ist.«

Ich höre Schritte auf dem Kies knirschen und presse mich mit dem Rücken flach an die Bretterwand. Kai läuft schräg über den kleinen Hof auf ein im rechten Winkel zum Haupthaus stehendes massives Nebengebäude mit zwei Garagentoren zu. Er öffnet eines der Tore und verschwindet darin, als wäre er hier zu Hause. Ich habe Glück, dass er mich nicht gesehen hat, ein einziger Blick von ihm nach links hätte genügt.

Flugs sprinte ich geduckt zum großen Schrotthaufen, hinter dem ich mich gut verstecken und den Hof besser überblicken kann. Nur wenige Minuten später kommt ein von oben bis unten in weiß-grünes Leder gekleideter Kai aus der Garage. Er hat einen Sturzhelm auf und schiebt eine grüne Crossmaschine neben sich her. Ich ducke mich hinter den Schrott. Gleich darauf höre ich, wie Kai den Motor anlässt. Er fährt an mir vorbei, einen ausgefahrenen Weg zwischen Scheune und Garage in Richtung Waldrand, und ist kurz darauf vom Grundstück verschwunden.

So ist das also! Diese Entdeckung haut mich beinahe um. Verdammt, Kai, wie kannst du mir das nur antun? Sinnlos kreuz und quer im Wald herumcrossen, die Tiere zu Tode erschrecken und seltene Pflanzen platt walzen. Warum machst du das? Um mir eins auszuwischen? Um dich am Wald zu rächen, der mich dir wegnimmt? Den du nicht verstehst?

Und nun weiß ich auch, warum niemand die Moto-Crosser im Dorf sieht: Weil sie von Tobias Zackes Grundstück aus in den Wald fahren, ohne dabei durchs Dorf zu müssen. Ich bin wütend und neugierig und meine Wut macht mich waghalsig.

Geduckt schleiche ich mich weiter zur Garage und schlüpfe hinein. Der nach Motoröl riechende Raum mit den weiß gekalkten Wänden ist verblüffend aufgeräumt und beherbergt zwei funkelnde Crossmaschinen ohne Nummernschilder. Werkzeuge liegen säuberlich sortiert in den Regalen, Rahmenteile und ein Satz neue Reifen hängen an der Wand. In der Ecke steht ein Spind, die Tür ist offen, die Fächer sind leer bis auf ein paar Lederhandschuhe. Hier lagert Kai offensichtlich seine Lederkluft, die Stiefel, Helm und Handschuhe. Clever. So kann ihm zu Hause niemand auf die Schliche kommen. Clemens, Tobias und Kai – hier basteln die Jungs also völlig ungestört an ihren Maschinen. Hier verbringt Kai seine Zeit, während ich im Wald unterwegs bin. Wir haben beide unsere Geheimnisse.

Als ich Schritte hinter mir höre, ist es längst zu spät. Zwei Hände packen mich mit hartem Griff gleichzeitig im Nacken und am Oberarm. Der Schreck fährt mir in die Glieder und nimmt mir den Atem. Ich schnappe nach Luft.

»Verdammt noch mal, was schnüffelst du denn hier in meiner Garage herum?« Tobias dunkle Augen funkeln vor Zorn. Er hat einen braunen Roststreifen über der linken Wange, seine Haare stehen in alle Richtungen vom Kopf ab. Er trägt Jeans und ein schmuddeliges schwarzes Achselhemd. Auf seinem Bizeps prangt eine Tätowierung – ein heulender Wolf. Na toll!

Obwohl es draußen an die dreißig Grad sind, steigt die Kälte mir das Rückgrat hinauf. Ich bin nicht fähig, auch nur ein Wort zu sagen oder einen klaren Gedanken zu fassen. »Ich ... ich ...« Ich will mich losreißen und Zacke davonlaufen, doch plötzlich steht Luzifer in der Garagentür. Es grollt in seiner Kehle, der Rottweiler zieht die Lefzen nach oben. Schlagartig verlässt mich jeglicher Kampfgeist und meine Beine werden zu Gummi. Ich sitze in der Falle.

Zacke packt fester zu und schiebt mich in Richtung einer weiß gestrichenen Metalltür im hinteren Teil der Garage, die mir bis jetzt gar nicht aufgefallen ist. Luzifer folgt uns hechelnd, seine Krallen kratzen auf dem Betonfußboden. Mit der Linken öffnet Tobias die Tür und drängt mich in einen dunklen, mit altem Kram vollgestellten Gang. Muffige, abgestandene Luft schlägt mir entgegen, unwillkürlich habe ich Alinas Bild vor Augen.

Mörderhaus, wispert die jäh zum Leben erweckte Angst in mir und presst quiekende Laute aus mir heraus. Wo bringt Zacke mich hin? Ist er gefährlich – wie sein Onkel? Wieder öffnet Tobias eine Tür. Luzifer muss draußen bleiben und wir stehen in einer kleinen Küche, die unordentlich, aber auf den ersten Blick nicht besorgniserregend aussieht. Schmutziges Geschirr in der Spüle, eine Pfanne mit undefinierbarem Inhalt auf dem Herd. Ein Holzbrett mit einem Brotmesser und einer halben Salami auf dem Küchentisch.

Tobias lässt mich los. Ich reibe die Stelle an meinem Arm, wo sein Griff rote Druckstellen unter den rostigen Fingerspuren hinterlassen hat.

»Das hat mir jetzt gerade noch gefehlt.« Zackes Gesicht ist rot angelaufen vor Wut. Schweiß läuft ihm die Schläfen herunter. »Dass Gören wie du heimlich auf meinem Grundstück herumschnüffeln.«

Mein Blick wandert zur Küchentür mit einem kleinen Fenster, die vermutlich in den Hausflur führt. Ich wäge meine Möglichkeiten ab: ein Flur ohne sabbernden Rottweiler, ein Flur mit einer Tür, die auf den Hof hinausgeht.

Tobias lehnt sich rücklings gegen die Spüle neben der Tür. Meine Fluchtmöglichkeiten sind erschöpfend gering, stelle ich fest. Also versuche ich, stattdessen meinen Verstand zu bemühen und mich zu beruhigen. Einatmen, ausatmen, nachdenken. Tobias Zacke ist sauer, weil ich in seiner Garage herumgeschnüffelt habe. Ich werde ihm sagen, dass ich hinter Kai her war, werde ihm Gelegenheit geben, seinen Ärger an mir auszulassen, und dann lässt er mich gehen.

Wütend streicht sich Tobias mit seinen rostigen Fingern durchs Haar. »Warum, zum Teufel, könnt ihr mich nicht einfach in Ruhe lassen? Wieso bin immer ich der Buhmann? Ich habe euch nichts getan. Und wo wir einmal dabei sind: Mein Onkel auch nicht. Er war ein herzensguter Mann und er hat dieses Mädchen nicht angerührt.«

»Alina«, stoße ich hervor und verschanze mich hinter einem Küchenstuhl. Die Richtung, die dieses Gespräch nimmt, trifft mich völlig unvorbereitet. »Sie hieß Alina und war meine beste Freundin.« Ich versuche, selbstsicher zu klingen, was mir nicht gelingt. Mit zitternder Hand wische ich mir über den Mund.

Tobias stößt einen ungläubigen Lacher aus. »Spionierst du deshalb hier herum? Glaubst du, hier irgendetwas von ihr zu finden?« Er rollt mit den Augen. »Im *Mörderhaus?*«

Ich schlucke trocken, will ihm sagen, dass ich wegen Kai hier bin und nicht wegen Alina.

Tobias streckt ruckartig den Kopf nach vorn und macht: »Buh.«

Ich zucke erschrocken zusammen, meine Hände umklammern die Stuhllehne, dass die Fingerknöchel weiß hervortreten. Tobias fährt sich wieder durchs Haar. Er lacht kopfschüttelnd. Ein freudloses, resigniertes Lachen.

Passiert das hier gerade wirklich?

Zacke beginnt, vor der Tür auf und ab zu laufen. Schließlich macht er drei Schritte auf mich zu und bleibt vor meinem Stuhl stehen. Sein schwarzer Blick bohrt sich in meine Augen, er hebt die Hand und zeigt mit dem Finger auf mich. »Mein Onkel Martin hat deine Freundin Alina nicht umgebracht, kapiert? Er war kein verdammter Mörder und deshalb ist das hier auch kein Mörderhaus und in meinen Adern fließt kein verdorbenes Blut. Das ist alles eine einzige gequirlte Scheiße, die sich die Bauerntölpel da ausgedacht haben.«

So schnell lasse ich mich nicht überzeugen. »Aber die Polizei hat Alinas Kleid im Wohnwagen deines Onkels gefunden, mit ... mit Blut dran. Sievers, äh ... dein Onkel, der durfte nicht mehr Lehrer sein, weil er seine Schülerinnen belästigt hat. Das haben sich die Bauerntölpel nicht ausgedacht«, sprudelt es in einem Atemzug aus mir heraus, obwohl ich weiß, dass es viel klüger wäre, die Klappe zu halten.

»Das ist nicht wahr.« Tobias hebt die Hände in einer ratlosen Geste.

»Nicht wahr? Dann ist es wohl auch nicht wahr, dass man auf seinem Dachboden Pornozeitungen gefunden hat?«, werfe ich ihm an den Kopf. Ich merke, wie meine Angst sich verflüchtigt und einer lange in mir aufgestauten Wut weicht. »Außerdem: Woher willst du so genau wissen, ob dein Onkel es war oder nicht, du warst ja damals gar nicht im Dorf.«

Tobias starrt mich mit hochrotem Gesicht an. »Doch, verdammt noch mal, das war ich.«

»Was?« Mir klappt der Mund auf. Ich sehe ihm an, dass er die Wahrheit sagt. »Aber dann ...« Die Gedanken schießen durch meinen Kopf wie wild gewordene Hornissen. Wenn Tobias tatsächlich da war an diesem Tag, wenn er so sicher ist, dass sein Onkel Alina nicht getötet hat, warum hat er ihm dann damals kein Alibi gegeben? Mein Herz klopft zum Zerspringen, ich bin völlig durcheinander und es kribbelt in meinem Nacken. Nun bekomme ich es doch mit der Angst zu tun. Hat Tobias Alina getötet und … Ich schiele nach dem Brotmesser auf dem Küchentisch.

Zacke ist mein verstohlener Blick nicht entgangen. Er schüttelt den Kopf. »Du glaubst doch nicht wirklich, ich würde dir was tun, oder? Nach allem, was Kai über dich erzählt hat, dachte ich, du bist anders. Aber offensichtlich hat das ganze blöde Gerede über mich seine Wirkung auf dich nicht verfehlt.« Auf einmal betrachtet er mich mit einer Art Bedauern im Blick. »Du glaubst also, ich habe deine Freundin getötet und meinen Onkel dafür ins Gefängnis gehen lassen.«

Genau, denke ich, halte diesmal jedoch vorsichtshalber den Mund. Mir ist hundeelend, unwillkürlich wandert mein Blick zurück zum Brotmesser. Tobias beginnt, lauthals zu lachen. Es ist ein beinahe hysterisches Lachen, das mich zurückweichen lässt, bis meine Kniekehlen gegen die Eckbank an der Fensterfront stoßen.

Mit wenigen Schritten umrundet Tobias den Stuhl, legt seine Hände auf meine Schultern (einen Herzschlag lang denke ich, er will mir an die Kehle) und drückt mich auf die gepolsterte Küchenbank.

»Nun setz dich mal, okay?« Seine Stimme klingt auf einmal besänftigend, fast gutmütig.

Okay. Ich sitze. *Und was jetzt?*

Tobias wendet mir den Rücken zu und holt eine angefangene Flasche Apfelsaft aus dem Kühlschrank, er schenkt mir ein Glas ein und stellt es auf den Tisch. Erst jetzt merke ich, wie durstig ich bin, also greif ich zum Glas und trinke. Sich selbst öffnet Zacke eine Dose Bier. Dann dreht er den Stuhl herum, setzt sich mir gegenüber und stellt die Bierdose behutsam auf den Tisch, als wäre sie zerbrechlich. Er stützt seine Ellenbogen auf die Knie, faltet die Hände wie zum Gebet und legt die Daumen an seine Lippen. Schweigend schaut er mich an.

Die ganze Situation wird immer absurder. Ich habe keine Ahnung, was jetzt kommt, spüre noch den Schreck, der mir in den Gliedern sitzt, aber gleichzeitig ist da auch die brennende Neugier zu erfahren, was Tobias Zacke zu Alinas Ermordung zu sagen hat.

»Wie alt bist du eigentlich?«

»Fast siebzehn. Wieso?«

Tobias lehnt sich zurück, greift nach der Bierdose und trinkt noch einen kräftigen Schluck. »Was wolltest du in meiner Garage, Jule?«

»Jola«, berichtige ich ihn.

»Okay, Jola. Also, was wolltest du in meiner Garage?«

»Ich bin Kai nachgelaufen, durch das Loch im Zaun. Ich wollte wissen, was er mit dir zu schaffen hat. Ich bin schon lange wütend auf euch, weil ihr mit euren Maschinen im Naturschutzgebiet herumheizt.«

»So, du bist also wütend, weil wir bösen Buben mit unseren bösen Maschinen in deinem Naturschutzgebiet herumfahren und dabei vielleicht einen seltenen Käfer erschrecken.«

Blödmann, denke ich.

»Okay. Das Crossfahren, das ist meine heimliche Leidenschaft. Und zugegeben, im Sperrgebiet herumzudüsen, hat seinen ganz besonderen Reiz. Aber glaub mir, das Crossfahren ist das einzige Vergehen, das du mir anlasten kannst. Ich handele nicht mit Drogen, ich bin kein Scheißneonazi und es fließt auch kein Mörderblut in meinen Adern. Luzifer hat kein Schaf gekillt und Onkel Martin hat nie auch nur einer Fliege etwas zuleide getan.«

»Aber ...«

»Warte«, sagt er, »ich bin noch nicht fertig. Bevor du deine wilden Spekulationen anstellst, will ich, dass du etwas weißt: Mein Onkel war achtundzwanzig, als er sich in eine seiner Schülerinnen verliebte, die damals siebzehn, fast achtzehn war. Aus beiden wurde ein Paar, das stimmt. Sie trafen sich heimlich. Doch irgend so ein spießiges Arschloch verriet sie und mein Onkel wurde aus dem Schuldienst gefeuert. Die Schülerin hieß Hanne, ein Jahr später wurde sie seine Frau.«

Ich hole geräuschvoll Luft, während mein Hirn beginnt, wild zu arbeiten.

»Sie sind hierhergezogen, weil in diesem Kaff niemand ihre Geschichte kannte«, fährt Tobias fort. »Als Tante Hanne an Krebs starb, war mein Onkel am Boden zerstört. Sie war zehn Jahre jünger als er und hätte ihn überleben sollen. Er verlor die Freude am Leben, wurde depressiv und trug sich schon seit Wochen mit Selbstmordgedanken. Aber dann ...« Tobias mustert mich eindringlich, als wolle er prüfen, ob ich die Wahrheit auch vertrage. »Dann habe ich mit einem Kumpel ein ziemlich bizarres Ding gedreht. Wir mussten uns verstecken, wenn wir nicht Gefahr laufen wollten, im Knast zu landen. Wir hausten auf Onkel Martins Dachboden, tagelang. Dann verschwand deine Freundin und es war nur eine Frage der Zeit, bis es im Dorf von Polizisten wimmeln würde. Wir sind durch den Wald abgehauen, sind bis nach Italien runtergetrampt und erst zwei Monate später nach Deutschland zurückgekehrt. Da war mein Onkel schon unter der Erde.«

Schöne Geschichte, denke ich. Aber irgendetwas in Tobias' Augen sagt mir, dass er mir die Wahrheit erzählt hat.

»Du hättest sein Ansehen wiederherstellen können«, wende ich nach einer Weile des Schweigens ein, »auch nach zwei Monaten noch. Dann ... du hättest es auch einfacher gehabt im Dorf.«

»Onkel Martin war tot. Alles war kompliziert, also habe ich einfach den Mund gehalten. Ich dachte, es kann ihm egal sein, was die Leute über ihn denken, es juckt ihn nicht mehr, und abgesehen von meinem Säufervater und mir hatte er auch keine Verwandten. Womit ich nicht gerechnet habe, ist die Sippenhaft, der ich hier ausgeliefert bin. Mörderhaus, verdorbenes Blut. Manchmal habe ich nicht übel Lust, einen von ihnen abzumurksen.«

Auf einmal sieht Tobias ganz jung aus. Ich kann ihm nachfühlen, wie es ist, wenn man vom halben Dorf geächtet wird, bloß, weil man nicht ins Schema passt.

»Das bizarre Ding, das dein Kumpel und du gedreht habt«, frage ich mit zögerlicher Stimme. »Was war das?« Ich mustere ihn eindringlich und Tobias merkt wohl, dass es von seiner Antwort abhängt, ob ich ihm seine Geschichte glaube.

»Also gut.« Er seufzt. »Erinnerst du dich an das Hitlerfenster im Felsen?«

»Klar.« Wortlos starre ich ihn an, als ich verstehe, was er mir da gerade sagen will. »Das warst du?«

Verlegen zuckt er die Achseln. »Mein Kumpel und ich. Es sollte ein Scherz sein, wir wollten den Spinnern mit ihren Verschwörungstheorien eins auswischen, sie lächerlich machen. Aber dann war auf einmal die Polizei hinter uns her. Sie hätten uns eingebuchtet, verstehst du?«

Mannomann, das habe ich Tobias nun wirklich nicht zugetraut. »Und du hast wirklich nichts mit Neonazis am Hut?«

Beinahe flehend schaut er mich an. »Nein, verdammt, das musst du mir glauben, mit diesem Scheiß habe ich nichts zu tun. Ich weiß auch nicht, wieso die Leute im Dorf solche Gerüchte in die Welt setzen.«

Keine Ahnung, warum, aber ich glaube ihm. Die ganze verrückte Geschichte. Doch daraus ergibt sich eine beängstigende Konsequenz.

»Angenommen, du sagst die Wahrheit, dann läuft Alinas Mörder noch da draußen herum.« Meine Gedanken überschlagen sich, als ich das Ungeheuerliche denke. »Vielleicht ist es sogar jemand aus dem Dorf.«

»Darüber habe ich mir damals auch den Kopf zerbrochen. Aber ich glaube nicht, dass es jemand aus dem Dorf war. Schau dir das Kaff doch an: Alles ist so eng, jeder passt auf den anderen auf. Stell dir vor, die Überreste deiner Freundin tauchen plötzlich auf, irgendwo im Wald oder was weiß ich, wo. Da können noch DNA-Spuren dran sein und zack«, er klatscht in die Hände, »haben sie ihn.«

Dieser Gedanke ist nicht von der Hand zu weisen, doch da ist immer noch Alinas Kleid, das man in Sievers Wohnwagen gefunden hatte.

»Der Mörder hat Alinas Kleid damals in den Wohnwagen deines Onkels gelegt, er muss also ...«

Jemand klopft an die Küchentür. Tobias springt erschrocken auf und öffnet. Noch ehe er etwas sagen kann, hat Clemens schon eine Hand an seine Wange gelegt und ihm einen innigen Kuss auf die Lippen gedrückt. Dann erst entdeckt er mich, wie ich mit offenem Mund auf der Küchenbank sitze.

»Scheiße«, entfährt es Clemens. »Was macht die denn hier?«

»Hi Clemens.« Ich versuche zu lächeln. »Tobi und ich, wir hatten dies und das zu besprechen, aber ich muss jetzt sowieso los.«

Als ich an Clemens und Tobias vorbei zur Tür gehe, hält Clemens mich am Arm fest. »Behalte es für dich, Jola, okay? Ich bin einfach noch nicht so weit. Du weißt ja, wie die Leute sind.«

»Klar«, sage ich mit rauer Stimme und mache mich schleunigst vom Acker. Ich habe jetzt wirklich andere Sorgen, als irgendjemandem zu erzählen, dass Tobias Zacke, der Schrottkünstler, und Clemens Neumann, der smarte Architektensohn, ein Paar sind.

Meine Füße lenken mich ganz automatisch zum Haus von Tante Lotta, doch als ich vor ihrer Tür stehe und das Schild lese, fällt es mir wieder ein: *Vom 6. bis zum 15. Juli bleibt die Töpferwerkstatt geschlossen.* Tante Lotta ist bei Thomas am Starnberger See. An diesem Wochenende findet dort ein großer Keramikmarkt statt und sie ist mit ihrem Van voller Tontöpfe und ihren Figuren der Düsternis dorthin gefahren. Nach dem Markt will sie noch eine Woche Urlaub mit Thomas dranhängen.

Folge dem Ruf deines Herzens.

Muss sie dem Ruf ihres Herzens ausgerechnet jetzt folgen, wo ich sie so dringend brauche?

23. Kapitel

Montagmittag. Ich bin eine Dreiviertelstunde zu spät aus dem Wald zurück und habe Ma nicht angerufen, denn mein Akku ist mal wieder leer. Auf Vorwürfe gefasst, betrete ich die Küche. Das Essen steht auf dem Tisch. Lammkoteletts, Rosenkohl und Kartoffelbrei. Alles kalt. Drei unberührte Teller und von meinen Eltern keine Spur.

Mir zieht sich schmerzhaft der Magen zusammen, mein Herz pocht schneller. »Mami? Paps? Ist jemand da?«

Keine Antwort.

Meine Blase meldet sich, und als ich die Tür zum unteren Badezimmer öffne, bleibt mir beinahe das Herz stehen. »Großer Gott! Mami, was ...«

Meine Mutter sitzt mit angezogenen Knien auf dem Badvorleger, den Rücken gegen die Badewanne gelehnt. Sie atmet hastig und tief, den Mund zu einen O geformt wie ein Karpfen. Ihr Gesicht ist blau angelaufen und ihre Hände sind völlig verkrampft. Sie zittert am ganzen Körper, aber ihr T-Shirt ist schweißnass.

»Mami!« Ich packe sie an den Schultern und schüttele sie. Ma hyperventiliert, es ist nicht das erste Mal, dass ich sie so erlebe. Irgendetwas muss geschehen sein, das sie so in Panik versetzt hat.

»Was ist passiert?«, schreie ich sie an. »Wo ist Paps?«

Keine Antwort. Ma starrt mich nur mit weit aufgerissenen Augen an und japst erbärmlich nach Luft. Durch das zu schnelle Atmen hat sie zu viel Sauerstoff in den Lungen, was paradoxerweise Erstickungsangst hervorruft.

Ich sprinte in die Küche, zerre eine Papiertüte aus einer Schublade und laufe zurück ins Bad, wo ich sie meiner Mutter über Mund und Nase stülpe. »Schön durchatmen«, sage ich, »ganz ruhig atmen, Mami, alles wird gut. Schön atmen.«

Ma hebt ihre Klauenhände und hält die Tüte fest an ihr Gesicht. Das Papier bläht sich und fällt mit einem Knistern in sich zusammen, es bläht sich und fällt zusammen. Dadurch, dass meine Mutter keinen Sauerstoff mehr einatmet, wird die Konzentration von Kohlendioxid im Blut wieder erhöht, ihr Atem beruhigt sich langsam. Schließlich fallen ihre Hände mitsamt der Tüte schlaff in ihren Schoß und sie schließt stöhnend die Augen.

Vor ihr kniend, fasse ich sie an der Schulter. »Ma, was ist denn los? Ist Paps etwas passiert?«

Sie schüttelt den Kopf. »Mit Papa ist alles in Ordnung. Aber du ... du warst nicht da ... um eins. Ich dachte ... ich dachte, dir wäre etwas zugestoßen.« Sie greift sich ans Herz.

Das darf nicht wahr sein, ich fasse es nicht. »Ich komme ein paar Minuten zu spät und du tickst völlig aus? Damit ist jetzt Schluss, hörst du«, schreie ich sie an. »Warte nie wieder auf mich mit deinem dämlichen Essen, von nun an komme ich nach Hause, wann ich will.« Ich springe auf und will zur Tür raus.

»Da ist ein Wolf im Wald, Jola.«

»Was?« Abrupt drehe ich mich um. »Was hast du da gesagt?«

»Kai kam heute Morgen zu uns. Bernd hat drei tote Schafe auf seiner Weide gefunden und Papa sollte sie sich ansehen.«

»Aber, das war doch bestimmt Zackes Rottweiler«, stottere ich.

Es ist vorbei. Die Wölfin hat erneut zugeschlagen und bald werden meine Geheimnisse Dorfgespräch sein.

»Nein, Jola. Trefflich war gerade hier. Er behauptet felsenfest, einen Wolf gesehen zu haben im Wald. Deshalb hatte ich solche Angst um dich.« Tränen stürzen ihr aus den Augen.

Ich knie mich neben sie und nehme sie in die Arme. »Ach, Mami, mir passiert schon nichts. Wann begreifst du das endlich?«

»Aber ein Wolf so nah am Dorf.«

»Es ist eine Wölfin und sie ist schon seit Monaten da. Ich habe sie beobachtet. Sie hat Angst vor Menschen, Ma.«

Ich helfe meiner Mutter auf die Beine. »Geht es wieder?«

»Ja, geht schon.«

»Leg dich rüber auf die Couch, okay? Ich bringe dir deine Pillen und ein Glas Wasser, ja?«

Meine Mutter tappt mit unsicheren Schritten ins Wohnzimmer. Als ich ihr eine Tablette und das Glas Wasser reiche, sagt sie: »Bleibst du ein bisschen bei mir sitzen, Jola?«

»Ja, na klar.«

Und dann – nach einer gefühlten Ewigkeit – höre ich endlich, wie meine Mutter mit geschlossenen Augen ruhig und gleichmäßig atmet.

Vierzig Minuten später bin ich in Oleks Höhle, aber er ist nicht da. Ich weiß, dass Trefflich und mein Vater durch den Wald streifen, auf der Suche nach der Wölfin. Ich hoffe, dass sie sie nicht finden, dass sie die Höhle mit den Jungtieren nicht finden.

Die Welpen sind rasend schnell gewachsen und benehmen sich inzwischen wie richtige Teenager. Sie sind ausgelassen und neugierig. Ich habe Angst, dass ihnen das zum Verhängnis werden könnte.

Das Warten im Halbdämmer der Höhle macht mich ganz verrückt. Die Minuten ziehen sich, zäh wie Kaugummi. Da wir den ganzen Vormittag zusammen waren, rechnet Olek nicht mehr mit mir. Er kann überall sein.

Ich schlüpfe noch einmal nach draußen, um mich zu vergewissern, dass vor dem Brombeerfelsen nichts auf den Höhleneingang hinweist. Aber mein Vater hat Wilma dabei, und wenn er mit ihr in die Nähe der Höhle kommt, wird sie sie ihm zeigen.

Ich lausche. Nichts. Ich kann nicht rufen, ich kann nur dasitzen und warten.

Als Olek endlich in der Höhle auftaucht, springe ich auf und umarme ihn heftig.

»He.« Sanft schiebt er mich von sich. »Du bist wieder da.« Er lächelt. »Du hattest Sehnsucht nach mir.«

»Ja. Nein. Olek ...«

»Was?«

»Die Wölfin hat wieder zugeschlagen, diesmal gleich drei Schafe aus der Herde von Kais Vater.«

»Do diabla!«

»Mein Vater und Trefflich, sie sind schon auf der Suche nach Spuren. Trefflich hat die Wölfin gesehen, es ist nicht mehr aufzuhalten, Olek. Mein Vater hat Wilma dabei und früher oder später wird er deine Höhle finden. Du musst hier weg, Olek. Du musst dich in Sicherheit bringen.«

Ich habe es gesagt. Es ist das Letzte, was ich will. Es bricht mir das Herz. Aber es ist das Vernünftigste.

»Es gibt keine Sicherheit, Jola«, ist Oleks Antwort.

»Aber hier kannst du nicht bleiben, nicht für immer. Das hier ist Deutschland, da muss alles seine Ordnung haben. Schon allein dafür, dass du nicht zur Schule gehst, können sie dich einsperren.

In einer Höhle leben, mit Pfeil und Bogen jagen, Wölfe füttern, so etwas gibt es nur im Märchen.«

Ich umarme ihn. Küsse ihn. Olek macht sich steif. Er sagt nichts.

»Okay, dann machen wir es ganz anders. Melde dich bei den Behörden. Dein Patron in Berlin, der hat dich längst vergessen. Und was du von den Leuten aus dem Dorf genommen hast, das gibst du zurück. Ich kann dir helfen, die Lebensmittel zu ersetzen. Du kannst bei uns wohnen, die Schule nachholen, ein ganz normales Leben haben.«

Träum weiter, Jola.

»Olek, ich …«

»Geh jetzt nach Hause, ja? Ich muss nachdenken.«

Todunglücklich mache ich mich auf den Weg. Wie in Trance stelle ich mein Rad in den Schuppen, und als ich mich umdrehe, steht auf einmal Kai in der Tür.

Ein heiserer Schrei kommt aus meiner Kehle. »Verdammt noch mal, Kai, ich hab dir gesagt, du sollst mich nicht so erschrecken.«

Ich will an ihm vorbei, aber er weicht nicht von der Stelle.

»Du hast es gewusst, nicht wahr?« Angriffslustig sieht er mich an. »Der Wolf ist der Grund, warum du keine Zeit mehr für mich hast. Wegen diesem dämlichen Wolf bist du andauernd da draußen auf dem Truppenübungsplatz. Du läufst doch schon seit Wochen im Rotkäppchenmodus.«

Rotkäppchenmodus? Schließlich nicke ich.

»Scheiße, Jola. Warum hast du mir denn nichts gesagt? Hast du gedacht, ich kann nicht dichthalten?«

»Hättest du denn? Dein Vater ist der Schafkönig von Altenwinkel. Er wird als Erstes nach dem Jäger schreien.«

»Ach – und statt uns zu warnen, hast du lieber abgewartet, bis dein vierbeiniger Freund die ersten Schafe reißt. Vielleicht merkt es ja keiner. Du hast sie ja nicht mehr alle, Jola.«

»Ich dachte, vielleicht begnügt sie sich mit Rehen, Wildschweinen und Mäusen.«

»Offensichtlich tut er das nicht.«

»Nein, leider nicht. Aber es gibt gute Möglichkeiten, wie man die Schafe schützen kann. Wolfssichere Zäune, zum Beispiel, oder ...«

»Ach, halt den Mund, Jola«, unterbricht er mich, »ich will es gar nicht wissen. Davon hättest du uns erzählen sollen, bevor die ersten Schafe halb aufgefressen auf der Weide liegen. Jetzt hat die Bestie Blut geleckt.«

Die Bestie? Ich sehe Kai mit großen Augen an.

»Ist doch wahr.«

»Nein, das ist großer Unsinn, Kai. Eine frei lebende Wölfin in unserem Wald, du kapierst einfach nicht, wie sensationell das ist. Sie ist von alleine gekommen und geblieben, weil sie hier alles hat, was sie braucht.«

»Sie?«, fragt Kai mit gerunzelter Stirn. »Hast du eben *Wölfin* gesagt? Woher weißt du das, Jola? Erzähl mir nicht, dass ... gibt es etwa ...?«

»Nachwuchs, ja.« Verflixt, jetzt ist es raus. Kai klappt der Mund auf, ein paar Sekunden lang sagt er nichts.

»Oh Mist, das glaub ich nicht.«

»Doch, Kai. Ich habe die Welpen mit eigenen Augen gesehen. Besser, dein Vater informiert sich, wie er seine Herde schützen kann. Er soll sich Herdenschutzhunde anschaffen, aber erst einmal tut es auch ein Litzenzaun.«

»Vielleicht tut's auch ein Gewehr. Kommt bestimmt billiger.«

»Das meinst du nicht wirklich, oder?«

Kai hebt in einer verzweifelten Geste die Hände. »Ich weiß nicht mehr, was ich meinen soll, Jola.«

»Bitte behalte das Ganze vorerst für dich. Ich bin ohnehin in Ungnade gefallen im Dorf, aber wenn sie erfahren, dass ich von der Wölfin wusste, dann ...« Resigniert schüttele ich den Kopf.

»Warum sollte ich das tun?«

»Weil du mein Freund bist. Lass mich jetzt bitte nicht im Stich, Kai.«

»Ach, Scheiße, du benutzt mich doch nur.«

»Nein, ich benutze dich nicht, ich brauche dich.« Ich brauche dich als das, was du immer warst: als meinen besten Freund.

Kai starrt mich noch einen Augenblick lang an. Dann macht er kehrt und geht.

Noch am selben Abend posaunt Trefflich seine Entdeckung im »Jägerhof« heraus. Am nächsten Vormittag, als ich mit dem Rad zum Dorfladen fahre, weil Ma ein paar Lebensmittel braucht, sind die Straßen von Altenwinkel wie ausgestorben, als hätte eine tödliche Seuche grassiert.

Obwohl es ein herrlicher, wolkenloser Sommertag ist, sitzt niemand auf den Bänken, der kleine Spielplatz am Anger ist verwaist, kein Kind hüpft über die Himmel-und-Hölle-Kästchen auf dem Asphalt und die Leute kommen mit ihren Autos zum Dorfladen gefahren, selbst wenn sie nur drei Schritte um die Ecke wohnen.

Die Angst geht um in Altenwinkel. Die Angst vorm Bösen Wolf.

Als ich mich später heimlich in den Wald verdrücken will, kommt mir mein Vater in die Quere. »Wo willst du hin, Jola?«

»Zum Badesee.«

Pa reibt sich das Kinn, nachdenklich betrachtet er meinen kleinen Rucksack. »Komm mal mit.« Murrend lehne ich mein Rad an die Schuppenwand und folge ihm in sein Büro. »Setz dich.«

Mein Vater setzt sich hinter seinen Schreibtisch und ich nehme auf dem Besucherstuhl Platz. Ein Haufen Broschüren liegt vor ihm. Das Telefon beginnt zu läuten, aber er geht nicht dran.

»Du wusstest von dem Wolf, oder?«

»Ja.« Ich nicke.

»Du hättest das ganze Chaos verhindern können, wenn du mir davon erzählt hättest, Jola. Warum, Herrgott noch mal, hast du es nicht getan?«

Weil ich ein Versprechen gegeben habe. Weil ich nicht wusste, woran ich bei dir bin.

»Ich dachte, wenn niemand von ihr weiß, dann kann sich auch keiner aufregen.«

»Jola, verdammt, ich war immer der Meinung, du bist ein vernünftiges Mädchen. Ich habe dir vertraut.«

Mir schießen Tränen in die Augen. »Als Thomas da war, da habt ihr über die drei großen S der Jägerei gesprochen und ich ... ich war mir danach noch unsicherer, wie du reagieren würdest. Die meisten Jäger hassen Wölfe und ich ... «

Pa schlägt mit der flachen Hand so laut auf den Tisch, dass ich erschrocken zusammenzucke. »Ich bin nicht *die meisten Jäger,* Jola. Ich bin dein Vater und du müsstest mich eigentlich kennen. Was hast du denn gedacht? Dass ich nichts Besseres zu tun habe, als mit meiner Flinte in den Wald zu ziehen und den Wolf abzuknallen?«

Lahm hebe ich die Schultern. Sie haben sie nicht gefunden, die Wölfin.

Pa reibt sich das Gesicht mit den Händen. »Die Leute im Dorf sind kurz vorm Durchdrehen. Ich kann nur hoffen, dass das Tier schnell weiterzieht und nicht auf die Idee kommt, sich mit einer Hündin aus dem Dorf zu paaren.«

»Es ist eine Wölfin, Pa.« Keine Lügen mehr, auch keine Unterlassungslügen.

Mein Vater hebt den Kopf.

»Es ist eine Wölfin und sie hat vier Welpen. Es gibt keinen Rüden, der muss irgendwie ums Leben gekommen sein. Sie versorgt ihren Nachwuchs ganz allein, deshalb hat sie die Schafe gerissen. Lange Zeit hat sie sich an Rehe und Wildschweine gehalten, an Kaninchen und Mäuse. Ich dachte, sie würde niemals so nah ans Dorf kommen, aber sie hat Probleme, ihre Jungen satt zu kriegen.«

Pa sieht mich lange an, bis ich merke, dass er durch mich hindurchstarrt. »Also, dann geht es jetzt zuallererst um Schadensbegrenzung. Ich werde für den Samstagabend im ›Jägerhof‹ einen Informationsabend zum Thema Wolf anbieten. Aber vorher muss ich noch ein paar Anrufe erledigen, Behörden informieren, einen Rissgutachter bestellen.«

Mir fällt ein riesiger Stein vom Herzen. Alles wird gut, jubele ich innerlich. Pa ist auf meiner Seite. »Das mit dem Infoabend ist eine gute Idee.«

Er schaut mich an, als hätte er vergessen, dass ich da bin. »Und du«, sagt er streng, »du wirst vorerst nicht mehr im Wald herumstreifen. Hast du mich verstanden?«

Für einen Moment bin ich sprachlos vor Schreck. Langsam braut sich Zorn in mir zusammen und ich schüttele den Kopf. »Das ist nicht dein Ernst, Paps. Du glaubst doch nicht etwa auch, dass die Wölfin mir gefährlich werden kann?«

»Nein, Jola, das glaube ich nicht. Aber«, er hebt die Hände in die Höhe, »was jetzt passiert, habe ich vielleicht nicht unter Kontrolle. Kann sein, dass ein oder zwei Leute mit Jagdschein nichts lieber täten, als der Wölfin eine Kugel ins Fell zu brennen. Ich habe dir den Wald nie verboten, Jola, und ich weiß auch schon lange, dass du im Sperrgebiet herumstromerst. Aber das hier ist eine Ausnahmesituation und ich bitte dich darum, dich an mein Verbot zu halten. Oder willst du dafür verantwortlich sein, dass Ma wieder einen Zusammenbruch hat?«

Wütend springe ich auf. Dass Pa sich um mich sorgt, kann ich verstehen, aber dass er mich mit den Ängsten meiner Mutter erpresst, ist das Letzte. Ich greife nach der Türklinke.

»Jola?«

Ich drehe mich um und funkle Pa an. »Was denn noch?«

»Versprich mir, dass du nicht in den Wald gehst.«

In meinem hilflosen Zorn stampfe ich mit dem Fuß auf den Boden. Verdammt. Mein Vater hat immer Verständnis für mich gezeigt, auch wenn das manchmal ganz schön viel verlangt war. Auf ihn ist Verlass und in diesem ganzen Chaos gibt er mir eine Sicherheit, die ich nicht verlieren will.

»Ich versprech's.«

Am Abend erzählt Pa von seinem Versuch, eine der beiden Wolfsforscherinnen vom wildbiologischen Büro Lupus in der Lausitz für den Infoabend zu gewinnen.

»Leider ist das Ganze zu kurzfristig, die Frauen haben andere Termine. Ich habe mich für den nächsten Montag mit ihnen verabredet«, er schaut Ma entschuldigend an, »und werde am Sonntag nach dem Infoabend in die Lausitz aufbrechen.«

Ma sagt nichts, sie weiß, dass sie ihn nicht davon abbringen kann.

Ich bekomme von Pa den Auftrag, am Computer eine Einladung für den Infoabend zu entwerfen, was ich gleich erledige. Er macht noch ein paar kleine Korrekturen, dann druckt er zwanzig Exemplare aus, von denen ich jeweils zehn in Altenwinkel und Eulenbach an Lichtmasten und Aushangtafeln anbringen soll. Am nächsten Morgen radele ich ins Nachbardorf, dort ist der Job schnell erledigt.

Zurück in Altenwinkel, fahre ich zuerst zum »Jägerhof« und bitte Kevin, der mir über den Weg läuft, eine Einladung im glasgeschützten Aushang neben dem Kneipeneingang anzubringen. Kevin ist sofort dazu bereit. Der Infoabend wird seinem Vater ein volles Haus bescheren.

»Und du hast den Wolf wirklich gesehen?«

Ich merke, dass er bald vor Neugier platzt. »Ja, habe ich.«

»Das ist echt krass.« Bewunderung in seinen Augen. »Hattest du denn gar keine Angst?«

»Nein, Kevin. Gar keine. Wölfe bedeuten keine Gefahr für Menschen. Aber das wird mein Vater am Samstag alles genau erzählen.« Ich deute auf die Einladung.

»Hoffentlich kommen viele.« Kevin ist so offensichtlich um Freundlichkeit bemüht, dass ich lächeln muss.

»Ja, das hoffe ich auch.«

»Tschau, Jola.«

»Bis dann.«

Vor dem Dorfladen stehen Kais Oma Ruth, Erna Euchler und Tonia Neumeister zusammen und schnattern laut wie Elstern. Ich grüße und bringe die Einladung am Infobrett an. Sofort stehen sie neben mir und recken die Hälse. »Neuer Nachbar Wolf – pah«, keift Kais Oma. »Wir brauchen keinen Nachbarn, der unsere Schafe reißt.«

»Wenn die Bestie sich das erste Kind gegriffen hat, gibt's dann auch einen Infoabend?«, fragt die Euchler bissig.

»Kommen Sie doch am Samstag in den ›Jägerhof‹, mein Vater wird dort alle Fragen beantworten.«

Ich radele weiter und verteile die verbliebenen Einladungen. Ich bin selbst gespannt, ob Leute kommen werden oder ob die Dorfbewohner die Veranstaltung aus Protest sabotieren.

Am Nachmittag fahre ich an den Badesee, an dem nur wenige Leute auf ihren Decken und Handtüchern liegen, obwohl es wieder ein drückend heißer Tag ist. Die Familie mit den drei Kindern ist neu in Altenwinkel, sie wohnt zurzeit in der Ferienwohnung von Färbers. Städter, die vermutlich glauben, die Geschichte vom Wolf ist ein Werbegag des Bürgermeisters, um Urlauber anzulocken. Auch die anderen Leute sind Ortsfremde.

Wenn es nicht so absurd wäre, würde ich darüber lachen: Die Altenwinkler haben tatsächlich Angst, der böse Wolf könne sie sich am helllichten Tag von ihrem Badehandtuch schnappen.

Ich schwimme ein paar Runden im erfrischenden Wasser, dann lege ich mich in den Halbschatten einer jungen Birke auf den Bauch und schreibe Tagebuch – etwas, das ich schon lange nicht mehr getan habe. Ich schreibe von meiner brennenden Sehnsucht, Olek zu spüren. Von den Gedanken, die dem kommenden Tagen vorauseilen und verschiedene Szenarien entwerfen. Ich habe keine Ahnung, was passieren wird.

Aber Gedanken sind auch Energie. Diese Energie versuche ich zu bündeln und hoffe, das schillernde Gewebe der Zeit mit der Kraft meiner Gedanken zu beeinflussen.

Als Wasser auf meinen Rücken tropft, fahre ich mit einem Aufschrei herum. Es ist Olek, der seine Haare schüttelt wie ein nasser Hund und sich neben mich setzt, als wäre es das Selbstverständlichste von der Welt.

»Bist du verrückt geworden?« Sofort schnellt mein besorgter

Blick zu den anderen Badegästen, aber niemand zeigt besonderes Interesse an dem fremden Jungen.

»Du bist nicht gekommen.«

»Mein Vater, er hat es mir verboten. Er sagt, Leute könnten versuchen, die Wölfin zu erschießen. Er hat Angst um mich.«

Olek sitzt wie immer im Schneidersitz, die Unterarme auf seine Oberschenkel gelegt. Wasser perlt aus seinen Haaren und rinnt über seinen mageren braunen Körper. Haben meine Gedanken ihn herbeigerufen? Ich rücke ein Stück näher an ihn heran und lehne meinen Kopf an seine Schulter.

»Ich wünschte, sie hätten mehr Zeit gehabt, bevor sie entdeckt werden«, sagt er. »Die Jungwölfe sind noch so neugierig.«

Ich erzähle Olek von dem geplanten Infoabend am Samstag und welche Hoffnung ich darauf setze.

Und dann höre ich auf zu denken, verbiete mir, mich weiter zu sorgen, dass uns jemand zusammen sehen könnte, und genieße einfach nur diesen heißen Julinachmittag mit Olek am See. Seit die Wölfin die Schafe gerissen hat, weiß ich, dass ich keine Kontrolle mehr über die Dinge habe, dass ich das, was geschieht, geschehen lassen muss.

Das Wasser glitzert in der Sonne, die Hitze macht unsere Körper und unsere Gedanken träge. Wir schwimmen zusammen, versinken in Küssen und weben unser unvergängliches Muster für diesen Tag.

Die nächsten vier Vormittage verbringen Olek und ich am See. Es hat schon seit zwei Wochen nicht mehr geregnet und das Ufergras beginnt, in der Hitze zu verdorren.

Von Olek erfahre ich, dass Kai und sein Vater nachts Wache bei den Schafen halten. Offenbar verschläft Kai dann den Tag, denn ich habe ihn noch nicht wiedergesehen. Um zum See zu kommen, benutze ich nur noch den Gartenweg und schleiche mich durch den Wald aus dem Dorf.

Einmal erwischt mich Elli, die am hinteren Zaun ihrer Großeltern steht und Gartenhimbeeren pflückt.

»Jola«, ruft sie. »Fährst du zum See?«

»Hallo, Elli ... ja, aber ich will nur schnell schwimmen und nicht lange bleiben.« Nicht mehr zu lügen, wenn es einem so in Fleisch und Blut übergegangen ist wie mir, ist gar nicht leicht.

»Kann ich mitkommen? Mir ist soooo heiß.«

Auf einmal taucht Kais Mutter hinter den Blättern auf. »Elli, ich habe dir doch gesagt, dass es gefährlich ist am See, solange ein hungriger Wolf da draußen herumläuft. Du weißt doch, was er mit Opas Schafen gemacht hat.«

»Aber Jola fährt auch zum See, warum wird sie nicht vom Wolf gefressen?«

»Weil ... weil ...«

»Weil ich viel zu groß und zu zäh bin für den Wolf, Elli«, sage ich und fahre weiter.

Was mich verwundert, ist, dass die Presse bisher noch keinen Wind von den toten Schafen und der Wölfin bekommen hat. Ich hatte angenommen, dass Kais Vater sofort bei der Zeitung anrufen würde, um brühwarm vom Wolfsangriff zu berichten. Aber nichts dergleichen geschieht, keine reißerischen Schlagzeilen. Das macht mich stutzig. Es ist sehr viel einfacher, einen totgeschwiegenen Wolf heimlich abzuknallen als einen, der bereits Schlagzeilen gemacht hat.

24. Kapitel

Am Samstagabend ist der Schankraum des »Jägerhofs« brechend voll, als ich zusammen mit Pa dort eintreffe. Die Plätze an den Tischen sind alle besetzt, Kevin ist dabei, noch Stühle aus dem kleinen Saal hereinzuholen. Pa trägt seine Försterkluft, wohl in der Hoffnung, dass das den Leuten ein Quäntchen Respekt abringt.

Die Luft in der Kneipe ist jetzt schon stickig, deshalb suche ich mir einen Stehplatz an der holzvertäfelten Wand zwischen zwei offenen Fenstern. Mein Blick gleitet über die Gesichter der Versammelten. Ungefähr sechzig Leute sind gekommen, mehr als zwei Drittel davon sind Dorfbewohner. Ich erkenne ein paar Leute aus Eulenbach und überraschenderweise sind auch fremde Gesichter dabei. Wolfsfreunde oder Wolfshasser, das wird sich bald zeigen.

Ich sehe Kai (er schaut demonstrativ in eine andere Richtung) und seinen Vater, Hagen und Sabine Neumann – sogar Clemens ist gekommen. Die Alten aus dem Dorf haben sich an zwei Tischen versammelt, unter ihnen Willi Schlotter, Achim Roland, Tonia Neumeister, Erna Euchler und Kais Oma Ruth. Die Grimmer-Brüder sitzen an einem Tisch mit Hubert Trefflich und dem Pfarrer. Auch einige jüngere Ehepaare aus dem Dorf haben den Weg ins Wirtshaus gefunden, darunter Alinas Vater mit Frau Caroline und die Frau aus dem Ferienhaus mit ihrer ältesten Tochter.

Als Tobias Zacke den Schankraum betritt, ebbt das Stimmengewirr für einen Moment ab, aber gleich darauf schwillt es wieder an. Tobias Zacke aus dem Mörderhaus ist heute nicht das Thema. Sein Blick streift durch den Raum. Clemens und er grüßen sich mit den Augen. Als Tobias mich entdeckt, winke ich ihm lächelnd zu. Er bahnt sich einen Weg zu mir.

»Hi!« Tobias neben mir zu haben, fühlt sich besser an, als allein zu stehen.

Er neigt seinen Kopf in meine Richtung. »Wenn ich gewusst hätte, dass eine Wölfin im Wald ihre Welpen aufzieht«, raunt er, »dann wären wir dort natürlich nicht mehr rumgecrosst.«

Na toll, das ist mal wieder typisch. Ödlandschrecken und seltene Vögel zählen nicht. Aber ein Wolf – wow, das ist natürlich etwas ganz anders. Dennoch: Von nun an zähle ich jeden, der dem Gedanken an ein Wolfsrudel in unserem Wald etwas Positives abringen kann, zu meinen Kumpeln.

»Dann habt ihr damit aufgehört?«

»Ja, klar.«

Als Pa um Ruhe bittet, damit er den Abend eröffnen kann, erstirbt das wilde Gemurmel im Schankraum. Pa bedankt sich, dass so viele gekommen sind, um etwas über den neuen Nachbarn auf dem Truppenübungsplatz zu erfahren und anschließend darüber zu diskutieren, wie man am besten mit der schwierigen Situation umgehen kann.

»Da gibt es nichts zu diskutieren«, ruft Bernd Hartung in den Saal. »Es gibt nur eine Möglichkeit, mit dieser blutrünstigen Bestie umzugehen.« Mit Daumen und Zeigefinger imitiert er eine Knarre und erntet prompt von vielen Seiten Zustimmung.

»Bernd«, sagt mein Vater, »bitte lass mich erst einige Dinge erklären, bevor du mit deinen emotionsgeladenen Ansichten kommst.«

Hartung winkt verächtlich ab.

Pa erzählt den Leuten, dass sich die Wölfe langsam wieder in Deutschland ausbreiten, ganz von allein. Dass sie streng geschützt sind, genauso wie ihr Lebensraum. Dass das Zusammenleben von Wolf und Mensch in der Lausitz schon seit Jahren gut funktioniert und dass es für Schäfer sichere Möglichkeiten gibt, Wolfsübergriffe auf ihre Tiere abzuwenden.

Trotz gelegentlicher bissiger Zwischenrufe hält er sich wacker und ich bin stolz auf meinen Vater. Er hat seine Hausaufgaben gemacht.

Gernot Schlotter und seine Frau zapfen Bier und bedienen die Leute. Der Wirt schüttelt hin und wieder verständnislos den Kopf über Pas Ausführungen, sagt aber nichts.

Schließlich beginnt die Fragestunde.

»Wie groß ist denn der Appetit eines Wolfes?«, will die Pfarrersfrau wissen.

»Ein ausgewachsener Wolf braucht ungefähr vier Kilo Fleisch am Tag.«

Kollektives Aufstöhnen im ganzen Saal.

»Na, dann wirst du bald nichts mehr vor die Flinte bekommen, Falk«, bemerkt Trefflich.

»Das ist gar nicht so viel, wie es sich im ersten Moment anhört. Ein normales Wolfsrudel – Elternpaar, Welpen und drei oder vier Jungwölfe – frisst ungefähr ein Reh am Tag. Dazu kommen noch ungefähr zwei Rehe und zwei Sauen pro Woche.«

»Und wie viele Hühner, Katzen und Schafe?«, fragt Kai.

Gelächter und Murren zugleich.

»Wölfe ernähren sich in der Regel von Rehen und Wildschweinen, aber sie begnügen sich auch mit Fallwild und Mäusen. Eine ungesicherte Schafherde ist natürlich ...«

»Wieso ein Wolfsrudel?«, unterbricht Bernd Hartung meinen Vater erbost. »Ich denke, da ist nur ein Wolf?«

Pa wirft mir einen kurzen, um Verzeihung bittenden Blick zu, bevor er sagt: »Wir wissen inzwischen, dass es eine Wölfin ist, die mit ihren Welpen auf dem Truppenübungsplatz lebt. Also kann man durchaus von einem Rudel sprechen.«

Erna Euchler schreit auf vor Überraschung über diese Offenbarung und ich sehe, dass die Touristin aus dem Ferienhaus die Hände vor den Mund geschlagen hat. Auf einmal reden alle laut durcheinander. Pa kämpft um Ruhe.

»Es gibt offenbar keinen Rüden und die Wölfin hat Probleme, ihre Jungen allein durchzubringen. Ich vermute, deshalb sie sich so nah ans Dorf gewagt und Schafe gerissen.«

»Wenn sie alleinstehend ist und Probleme hat, ihre Racker durchzubringen, soll sie doch Hartz IV beantragen«, ruft Gernot Schlotter hinter der Theke hervor. »Der ganze Wolfshokuspokus wird sowieso von unseren Steuergeldern bezahlt.«

»Sei doch froh, Gernot, dass die Wölfin ausgerechnet bei uns sesshaft geworden ist«, mischt sich Frau Färber ein. »Wenn das erst überall in der Zeitung steht, werden die Wolfstouristen in Scharen in unser Dorf einfallen und die Gästezimmer und dein Wirtshaus füllen.«

»Da ist was dran.« Die Augen des Bürgermeisters leuchten. »Die Anwesenheit eines frei lebenden Wolfsrudels wird Neugierige in unser Dorf locken.«

Aha, der Bürgermeister auf der Pro-Seite. Na, wenn das nichts ist.

»Dann ist's vorbei mit der Ruhe in unserem schönen Dorf«, krächzt Tonia Neumeister.

»Na, das dürfte dir doch gefallen«, stellt ein zahnloser Alter trocken fest und einige der um ihn herum Sitzenden lachen.

»Können wir noch Pilze und Beeren sammeln im Wald?«, will Clemens' Mutter wissen. »Oder müssen wir von jetzt an Angst haben?«

»Nein«, antwortet Pa. »Wölfe sind extrem scheue Tiere, sie meiden Menschen, wo sie nur können. Die Wölfin muss seit Januar da sein und niemand hat sie bisher bemerkt, nicht mal der Förster.«

Ein lahmer Scherz, doch Pa hat ein paar Lacher auf seiner Seite.

»Ist der Truppenübungsplatz nicht viel zu klein für ein Wolfsrudel?« Als Tobias spricht, drehen sich alle Köpfe zu ihm um. Der Freak aus dem Mörderhaus hat es gewagt, den Mund aufzumachen.

»Das Streifgebiet eines Rudels ist natürlich viel größer, aber das Sperrgebiet genügt als Rückzugsort. Wölfe brauchen keinen tiefen dunklen Wald, das halb offene Gelände des Übungsplatzes ist idealer Lebensraum für sie.«

Ziemlich schnell wird deutlich, dass sich zwei Lager bilden. Wolfsgegner und Wolfsbefürworter. Es sind vorwiegend die Alten, die im Wolf nichts anderes als Ungeziefer sehen, das beseitigt werden muss. Auf der anderen Seite stehen die jüngeren Leute. Auch aus ihren Fragen spricht Besorgnis, aber anders als die ewig Verbohrten sind sie für Pas Argumente offen.

Geduldig bemüht erklärt mein Vater, wie man einen Wolf von einem Schäferhund unterscheiden kann, und was zu tun ist, falls man Isegrim unerwarteterweise doch einmal im Wald gegenüberstehen sollte.

»Wir wissen sehr gut, was zu tun ist, wenn wir dem Untier gegenüberstehen«, ruft Kais Vater, der vor Kurzem erst seinen Jagdschein gemacht hat. Zustimmendes Gemurmel, aber es werden auch empörte Stimmen laut.

»Einen Wolf zu töten, ist gegen das Gesetz, Bernd. Und dieses Gesetz gilt auch für dich.«

Kais Vater winkt ab. »Gesetz«, sagt er verächtlich. »Wer hat denn diese Gesetze gemacht? Irgendwelche Sesselfurzer aus der Stadt. Denen frisst der Wolf ja nicht die Lebensgrundlage weg.«

Unwillige Stimmen aus dem Contra-Lager. Ein paar klopfen auf die Tische.

»Du wirst dich wohl oder übel darauf einstellen müssen, deine Herden zu schützen«, erwidert Pa.

»Wenn das erste Kleinkind im Rachen der Bestie verschwunden ist, sprechen wir uns wieder«, blafft Trefflich, der inzwischen einiges an Bier intus hat. »Was kommt denn als Nächstes? Bären? Also, ich halte es wie Bernd und setze auf meine Flinte und meinen Spaten.«

»Du hast ja gar keinen Spaten mehr, Hubert«, spottet der Bürgermeister. »Und wenn du einen Bären siehst, dann liegt's bestimmt am Doppelkorn.«

Lautes Gelächter. Schadenfreude ist die schönste Freude. Sogar ich muss lachen.

Pa bittet um Sachlichkeit.

»Bekomme ich denn nun mein Schaf ersetzt?«, meldet sich Clemens Vater.

»Nein, Hagen. Ich habe es dir schon gesagt: Deine Tiere waren angepflockt, das ist gegen die Halterverordnung. Es müssen bestimmte Grundsicherungsmaßnahmen eingehalten werden, um vom Land eine Entschädigung zu bekommen. Wer es genau wissen möchte, kann zu mir in die Sprechstunde kommen. An einem Wolfsmanagementplan wird bereits gearbeitet.«

»Die Politik schützt also ein bösartiges Raubtier, statt hinter den schwer arbeitenden Menschen zu stehen«, ereifert sich Hartung.

Da steht Clemens so ruckartig von seinem Stuhl auf, dass alle den jungen Mann mit dem Pferdeschwanz und den schwarzen Klamotten anstarren. Neben mir atmet Tobias geräuschvoll ein.

»Ich glaube, Menschen können bösartiger sein als ein Wolf, der ein angekettetes Schaf erlöst«, sagt Clemens. »Natur ist nun mal ungezähmt und unberechenbar – aber das Wilde, das wurde unserem Wald doch längst ausgetrieben. Jetzt kehrt es zurück. Wenn ihr die Wölfin tötet oder vertreibt, dann habt ihr nichts gewonnen, aber viel verloren. Und ihr werdet immer daran denken müssen, euer ganzes Leben lang.«

Für Sekunden ist es still, dann hüstelt jemand und Stühle scharren. Tobias hebt die Hände, beginnt langsam zu klatschen. Ich schließe mich an. Bald klatschen erstaunlich viele Hände, aber am Ende werden sie übertönt von empörten Stimmen und Pfiffen.

Ein tiefer Graben geht durch Altenwinkel, als sich die Versammlung auflöst, aber ich fühle mich nicht mehr so allein. Niemals hätte ich dem *Man in Black* so viel Tiefe zugetraut. Wie schade für Saskia, dass er nicht auf Mädchen steht.

Pa meint, dass es gut gelaufen ist und man nicht mehr erwarten dürfe. Er bleibt noch auf ein Bier im »Jägerhof«, als ich mich auf den Heimweg mache.

Nachdem ich noch ein paar Worte mit Ma gewechselt habe, gehe ich duschen und setze mich in meinen Schaukelstuhl auf dem

Balkon. Es ist immer noch unglaublich warm. Die Grillen geben ein nächtliches Sommerkonzert, während die Fledermäuse ums Haus flattern.

Der Ruf einer Hohltaube kommt direkt aus dem Kirschbaum. *Hu-ru-hu-ru-hu-ru*. Ich stehe auf und stelle mich ans Geländer, als ich im Licht, das aus meinem Zimmer kommt, eine dunkle Gestalt im Geäst des Kirschbaumes sitzen sehe, einen ziemlich großen Vogel. Das neuerliche *Hu-ru-hu-ru* endet in einem erstickten Kichern.

»Bist du völlig verrückt geworden?«, zische ich.

Geschmeidig gleitet Olek über den starken Ast auf meinen Balkon und ich finde mich in einer sehnsüchtigen Umarmung wieder. Wilde Pfefferminzküsse und Oleks raue Hände bringen mich sehr schnell um den Verstand. Ich komme gerade noch so dazu, Kater Paul aus meinem Bett zu jagen und meine Tür abzuschließen, bevor sich eine Woche Sehnsucht Bahn bricht.

Oleks Körper auf meinem. Seine schmalen, knochigen Hüften, der flache Nabel und die feine helle Haarlinie darunter. Die glatte Haut über den Rippenbögen. Kein Zentimeter Luft mehr zwischen uns. Seine schiefen Zähne, die meine Zunge ertastet, die kleinen Narben auf seiner Haut, von meinen Fingerkuppen gelesen wie Blindenschrift.

Es ist der Moment, wo ich tatsächlich anfange, an ein gutes Ende dieses Märchens zu glauben. Der Tag war schon beinahe vergangen, doch nun glüht noch ein orangeroter Faden im Gewebe.

25. Kapitel

Die Sonne, die durch das Dachfenster in mein Bett scheint, weckt mich. Der Platz neben mir ist leer, nur der Duft nach wilder Minze und Kiefernharz, der noch in meinem Laken hängt, zeugt davon, dass Olek wirklich hier gewesen ist.

Verträumt streiche ich mit der flachen Hand über das Laken, schließe noch einmal die Augen und rekele mich im Bett.

Nach dem Frühstück helfe ich Ma, das Mittagessen zuzubereiten. Sie sieht wieder einmal schlecht aus, als hätte sie die ganze Nacht nicht geschlafen. Weil Pa mindestens drei Nächte nicht zu Hause sein wird. Weil meine Mutter befürchtet, dass ich in meinem Wald verschwinde, sobald mein Vater vom Hof gefahren ist.

Aber das muss ich gar nicht. Olek und ich, wir können uns am See treffen. Oder in meinem Bett.

Nach dem Essen bricht Pa auf und ich verziehe mich in mein Zimmer, um Saskia eine Mail zu schreiben. Ich bin mittendrin, ihr vom Infoabend im »Jägerhof« zu berichten, da macht es Pling und eine neue Mail landet in meinem Postfach. Sie ist von Kai und enthält einen Anhang. Im Betreff stehen drei Fragezeichen. Mit einem unguten Gefühl öffne ich die Nachricht und schlagartig wird mir schlecht. Obwohl draußen mindestens dreißig Grad sind, friert mein Herz.

Es sind drei Fotos. Olek und ich, küssend am Seeufer. Olek, wie er mir nachschaut, frontal, in Kais *Party Hard*-T-Shirt. Und Olek und ich eng umschlungen im Wasser.

Darunter steht: *Die Verräterin und der Dieb.*

Ich presse eine Hand auf meinen Mund. Kai muss uns beobachtet haben. Wie viel weiß er über Olek?

Mit zitternden Fingern wähle ich Kais Nummer. Er meldet sich sofort. »Hast du meine Fotos bekommen?«

»Ich muss mit dir reden, Kai.«

»Aber ich nicht mit dir, Jola.«

»Bitte, Kai! Komm zum Gartenweg, ich bin in fünf Minuten da.«

Schon von Weitem sehe ich Kai vor der hinteren Tür seines Gartens auf und ab laufen.

»Wer ist dieser Kerl?«, empfängt er mich. »Und wie lange geht das schon?« Er sieht fix und fertig aus.

Tränen sammeln sich hinter meinen Augen. Kais Gesicht verschwimmt vor meinem Blick. Jetzt bloß nicht losheulen, Jola. Ich verschränke die Arme vor meiner Brust, um mich zu wappnen.

»Das ist doch der Typ vom Open Air, oder nicht? Du triffst dich mit einem Dieb, verdammt.«

Die tiefe Verletztheit in seinem Blick martert mein Gewissen. Ich will etwas sagen, doch es kommt kein Wort heraus.

»Der Kerl läuft rotzfrech in meinem Lieblings-T-Shirt herum, Jola. Er hat das halbe Dorf beklaut und dir fällt nichts Besseres ein, als ihn zu küssen. Hast du völlig den Verstand verloren?«

Ja, habe ich.

»Rede mit mir, Jola!«, fährt Kai mich an. »Hast du etwa mit diesem Typen geschlafen?«

Ja, auch das.

»Wenn ich ihn in die Finger kriege, bring ich ihn um, ich schwör's.«

»Er heißt Olek.«

»Olek und?«

Ich zucke mit den Achseln.

»Ich glaube, ich komme gerade nicht ganz mit.« Kai ist so verblüfft, dass einen Moment lang Wut und Verzweiflung aus seinem Gesicht verschwinden. »Für diesen Typen schickst du mich in die Wüste, aber du weißt nicht mal, wie er heißt? Spinnst du jetzt völlig?«

Die Verlegenheit treibt mir das Blut in die Wangen, aber ganz allmählich rührt sich auch der Trotz in meinem Inneren.

»Er heißt Olek und kommt aus Polen.«

Kai packt mich an den Schultern. »Warum, Jola? Sag mir, warum? Wieso lässt du es zu, dass so ein Dahergelaufener uns auseinanderbringt? Du und ich, das ist ... das war etwas Besonderes. Hab ich was falsch gemacht? Erklär es mir, ja? Erklär es mir so, dass ich es verstehe.« Tödlich beleidigt starrt er mich an.

»Ich ...« Mir versagt die Stimme und in meiner Brust sticht es. Ich räuspere mich, hole tief Luft. »Es ist einfach passiert, Kai. Du hast nichts falsch gemacht. Ich bin ihm begegnet und habe mich verliebt. So etwas kommt vor.«

»Okay.« Er stößt mich von sich und fährt mit beiden Händen durch sein Haar. »Es ist also passiert. Und nun? Wie geht es jetzt weiter, Jola?«

»Ich weiß es nicht.« Es tut weh, dich zu verlieren, Kai.

»Du weißt es nicht? Du musst doch wissen, was du willst? Ihn bei dir einziehen lassen? Mit ihm auf Raubzüge gehen?«

»Vielleicht«, erwidere ich trotzig.

»Und was wird aus mir? Verdammt, ich liebe dich, Jola. Bedeute ich dir denn überhaupt nichts mehr?«

»Doch, natürlich. Nur ... ich kann dich nicht lieben, wie du mich liebst. Ich habe von Anfang an gespürt, dass es nicht funktioniert. Aber ich konnte es dir nicht sagen. Ich wollte dir nicht wehtun, ich dachte, es wird irgendwann, aber so war es nicht. Du bist der Bruder, den ich mir immer gewünscht habe, Kai. Ja, ich liebe dich wie einen Bruder.«

»Fuck, fuck, fuck.«

Kai versteht die Welt nicht mehr, es steht ihm ins Gesicht geschrieben. Ich könnte ihm sagen, dass wir niemals hätten miteinander schlafen dürfen, dass das der Anfang vom Ende war. Doch es hat keinen Sinn, er leidet jetzt schon Höllenqualen.

Ich sage nichts mehr und verspreche auch nichts. Es gibt keinen Ausweg. Ich muss seinen Schmerz und seine enttäuschten Gefühle aushalten, das bin ich ihm schuldig.

»Ich muss jetzt gehen.«

Kai starrt mich an, als würde er ganz langsam aus einem finsteren, kalten Loch auftauchen. »Wohin, Jola? Zu deinem Dieb? Wartet er in eurem Liebesnest auf dich? Offensichtlich kannst du nicht genug von ihm kriegen.«

Liebesnest? Mir wird kalt. »Ich muss nach Hause, Kai, meiner Mutter geht es nicht gut.«

Er hebt die Hände, und als er spricht, klingt seine Stimme verändert. »Ja, geh zu deiner verrückten Mutter, erzähl ihr, was du da draußen im Wald treibst. Und beeil dich, Jola, denn wenn du es nicht tust, dann werde ich das für dich übernehmen.« Abrupt dreht Kai sich um und verschwindet durch das offene Gartentor.

Für einen Moment lähmt der Schreck meine Glieder. Kai ist zutiefst verletzt und wütend. Auf Olek hat er einen tödlichen Hass und nun hasst er auch mich. Er wird uns verraten. Vielleicht will er das gar nicht, aber es wird es tun, dafür kenne ich ihn zu gut.

Ich sprinte nach Hause und hole mein Rad. Als ich aus dem Garten auf den Weg biege, steht plötzlich Elli mit ihrem kleinen blauen Kinderrad auf dem Gartenweg. Sie hat ihren Rucksack auf den Rücken geschnallt, aus einer Seitentasche schaut Sammy heraus.

»Wo willst du denn hin, Elli?«

»Zum Badesee.«

»Dann bist du hier falsch. Und du kannst auch nicht alleine an den See fahren.«

»Kai will aber nicht mit. Er redet nicht mit mir.«

»Fahr nach Hause, Elli, okay?«

»Habt ihr euch gestritten?«

»Was?«

»Kai und du, habt ihr euch gestritten? Er heult.«

Oh verdammt, Kai.

»Ja, wir haben gestritten.« Ich schiebe mein Rad in Richtung Forstweg.

»Wohin gehst du?« Elli kommt mir hinterher.

»In den Wald.«

»Zu deinem Dieb?«

Abrupt bleibe ich stehen. Mist – was hat Kai der kleinen Hexe alles erzählt?

»Fahr nach Hause, Elli. Bitte.«

»Was ist ein Liebesnest, Jola?«

Oje. Elli hat unser Gespräch belauscht. »Frag Kai, okay?«

»Er redet nicht. Er ist stinkwütend auf den Dieb. Opa und Oma auch.«

Ich schiebe mein Rad ein Stück weiter. Elli bleibt mir auf den Fersen. »Geh nach Hause, Elli, ich habe es eilig.«

»Du triffst dich mit dem Dieb, Jola, ich weiß es.«

»Verschwinde, hörst du?«

»Opa und Kai wollen ihn fangen.«

»Was?«

»Den Dieb, sie wollen ihn in einer Falle fangen. Dann kommt er ins Kittchen.« Sie schnieft.

Kurz schließe ich die Augen. Das darf nicht wahr sein. Kai hat seinem Vater von Olek erzählt. Ich schiebe weiter.

»Ich will mit«, kreischt Elli und stampft mit dem Fuß auf. »Ich will mit. Ich will mit.«

Ich muss mich zusammennehmen, um sie nicht anzuschreien. »Das geht aber nicht, Elli«, sage ich, so ruhig es mir noch möglich ist.

»Warum nicht?«

»Weil es nicht geht, basta. Komm mir nicht nach, hörst du! Fahr nach Hause zu deiner Oma.«

Ich steige in den Sattel und fahre los. Als ich mich nach ein paar Metern umdrehe, sehe ich, dass Elli mir folgt. Da ist es vorbei mit meiner Beherrschung. Ich springe ab und lasse mein Rad ins Gras fallen. In zwei Schritten bin ich bei ihr, packe ihren Lenker. »Welchen Teil von *Komm mir nicht nach!* hast du nicht verstanden, Elli? Verschwinde, du kleine Kröte, sonst frisst dich der böse Wolf«, schreie ich sie völlig entnervt an.

Mit schnellen Schritten bin ich wieder bei meinem Rad, steige in den Sattel und trete wie eine Wahnsinnige in die Pedale, ohne noch einen Blick zurückzuwerfen. Pa wird mich in der Luft zerreißen, wenn er herausbekommt, dass ich im Wald war, dass ich Ma alleine gelassen habe. Aber das ist mir vollkommen egal. Ich muss Olek warnen. Kai und sein Vater wollen ihm eine Falle stellen, das kann ich nicht zulassen.

Völlig durchgeschwitzt erreiche ich den Brombeerfelsen. Doch Olek ist nicht da und ich habe keine Ahnung, wo er sein könnte. Das Beste wird sein, in der Höhle auf ihn zu warten. Irgendwann muss er schließlich zurückkommen.

Ich setze mich auf sein Lager und warte. Gegen die Hitze draußen ist die Temperatur in der Höhle angenehm. Langsam beruhigt sich mein Herz, ich bin wieder in der Lage, klar zu denken. Ich will ihn behalten, meinen Dieb, aber der Preis dafür ist, dass er hier verschwinden muss. Nur für eine Weile. Bis die Wogen sich geglättet haben. Bis er volljährig ist und nicht mehr in ein Heim gesteckt werden kann. Bis die Leute von Altenwinkel den Dieb vergessen haben.

Die Zeit verrinnt, doch Olek kommt nicht. Ist er fort? War die vergangene Nacht sein Abschiedsgeschenk? Frostige Finger legen sich um mein Herz und drücken zu. Nein, wehrt es sich. Olek würde nicht gehen, ohne sich zu verabschieden. Oder doch? Weil es Worte spart? Weil es einfacher ist? Nein, sagt das Herz.

Um mich abzulenken, lange ich wahllos nach einem Buch aus Oleks Bibliothek. Grimms Märchen. Ich setze mich auf den Steintisch ins Licht, klappe die Seite auf, in der ein Stück Zeitung als Lesezeichen steckt, und beginne zu lesen: *Da waren alle drei vergnügt: Der Jäger zog dem Wolf den Pelz ab und ging damit heim, die Großmutter aß den Kuchen und trank den Wein, den Rotkäppchen gebracht hatte, und erholte sich wieder. Rotkäppchen aber dachte: Du willst dein Lebtag nicht wieder allein vom Wege ab in den Wald laufen, wenn dir's die Mutter verboten hat.*

Och nö. Ich will das Buch gerade zuklappen, als mir auf dem vergilbten Stück Zeitung ein Foto ins Auge sticht. Ich falte das

Zeitungspapier auseinander. Es ist ein ausgeschnittener Artikel aus einer polnischen Zeitung. August 2007 steht oben auf der Seite und unter einer fetten Schlagzeile sind zwei farbige Fotos abgedruckt. Eines zeigt ein etwa achtjähriges blondes Mädchen, das mit einem Engelslächeln in die Kamera blickt. Kamila Nowak steht darunter. Auf dem anderen Foto ist ein etwa dreizehnjähriger Junge mit kurzem hellbraunem Haar zu sehen.

Olek, kein Zweifel. Auch wenn Alexander Nowak darunter steht. Auf einmal habe ich das Gefühl, als würde der Boden unter mir wanken. Denn ich weiß, wo ich die beiden schon einmal gesehen habe: auf einem Familienfoto in Agnes Scherers Küche. Ich bin mir ganz sicher. Dieses blonde Mädchen, Kamila, ist Agnes verunglückte Enkeltochter.

Die Fotos verschwimmen vor meinen Augen. Du hast mich belogen, Olek. Du hast eine Mutter und einen Vater. Und du hattest eine kleine Schwester. Was hast du getan? Was ist dein dunkles Geheimnis, Alexander Nowak?

Ich falte den Zeitungsartikel zusammen, schiebe ihn in meine Hosentasche und verlasse fluchtartig die Höhle. Ich muss zu Agnes, ich muss wissen, was mit ihrer Enkeltochter passiert ist.

Mit fliegendem Atem komme ich beim Haus der Scherers an, lehne mein Rad gegen die Hauswand und klingele Sturm. Ich klopfe gegen die Haustür und hämmere schließlich mit der Faust dagegen. Als niemand hört, laufe ich ums Haus herum in den Garten.

Agnes kniet in einem Beet und sät etwas aus. »Jola«, ruft sie überrascht, »was ist denn passiert? Du siehst ja ganz aufgelöst aus.«

Aufgelöst – ja, das ist das passende Wort. Ich habe das Gefühl, dass sich alles auflöst. Das ganze wunderbare Gewebe der vergangenen Tage.

»Ich muss mit Ihnen reden«, stoße ich keuchend hervor. »Über Alexander.«

Agnes steht auf und reibt sich die Hände an ihrer Gartenhose sauber. »Alexander?« Die Bestürzung in ihrem Gesicht macht mir Angst. »Woher kennst du Alexander?«

»Aus dem Wald.«

Agnes fasst sich ans Herz. Für einen Moment fürchte ich, sie könnte zusammenbrechen, so stark wankt sie. Doch dann hat sie sich wieder in der Gewalt.

»Gehen wir ins Haus, ja? Ich brauche einen Schluck Wasser.«

Ich folge ihr in die Küche, wo sie sich die Hände wäscht und uns beiden ein Glas Wasser auf den Tisch stellt, bevor sie sich auf einen der Stühle fallen lässt. Ich setze mich auf die Eckbank, hole den vergilbten Zeitungsartikel aus der Hosentasche, falte ihn auseinander und lege ihn vor Agnes auf den Tisch.

Ich schaue in ihr Gesicht, warte auf eine Reaktion.

»Woher hast du den, Mädchen?«

»Von ihm.« Ich tippe auf Olek.

Agnes schüttelt unmerklich den Kopf, ihre Hände streichen zitternd über den Zeitungsartikel. »Alexander.«

»Jetzt nennt er sich Olek.«

»Olek, das ist die polnische Variante von Alexander.«

»Er ist Ihr Enkel.« Ich zeige auf das Foto im Küchenschrank. Immerhin, was seinen Namen angeht, hat er nicht gelogen.

Agnes greift nach einem Päckchen Papiertaschentücher, das auf dem Tisch liegt, holt eines heraus und schnäuzt sich.

»Ja und nein«, sagt sie schließlich.

»Wie meinen Sie das?«

»Meine Tochter Brigitta ... nun, Alexander ist nicht ihr leiblicher Sohn. Sie hat ihn adoptiert.«

»Adoptiert?« Olek ist der Adoptivsohn von Agnes' Tochter. Dann ist Agnes so etwas wie seine Adoptivoma und es ist mit Sicherheit kein Zufall, dass er auf seiner Wanderung ausgerechnet im Wald hinter ihrem Dorf gelandet ist.

»Ist er schon mal hier gewesen, bei Ihnen?«

Agnes nickt. »Das Foto, es wurde vor unserem Haus aufgenommen. Das war vor fünf Jahren.«

Die Gedanken wirbeln wie aufgescheuchte Wespen durch meinen Kopf. »Was ist mit dem Mädchen?«

»Kamila, meine Enkeltochter, sie ist tot.«

»Was ist passiert? Bitte, ich muss es wissen!«

»Er ist tatsächlich hier?«

»Ja, in einer Höhle im Wald. Er ist der Schuhdieb, der Hühnerdieb.« *Der Liebesdieb.*

»Das ist eine lange Geschichte, Jola.«

»Die Kurzfassung genügt mir, bitte. Olek und ich, wir ...« Tränen laufen über meine Wangen.

»Du liebst ihn?«

»Ja. Und ich will ihn nicht verlieren.«

»Also gut«, sagt Agnes. »Dann hör dir den zweiten Teil von Tomasz Kaminskis Geschichte an.«

Mit offenem Mund starre ich Agnes an. Was hat Tomasz Kaminski mit Olek zu tun?

»Ich habe dir erzählt, dass Brigitta sich in Polen auf die Suche nach ihrem Großvater gemacht hat. Sie fand eine entfernte Verwandte von ihm, die ihr erzählte, dass er geheiratet hatte, aber von einer militärischen Übung in Deutschland nicht zurückgekehrt war. Seine Frau war schwanger und bekam ein paar Monate später ein Mädchen, Ewa, meine Halbschwester. Ewa war labil, wurde drogensüchtig und bekam sehr spät einen Sohn, Olek.

Niemand wusste, was aus ihm geworden war. Brigitta suchte nach dem Jungen und fand ihn mithilfe von Marek bei einem Mann auf einem völlig verwahrlosten Bauernhof. Dieser Mann hat den Kleinen ein Jahr lang in einer Hundehütte bei einer Hündin vegetieren lassen.«

Ich schlucke. Will nicht glauben, was Agnes da erzählt.

»Brigitta hat Marek geheiratet, die beiden haben den Jungen adoptiert und nannten ihn Alexander, damit er vergisst, was Olek angetan worden war. Meine Tochter war damals erst neunzehn, aber sie hat versucht, dem völlig verstörten Jungen eine gute Mutter zu sein. Und Alexander, er hat sie abgöttisch geliebt. Sie hat ihm das Leben gerettet. Hat ihm ein gutes Zuhause gegeben.«

»Und dann wurde Ihre Enkeltochter geboren«, bemerke ich nachdenklich, während sich in meinem Kopf das Puzzle weiter zusammensetzt und das mulmige Gefühl in meinem Magen zunimmt.

»Kamila, ja. Ein kleiner Schatz.« Agnes streicht zärtlich mit den Fingerspitzen über das Foto ihrer Enkeltochter. »Einmal im Jahr haben sie mich hier besucht für ein paar Tage. Brigitta, Marek, Alexander und Kamila.«

Sie wischt sich ein paar Tränen aus den Augenwinkeln. »Ich habe sie beide gleich gern gehabt, den Jungen und die Kleine. Und Brigitta hat Alexander geliebt wie einen eigenen Sohn. Aber bei diesem letzten Besuch, damals vor fünf Jahren, hat sie mir erzählt, dass der Junge furchtbar eifersüchtig war auf seine Schwester.

Als Kamila noch ein Baby war, hat er einmal den sechs Kilo schweren Kater auf ihr Gesicht gesetzt. Zum Glück ist Brigitta rechtzeitig dazugekommen. Alexander hat Schreckliches durchgemacht als kleiner Junge. Und nun fiel es ihm schwer, sich damit abzufinden, dass seine geliebten Eltern nicht mehr nur ihm gehörten.«

Das Herz schlägt jetzt so heftig in meiner Brust, dass es wehtut. Mein Blick hängt an dem Zeitungsartikel mit den Fotos von Kamila und Olek. Kamila ist tot. Was hat Olek getan?

»Was ist passiert, Agnes? Ich muss es wissen. Was steht in diesem Artikel?«

Agnes seufzt leise. »Niemand weiß, was wirklich passiert ist. Man hat Kamila auf einer Baustelle gefunden, offensichtlich war sie von einer Mauer gestürzt und eine Eisenstange hatte sich mitten durch ihr Herz gebohrt.«

Nein. Nein. Nein. Ich befinde mich im freien Fall.

»Und Olek ... ich meine: Alexander?«

»Der Junge ist seitdem verschwunden. Sie haben lange nach ihm gesucht, aber er war wie vom Erdboden verschluckt.«

Deshalb ist Olek also weggelaufen.

Ein Eingeständnis seiner Schuld?

Seit *Shadowland* und diesem verrückten Gespräch in Tobias' Küche weiß ich, dass das Offensichtliche nicht unbedingt die Wahrheit sein muss. Trotzdem frage ich: »Hat Alexander Kamila getötet?«

Agnes hebt die Schultern. »Er war noch ein Kind damals, erst dreizehn. Vielleicht hat er es getan. Niemand weiß, was für einen Schaden die ersten Lebensjahre bei seiner unfähigen Mutter und diesem schrecklichen Mann in den Tiefen seiner Seele hinterlassen haben.«

Wunden, antworte ich in Gedanken. Sie haben Wunden hinterlassen, aber keinen Schaden. Ich kenne ihn, will ich schreien.

Ich kenne ihn und ich weiß, dass er so etwas Furchtbares niemals tun könnte. Doch mir ist bewusst, dass ich nur den Olek kenne, der er jetzt ist, und nicht den unglücklichen Jungen von damals.

Agnes beugt sich herüber, legt eine Hand auf meine und sieht mich an. »Wo ist er, Jola?«

»Er lebt schon seit dem Frühjahr in einer Höhle auf dem Truppenübungsplatz. Ich bin oft im Wald, so sind wir uns begegnet.«

»Und wo war er, all die Jahre? Hat er dir das erzählt?«

In knappen Worten berichte ich ihr von der Diebesschule und dem Patron. Von dem schäbigen Zimmer in Berlin und von Oleks Freund Antek, der auf der Flucht vor der Polizei in ein Auto gelaufen war. Von der alten Frau im Spreewald, die glaubte, Olek sei ihr Sohn.

Agnes presst beide Hände auf den Mund und schüttelte immer wieder den Kopf. Als ich meinen Bericht ende, holt sie tief Luft und sagt: »Er ist also zu mir gekommen.«

»Sieht so aus.«

»Und er hat das getan, was er gelernt hat: stehlen.«

»Er hat nur genommen, was er wirklich braucht«, verteidige ich Olek. »Er wird die Sachen zurückgeben, ich kann ihm dabei helfen.«

»Du liebst ihn wirklich, nicht wahr?«

Ich nicke. Agnes nimmt ihr Glas, sie steht auf, um es noch einmal aufzufüllen. »Sag ihm, er kann zu mir kommen. Was immer passiert ist, ich bin seine Oma. Sag ihm das, Mädchen.«

»Das mache ich.« Ich erhebe mich, als mir etwas einfällt, das in der ganzen Aufregung völlig untergegangen ist. »Ach ja, da ist noch etwas.«

»Ja?« Agnes fasst sich ans Herz.

»Tomasz, er ...« Agnes legt die Stirn in Falten, ihre Augen haften an meinen Lippen und auf einmal weiß ich nicht mehr, wie ich es ihr sagen soll. »Diese Höhle, Oleks Höhle, die war viele Jahre verschüttet, und in einer Kammer, da sitzt ... ein Mann in Uniform. Es ist ...«

Die alte Frau gibt einen hohlen Seufzer von sich, sie sackt in sich zusammen, als hätte sie keine Knochen im Leib. Sofort knie ich neben ihr, gebe ihr kleine Klapse auf die Wange. »Agnes ... Agnes, wachen Sie auf.« Hektisch schaue ich mich um, entdecke ein Gartenmagazin, mit dem ich der ohnmächtigen Frau Luft zufächele.

Langsam kommt sie wieder zu sich. Ich helfe ihr, sich erst aufzurichten, und als sie wieder bei sich ist, aufzustehen. Ich führe sie zu einem Stuhl, hole ihr das Glas Wasser.

»Bist du dir sicher?« Ihre Stimme ist ein schwaches Ächzen.

»Ja, ganz sicher. Er ist es.«

»Ich glaube, das muss ich erst einmal verkraften, bevor ich es Mutter erzählen kann.«

»Ist es in Ordnung, wenn ich Sie jetzt alleine lasse? Ich muss Olek finden, bevor die anderen ihn finden.«

Agnes nickt. »Geh nur, Mädchen. Ich komme schon klar.«

26. Kapitel

Die Haustür fällt hinter mir ins Schloss. Obwohl es schon nach sieben ist, herrscht eine drückende Schwüle. Die Atmosphäre ist elektrisch aufgeladen, irgendwo in weiter Ferne ist ein Gewitter im Anzug. Bevor ich mich auf den Weg zur Höhle mache, muss ich Ma anrufen und ihr sagen, dass sie sich nicht sorgen soll.

Während ich mein Rad über den Plattenweg zum offenen Gartentürchen schiebe und über eine geeignete Lüge nachdenke, dringt plötzlich die aufgeregte Stimme von Kais Mutter an meine Ohren. Ich verharre einen Augenblick und lausche. Ellis Name fällt. Das hört sich nicht gut an. Ich lege das Rad leise auf dem Weg ab, steige über Agnes' Blumenrabatte und schleiche mich zum Zaun, wo ich mich hinter einem dichten Fliederstrauch verstecke.

Vor der Hofeinfahrt der Hartungs steht eine kleine Menschentraube. Bianca Hartung, die auf Karsten und Caroline Merbach einredet und dabei wild mit den Händen fuchtelt. Die Nachbarn der Hartungs, Achim und Marga Roland, sie mit einem karierten Geschirrtuch in der Hand. Und noch zwei alte Weiber in bunten Kittelschürzen: Kais Oma Ruth und die Eier-Euchler. Mist, Kai ist auch dabei. Alle reden aufgeregt durcheinander, während Lasse das Grüppchen mit seinem quietschenden Dreirad umkreist wie ein Hütehund seine Schafherde.

Kai hat ihnen alles erzählt und nun zerreißen sie sich die Mäuler über den Dieb im Wald und seine Liebste, die Tochter des Försters. Das gibt ein wunderbares Drehbuch für einen Heimatfilm. Mein Ruf im Dorf ist endgültig ruiniert, ich werde wegziehen müssen.

Ich laufe zurück zu meinem Fahrrad und schiebe es aus der Gartenpforte. Verdrück dich unbemerkt, bevor sie über dich herfallen – das ist mein Plan. Doch Kais Mutter hat mich bereits entdeckt und zeigt anklagend auf mich.

»Da ist sie ja.«

Die Köpfe schwenken in meine Richtung, alle starren mich fragend an. Nur Lasse fährt unbeirrt seine quietschenden Runden.

Dann kommt der Pulk geschlossen auf mich zu, Kai vorneweg. Er sieht noch furchtbarer aus als vor ein paar Stunden. Die Haare stehen ihm wild vom Kopf, seine Augen sind gerötet und die Unterlippe ist aufgeplatzt.

Mein Magen zieht sich zusammen. »Was ist denn los?«, stoße ich hervor. »Ist was passiert?«

»Elli ist verschwunden.«

»Was?« Schlagartig wird mir speiübel. Meine Beine beginnen zu zittern. »Seit wann?«

»Das wissen wir nicht genau«, sagt Kai. »Ich dachte, sie ist bei meiner Mutter in der Küche, und die dachte, Elli ist mit mir zum Badesee, weil ... ihr Rad ist weg. Ich bin ziellos durch die Gegend gefahren, ich musste einfach allein sein. Bin erst vor einer Stunde zurückgekommen und da fiel es dann auf, dass sie verschwunden ist.« Er beißt sich auf die Lippe, wie immer, wenn er zerknirscht ist.

»Sie ist mir nachgefahren«, denke ich laut. Ich bin jetzt umringt von Leuten.

»Nachgefahren?« Kai zieht die Stirn in Falten. »Wohin denn?«

Bianca Hartung packt mich am Oberarm und schüttelt mich. »Wohin ist Elli dir nachgefahren?«

»In den Wald«, antwortet Kai an meiner Stelle, »wohin sonst. Sie ist zum Stelldichein mit ihrem Dieb gefahren, deshalb konnte sie Elli nicht gebrauchen.« Er presst die Lippen zusammen, sein Mund ist ein verächtlicher Strich. »Ist doch so, oder?«

Wieder werde ich geschüttelt. »Ist das wahr, Jola? Nun rede schon.«

Ich kann es nicht glauben. Machen sie jetzt mich dafür verantwortlich, dass der kleine Satansbraten verschwunden ist? Ich wünschte, der Erdboden würde sich auftun, dann bräuchte ich nichts zu erklären.

»Ja, ich war im Wald heute Nachmittag.«

Plötzlich ist es still. Keiner sagt etwas, kalte Blicke durchbohren mich wie tödliche Pfeile. Lasses Räder sind das einzige Geräusch auf der Straße. Der Ton zerrt an meinen Nerven.

»Nachdem wir uns getroffen haben, bin ich zurück nach Hause«, wende ich mich an Kai, »aber zehn Minuten später bin ich wieder los. Das muss so gegen drei gewesen sein. Elli stand auf einmal mit ihrem Rad auf dem Gartenweg. Sie hatte ihren Rucksack dabei und wollte mit mir zum See. Ich habe sie nach Hause geschickt, mehrmals, aber sie hat gebockt. Du weißt ja, wie sie sein kann. Dann bin ich schnell weggefahren. Ich dachte, wenn sie mich nicht mehr sieht, gibt sie auf und dreht um.«

Kais Augen funkeln, sein Gesicht läuft rot an vor Zorn. »Vielleicht hält der Typ Elli ja in seiner Räuberhöhle fest, damit sie ihn nicht verraten kann.«

Räuberhöhle? Weiß Kai doch etwas von Oleks Höhle oder hat er einfach nur geraten? Ich versuche, ihn nicht zu hassen für seine fiese Anschuldigung, aber am liebsten würde ich ihn auf der Stelle erwürgen. Wie kann er so etwas nur sagen?

»Wir müssen die Polizei rufen«, sagt der kreidebleiche Karsten Merbach. »Jetzt ist es fast sieben, Elli ist also schon seit vier Stunden verschwunden.«

»Ojemine«, jammert Kais Oma, »die Kleine ganz alleine im Wald, wo dieses Untier herumstreift.«

Zuerst denke ich, sie meint Olek, aber dann wird mir klar, dass Kais Oma die Wölfin meint. »Vielleicht sitzt Elli ja auch hier irgendwo hinter einem Strauch, beobachtet uns und lacht sich eins ins Fäustchen«, sage ich wütend. »Zuzutrauen ist es ihr. Wenn sie sich ärgert, versteckt sie sich.«

Kais Mutter funkelt mich an. »Kai hat schon alles abgesucht«, sagte sie. »Bernd ist sofort zum Spielplatz, er sucht im Dorf nach ihr.«

»Spielplatz«, zischt Erna Euchler verächtlich, »soll er doch lieber beim Mörderhaus suchen.«

Unwillkürlich wandert mein Blick zu Alinas Vater. Karsten Merbach schluckt mehrmals, sein Adamsapfel wandert auf und ab. Seine Frau fasst ihn beruhigend am Arm und schüttelt unmerklich den Kopf.

»Bei Tobias war ich auch«, sagt Kai. »Dort ist sie nicht.«

»Vielleicht ist sie ja allein zum Badesee gefahren«, meldet sich Caroline Merbach.

»Aber da sind doch eine Menge Leute, die hätten sie längst nach Hause geschickt.«

Auf einmal ertönt lautes Stimmengewirr und gleich darauf biegt ein zweiter Trupp Leute um die Ecke, vorneweg Kais Vater. Pfarrer Kümmerling ist dabei, Frau Färber von der Gärtnerei, Hubert Trefflich, Gernot Schlotter und Hans Grimmer. Als sie bei uns angelangt sind, schüttelt Bernd Hartung den Kopf. »Nichts«, sagt er. »Wir haben das halbe Dorf auf den Kopf gestellt.«

Kais Mutter stößt einen gequälten Seufzer aus und ringt die Hände.

»Wahrscheinlich ist sie Jola in den Wald nachgefahren«, klärt Caroline Merbach ihn auf. »Vielleicht hat sie sich verlaufen und findet den Weg nicht zurück.«

»Dann müssen wir auch im Wald suchen«, schlägt Trefflich vor. »Es ist schon sieben durch und bald beginnt es zu dämmern. Zeit für die Bestie da draußen, sich nach einem Abendessen umzusehen.«

Ein kollektives Aufstöhnen erschüttert die Dorfstraße. Kais Mutter schlägt sich die Hände vors Gesicht und schluchzt. Trefflich, so ein Idiot.

»Der Dieb, dieser Kerl, mit dem Jola sich trifft, der haust irgendwo auf dem Truppenübungsplatz«, sagt Kai. »Wenn Elli ihr bis dorthin gefolgt ist, dann kann ihr alles Mögliche zugestoßen sein. Wer weiß, was der Typ noch auf dem Kerbholz hat.«

Ich starre ihn ungläubig an, mein guter Vorsatz ist dahin. Ich hasse dich, Kai. *Ich hasse dich, ich hasse dich, ich hasse dich.*

»Wir finden sie.« Karsten Merbach tätschelt Kais Mutter den Arm.

Achim Roland, er ist an die siebzig, hebt die Hand. »Ich komme mit.«

»Ich weiß, wo Jola sich immer rumtreibt.« Kai wirft mir einen grimmigen Blick zu. »Ich kann euch führen.«

»Gut«, Trefflich ist sichtlich erfreut. »Suchen wir nach der Kleinen und dem Dieb und schlagen zwei Fliegen mit einer Klappe.«

»Du musst dich erst umziehen«, zischt Marga Roland ihren Mann an. »So kannst du nicht in den Wald.«

Der alte Roland hat seine Sonntagssachen an. Eine gebügelte Anzughose, ein weißes, kurzärmliges Hemd und eine leichte Strickweste – trotz der lähmenden Hitze.

»Ich brauche auch zehn Minuten«, räumt Karsten Merbach mit einem Blick auf seine teuren Lederslipper ein. »Ich muss andere Schuhe anziehen.«

»Einverstanden«, beschließt Trefflich. »Vergesst nicht, Taschenlampen mitzubringen. Wir treffen uns in zwanzig Minuten am Ortsausgang. Und schnappt euch einen Prügel, falls uns da draußen der Schafkiller über den Weg läuft.«

Hämisch grinst er mich an. Jagdfieber brennt in seinen Augen. Trefflich muss ganz bestimmt nicht nach Hause, um sich umzuziehen und seine Schuhe zu wechseln. Er will sein Gewehr holen, da bin ich mir sicher.

Unauffällig schiebe ich mein Rad an den Leuten vorbei. Ich hoffe, dass keiner auf mich achtet, dass ich mich in den Sattel schwingen und davonradeln kann. Mit langsamen Bewegungen steige ich auf und setze den rechten Fuß auf die Pedale. Doch ich komme nicht vorwärts.

»Schön hiergeblieben, Fräulein.« Ein schneller Blick zurück: Bernd Hartung hält mein Rad am Gepäckträger fest.

Falsch gehofft, Jola.

Ich springe aus dem Sattel und sprinte los, höre den Aufschrei der Leute, als sie merken, dass ich ihnen entwischen will. Ich stolpere und stürze aufs Pflaster, schlage mir das Knie auf und zerschramme mir die Handflächen, aber mit einem Satz bin ich wieder auf den Füßen und laufe, als wäre der leibhaftige Teufel hinter mir her.

»Bleib sofort stehen, du falsche Schlange!« Das ist Hubert Trefflich. Schritte, irgendjemand verfolgt mich. Ich drehe mich nicht um, laufe, so schnell ich kann, und werde erst langsamer, als ich nichts mehr hinter mir höre und im Wald bin, meinem Refugium.

Keuchend beuge ich mich nach vorn, stemme die Hände gegen meine zitternden Oberschenkel, bis ich wieder zu Puste komme und das Hämmern in meinen Ohren aufhört. Mein rechtes Knie blutet und die Wunde ist voller Straßendreck, aber dagegen kann ich erst in der Höhle etwas tun.

Ich richte mich auf, ziehe den Gummi aus meinen Haaren und drehe sie zu einem Knoten am Hinterkopf, sodass Luft an meinen Nacken kommt. Mein Top ist nass von Schweiß, ich ziehe es am Saum vom Körper weg, während ich weiterlaufe in Richtung Truppenübungsplatz. Alle paar Meter bleibe ich stehen und rufe nach Elli, obwohl ich nicht wirklich glaube, dass sie hier irgendwo sitzt und sich versteckt. Sie ist das furchtloseste kleine Mädchen, das ich kenne, aber vier Stunden sind eine lange Zeit und meine Angst um Elli wächst mit jedem Schritt und jeder Minute. Längst zweifle ich an meinen eigenen Worten – warum sollte Elli sich vier Stunden lang freiwillig irgendwo verstecken? Sie muss sich verlaufen haben und ich bin schuld. Sie kennt sich nicht aus im Wald – was, wenn ihr etwas passiert?

Nachdem ich die Ringstraße überquert habe, höre ich auf zu rufen. Mit hämmerndem Atem erreiche ich den Brombeerfelsen und zwänge mich durch den Spalt in die Höhle. Ich rufe leise nach Olek, während ich mich durch den dunklen Gang taste.

Keine Antwort. Schwaches Abendlicht fällt durch das Fensterloch in Oleks verwaiste Behausung. Am Nachmittag war er nicht da und jetzt ist er es auch nicht. Wo ist Olek? Wo ist Elli? Wo ist Olek? Elli? In meinem Kopf beginnt sich alles zu drehen. Mir ist übel, meine Augen brennen. Todunglücklich lasse ich mich auf

Oleks Lager sinken, von dem der Geruch nach wilden Kräutern aufsteigt.

Ich streiche mit den Händen über das Laken, als ich etwas Fusseliges in die Finger bekomme. Etwas, das nicht hier sein dürfte. Sammy, Ellis hässliches Stofftier. Sammy, ohne den sie keinen Schritt macht. Zuerst denke ich: Olek hat Elli gefunden, sie ist in Sicherheit. Gleichzeitig packen mich Zweifel. Wo sind die beiden?

»Elli?« Meine Stimme klingt hysterisch.

Da entdecke ich das Blut. Dunkelrote Tropfen am Höhlenboden zwischen Tisch und Bett. Mit fahrigen Bewegungen taste ich nach der Taschenlampe, aber sie ist nicht an ihrem Platz. Ich schnappe mir die Campinglampe und schalte sie ein. Es ist Blut, kein Zweifel.

Was ist hier geschehen? Ich habe das Gefühl, als werde ich innen ganz leer.

»Elli? Olek?«

Nichts.

Im Schein der Campinglampe inspiziere ich auch die anderen beiden Höhlenkammern. In der unteren Höhle wasche ich mir Gesicht und Hände. Das Blut am Knie ist samt Dreck getrocknet und ich lasse alles, wie es ist. Das Knie schmerzt, aber das ist jetzt nicht wichtig.

In der Grabkammer sitzt Tomasz an seinem Platz, den Kopf neben sich auf dem Fels. Was nun, Jola?, scheinen seine leeren Augenhöhlen zu fragen. Ja, *was nun?*

Ich verlasse die Höhle, lasse die Campinglampe im Eingang stehen. Sie ist mir zu sperrig, um damit durch den Wald zu laufen.

Für einen Moment stehe ich mit dem Rücken gegen den Felsen gelehnt da, Sammy an meine Brust gepresst. Irgendetwas ist furchtbar schiefgelaufen. Sammy dürfte nicht hier sein. Nicht ohne Elli. Dazu das Blut in der Höhle. Die Synapsen in meinem Hirn feuern, aber eine logische Erklärung, die gleichzeitig auch harmlos ist, will mir nicht einfallen.

Hat die Wölfin ...? *Nein. Nein. Nein.* Kein frei lebender Wolf greift einen Menschen an. Rotkäppchen ist nur ein Märchen ... nur ein Märchen.

Elli, verdammt, wo bist du? Wolltest du herausfinden, wie ein Dieb aussieht? Hat der Dieb dich gefunden?

Es hat keinen Sinn, noch länger hier zu warten, zumal aus Richtung Tambuch leiser Donner grollt. Wie viel Zeit mag inzwischen vergangen sein? Ich fische nach meinem Handy, aber meine Hosentasche ist leer. Vermutlich habe ich es bei meinem Sturz auf der Dorfstraße verloren. Verflixt. Ma muss halb durchgedreht sein vor Angst. Am Nachmittag war ich nicht im Haus, habe nur mein Rad aus dem Schuppen geholt.

Wo mag der Suchtrupp unterdessen sein? Schon im Sperrgebiet? Ich muss weg von der Höhle, ich will nicht, dass die Männer Oleks Unterschlupf finden, dass Kai oder einer wie Trefflich in seinen Sachen herumstöbert.

Entschlossen laufe ich los, den kürzesten Weg zurück in Richtung Dorf. Als ich mich der Ringstraße nähere, hat sich der Himmel zugezogen, schlagartig ist es dunkel geworden. Durch das lauter werdende Grollen des Donners dringen verhaltene Männerstimmen zu mir herüber und auf der anderen Seite der Straße sehe ich zwischen den Bäumen und Sträuchern das Licht von Taschenlampen aufblitzen.

So nah sind sie schon! Ich überlege, wie ich ihnen am besten aus dem Weg gehen kann, als mich ein herzzerreißender Aufschrei innehalten lässt: »Kai!«

Ich erkenne die hohe Kinderstimme sofort und bin so erleichtert, dass mir die Knie weich werden. Elli!

»Da ist das Mädchen!« Auf der anderen Straßenseite brechen Äste und mehrere Stimmen werden laut.

»Elli!«, ruft Kai. »Komm her zu mir, Elli!«

Am lautesten schreit Trefflich: »Haltet ihn, haltet den verdammten Dieb!« Olek! Die Hände nach vorn gestreckt, stolpere ich in Richtung der Lichter und Stimmen, denn wenn sie ihn kriegen, werden sie nicht glimpflich mit ihm umgehen. Scharfe Äste zerkratzen mir Arme und Beine, ich stoße mir das verletzte Knie an einem Ast und wimmere vor Schmerz. Trotzdem haste ich weiter, laufe, so schnell ich kann, zur Ringstraße.

Plötzlich wird die Nacht von einem Schuss zerrissen, auf den ein gellender Schrei folgt.

Taschenlampen irrlichtern durch den Wald, aufgeregte Stimmen schreien wild durcheinander. »Oh Gott«, ruft jemand.

Wie erstarrt bleibe ich stehen. Ein Blitz erhellt die Szenerie, zu kurz, um etwas zu erkennen.

»Olek«, rufe ich. »Olek.« Ich erwache aus meiner Erstarrung, als mich jemand von hinten am Arm packt und festhält.

»Schön hiergeblieben, junges Fräulein.« Bernd Hartung.

Donner kracht, das Gewitter kommt näher. Ich versuche, mich aus Hartungs Griff zu winden, habe jedoch keine Chance. »Ich muss zu Olek«, schreie ich, »lassen Sie mich los.«

»Glück für dich, dass Elli nichts passiert ist!« Grell leuchtet mir Hartungs Taschenlampe ins Gesicht. »Sonst könnte ich nämlich für nichts garantieren.« Er zerrt mich über den Asphalt in den Wald auf der anderen Seite der Straße.

»Lassen Sie mich los! Was ist mit Olek? Seid ihr wahnsinnig, auf ihn zu schießen?«

Noch geblendet vom Lichtstrahl der Taschenlampe, versuche ich, die verschiedenen Gestalten zwischen den Bäumen und Sträuchern auszumachen.

Neben Achim Arnold kann ich Kai erkennen. Elli klammert sich schluchzend an seinen Hals wie ein kleines Äffchen. Sie hat einen Verband am Unterschenkel, aber sonst scheint sie unversehrt zu sein. Gernot Schlotter, Hans Grimmer, der alte Arnold und Magnus stehen im Kreis um Kai und Elli herum. *Magnus?* Ich kann nicht fassen, dass Grimmer seinen Sohn zu dieser Suchaktion mit in den Wald geschleppt hat. Und Karsten Merbach? Vermutlich stolpert er noch irgendwo mit seiner Taschenlampe durch die Gegend.

Aber wo ist Olek? Hat Trefflich ihn erwischt? Konnte er in den Wald entkommen oder haben sie ihn geschnappt?

Der Schafkönig lässt mich endlich los.

»Ist Elli okay?«, frage ich.

Kais Augen funkeln vor Wut. »Sie steht unter Schock, bringt kein Wort heraus«, blafft er mich an. »Wer weiß, was das perverse Schwein mit ihr gemacht hat.«

Ich erschrecke über den Hass in seiner Stimme und begreife, dass Olek keine Fairness erwarten kann. Nicht von ihm, vermutlich von keinem der Männer hier.

»Elli, wo ist der Dieb?«, wende ich mich an die Kleine. »Hat er dir etwas getan? Elli, ich bin's, Jola.«

Elli hat das Gesicht in Kais Halsbeuge vergraben, ihre Hände sind in seinem Nacken verschränkt. Sie reagiert nicht auf meine Frage – ich kann sie verstehen. Zuletzt habe ich »Verschwinde, du kleine Kröte, sonst frisst dich der böse Wolf« zu ihr gesagt.

»Komm, Junge«, sagt Kais Vater. »Bringen wir Elli hier weg, ehe wir noch nass werden.«

Die beiden laufen mit Elli zurück zur Ringstraße. Mein Blick streift die umstehenden Baumstämme und Sträucher, versucht, die Dunkelheit zu durchdringen, doch es ist zwecklos. Von Olek fehlt jede Spur.

»Und nun zu dir, du kleines Flittchen«, knurrt Hans Grimmer.

Arschloch.

»Oh, du lieber Augustin, Augustin«, beginnt Magnus zu singen.

»Sei still, du Idiot«, herrscht der Tischler seinen Sohn an.

Ich höre Autotüren klappen und gleich darauf wird ein Motor angelassen. Kais Vater hat einen Schlüssel für die Sperrschranken zum Übungsplatz, weil er seine Schafe darauf weiden lässt. Ich vermute, es ist sein Geländewagen, der davonfährt.

Ist Olek bei ihm?

Zwei Gestalten tauchen aus Richtung Ringstraße zwischen den Bäumen auf. Rudi Grimmer und Hubert Trefflich. Trefflich hält sein Gewehr in der Hand.

»Sie Idiot haben auf Olek geschossen?«, schreie ich ihn an. Mein Haarknoten hat sich gelöst, ich muss wie eine Furie aussehen.

»Ein kleines Mädchen war in Gefahr und ich habe auf ihren Entführer geschossen.«

Das war's zum zweiten Mal an diesem Tag mit meiner Beherrschung. Mit Gebrüll stürze ich mich auf Trefflich, doch jemand stellt mir ein Bein. Ich habe solchen Schwung, dass ich gegen Trefflichs Brust pralle und der Mann mit einem verblüfften »Uff« unter mir zu Boden geht.

Sofort sind die anderen über uns, packen mich, überall sind Arme und Hände. Und für zwei Sekunden sehe ich im unsteten Lichtkegel einer Taschenlampe etwas, das mir das Blut in den Adern gefrieren lässt: einen deutlichen Elli-Bissabdruck auf der Innenseite eines Unterarms.

Verflixt! Vom Licht der Taschenlampe geblendet, kneife ich die Augen zusammen. Orangerote Kreise pulsieren hinter meinen Lidern. Der muffige Geruch von ungewaschenen Kleidern steigt in meine Nase. Ich werde von Hubert Trefflich heruntergehoben und unsanft wieder auf die Füße gestellt. Rudi und Gernot halten mich an den Oberarmen fest. Magnus hilft dem fluchenden Trefflich auf die Beine.

»Du verfluchtes Gör, du bist ja richtig gefährlich«, geifert Trefflich. »Wenn ich deinem Vater erzähle, dass du dich mit einem Verbrecher hier im Wald herumtreibst, dann ...«

»Was dann?«

»Nun ist es aber wirklich genug, Jola«, mischt sich Schlotter ein. »Du hast schon genug Schaden angerichtet in deiner Naivität. Reiß dich endlich zusammen und bemühe mal deinen Verstand.«

»Schämen sollte sie sich!«, ereifert sich Achim Arnold. »Lässt sich mit einem Kindesentführer ein. Pfui Teufel!«

»Wenn sie nicht die ganze Zeit gelogen hätte, hätten wir ihn längst gefangen, den Dieb!«, bemerkt Rudi Grimmer.

Wie Richter stehen die Männer um mich herum, aus ihren Gesichtern spricht nichts als Abneigung. Und überhaupt: Was reden sie da für einen Schwachsinn? Ich soll meinen Verstand bemühen? Oh ja, das tue ich gerade. Fieberhaft.

Einer dieser Männer hat einen Elli-Zahnabdruck am Unterarm. Warum hat Elli ihn gebissen und vor allem: Wann?

Ich starre sie an: Hubert Trefflich, Gernot Schlotter, Rudi und Hans Grimmer, Magnus und den alten Arnold. Ist einer von ihnen ein perverses Arschloch? Aber welcher der Männer ist von Ellis Mal gezeichnet?

Blitzschnell lote ich meine Chancen aus. Alle hier sind stinkwütend auf mich. Na ja, bis auf Magnus vielleicht, aber was in seinem Kopf vorgeht, weiß keiner.

»Gehen wir«, sagt Schlotter. »Es fängt gleich an zu regnen und ich brauch jetzt ein ordentliches Bier. Ihr seid alle eingeladen.«

Erleichterte Zustimmung. Blitz und Donner beschleunigen den Aufbruch. Ich werde vom Gastwirt und Rudi Grimmer abgeführt wie eine Verbrecherin. Trefflich läuft vor uns und leuchtet mit seiner Taschenlampe den Pfad aus. Hinter uns tappt Magnus, gefolgt von seinem Vater und Achim Arnold.

Es fängt an zu tröpfeln. Noch schützen die Kronen der Bäume vor dem einsetzenden Regen, aber er wird schnell stärker. Die Männer beschleunigen ihre Schritte und grummeln Flüche vor sich hin. Keiner hat Lust, sacknass im Wirtshaus zu sitzen.

Hilf mir, Wald!

Fünf Minuten später hallt ein durchdringendes Wolfsheulen durch den Wald. Ich spüre, wie die Männer, die mich halten, vor Schreck erstarren. Für einen Moment lockert sich Rudi Grimmers Griff. Ich nutze meine Chance und reiße mich von seinen und Schlotters Händen los. Im nächsten Augenblick bin ich zwischen den Bäumen verschwunden. Danke, Wölfin.

»Komm zurück, du Miststück«, brüllt Trefflich und leuchtet mir mit seiner Taschenlampe hinterher.

»Lass sie«, höre ich Rudi Grimmer sagen. »Sie wird so schnell wie möglich nach Hause laufen.«

Ja, *lass sie.*

Magnus lacht und beginnt zu heulen wie ein Wolf.

»Halt die Klappe, Magnus.«

Die Wölfin antwortet und kurz darauf heulen auch ihre Welpen.

Mir läuft ein Schauer über den Rücken. Zitternd kauere ich

hinter dem Stamm meiner uralten Kiefer und versichere mich, dass keiner zurückbleibt. Die Wölfin und der Regen halten sie davon ab, nach mir zu suchen. Und selbst wenn: Sie würden mich nicht kriegen. Das ist mein Reich, ich kenne mich hier aus und ich bin schneller als diese Idioten.

Inzwischen regnet es in Strömen, die großen Tropfen nässen mein Haar und meine Haut. Das Zittern wird stärker, bald schlottere ich am ganzen Körper. »Olek«, flüstere ich und schlinge die Arme fest um meine angezogenen Knie. Tränen vermischt mit Regen laufen mir über die Wangen, ich mache mich ganz klein, möchte ein Tier sein, das vom Tod nichts weiß. Was, wenn Treff-lich Olek erschossen hat? Hat da nicht einer »Oh Gott« gerufen?

Als ich mich mit steifen Gliedern aufrappele, habe ich jedes Zeitgefühl verloren. Nass bis auf die Haut und wie in Trance laufe ich durch den finsteren, tropfenden Wald. Aus Vorsicht schlage ich einen Bogen und quere den Forstweg, um mich über das Waldstück hinter dem Gartenweg an unser Grundstück heranzupirschen. Kann ja sein, dass der wütende Suchtrupp auf die Idee gekommen ist, jemanden vor unserem Haus zu postieren, um mich abzufangen.

Mein Knie schmerzt, die Kratzer an Armen und Beinen brennen und in meinem Magen wühlt die Angst um Olek. Ich arbeite mich zwischen den Himbeersträuchern bis zum Gartenweg voran, versichere mich, dass da niemand ist, und erreiche die Gartentür zu unserem Grundstück. Fast geschafft. Ich drücke die Klinke herunter, doch die Tür geht nicht auf. Ma muss von innen den Riegel vorgeschoben haben – das macht sie manchmal, obwohl es völlig idiotisch ist.

»Mist, verfluchter.« Wütend trete ich gegen die Tür. Nun muss ich zurücklaufen und unser ganzes Grundstück umrunden. Dann kommt mir die Idee, über den Kirschbaum auf meinen Balkon zu klettern. Ich trabe ein paar Schritte den Gartenweg hinunter und schwenke durch die offene Pforte in den Nachbargarten.

Meine Hände strecken sich nach den unteren Zweigen des Kirschbaumes. Plötzlich trifft mich ein harter Schlag auf den Kopf und alles versinkt in Finsternis.

27. Kapitel

Heißer, pulsierender Schmerz. Er strahlt von einer Stelle an meinem Hinterkopf aus. Was ist passiert? Mühsam öffne ich meine schweren Augenlider, doch es bleibt finster. Kein Himmelsviereck über mir. Bin ich blind wie ein Maulwurf oder ist das gar nicht mein Bett, in dem ich liege? Gibt es tatsächlich eine solche vollkommene Dunkelheit?

Ein vertrauter Geruch steigt mir in die Nase: Putzmittel, Marke Frühlingsbrise. Eine kleine Welle der Erleichterung überkommt mich. Bin ich doch zu Hause?

Ich schicke einen Impuls an meine Hände, damit sie die Umgebung abtasten, aber die bleierne Schwärze liegt auf mir wie eine schwere Decke und ich kann mich nicht bewegen. Blind und gelähmt, dieser schreckliche Gedanke windet sich durch meinen pulsierenden Schädel wie eine Schlange und das Atmen fällt mir plötzlich schwer. Ich öffne und schließe meine Augen. Einmal, zweimal, dreimal – aber die Schwärze bleibt endgültig.

Genauso dicht wie die Finsternis ist die Stille. Kein Laut dringt an mein Ohr. Es ist totenstill. Nur mein eigener Herzschlag dröhnt in meinen Ohren. *Zu viel Dunkelheit, zu viel Stille.*

Unwillkürlich muss ich an diesen Film denken, »Buried – lebend begraben«, in dem ein Mann in einer Kiste unter der Erde erwacht. Kai und ich haben ihn vor einiger Zeit zusammen angesehen und ich spüre dasselbe klaustrophobische Gefühl wie damals in mir aufsteigen. Panik springt mich an wie ein wildes Tier, nur mit großer Mühe kann ich die Filmbilder zurückdrängen, damit sie sich nicht in meinem Kopf festsetzen.

Jetzt nicht durchdrehen, Jola. Bleib ruhig und denk nach.

Zuerst konzentriere ich mich ganz auf das Gefühl des Atmens. Zwinge mich, immer weiter ein- und auszuatmen. Einatmen, ausatmen. Einatmen, ausatmen. Dann versuche ich, mit den Zehen zu wackeln. Es funktioniert. Ich balle meine Finger zu Fäusten, auch das funktioniert. Ich bin also nicht gelähmt. Aber wo bin ich und wie lange bin ich schon hier? In meinem ganzen Leben war es noch nie so still und so dunkel um mich herum.

Meine Blase schmerzt, ich muss dringend pinkeln.

Ich versuche, meinen rechten Arm zu heben, und stelle fest, dass ich tatsächlich bis zum Hals zugedeckt bin. Ich schiebe den Arm hervor und strecke ihn in die Dunkelheit. Zucke zusammen, als es plötzlich scheppert und ein schleifendes Geräusch den Raum erfüllt. Ich spüre einen leichten Luftzug und nehme den Duft von frisch geschnittenem Gras wahr.

Wo bin ich?

Der Schmerz in meinem Schädel geht vom Hinterkopf aus. Jemand hat mich niedergeschlagen, jetzt weiß ich es wieder. Und dann kommt auch alles andere: Ellis Sammy und das Blut in der Höhle. Die Männer im Wald, der Schuss, der Abdruck von Ellis Zähnen in einem Männerunterarm. Jemand hat mich niedergeschlagen, als ich auf den Kirschbaum klettern wollte. Jemand, der im wilden Garten auf mich gelauert hat. Jemand, da bin ich mir sicher, dessen Unterarm ein rotes Bissmal ziert.

Mühsam schiebe ich die Decke von meinem Körper und setze mich auf. In meinem Schädel tobt ein Chaosorchester, das hämmert und klopft. Noch völlig benommen, Schritt für Schritt und mit nach vorn gestreckten Armen taste ich mich durch das Dunkel, bis meine Hände auf eine Wand stoßen.

In den nächsten Minuten ertaste ich meine Umgebung. Ein kleiner Raum. Fünf Schritte von der Wand bis zum Bett. Zehn Schritte vom Tisch neben dem Bett bis zur Tür. Kaltes Eisen, keine Klinke, so verzweifelt ich auch danach suche. Zentimeter für Zentimeter taste ich mich an der Wand entlang, bis ich tatsächlich einen Lichtschalter finde.

Meine Finger legen den Schalter um und die plötzliche Helligkeit lässt mich die Augen schließen. Ich zähle bis zehn, dann öffne ich sie wieder. Und muss mich an der Wand abstützen, denn ich spüre, wie alle Energie meinen Körper verlässt.

Der kleine, längliche Raum hat rosafarbene Wände, die mit Kinderzeichnungen tapeziert sind. Die Bettwäsche auf dem Bett ist himmelblau mit kleinen weißen Wolken und bunten Kinderfiguren. Neben dem Holztisch steht ein weißes IKEA-Regal mit Büchern und Spielen. Halma, Mensch ärgere dich nicht, UNO.

Links neben mir ein hellblauer Vorhang. Ich schiebe ihn zur Seite. Eine Dusche, ein Waschbecken, eine Toilette. Ohne groß darüber nachzudenken, setze ich mich und pinkele. Die Spülung funktioniert. Alles ist sauber. *Frühlingsbrise.*

Tränen schießen mir in die Augen.

Das leise Klappern kommt von den Lamellen eines Luftzirkulationssystems über dem Waschbecken. Ich gehe zurück in den kleinen Raum. Es ist keine Blackbox wie in diesem Film, ich bin in einem rosaroten Verlies gefangen, ohne Fenster, mit einer schweren Eisentür ohne Klinke.

Die Angst, die ich so lange weggedrückt habe, schießt brutal in mir hoch. Voller Panik hämmere ich mit den Fäusten gegen die

Tür. »Was hast du mit mir vor, du perverses Schwein? Lass mich hier raus, ich ersticke ... ich ...« Heisere Schluchzer kommen aus meiner Kehle und ich sinke vor der Tür auf die Knie.

Leise wimmernd rolle ich mich auf dem kühlen Laminatboden zusammen, spüre, wie sich die Angst unaufhaltsam durch jede Faser meines Körpers frisst. Es ist eine glühende, pulsierende Angst, die meine Glieder lähmt, meine Gedanken und meinen Willen.

Lass es nicht zu, Jola. Du hast keine Angst. Du kennst keine Angst. Lass nicht zu, dass sie Besitz von dir ergreift. Angst ist eine Falle, Angst macht dich zum Opfer. Sie kann dich auffressen wie ein wildes Tier und nichts als bleiche Knochen übriglassen.

Oh doch, ich habe Angst. Sie dringt mir aus allen Poren und ich kann nur versuchen, mich nicht von ihr lähmen zu lassen. Ich schließe die Augen und in Gedanken schlüpfe ich in mein Herrin-des-Waldes-Ich. Ich laufe den vertrauten Pfad bis zu meiner Freundin, der uralten Kiefer. Ich kann ihre rissige Rinde in meinem Rücken spüren und habe den süßen Duft des Harzes in meiner Nase. Flügelschlagen über meinem Kopf. Äste knacken, ein dunkler Schatten schleicht um meine Beine: die Wölfin. Ihre bernsteinfarbenen Augen blicken mich an. *Es ist keine Schande, Angst zu haben,* scheinen sie zu sagen. *Auch ich habe Angst, nur deshalb lebe ich noch. Du bist stark, Jola. Kämpfe!*

Ich nehme all meine Kraft zusammen, rappele mich auf und tappe zurück in das winzige Bad ohne Spiegel. Ich drehe den Hahn auf, lasse das Wasser eine Weile laufen, bevor ich in gierigen Zügen trinke und mir das Gesicht wasche. Der Angstschweiß unter meinen Achseln stinkt barbarisch, ich werfe einen sehnsuchtsvollen Blick auf die Dusche.

Nein, unmöglich. Das kann ich nicht riskieren.

Ich gehe zurück in die rosa Kammer, um die Bilder an den

Wänden genauer zu betrachten. Vielleicht können sie mir eine Antwort auf die Frage geben, wo ich hier bin. Schon nach den ersten Blicken wird mir schlecht, beinahe muss sich mich übergeben. Die Bilder, sie wimmeln von Elfen, Feen und pinkfarbenen Einhörnern, die zwischen Bäumen mit dunkelfingrigen Kronen herumspringen.

»Was ist der Unterschied zwischen Feen und Elfen?«, habe ich Alina damals gefragt.

»Elfen müssen laufen und Feen haben Flügel«, höre ich ihre Stimme so deutlich, als würde sie neben mir stehen. Kein Zweifel, diese Bilder hat Alina gemalt. Nur sie malte Bäume auf diese Art. Die Erkenntnis zieht mir fast den Boden unter den Füßen weg: Alina ist hier gewesen. Nicht nur zwei Tage – sie hat in diesem Verlies gelebt, tagelang. Wochen-, vielleicht sogar monatelang. Abgeschnitten von der Welt und allem, was sie liebte. Wie im Fieber betrachte ich ihre Bildergalerie. Die Gestalten werden detailgetreuer, die Bäume kunstvoller. Oh mein Gott!

Auf einem Bild ist ein Mann mit einem schwarzen Hund auf einer grünen Wiese zu sehen. Der Mann hat einen dunklen Haarkranz, drei Haare sind über die Glatze gezogen. Seine Hose wird von breiten Hosenträgern gehalten. Rudi Grimmer – das kann nur er sein. Er streckt seine Arme nach einer kleinen goldhaarigen Fee im hellblauen Kleid aus, die ihm mit ihren zarten Flügeln davonfliegt, einer dicken gelben Sonne entgegen.

Was hast du mit ihr gemacht?

Tränen des Zornes sammeln sich in meinen Augen. Minutenlang versuche ich, mir vorzustellen, wie es Alina ergangen sein muss. Wie lange hat sie gehofft? Hat Grimmer sie ... Ich schließe die Augen, um den Gedanken auszublenden, dass er Alina missbraucht hat, bevor er sie tötete.

Dass sie hier in diesen rosa Kerker gesperrt war und vergeblich hoffte, während für alle anderen das Leben weiterging, ist mir ein unerträglicher Gedanke. Ich umschlinge meine Schultern, mir ist plötzlich kalt. Meine Sachen sind klamm, aber die Kälte kommt tief aus meinem Inneren. Mein Körper krümmt sich vor Entsetzen und Scham zusammen, Tränen rinnen über meine Wangen.

Was ist aus dir geworden, Waldfee? Hat er dich erst ewig in diesem Keller gehalten wie ein Tier, um dich dann später doch zu töten?

Fakt ist: Du bist nicht mehr hier.

Ich habe deinen Platz eingenommen.

Aber ich lebe noch.

Ich will nicht sterben, Alina.

Ich will nicht enden wie du.

Ich setze mich aufs Bett und wickele mir die Decke um die Schultern. Versuche, an den Erinnerungsfäden zu ziehen, um Vergangenes hervorzuholen. Dinge, die im Nachhinein vielleicht darauf hindeuten, was geschah. Hat Grimmer Alinas Entführung von langer Hand geplant oder ist ihm der Zufall zu Hilfe gekommen?

Diesen Raum hier hat er zu einem schalldichten Verlies umgebaut, um jemanden für lange Zeit gefangen zu halten. War Alina die Erste oder hat es schon vor ihr Mädchen gegeben? Wo bin ich? In seinem Haus? Wie kann er das alles hier gebaut haben, ohne dass seine Frau etwas bemerkt hat?

Ich zittere, trotz Decke. Alina wohnte schon in Altenwinkel, als Elvira Grimmer ihren Treppensturz hatte. Die Frau war wochenlang in einer Reha-Klinik gewesen, in dieser Zeit hat Grimmer das Haus rollstuhltauglich umgebaut. Ziemlich clever. So ist den Leuten gar nicht aufgefallen, dass er mehr Beton angemischt hat, als für die Rampe zur Haustür notwendig war. Und als Elvira zurück nach Hause kam, konnte sie keine Kellertreppen mehr steigen.

All die Jahre haben mich Schuldgefühle geplagt, weil ich nicht pünktlich zu unserer Verabredung in den wilden Garten kam. Ich dachte, nur deshalb wäre Alina verschwunden. Aber das, was mit ihr geschehen ist, war gar kein Zufall. Grimmer hat ihre Entführung von langer Hand geplant. Wahrscheinlich steht er auf kleine blonde Engel. Ich sitze nur hier unten, weil er Angst hat, dass ich ihm auf die Schliche gekommen bin.

Mein Gehirn rattert unaufhörlich, fassungslos beginne ich zu verstehen, was damals wirklich geschehen ist – wie perfekt Rudi Grimmer alle im Dorf getäuscht hat. Grimmer ist Polizist gewesen. Er hat mit Sicherheit gewusst, dass es eine Akte über Martin Sievers gab. Also hat er Alinas Kleid in Sievers' Wohnwagen gelegt und mit dem blutigen Riss ihren Tod vorgetäuscht. Es muss Alinas Blut gewesen sein, das hat die Polizei ganz sicher überprüft. Was hat er mit dir gemacht, Waldfee? Was musstest du erleiden?

Plötzlich muss ich an Grimmers Unfall vor drei Jahren denken. Er hat damals wochenlang im Krankenhaus gelegen. War das Alinas Ende? Ist sie zwischen diesen rosafarbenen Wänden jämmerlich verhungert? Mir wird so schlecht, dass ich zur Toilette renne und mich übergebe. Doch es kommt nur Wasser, mein Magen ist leer.

Werde auch ich verhungern?

Was hat er mit mir vor, wo ich doch gar nicht in sein Schema passe? *Was tue ich, wenn er kommt?* Ich sehe mich um im Raum, suche nach etwas, das ich als Waffe benutzen kann. Aber da ist nichts. Nur der Stuhl.

Ich versuche, mich zu konzentrieren und meine Gedanken zu ordnen. Bisher ist Grimmer noch nicht aufgetaucht. Kann er mich sehen, ohne dass ich ihn sehe?

Ich beginne, die beiden Räume systematisch abzusuchen, kann aber nichts finden. Durst plagt mich, ich halte den Kopf unter den Wasserhahn. Dann lasse ich mich wieder auf das Bett fallen.

Grimmer hat mir die Uhr abgenommen und ich habe jegliches Zeitgefühl verloren. Ist es Tag oder Nacht? Ich will nicht einschlafen, aber meine Augen brennen vor Müdigkeit. Die Lüftung klappert nicht mehr, es ist wieder totenstill. Inzwischen lautet die Frage: Was tue ich, wenn er *nicht* kommt?

Ein schleifendes Geräusch lässt mich hochfahren. Ich muss doch weggenickt sein. Mit rasendem Herzen starre ich auf die eiserne Tür. Die kleine Schiebeklappe in der Mitte öffnet sich langsam. Verdammt, ich habe das Licht brennen lassen, er kann mich sehen. *Das perverse Arschloch kann mich sehen.*

Ich springe auf, schalte das Licht aus und meine Hände umklammern die Streben der Stuhllehne. Kampflos wirst du mich nicht bekommen, denke ich und lausche. Nichts ist zu hören. Wird sich der Schlüssel im Schloss drehen, ein Riegel zurückgeschoben werden?

War's das jetzt?

Licht fällt durch den viereckigen Schlitz, der Strahl einer Taschenlampe tastet sich durch den Raum. Mit zwei Schritten bin ich an der Wand neben dem Vorhang und drücke mich in die Ecke. Meine sperrige Waffe habe ich mitgenommen.

Ein leises Schaben und der Lichtstrahl verschwindet. Ich stehe im Dunkeln. Höre erneut dieses seltsame Schleifen, ein dumpfes Einrasten, dann ist es wieder still.

Mit einem Aufschrei schleudere ich den Stuhl von mir, springe aus der Ecke und trete gegen die Tür. »Lass mich hier raus, du Schwein«, brülle ich und hämmere mit den Fäusten gegen die eiserne Tür. Ein wilder Tierlaut kommt aus meinem Inneren, meine Hände schmerzen und mein Hämmern verebbt zu einem kläglichen Pochen. »Bitte, lass mich hier raus.« Schluchzend lasse ich mich mit dem Rücken gegen die Tür fallen, rutsche langsam an ihr zu Boden.

Für eine Weile dämmere ich in einer Art Trance vor mich hin, in der Gedankenfetzen nur verschwommen auftauchen und wieder verschwinden. Meine Mutter, sie muss mich doch vermissen. Oder liegt sie, betäubt von ihren Medikamenten, in ihrer Schreibklause und schläft? Wie spät ist es? Ist die Polizei im Dorf? Gibt es denn niemanden, der mich vermisst? Kai, du musst doch merken, dass ich fort bin. Oder denken die Leute, dass ich mit Olek auf und davon bin? Olek, mein lächelnder Dieb mit den schönen Augen. Lebst du noch? Oder haben sie dich im Wald verscharrt? Schießen, schaufeln, schweigen, die drei großen S der Jägerei.

Mein Magen beginnt zu rumoren und von diesem dumpfen Hungergefühl werde ich wieder richtig wach. Ich habe seit dem Frühstück am Sonntag nichts mehr gegessen. Ist überhaupt noch Sonntag? Oder schon Montag?

Ich rappele mich ächzend vom Boden hoch. Meine Beine sind eingeschlafen, ich habe das Gefühl, als würden tausend Ameisen durch meine Adern rennen. In kleinen Schritten laufe ich bis zur Wand, taste mich bis zum Lichtschalter vor und lege ihn um. Wie ein Maulwurf blinzele ich in den hellen Raum. Mein Schädel brummt, an meinem Hinterkopf hat sich eine dicke Beule gebildet. Ich bekämpfe meinen Hunger mit Wasser aus der Leitung. Hungern kann man lange, aber dursten nur drei Tage, habe ich mal gelesen. Das Wasser gluckert in meinem Magen, das hohle

Gefühl bleibt.

Ich lege mich auf das Bett und starre an die Decke. Wird Grimmer mich hier unten jämmerlich verrecken lassen? Immer mal durch den Schlitz leuchten und nachschauen, ob ich noch Kraft habe, mich vor ihm zu verstecken? Wird er die eiserne Tür öffnen, wenn ich schwach genug bin und mich nicht mehr wehren kann?

Ich bin fast siebzehn, alt genug, um zu wissen, dass manche Dinge nicht gut ausgehen. Passiert mir das hier wirklich? Ist man feige, wenn einen den Mut verlässt?

Ich weiß, dass ich aufstehen sollte, mich bewegen, irgendetwas tun, aber alle Kraft hat mich verlassen. Nach einer Weile nicke ich wieder ein.

Ein kaltes Frösteln überläuft mich, als ich erneut das schwere Schleifen höre. Ich möchte liegen bleiben und mich vom Strahl der Taschenlampe abtasten lassen. Ich will, dass Grimmer diese Tür öffnet und hereinkommt. Dass ich ihm ins Gesicht spucken kann, bevor er mit mir macht, was immer er sich in seinem kranken Hirn für mich ausgedacht hat.

Jemand macht sich an der Tür zu schaffen. Ich springe auf und schnappe mir den Stuhl. Wie eine Kriegerin stehe ich da, mit wirrem Haar, die Stuhlbeine als Waffe auf die Tür gerichtet.

Die Schiebeklappe geht auf und ein mächtiger Adrenalinschub fährt durch meinen Körper.

»Jola Schwarz, sind Sie da drin?«, fragt eine forsche Frauenstimme. »Hier ist die Polizei. Sie brauchen nichts mehr zu befürchten. Wir sind gleich bei Ihnen.«

Langsam lasse ich den Stuhl sinken. Ich atme tief ein, merke, wie sich ein Lächeln auf meinem Gesicht ausbreitet. Ich atme, ich lächele und ich warte, bis die große Eisentür endlich aufgeschoben wird.

28. Kapitel

Wie geht es Elli? Hat Grimmer sie ...?«

»Nein, er hat ihr nichts getan und es geht ihr gut. Sie hat eine Verletzung am Bein, abgesehen davon ist sie völlig unversehrt.« Die Frau mit den kurzen Haaren und den vielen Sommersprossen, die sich mir als Hauptkommissarin Hanna Schilling vorgestellt hat, sitzt neben mir auf dem Bett, während ein älterer Polizist kopfschüttelnd das Verlies begutachtet.

»Sie ist mir in den Wald nachgefahren.«

Die Kommissarin nickt. »Elli hat dich aus den Augen verloren und wollte ins Dorf zurückfahren, da hat Grimmer sie sich geschnappt. Aber sie hat ihn gebissen und ist ihm entkommen. In ihrer Panik ist sie immer tiefer in den Wald gerannt, dabei ist sie gestürzt und hat sich böse das Bein aufgerissen. Dieser junge Mann, Olek, er hat sie gefunden. Elli sagt, er hat sie in seine Räuberhöhle gebracht, um ihr Bein zu verbinden. Als er Elli dann ins Dorf tragen wollte, sind sie dem Suchtrupp in die Arme gelaufen. Und dabei hat es wohl einige Irritationen gegeben.«

»Irritationen? Hubert Trefflich hat auf Olek geschossen und ...«

Die Kommissarin tätschelt meine Schulter. »Es geht ihm gut. Herr Merbach hat ihn im Wald gefunden und einen Krankenwagen gerufen. Er ist in Arnstadt im Krankenhaus. Dieser Trefflich hat ihn angeschossen, aber es ist nichts Lebensbedrohliches.«

Eine Welle der Erleichterung erfasst mich so intensiv, dass ich beinahe ohnmächtig werde. Hanna Schilling legt ihren Arm um meine Schultern. »Na, kommen Sie, Jola. Über den jungen Mann muss ich Sie noch genau befragen, aber gehen wir erst einmal hier raus – die letzten Stunden müssen schlimm für Sie gewesen sein.«

Die Kommissarin führt mich durch die Metalltür aus dem Verlies. Im davorliegenden Kellerraum hat offenbar ein Regal auf Rollen, vollgestellt mit Eingewecktem und altem Krempel, die Eisentür versteckt. Eine steile Betontreppe führt nach oben in einen gefliesten Flur. Die Haustür steht offen und ich sehe die Blätter eines Baumes im Sonnenlicht funkeln. Darüber ein Stück strahlend blauer Himmel. Es zieht mich dorthin, doch auf dem Weg durch den Flur kommen wir an der halb offenen Küchentür vorbei und ich sehe Rudi Grimmer zusammengesunken auf einem Küchenstuhl sitzen, die Hände in Handschellen. Ich bleibe stehen. Die Uhr an der Wand macht tak, tak, tak. Einen Augenblick lang stehen beide Zeiger auf der Zwölf. Fast vierzehn Stunden war ich in diesem Kellerloch eingesperrt.

Das leise Zischen des elektrischen Rollstuhls dringt an meine Ohren und Elvira erscheint in der Küchentür. Sie schiebt sie ganz auf und rollt zu mir in den Flur. Heute sieht sie ein wenig verwahrlost aus. Auf ihren Wangen glitzern Tränenspuren.

Elviras Hand greift zaghaft nach meiner, sie spitzt die Lippen: »Hü... Hü...«

»Hühnerkacke«, sage ich. »Ja, ich weiß. Das ist alles verdammte Hühnerkacke. Es tut mir sehr leid, Frau Grimmer.«

Elvira drückt meine Hand und lächelt. In der Küche hebt Rudi den Kopf. Er starrt mich aus schmalen Augen an.

»Was haben Sie mit Alina gemacht?«

Grimmer schüttelt schweigend den Kopf.

»Kommen Sie, Jola«, die Kommissarin nimmt mich am Arm, »da draußen wartet jemand auf Sie.«

Nach dem Gewitter hat sich die Luft abgekühlt, die Welt ist sauber gespült vom Regen. Alles atmet. Unten auf der Straße stehen Polizeifahrzeuge und ein Krankenwagen.

Auf einer Holzbank in Grimmers Garten sitzt ein Mädchen in schwarzen Klamotten mit einer schwarz-roten Punkfrisur.

»Geh nur.« Die Kommissarin nickt mir aufmunternd zu. »Wir reden später.«

Die Schwarze ist behängt mit Ketten. Nase, Ohrläppchen, Augenbrauen sind zerstochen von Piercings. Wer soll das sein? Ich habe dieses Mädchen noch nie gesehen – oder doch? Diese blauen Augen ... das kann nicht sein, ist schier unmöglich.

»Alina?«

»Hallo, Waldschrat, von dir hört man ja schlimme Sachen.« Das Mädchen grinst und in diesem Augenblick weiß ich, dass es wirklich Alina ist. Oder besser: war. Sie ist nicht mehr Tinkerbell im hellblauen Taftkleid. Sie ist eine dunkle Gothik-Queen, auferstanden von den Toten.

»Du lebst?«

»Sieht ganz so aus.«

»Aber ...« Ich schließe die Augen, schüttele den Kopf. Das kann einfach nicht wahr sein. Alina lebt. Und sie sieht nicht aus wie jemand, der aus einem Kerker kommt. Ihre Haut hat eine gesunde Bräune, ihre blauen Augen sind klar und da ist Bitternis und Trotz, aber keine Angst.

»Du willst Antworten?«

Ich setze mich neben sie auf die Bank. »Keine schlechte Idee.«

Alina holt ein Tabakpäckchen aus ihrer von Buttons übersäten Umhängetasche und beginnt, sich eine Zigarette zu drehen. Ihre lackierten Fingernägel funkeln im Sonnenlicht wie schwarze Edelsteine.

»Ich war zwei Jahre da unten.« Sie nickt hinüber zu Grimmers Haus. *»Zwei Jahre.* Grimmer hat mich mit einem greinenden Katzenbaby aus dem Garten in den Wald gelockt, hat mich mit Äther betäubt und in seine rosafarbene Gruft gesperrt.«

»Am helllichten Tag?«

Alina zuckt mit den Achseln. Sie befeuchtet das Zigarettenpapier mit ihrer gepiercten Zunge, dreht die Zigarette fertig und zündet sie mit einem Feuerzeug an.

»Hat er dich?«, ich schlucke. »Ich meine, hat er ...?«

»Sex mit mir gehabt?« Sie nimmt einen tiefen Zug und schüttelt den Kopf, während sie den Rauch durch Mund und Nase ausstößt. »Nein, nicht wirklich«, antwortet sie, schaut mich dabei jedoch nicht an. »Das war es nicht, was er von mir wollte. *Meine Zimtprinzessin* hat er mich immer genannt. Er war mein Prinz, mein Beschützer. *Laurentia, liebe Laurentia mein* musste ich mit ihm singen und ... na ja, solche Sachen eben. Er hat da irgendeine Macke, was seine tote Schwester angeht.«

»Wie ... wie bist du ihm entwischt?«

»Grimmer war unten bei mir und hat mir wieder dieses wirre Zeug von seiner Schwester erzählt, als Biene vor der Tür plötzlich fürchterlich zu jaulen anfing. Grimmer liebt den blöden Köter wie verrückt und ist sofort zu ihr raus. In seiner Panik hat er die eiserne Tür nicht richtig verriegelt. Die Hündin hatte eine Kolik oder so was, jedenfalls ist er mit Biene hoch und weggefahren, wahrscheinlich zum Tierarzt. Das war der Moment, auf den ich seit zwei Jahren gewartet habe.«

In meinem Kopf beginnen die Rädchen, sich zu drehen. »Zwei Jahre, sagst du?«

»Ja. Es war Mai, als ich ihm entkommen bin. Kirschblütenzeit.« Sie hustet und nimmt einen tiefen Zug von ihrer Zigarette. Ihre schwarz umrandeten Augen verengen sich dabei zu Schlitzen, aus denen sie mich mit kühlem Blick mustert.

»Klingelt da was bei dir, Waldschrat?«

Und ob. Ich sehe wieder die bleiche Gestalt mit den Feenflügeln unter meinem Balkon stehen und zu mir heraufschauen.

»Ich war zwei Jahre im Keller von diesem perversen Arschloch eingesperrt und habe an nichts anderes gedacht, als dass ihr mich da rausholen würdet – du, meine beste Freundin, und meine Eltern. Aber niemand kam, niemand holte mich. Meine Eltern nicht und du auch nicht. Ihr habt mich einfach aufgegeben und vergessen.«

Ich will protestieren, doch Alina spricht schon weiter: »Und dann hilft mir der Zufall. Ich bin frei und Grimmer ist weg. Das hat mich beinahe umgehauen, verstehst du? Ich stand völlig neben mir. Wie in Trance bin ich durchs dunkle Dorf gelaufen, niemand ist mir begegnet, nirgendwo brannte Licht. Bis ich zum Haus meiner Eltern kam.«

Alinas holt tief Atem. »Licht fiel aus dem Wohnzimmer auf die Veranda und ich bin hingegangen. Weißt du, was ich gesehen habe?« Ihre Stimme bebt. »Meinen Vater mit einer fremden Frau und einem Baby. Eine glückliche neue Familie. Kannst du dir vorstellen, was damals in mir vorging?«

Ich schüttele den Kopf, schweige, einen dicken Kloß im Hals. Nein, ich kann mir nicht annähernd vorstellen, wie das für Alina gewesen sein muss, und ich weiß, dass sie keine Antwort von mir erwartet. Vermutlich brach ihre Welt damals endgültig zusammen.

»Mein Vater hat die Frau, die nicht meine Mutter war, geküsst und sie hat ihm das Baby gereicht. Das war eindeutig, mehr brauchte ich nicht sehen. Mama war nicht mehr da und mein Vater hatte sie und mich sehr schnell ersetzt. Eine neue Frau, ein neues Kind. Ich war längst vergessen.«

»Niemand hat dich vergessen, Alina«, flüstere ich. »Wir dachten alle, du wärst tot.«

»War ich aber nicht, verdammt.« Ihre Unterlippe zittert. »Oder habt ihr meine Leiche gefunden und ich weiß nichts davon? Ich habe gewartet und gehofft und resigniert und doch wieder gehofft. Ich hatte zwei Jahre lang Angst, Waldschrat. So wahnsinnige Angst, dass er irgendetwas Schreckliches mit mir anstellen könnte.«

»Wieso hast du nicht einfach geklingelt? Dein Vater war immer noch dein Vater.«

»Ich konnte nicht. Ich ...« Alina schüttelt den Kopf.

Beschämt wende ich mich ab, Tränen füllen meine Augen. Mit dem Handrücken wische ich sie weg. »Du hast unter meinem Balkon gestanden, in dieser Nacht, nicht wahr? Warum hast du nichts gesagt und bist einfach wieder verschwunden? Ich war krank und hatte Fieber. Ich dachte, du wärst ein Geist, Alina.«

Sie zuckt mit den Achseln und schnippt die Kippe ins Gras. »So krank hast du aber gar nicht ausgesehen. Du hast auf deinem Balkon gestanden und gelacht. Es ging dir gut, auch du hast mich nicht vermisst.«

»Das stimmt nicht, Alina. Ich habe dich jeden Tag vermisst, bis heute. Aber das Leben ging weiter. Es musste weitergehen.«

»Pah.« Sie stößt verächtlich Luft durch die schwarzen Lippen. »Ein Leben in diesem beschissenen engen Kaff. Ist es das, was du willst?«

»Es ist mein Leben – und ich mag es«, erwidere ich und ärgere mich über den Trotz in meiner Stimme.

Alina lächelt mitleidig, doch ich beschließe, dieses Lächeln zu übersehen. Ich war vierzehn Stunden dort unten und Alina zwei lange Jahre. Sie musste ungeheuer stark sein, um das durchzustehen, ohne verrückt zu werden.

»Rudi Grimmer hatte an diesem Abend einen Unfall«, erzähle ich ihr. »Er lag ein paar Tage im Koma und war danach noch lange im Krankenhaus. Es hat ihn übel erwischt.«

»Ich dachte, das Schwein wäre tot.«

»Was? Du hast von dem Unfall gewusst?«

»Ja.« Sie springt auf, beginnt, vor mir hin und her zu laufen. »Er kam mir im Wald mit seinem Auto entgegen. Er muss geglaubt haben, er hätte einen Geist gesehen. Sein Wagen kam ins Schleudern und er ist gegen einen Baum gekracht. Ich wusste nicht, dass er es war. Ich bin hingegangen und habe ihn gesehen, das Gesicht blutüberströmt. Er hat keinen Mucks von sich gegeben, deshalb dachte ich ... na ja, er sah ziemlich tot aus. Ich war sicher, dass er seine gerechte Strafe bekommen hat und keinem Mädchen mehr etwas tun konnte.«

»Und du bist einfach weitergelaufen?«

»Ja. Ich stand unter Schock, Waldschrat – was glaubst du denn? Ich bin bis in die Stadt gelaufen, habe mich in einen Garten verkrochen und auf einer Hollywoodschaukel schlafen gelegt. Am nächsten Morgen hat Joshi mich gefunden, ein Junge, der mit ein paar Leuten in diesem Haus lebte. Es gehörte einem alten Mann, der nicht mehr ganz beisammen war. Sie haben ihm geholfen und er war froh, nicht allein sein zu müssen. Seine Rente hat für uns alle gereicht. Als er ein paar Monate später starb, bin ich mit Joshi nach Erfurt gegangen.«

»Du warst die ganze Zeit in Erfurt?«

»Die letzten eineinhalb Jahre – ja.«

»Wow«, ist alles, was ich dazu hervorbringe.

»Wenn Grimmer die Tür an diesem Abend richtig verriegelt hätte«, ich schlucke trocken, »dann ...« Ich sehe Alina an.

»Dann Waldschrat, wäre ich in der rosaroten Gruft verhungert, während Grimmer im Krankenhaus lag.«

Sie gibt sich nur so cool. Das alles muss sie doch in ihren Träumen verfolgen. Sie braucht Hilfe. Ich muss daran denken, dass alles anders gekommen wäre, wenn Alina damals bei ihren Eltern geklingelt hätte. Sie hätten die Polizei angerufen und Grimmer wäre noch beim Tierarzt verhaftet worden.

Als er damals in seinem Krankenhausbett erwachte, hat er sich vermutlich gewundert, dass seine ehemaligen Kollegen nicht kamen, um ihm Handschellen anzulegen. Dass Alina ihn nicht anzeigte, nachdem sie ihm entkommen war.

»Es tut mir leid, Waldschrat, dass er dich auch da unten eingesperrt hat. Ich dachte, er wäre tot.«

Ja, denke ich, das Ganze hätte auch anders ausgehen können für Elli und für mich.

»Alina!«

Der Aufschrei lässt uns beide herumfahren. Es ist Alinas Vater, der auf uns zukommt, der mehr stolpert als läuft, bleich im Gesicht wie ein kalter Mond. Als er bei uns ankommt, reißt er Alina in seine Arme. Merbach stammelt ungläubige Worte, Tränen strömen über sein Gesicht. Er nimmt seine Tochter an den Schultern, schiebt sie ein Stück von sich, um sie gleich darauf wieder an seine Brust zu pressen. Alinas Arme schlenkern wie die einer Puppe.

Da sind auch meine Eltern. Ma rennt und ich laufe ihr entgegen, fliege in ihre Arme. Sie drückt mich und küsst mich ab, als wäre auch ich fünf Jahre und nicht nur ein paar Stunden vermisst gewesen.

Pa umarmt uns beide und ich fühle mich in dieser Umarmung sicher und geborgen – wie früher, als ich noch ein kleines Kind war.

»Jola, Mädchen, du hast uns vielleicht einen Schrecken eingejagt.«

»Ich bin bald gestorben vor Angst um dich.« Ma hält meine Hand fest umklammert.

Ich hatte auch Angst, Ma. Eine Scheißangst.

»Ich muss zu Olek ins Krankenhaus.«

»Aber das geht jetzt nicht«, sagt Pa, »die Polizei ist bei dem Jungen.«

»Ich muss zu ihm.« Ich muss wissen, ob er den Tod von Agnes' Enkeltochter zu verantworten hat.

»Jola«, Ma nimmt mich am Arm, »du warst vierzehn Stunden im Keller eines Verrückten und kaum bist du draußen, denkst du nur an diesen Jungen. Er ist ein Dieb, hat das ganze Dorf bestohlen.«

»Ulla«, sagt Pa. »Jetzt nicht, okay?«

»Ja, Ma.« Ich mache mich von ihr los. »Ich denke an Olek. Ich denke an dich und Pa, an Kai und Alina. Und ich denke an Olek und mich. Ich liebe ihn. Und ich muss etwas Wichtiges herausfinden.«

Doch aus meinem Plan wird nichts. Ich werde von der sommersprossigen Kommissarin zur Befragung in einen Polizeibus geholt. Meine Eltern wollen dabei sein, aber ich bestehe darauf, alleine mit Hanna Schilling zu sprechen, und schließlich geben sie nach.

Diesmal ist es anders als vor fünf Jahren. Ich bin fast siebzehn und ich verstehe die Dinge – na ja, zumindest fast.

»Es ist eine lange Geschichte«, warne ich die Kommissarin.

»Erzählen Sie von Anfang an, Jola, und bitte alles, jedes Detail ist wichtig.«

Ich beginne mit meiner Geschichte zu dem Zeitpunkt, als ich anfing, mich im Wald beobachtet zu fühlen. Ich erzähle alles, nur die Liebe, die bleibt mein Geheimnis.

Eine Klimaanlage kühlt den Bus. Durchs Fenster kann ich sehen, wie sich ein Polizeibeamter über Frau Grimmer in ihrem Rollstuhl beugt, und frage mich, was jetzt aus ihr wird.

»Dieser Olek, Jola ...« Ich wende den Kopf und schaue die Kommissarin wieder an. »Der Junge gilt in Polen seit fünf Jahren als vermisst. Seine Familie dachte, er wäre tot. Damals ist etwas Schreckliches passiert mit seiner kleinen Schwester.«

»Ich weiß.«

»Okay.« Sie mustert mich eindringlich. »Mir ist klar, dass in so einem kleinen Dorf wie Altenwinkel viel geredet wird und nicht immer ist was dran. Aber die Leute sagen, Sie und der Junge ...«

Ich spüre, wie ich rot anlaufe. »Das geht nur mich und Olek etwas an.«

»Verstehe.«

»Aber wenn Sie Oleks Höhle durchsuchen ...«

»Ja?«

»Dann werden Sie auf ein Skelett stoßen.«

Die Kommissarin schnappt nach Luft.

Ich muss lächeln. »Es ist nicht, wie Sie denken. Olek hat niemanden umgebracht. Der Mann, der da sitzt, ist schon seit fast fünfzig Jahren tot. Olek ... Alexander, er ist Agnes Scherers Neffe und gleichzeitig ihr Adoptivenkel. Agnes wohnt hier im Dorf.

Und der Mann in der Höhle ist ihr Vater. Oleks Großvater Tomasz.«

Kommissarin Schilling klappt das Kinn nach unten.

»Ich habe doch gesagt, es ist eine lange Geschichte.«

Als ich den Polizeibus endlich verlassen kann, steht ein Übertragungswagen des Regionalfernsehens an der Straße. Fotografen und Reporter werden von den Beamten zurückgehalten.

Ich kann die Schlagzeilen schon vor mir sehen: *Expolizist hält Mädchen als Liebessklavin in seinem Keller* und *Polnischer Dieb auf Truppenübungsplatz gefasst.*

Die Reporter rufen mir Fragen zu. »Hat Grimmer dir etwas getan? Wer ist der Wolfsjunge?«

Der *Wolfsjunge?* Ich lächele in mich hinein. Wolfsjunge gefällt mir viel besser als Dieb.

Pa lässt sich schließlich doch breitschlagen und fährt mich nach Arnstadt ins Krankenhaus. Er gibt mir eine gute Stunde, dann soll ich wieder auf dem Parkplatz sein.

Olek liegt allein in einem Zimmer mit zwei Betten. Halb aufrecht sitzt er ans hochgestellte Kopfteil gelehnt und starrt wie gebannt auf den Fernseher. Die dunkle Haut seiner Arme bildet einen scharfen Kontrast zur blütenweißen Bettwäsche.

Als er mich bemerkt, wendet er den Kopf zur Tür und jähe Freude erhellt sein Gesicht. »Jola!«

»Hey.« Ich setze mich zu ihm aufs Bett und er stellt den Fernseher aus. Erst jetzt bemerke ich, dass Olek ein blaues Auge hat.

Ich strecke meine Hand aus und fahre mit den Fingern vorsichtig über seine rechte Schläfe. »Haben diese Idioten dich auch noch verprügelt?«

»Nein, das war Ellis Faust.« Er stützt sich mit beiden Händen im Bett ab und versucht, sich ein wenig nach oben zu schieben. Dabei verzieht er das Gesicht vor Schmerz.

»Wo hat der Idiot dich überhaupt getroffen?«

Olek hebt die dünne Decke an, zieht sein Krankenhaushemd unters Kinn und zeigt mir seinen von versprengten roten Punkten gemusterten Oberkörper.

Ich atme geräuschvoll ein. »Schrotkugeln. Das tut bestimmt furchtbar weh?«

Kopfschüttelnd zieht Olek die Mundwinkel nach unten. »Sieht schlimm aus, ist aber nicht«, sagt er, doch ich weiß, dass er lügt. In seinen gelbgrünen Augen sehe ich, wie weh es tut. »Ein paar sie haben rausgeholt, der Rest bleibt drin. Der Arzt sagt, Schaden ist größer, wenn sie Schrotkörner rausholen, als wenn sie drinbleiben.«

Ich ziehe Oleks Krankenhaushemd wieder über seinen gesprenkelten Bauch und decke ihn zu. Anscheinend weiß Olek noch gar nichts von Grimmer und wo ich die Nacht verbracht habe, sonst hätte er längst gefragt. Ihm davon zu erzählen, dazu ist auch später noch Zeit. Zuerst muss ich Antworten auf zwei Fragen haben, die mir unter den Nägeln brennen.

Ich nehme seine linke Hand. »Olek, was genau ist im Wald mit Elli passiert?«

Olek stößt einen Seufzer aus, bevor er zu erzählen beginnt. »Ich kam von Wölfin, da war auf einmal das Mädchen, ganz nah bei der Höhle. Ich wusste, wer sie ist, habe sie nach dir gefragt. Sie hatte Angst, ihr Bein blutete. ›Bist du Jolas Dieb?‹, hat sie gefragt. Ich wusste nicht, was ich sagen sollte, also ich sagte: ‚Ja, der bin ich.‹ Da war sie, wie sagt man: zufrieden. Sie hatte keine Angst mehr vor mir, ich konnte sie mit in Höhle nehmen, ihr Bein verbinden.«

»Elli ist mir am Nachmittag gefolgt, als ich zu dir wollte. Rudi Grimmer, ein Mann aus unserem Dorf, hat sie sich geschnappt, er wollte sie in seinen Keller sperren. Elli hat ihn gebissen und ist ihm entkommen.«

»In Keller sperren?« Olek runzelt die Stirn.

»Ja, so wie Alina, meine Freundin. Aber das erzähle ich dir später. Was ist dann passiert, nachdem du Ellis Bein verbunden hast?«

»Ich wollte Mädchen ins Dorf bringen, zu dir. Aber da waren auf einmal Männer mit Taschenlampen und Elli hat geschrien. Ich wusste ja nicht ... ich habe sie festgehalten, ich wollte sie ...« Er sucht nach dem richtigen Wort.

»Beschützen«, helfe ich und merke, wie angespannt ich bin.

»Ja, beschützen. Sie hat sich losgerissen, ist zu den Männern gelaufen. Ich bin weggerannt, aber Mann hat geschossen. Ich dachte, ich bin tot. Als ich aufgewacht bin, war Mann bei mir, dann kam der Krankenwagen.«

»Der Mann, das war Alinas Vater. Zum Glück hat er dich gefunden.«

»Du warst auch da, Jola?« Olek schaut mich fragend an und in seinem Blick liegt eine müde Traurigkeit.

»Ja, ich war auch da. Kai hat uns zusammen gesehen, Olek. Er weiß, dass du der Dieb bist. Ich bin zur Höhle gelaufen, um dich zu warnen, aber du warst nicht da. Ich wollte auf dich warten, habe in Grimms Märchen gelesen und dabei den Zeitungsartikel gefunden von dir und ...«

»Kamila«, flüstert er. In seinen Augen glimmt plötzlich Unaussprechliches, eine bleischwere Last auf seiner Seele.

»Kamila, ja. Ich habe mich daran erinnert, bei Agnes in der Küche ein Foto von dir und diesem Mädchen gesehen zu haben. Also bin ich mit dem Zeitungsartikel zu Agnes gelaufen und sie hat mir erzählt, wie deine Schwester gestorben ist.«

Olek zieht seine Hand weg, sein Blick kehrt sich nach innen. Gleich wird er gar nichts mehr sagen.

»Sie hat mir auch erzählt, wo Brigitta dich gefunden hat. Auf diesem Hof, in einer Hundehütte.«

Ein paar Minuten vergehen im Schweigen. Als Olek zu sprechen beginnt, sind seine Worte so leise, dass ich ihn kaum verstehe.

»Ab und zu bei der Hündin zu schlafen, das war nicht so schlimm. Sie hatte Welpen und ich gehörte dazu.«

Stockend und mit starkem Akzent erzählt Olek, wie er zu Brigitta und Marek kam, wie bei den beiden ein völlig neues Leben für ihn begann. »Auf einmal ich hatte richtige Eltern, die mich liebten, die für mich da waren. Ich hatte ein richtiges Bett und immer genug zu essen. Wir haben Spiele gespielt, gelacht und alles war warm, war sicher und ...«

»Und dann wurde Kamila geboren.«

Olek nickt. »Ich war sehr eifersüchtig auf dieses kleine, schreiende Ding.«

Eine eiserne Klammer legt sich um mein Herz und drückt zu. Will ich die Wahrheit überhaupt wissen? Ist es nicht besser, wenn das Ungeheuerliche unausgesprochen bleibt? Aber ich bringe kein Wort heraus und Olek spricht weiter.

»Ich wollte nicht eifersüchtig sein. Brigitta und Marek waren gut zu mir, sie hatten nur weniger Zeit für mich. Das Baby hat viel geschrien. Ich habe gehasst. Das Schreien ... Kamila.«

Er macht eine Pause, holt tief Luft. Schleppt sich mühsam von Wort zu Wort. »Dann ich wurde älter und Kamila auch. Kein Geschrei mehr. Ich war großer Bruder und sie hat mich geliebt. Sie war verrückt nach mir.« Er hält inne und schaut aus dem Fenster.

»Und du? Hast du sie noch gehasst?«

»Nein, Jola. Aber immer wollte sie machen, was ich mache, wollte dabei sein, wenn ich mit Freunden zusammen war, sie ...« Wieder sucht er nach Worten.

»Sie ging dir tierisch auf die Nerven.«

»Ja.« Er nickt. »Sie ist mir hinterhergelaufen wie ein kleiner Hund. Meine Freunde haben mich ausgelacht, weil jedes Mal meine kleine Schwester aufgetaucht ist, wenn wir zusammen etwas machen wollten.«

Ich muss mir auf die Lippen beißen, um nicht zu schreien. Weil ich es kaum noch aushalten kann. Weil das alles nach einem furchtbaren Geständnis klingt. Weil ich Olek liebe. Ich liebe ihn, egal, was er gleich sagen wird.

»Und dann war da dieser schreckliche Tag. Meine Freunde und ich, wir haben oft auf Baustelle von unfertige Haus gespielt. Die Leute sind nach Deutschland gegangen, Geld verdienen. Marek hat uns mal erwischt und mir verboten, da zu spielen, weil es war gefährlich.

An diesem Tag ich bin auf die Baustelle gegangen, obwohl meine Freunde gar nicht dort waren. Marek und ich, wir haben gestritten und ich wollte ihn ärgern. Kamila ist mir wieder nachgelaufen. Sie ging mir auf Nerven. Ich war wütend auf Marek, wollte allein sein. Ich bin auf eine hohe Mauer geklettert und auf ihr balanciert. Ich dachte: Das schafft sie nicht. Aber sie war wie ein kleiner Affe. Sie ist mir hinterhergeklettert. Um sie loszuwerden, bin ich von Mauer gesprungen. Es waren mehr als zwei Meter. Meine Freunde und ich hatten es schon ein paarmal gemacht. Unten am Boden steckten rostige Eisenstäbe im Beton. Ich habe nicht nachgedacht, Jola. Ich wollte nur … Kamila sollte wissen, dass ich schon groß war und sie noch ein kleines Mädchen.«

Das Elend in seiner Stimme zieht die eiserne Klammer enger um meine Brust, sodass ich kaum noch atmen kann. Für einen Moment sehe ich alles vor mir. Kamila, das kleine blonde Mädchen im blauen Kleid, wie es Olek auf die Baustelle folgt. *Genauso, wie Elli mir in den Wald gefolgt ist.*

»Sie bekam Angst da oben. Ich glaube, sie wollte umkehren. Dabei hat sie das Gleichgewicht verloren und ist gefallen. Direkt in so eine Eisenstange hinein. Ich habe neben ihr gekniet, als sie starb.

Der rote Fleck auf ihrer Brust, er sah aus wie eine rote Rose.« Oleks Blick brennt vor Schmerz, Tränen laufen über seine Wangen. Er wischt sich mit dem Handrücken über die Augen. Schluckt. Und schluckt noch einmal. »Ihr letztes Wort war mein Name. Alexander. Der wollte ich nie mehr sein. Ich war ein Verdammter.«

Ich heule jetzt auch. »Und du bist weggelaufen?«

»Ja. Ich konnte nicht mehr zu ihnen zurück.« Oleks Blick zerschneidet mir das Herz. »Es war meine Schuld. Kamila war tot und es war meine Schuld.«

Vehement schüttele ich den Kopf. »Nein, Olek. Das war es nicht.« Ich bin so unendlich erleichtert, dass mir ganz schlecht ist. »Es war ein furchtbarer Unfall.«

Oleks Lippen beben, als wolle er etwas sagen, aber es kommt kein Wort heraus.

»Warum hast du es mir nicht einfach erzählt?«

»Ich dachte, dann … ich dachte, du könntest dann nicht mehr mit mir zusammen sein. Ich hatte Angst, wieder allein sein zu müssen.« Ich beuge mich zu ihm herüber und vergrabe mein Gesicht in seiner Halsbeuge. Hilflos legt Olek seinen Arm um mich. »Ich will nicht mehr allein sein, Jola.«

»Das musst du auch nicht«, flüstere ich an seinem Hals. »Ich versprech's.«

29. Kapitel

Noch am selben Abend bekomme ich Besuch von Alina. Wir sitzen auf unserer Terrasse und trinken Mas selbst gemachte Zitronenlimonade, während Kater Paul um Alinas Beine streicht und sie eine Zigarette nach der anderen raucht. Stück für Stück erfahre ich etwas über das Leben, das sie nach ihrer Flucht aus Grimmers Verlies geführt hat. Ein Leben in besetzten Häusern und auf der Straße. Keine Schule, kein Arzt, wenn es ihr schlecht ging, kein warmes Bad, wenn ihr kalt war. Auch Olek hat so ein Leben geführt.

Ich kann meinen Blick nicht von ihr wenden, der Punklady mit den schwarz-roten Haaren, den schwarz umrandeten Augen und den Piercings im Gesicht. Ein Mädchen, das äußerlich in nichts mehr an die Alina erinnert, die ich einmal kannte. Doch der Kater erinnert sich an sie. Er springt auf Alinas Schoß und lässt sich von ihr streicheln.

»Du musst es nicht verstehen, Jola«, sagt sie. »Grimmer hat mich zu einem Nichts gemacht. Ich musste ihm gehorchen, ihm Sätze nachsprechen, dieses idiotische Laurentia-Lied mit ihm singen, ihn ... Ich wollte niemandem mehr gehorchen, kapierst du?«

»Aber du warst erst dreizehn, als du weggelaufen bist.«

Alina stößt ein kleines, mitleidiges Lachen aus und Paul

springt erschocken von ihrem Schoß. »Ich war nicht mehr dreizehn, Waldschrat, das kannst du mir glauben.«

Ich glaube ihr. Auch in ihrem Inneren ist Alina nicht mehr die, die ich einmal kannte. Was ihr in den vergangenen fünf Jahren widerfahren war, hat sie zu einem anderen Menschen gemacht.

Alina erzählt mir, dass Grimmer den Tod seiner Schwester Reni nie verwunden hat. »Sie war ein kleiner blonder Engel, der die Farbe Rosa liebte und an Feen glaubte. Er nannte sie seine Zimtprinzessin, weil sie für ihr Leben gern Zimtschnecken aß. Ich musste auch Zimtschnecken essen, Jola, jeden Tag. Schon beim leisesten Anflug von Zimtduft raste ich aus. Weihnachten ist meine ganz persönliche Hölle.« Sie trinkt einen Schluck von ihrer Limonade und lässt sich wieder in den Gartenstuhl zurücksinken. »Es war Grimmers Schuld, dass Reni im Badesee ertrank. Er sollte auf sie aufpassen an diesem Tag. All die Jahre hat er an nichts anderes gedacht, als sie sich zurückzuholen, koste es, was es wolle. Jeden Tag hat er mir die die Haare gekämmt und sie zu Zöpfen geflochten, wie seine kleine Schwester welche hatte.« Alina schnippt die Asche ihrer Zigarette ins Gras. »Ich werde nie wieder blond sein.«

Ich erfahre, dass sie am heutigen Morgen im Radio von Ellis und meinem Verschwinden berichtet haben. Alina hat es gehört und auf der Stelle die Polizei angerufen.

»Und was wird jetzt aus dir?«

Alina hebt die Schultern. »Mein Vater will, dass ich bei ihm wohne. Aber Caroline und Lasse, ich glaube, das ist ein bisschen viel auf einmal für mich. Außerdem ist Familie langweilig. Meine Freunde sind in Erfurt. Vielleicht ziehe ich zu meiner Mutter, hole die Schule nach.« Wieder zuckt sie mit den Achseln, als ob ihr das alles nicht sonderlich verlockend vorkommt.

»Ich habe dich so vermisst, Waldfee«, sage ich lächelnd.

»Ich dich auch, Waldschrat.« Doch Alina lächelt nicht.

Um Mitternacht liege ich immer noch wach und schaue durch das Dachfenster in den Sternenhimmel. Als eine Sternschnuppe fällt, schließe ich die Augen und wünsche mir, dass alles gut wird. Für Olek und mich, für die Wölfin und ihre Jungen. Ich weiß, dass ist viel verlangt, denn rein statistisch ist schon viel zu viel gut gegangen.

Alina ist auferstanden von den Toten, was an ein Wunder grenzt. Elli ist wohlauf, Olek lebt, ich lebe. Ist es vermessen, noch mehr zu verlangen?

Am darauffolgenden Vormittag werden Tomasz Kaminskis sterbliche Überreste in einer unauffälligen Aktion aus der Höhle auf dem Tambuch geholt und in die Rechtsmedizin nach Erfurt gebracht. Kein Fernsehen, keine Presse, nur Polizei und Bundeswehr, Agnes, Pa und ich. Bei dieser Gelegenheit informiert mein Vater den Kommandanten über den Standort der Wolfshöhle und bittet darum, dass das Gebiet von den Soldaten weiträumig gemieden wird. Obwohl ich mir immer gewünscht hatte, dass die Bundeswehr den Truppenübungsplatz räumt, bin ich erleichtert, als ich von Pa höre, dass das Areal in einen Standortübungsplatz umgewandelt werden soll. Denn das bedeutet: weniger Geballer, aber das militärische Sperrgebiet bleibt. Die Wölfin hat also gute Chancen, ihren Nachwuchs in Ruhe aufzuziehen.

Oleks Höhle wird geräumt und die Sachen werden zurück ins Dorf gebracht, wo jeder sich holen kann, was ihm gehört. Beide Höhleneingänge werden versiegelt.

Man hat Olek aus dem Krankenhaus entlassen und endlich

stimmt, was er mir bei unserer ersten Begegnung gesagt hat: Er ist zu Besuch bei seiner Oma – die ja eigentlich seine Tante ist.

Gerade hat Agnes mich angerufen. Ich soll zu ihr kommen, Olek will mich sehen. Er traut sich nicht, mich zu Hause zu besuchen. Na ja, das stimmt nicht ganz. Er hat bloß Schiss vor dem Haupteingang und davor, meinen Eltern zu begegnen.

Ich mache mich gleich auf den Weg. Doch bevor ich Olek wiedersehe, will ich Kai einen Besuch abstatten. Denn ich habe etwas, dass ich ihm zurückgeben will.

Als ich in die offene Einfahrt der Hartungs biege, erblicke ich Kai, wie er mit Elli auf dem Rücken über den gepflasterten Hof trabt und wiehert wie ein Pferd. Elli klammert sich an seinen Hals, sie kreischt vor Lachen.

Als sie mich sieht, ruft sie laut: »Jola, Jola.«

Kai hält inne und hebt den Kopf.

»Hallo, Elli.« Ich winke ihnen zu. »Hallo, Kai.«

»Hi.« Kai setzt Elli auf einem Holztisch ab und wischt sich mit dem Handrücken den Schweiß aus dem Gesicht.

»Was macht dein Bein, Elli?«

»Tut nur noch ein bisschen weh.« Sie schlenkert mit dem verbundenen Bein. »Dein Dieb, er hat eine Zauberpflanze draufgemacht, damit es schneller heilt.« Sie grinst mich an. »Er ist ein lieber Dieb.«

Ich lächele. Ein lieber Dieb, ja. »Kann ich mal kurz allein mit Kai sprechen, bevor du mit ihm davonreitest?«

Elli macht einen Schmollmund, sagt aber schließlich: »Na gut.«

Kai und ich laufen nebeneinander her zur Einfahrt.

»Wie geht es dir?«, fragt er.

»Gut. Ich bin froh, dass das jetzt alles vorbei ist.«

Er nickt. »Echt krass, das mit Alina.«

»Ja, das ist es.« Ich schaue ihn an. »Kai, ich … es tut mir leid. Ich hätte ehrlich zu dir sein müssen. Ich wollte dir nicht wehtun und …«

»Das hast du aber, Jola. Sehr sogar.«

»Ich weiß.«

»Mir tut es auch leid«, bringt er schließlich hervor und ich merke, wie schwer es ihm fällt, das zu sagen. »Ich habe dich im Stich gelassen, als du mich am meisten gebraucht hast. Das war feige und unfair. Aber ich war so verdammt wütend auf dich. Und auf ihn.«

Ich nicke und reiche ihm das säuberlich gefaltete Stück schwarzen Stoff, das ich die ganze Zeit in der Hand halte. Er nimmt es und lässt es auseinanderfallen. Es ist sein geliebtes *Party Hard*-T-Shirt, frisch gewaschen, aber durchsiebt von Schrotkugeln.

Wortlos legt Kai es wieder zusammen. Ich sehe ihm an, dass er am liebsten im Erdboden versinken würde.

»Trefflich, der Idiot«, brummelt er. »Ich hätte nie gedacht, dass er tatsächlich schießt.«

»Na, seinen Jagdschein, den ist er nun los. Vielleicht muss er sogar ins Gefängnis – wegen unterlassener Hilfeleistung.« Ich weiß inzwischen, dass Kai sofort einen Polizeibeamten über den Vorfall informiert hat, als er an jenem Abend mit seinem Vater und Elli ins Dorf gekommen war.

»Und wie geht es deinem Höhlenbewohner?«

»Ganz gut. Er wohnt jetzt bei Agnes – aber das weißt du ja sicher schon. Mach's gut, Kai.« Ich wende mich zum Gehen.

Doch Kai hält mich am Arm fest. »Vielleicht, Jola … vielleicht können wir irgendwann wieder Freunde sein. Aber jetzt brauche ich erst einmal eine Pause.«

»Ja, Kai. Die brauche ich auch.«

Zwei Tage später treffen Brigitta und Marek in Altenwinkel ein. Ich sehe das Auto mit dem polnischen Kennzeichen vor Agnes' und Maries Haus stehen, als ich aus dem Dorfladen komme.

Meine Gedanken sind bei Olek. Wie wird dieses Treffen mit seinen Adoptiveltern nach fast fünf Jahren aussehen? Werden sie ihn hassen, ihre Vorwürfe, ihr Leid über ihm ausschütten? Voller innerer Unruhe schleppe ich mich durch den Tag. Warte darauf, dass Olek anruft oder auftaucht, um mir alles zu erzählen.

Erst am nächsten Vormittag ist es so weit. Es klingelt und ich bin so schnell an der Tür wie noch nie. Olek trägt nagelneue knielange Shorts und ein braunes T-Shirt mit Knopfleiste. Die Sachen sehen schrecklich bieder aus, bestimmt hat Agnes sie gekauft. Seine Haare sind frisch gewaschen und ich kann nicht anders, ich muss ihn auf der Stelle berühren und küssen.

Auf einmal merke ich, wie er sich versteift und etwas fixiert, das hinter mir ist. Ich drehe mich um. Auf der Treppe steht wartend meine Mutter.

»Willst du den jungen Mann nicht hereinbitten und mir vorstellen, Jola?«

»Ma, das ist Olek.« Ich schlüpfe in meine Turnschuhe. »Olek, das ist meine Mutter. Kennenlernen könnt ihr euch ja später noch.« Ich schnappe Oleks Hand.

»Wo wollt ihr denn hin?«

»Spazieren.« Ich ziehe Olek hinter mir her.

Wir laufen den Forstweg in den Wald. Es verspricht, wieder ein heißer Tag zu werden, die Sonne brennt jetzt schon vom strahlend blauen Himmel. Ich halte Oleks Hand, froh darüber, dass wir uns nicht mehr verstecken müssen.

Obwohl die Neugier mich beinahe umbringt, frage ich nicht

nach seinen Adoptiveltern. Wenn Olek so weit ist, wird er von selbst reden.

»Brigitta ist schwanger.«

»Das ist schön.«

»Ja.« Olek lächelt. »Sie freuen sich auf das Kind.«

Wieder muss ich eine Zeit lang warten, bis er weiterspricht. Wir lassen uns im Gras nieder und Olek rupft einzelne Halme aus. »Ich habe ihnen erzählt, wie es passiert ist. Sie haben geweint. Wir alle haben geweint.«

»Haben sie dir vergeben?«

Er nickt. »Brigitta sagt, sie hat immer gewusst, dass es ein Unfall war, dass ich Kamila nicht wehgetan hätte. Das ...«, seine Stimme versagt, er muss sich räuspern. »Das hat mir viel bedeutet.«

»Wirst du jetzt wieder nach Hause gehen ... mit ihnen?«

»Nein.« Olek schüttelt den Kopf. »Sie haben es gewusst, sie haben mir vergeben. Aber Brigitta hat auch gesagt, dass ... sie war erleichtert, dass ich weg war. Sie waren nicht sicher, ob sie hätte weiterleben können mit mir, unter einem Dach.«

Ich sehe ihm an, dass er es versteht, aber es ist auch bitter für ihn. Er war noch ein Kind, als es passierte, und er trägt schwer an seiner Schuld. »Wohin wirst du gehen?«

»Ich kann bei Agnes bleiben. Und dann ... wir werden sehen.«

Mein Herz macht einen Satz. Ich werde ihn nicht verlieren. Ich knie mich neben ihn und küsse ihn, bis er rücklings im Gras liegt und ich auf ihm.

»Au, au, au.« Olek verzieht das Gesicht. Im Schmerz ein Lächeln.

Auf dem Weg zurück ins Dorf eröffnet mir Olek, dass Brigitta und Marek mich kennenlernen wollen, dass ich für den Abend zum Essen eingeladen bin.

Als die verabredete Zeit heranrückt, stehe ich fast eine Stunde lang frisch geduscht und mit nassen Haaren vor dem Spiegel und überlege, was ich am besten anziehen soll. Am Ende wähle ich knielange Jeans und ein meergrünes Top, darüber eine weiße Leinenbluse, die Tante Lotta mir geschenkt hat.

Vor der Einfahrt der Merbachs stehen Caroline, Sabine Neumann und Frau Roland in ein Gespräch vertieft. Lasse tobt mit seinem quietschenden Dreirad den Bürgersteig entlang. Ich grüße die Frauen mit einem freundlichen Lächeln (freundlich zu sein, ist immer gut) und sie grüßen lächelnd zurück.

Ich war in Grimmers Verlies gefangen. Ich bin die Freundin von Tomasz Kaminskis Enkel. Ich habe mir ihr Lächeln verdient. Meine Schritte werden leichter.

Agnes' Tochter Brigitta ist eine schöne Frau mit dichtem blondem Lockenhaar. Sie könnte tatsächlich Oleks Mutter sein, die Ähnlichkeit ist verblüffend. Nun, sie ist seine Cousine, und das erklärt eine Menge. Ihre Schwangerschaft ist deutlich zu sehen, sie ist im fünften Monat und ihre Augen leuchten, wenn sie die Hände über ihren Bauch legt. Doch ich sehe auch die Traurigkeit, die unter diesem Leuchten schlummert, die immer da sein wird, weil sie fest verwebt ist ins Geflecht ihres Lebens.

Brigitta und Marek sind herzliche Menschen und ich fühle mich wohl an Agnes und Maries ausgezogenem Küchentisch. Es gibt Bigos, einen traditionellen polnischen Eintopf mit gedünstetem Sauerkraut, Trockenpflaumen, Pilzen und verschiedenen Wurst- und Fleischsorten. Ich esse alles und es schmeckt.

Marie Scherer sieht eingefallen aus. Ich ahne, wie sehr es ihr zusetzt, dass ihr Tomasz in dieser Höhle verhungert ist, dass er die ganze Zeit in ihrer Nähe war.

Ich muss noch einmal alles erzählen. Von der Wölfin, von Olek, von Rudi Grimmer und seinem rosa Verlies, in das er erst meine Freundin und dann mich gesperrt hat. Als ich von Hubert Trefflich erzähle, beginnt Brigitta zu lächeln. Wie sich herausstellt, hat er sich schon mit dem Fernglas am Badesee herumgetrieben, als sie noch ein Teenager war.

Schließlich ist meine Geschichte zu Ende und es wird auf einmal still am Tisch. An Agnes' besorgtem Blick sehe ich, dass ich nicht nur zum Essen eingeladen bin, weil Brigitta mich kennenlernen und meine Geschichte hören wollte.

Brigitta hat auch eine Geschichte.

Der alte Schlotter, sein Enkel Willi, mein Opa August, Josef Euchler und Otto Grimmer waren die Männer, die damals zur Scheune zogen, um Tomasz Kaminski zu töten und verschwinden zu lassen.

In meinem Kopf dreht sich alles, als ich den Namen meines Opas höre. Es ist ein merkwürdiges Gefühl, diese Wahrheit zu wissen. Durch das Blut verbandelt zu sein ins Dunkle, das so weit in die Vergangenheit zurückreicht.

Doch Brigitta erzählt schon weiter. Otto Grimmer hatte den amerikanischen Soldaten getötet, weil er Marie für sich wollte und rasend eifersüchtig war. Er hasste die amerikanischen Befreier, denn in seinen Augen hatten sie Hitlers kühnen Plan vereitelt.

»Einer musste büßen dafür und dieser junge schwarze GI, der meiner Großmutter schöne Augen machte, war ihm gerade recht.« Brigitta legt ihre Hand auf die von Marie. »Möchtest du selbst weitererzählen, Großmutter?«

Marie Scherer hebt den Kopf und blickt mich aus ihren hellen

Augen an. »Viele Jahre nach dem Krieg hörte ich durch Zufall, wie der stockbetrunkene Otto sich im ›Jägerhof‹ damit brüstete, Tomasz das Messer gestohlen und den amerikanische Soldaten damit erstochen zu haben. Ich hatte also von Anfang an recht gehabt mit meiner Vermutung. Otto Grimmer war der Mann mit der schwarzen Seele.«

Ich ziehe scharf die Luft ein. Wie muss das für Marie gewesen sein, jahrelang nur wenige Schritte von jenem Mann entfernt zu leben, der ein Mörder war und der ihre Liebe zerstört hat?

Sie hat es gewusst und nichts getan, denke ich, aber ich schweige. Die Tatsache, dass mein Opa August unter jenen Männern war, beschäftigt mich sehr.

»Mein Mann, Helmut«, sagt Marie mit müder Stimme, »war damals schon krank und ich wollte ihm das Leben nicht noch schwerer machen. Wäre ich zur Polizei gegangen, hätte ich aussagen müssen, dass ich mit Tomasz in der Tatnacht zusammen war und dass Agnes seine Tochter ist. Ein paar Wochen später fand man dann die Reni ertrunken im See und ihre Mutter wurde verrückt vor Trauer. Otto musste sich um seine beiden Jungen kümmern. Ich wollte Rudi und Hans nicht den Vater nehmen.«

Während ich Maries Worten lausche, muss ich daran denken, dass man Otto Grimmer zwar nie vor Gericht gestellt und verurteilt hat, dass er dennoch für seine feige Tat hat büßen müssen. Das Leben hat ihn bestraft.

In diesem Moment habe ich das Gefühl, Vergangenheit, Gegenwart und Zukunft fügen sich in die Zeit, in einem Muster, das nie ganz zu durchschauen ist. Und Olek und ich, wir sind ein Teil davon. Wir sind zwei Fäden, die das Muster mitgestalten.

Die vergangenen Wochen haben mich vieles gelehrt: dass Angst ein wichtiger Teil des Lebens ist, denn wer sich nicht fürchtet, übersieht Gefahren. Dass man die Vergangenheit verstehen muss, um in der Gegenwart die richtigen Entscheidungen treffen zu können. Dass es verschiedene Arten von Finsternis gibt. Eine, in der man alles schwarz sieht – das ist die Finsternis des Todes, sie ist endgültig und für immer. Und die andere Finsternis, die hinter jeder Straßenecke lauert, hinter jedem Hass und jedem neuen Tag. Diese Finsternis wird es immer geben, sie ist ein Teil des Lebens. Aber man kann durch sie hindurchgehen.

Als Olek mich in der Dämmerung nach Hause bringt, kommt plötzlich ein Fuchs unter dem Zaun von Erna Euchler hervor und schnürt über die Straße. Er hat einen roten Gummischuh im Fang und flüchtet sich in die Hecke am wilden Garten.

»Der Schuhdieb«, flüstere ich.

»Ja«, sagt Olek. »Nun hast du ihn endlich auch gesehen.«

Willkommen Wolf

Schon als Kind faszinierten mich der Wald und seine geheimnisvollen Bewohner, die wilden Tiere. Als ich 1994 zum ersten Mal durch die USA und Kanada reiste und in von Menschen weitgehend unbeeinflusster Wildnis unterwegs war, spürte ich den Unterschied von Wald und Wildnis. Die Gewissheit, im Reich von Bär, Wolf, Elch und Berglöwe unterwegs zu sein, entpuppte sich als neue Dimension. Ich hatte keine Angst, wilden Tieren zu begegnen, aber mir war klar, dass ich etwas über ihr Verhalten, ihren bevorzugten Lebensraum, ihr Beuteschema wissen muss, um nicht in unangenehme Situationen zu geraten.

Ein paar Jahre später erfuhr ich von den ersten frei lebenden Wölfen in Deutschland und empfand eine unglaubliche Freude darüber. Aktuell (Stand April 2013) gibt es zweiundzwanzig freilebende Wolfsrudel in Deutschland. In Thüringen hat sich derzeit noch kein Wolfspaar niedergelassen – in »Isegrim« habe ich mir dieses Szenario ausgedacht und hoffe, dass es nicht nur Fantasie bleibt.

Wer mehr über Wölfe wissen will, zum Beispiel über bundesweite Aktionen, der kann sich auf meiner Webseite *www.antjebabendererde.de/links* informieren.

Antje Babendererde, Liebengrün, Mai 2013

Antje Babendererde

Wie die Sonne in der Nacht

Am Ende ihres Austauschjahres in New Mexico fällt Mara das Abenteuer buchstäblich vor die Füße: in Gestalt eines verletzten Jungen mit rabenschwarzem Haar, der ohne Gedächtnis ist und ohne Sprache. Einzig an seinen Namen kann er sich erinnern – Kayemo. Gemeinsam brechen die beiden in die Wildnis auf. Sie entdecken geheime Orte der Pueblo-Indianer und Spuren, die in Kayemos Vergangenheit führen. Doch mit jedem Schritt dringen mehr dunkle Geheimnisse an die Oberfläche ...

480 Seiten • Arena Taschenbuch
ISBN 978-3-401-51167-2
Auch als E-Book erhältlich

Rain Song

Der Sturz von den Klippen am Cap Flattery hätte leicht tödlich ausgehen können. Doch Hanna überlebt – dank dem Makah-Indianer Greg. Hat der Vorfall etwas mit Hannas verzweifelter Suche nach ihrer ersten großen Liebe Jim zu tun? Doch während sie und Greg sich näherkommen, entdecken sie Stück für Stück Jims wahre Identität und damit ein Geheimnis, wie es furchtbarer nicht hätte sein können.

320 Seiten • Arena Taschenbuch
ISBN 978-3-401-51233-4
Auch als E-Book erhältlich
www.arena-verlag.de

Arena

Antje Babendererde

Schneetänzer

Alles, was Jacob über seinen Vater weiß, hat ihm seine Mutter erzählt. Dass sie ihn sein Leben lang belogen hat, erfährt er ausgerechnet von seinem Stiefvater, den er hasst. Was bleibt Jacob also übrig, als in die kanadische Wildnis zu reisen, ans andere Ende der Welt, um die wahre Geschichte seines Vaters und damit auch seine eigene zu erfahren? Denn wie willst du entscheiden, wer du bist, wenn du nicht weißt, wo du herkommst?

392 Seiten • Arena Taschenbuch • ISBN 978-3-401-51219-8
Auch als E-Book erhältlich • www.arena-verlag.de

M. A. Bennett

Sieben

Spiel ohne Regeln

Nach jahrelangem heftigem Mobbing an der Schule hofft Link, dass sie alle tot sind. Dass sie umgekommen sind bei dem Flugzeugabsturz, den er wie durch ein Wunder überlebt hat. Aber sein Hochgefühl währt nur kurz. Denn Links Mitschüler sind alle noch da – sie sind mit ihm auf einer tropischen Insel gestrandet und mehr als bereit, ihn weiter zu erniedrigen. Ziemlich schnell jedoch ist klar: Hier in der Wildnis steht die Schulhierarchie auf dem Kopf. Das Recht des körperlich Stärkeren ist außer Kraft gesetzt und einzig Link als Nerd verfügt über das Wissen zum Überleben.

400 Seiten • Arena Taschenbuch • ISBN 978-3-401-51229-7
Auch als E-Book erhältlich • www.arena-verlag.de